警探长6

JINGTANZHANG 6

奉义天涯 / 著

时代出版传媒股份有限公司
安徽文艺出版社

图书在版编目（ＣＩＰ）数据

警探长. 6 / 奉义天涯著. -- 合肥：安徽文艺出版社，2025.1
ISBN 978-7-5396-7742-2

Ⅰ．①警… Ⅱ．①奉… Ⅲ．①长篇小说－中国－当代 Ⅳ．①I247.5

中国国家版本馆CIP数据核字(2023)第062341号

出 版 人：姚 巍		
策　　划：宋晓津　姚 衍	统　　筹：宋晓津　姚 衍	
责任编辑：宋晓津　花景珏	装帧设计：徐 睿	

出版发行：安徽文艺出版社　　www.awpub.com
地　　址：合肥市翡翠路1118号　　邮政编码：230071
营 销 部：(0551)63533889
印　　制：安徽联众印刷有限公司　　(0551)65661327

开本：880×1230　1/32　印张：13.5　字数：420千字
版次：2025年1月第1版
印次：2025年1月第1次印刷
定价：52.00元

（如发现印装质量问题，影响阅读，请与出版社联系调换）

版权所有，侵权必究

目　　录

第五百九十三章　怀疑／001

第五百九十四章　两人行，则必有我师／005

第五百九十五章　谜题越来越多／009

第五百九十六章　找人／013

第五百九十七章　尘封的历史／017

第五百九十八章　破案的第一把钥匙／021

第五百九十九章　节点／025

第六百章　破案的第二把钥匙／029

第六百零一章　下一步安排／033

第六百零二章　破案的第三把钥匙／037

第六百零三章　十年的谋划／041

第六百零四章　破案的第四把钥匙／045

第六百零五章　不明的发现／049

第六百零六章　结束的钟声／053

第六百零七章　我真的不审讯你／056

第六百零八章　真相大白／060

第六百零九章　案子的拼图（1）／064

第六百一十章　案子的拼图（2）／068

第六百一十一章　案件结束／072

第六百一十二章　生活（1）／076

第六百一十三章　生活（2）／080

第六百一十四章　出谋划策／084

第六百一十五章　夜聊／088

第六百一十六章　协助冀悦／092

第六百一十七章　陪伴／096

第六百一十八章　接待冀悦／099

第六百一十九章　小黑／103

第六百二十章　暂无收获／107

第六百二十一章　特警总队／111

第六百二十二章　人的名／115

第六百二十三章　对垒（1）／119

第六百二十四章　对垒（2）／123

第六百二十五章　对垒（3）／127

第六百二十六章　对垒结束／131

第六百二十七章　我上我也行／135

第六百二十八章　备战／139

第六百二十九章　阴差阳错／143

第六百三十章　心慌／146

第六百三十一章　抢功劳／150

第六百三十二章　查九河区（1）／154

第六百三十三章　查九河区（2）／158

第六百三十四章　痔疮好了吗？／162

第六百三十五章　困乏／166

第六百三十六章　你们要不要来？／170

第六百三十七章　联合抓捕／174

第六百三十八章　但行好事／178

第六百三十九章　交流会（1）/ 181

第六百四十章　交流会（2）/ 185

第六百四十一章　代号"猎豹"/ 189

第六百四十二章　成功潜入 / 193

第六百四十三章　融入公司（1）/ 197

第六百四十四章　融入公司（2）/ 201

第六百四十五章　演（1）/ 205

第六百四十六章　演（2）/ 209

第六百四十七章　对接 / 213

第六百四十八章　集思广益 / 217

第六百四十九章　情报分析 / 221

第六百五十章　去查案 / 225

第六百五十一章　斗智 / 229

第六百五十二章　眼熟啊 / 233

第六百五十三章　变坏的白松 / 237

第六百五十四章　惊闻！/ 241

第六百五十五章　争议 / 245

第六百五十六章　我行，让我去 / 249

第六百五十七章　兵不厌诈（1）/ 253

第六百五十八章　兵不厌诈（2）/ 256

第六百五十九章　白松搅局 / 260

第六百六十章　浑水摸鱼 / 264

第六百六十一章　捣乱 / 268

第六百六十二章　获取线索 / 272

第六百六十三章　白大胆 / 276

第六百六十四章　钓鱼 / 280

003

第六百六十五章　套话／284

第六百六十六章　自己人／288

第六百六十七章　二十年／292

第六百六十八章　关联／296

第六百六十九章　支队会议／300

第六百七十章　休息／304

第六百七十一章　户籍所长（1）／308

第六百七十二章　户籍所长（2）／312

第六百七十三章　送行（1）／316

第六百七十四章　送行（2）／320

第六百七十五章　便于理解／324

第六百七十六章　惬意／328

第六百七十七章　日常／332

第六百七十八章　再临长河／336

第六百七十九章　办案难（1）／340

第六百八十章　办案难（2）／344

第六百八十一章　鼎力支持／348

第六百八十二章　肝／352

第六百八十三章　串案／356

第六百八十四章　郑灿的叔叔／360

第六百八十五章　头疼／364

第六百八十六章　回归（1）／368

第六百八十七章　回归（2）／372

第六百八十八章　远方来客／376

第六百八十九章　散开的迷雾海／380

第六百九十章　尘封的真相／384

第六百九十一章　故事的开始／388

第六百九十二章　故事的插曲／392

第六百九十三章　故事的结束／396

第六百九十四章　后续（1）／400

第六百九十五章　后续（2）／404

第六百九十六章　分别／408

第六百九十七章　捐赠／412

第六百九十八章　新的工作／416

第六百九十九章　白探长／420

第五百九十三章　怀疑

柳书元和王亮看着杨瑞日，白松出去打了几个电话，然后就回了屋子。

这个事公安局没有管辖权。

哪有那么多绝对的"商业"间谍呢？

市局的人会直接过来，这个案子将由某安部门管辖。

"怎么支支吾吾的？"王亮好奇地问道，"这个事到底怎么解决？"

"你不是中午要请客吗？一会儿我想吃河蟹。"白松没理王亮那茬儿。

"啊？还没开春呢，去哪里给你搞河蟹？"王亮问道。

"养殖螃蟹还看季节？你过年没吃？别说了，河蟹你请不请？"

"请请请。"

王亮还是没懂，柳书元大体明白了什么事。

后面的事，就是市局过来，然后和相关部门做一个交接。

"这叫啥事？"王亮有点不爽，叹了口气，"这个真的争不过，和新港分局是两回事。"

"你知道就行，不过没事，这个事涉及其他单位，到最后如果侦办了大案，你也是有功劳的。"柳书元似乎对这些东西了解得更深刻一些，"那市局来了咱们直接走了就是。"

白松没有多说，单独把唐教授叫到了一个屋子。

"唐教授，我问您一个问题，您仔细地回想一番。"白松道。

"你说。"唐教授心情不太好，但还是很认真地回答道。

"我看您发现这个问题，是源自一个不被注意的细节，而且是个转瞬即逝的东西。"白松斟酌了一下语气,"您能跟我说说为什么吗?"

这个也不怪白松怀疑,今天的事情,不一定就是第一次。

唐教授,第一不具有警察等专业人士的警觉,第二岁数实在也不算年轻,这种细节即便是白松也不见得注意,唐教授怎么就发现了呢?是之前有这种情况,还是唐教授对学生其实是有疑心的?

唐教授沉默了。

"唐教授,您不需要有顾虑,您就有什么说什么,我也不是真正意义上的办案人员。"白松鼓励道。

"唉……"唐教授道,"其实也不是别的,我有时候总觉得自己可能是真的老了,容易胡思乱想。你说的这个其实也没错,我确实是发现过这种情况,但是每次都是一晃而过,自己也没什么特殊的想法,更不敢确定这个事。正因为我的这种有点神经质的在意,今天才发现了这个问题。而且我也不敢确定,没办法报案,所以把你叫过来确认一下。"

"嗯,这样倒是真的很合理。您别多想,我倒是觉得您的思考和发现都是很有道理的。"白松表示了认可,"今天杨瑞日的情况您也看到了,您觉得他说谎了吗?"

"没有。"唐教授叹了口气,"他是个好孩子,这个事,说真的,我本人并不是很怪他。如果他外甥女的这个病我能帮上忙,我现在依然会帮。"

"嗯。"白松尽量让自己不去考虑那么多感情因素,"那关于他说他是第一次,您相信吗?"

杨瑞日承认了此事之后,说自己这是第一次。

这个事所有人都不太相信,但是白松刚刚又和杨瑞日聊了聊,白松相信了。

倒不仅仅是因为杨瑞日的外甥女今天还没有出国,更重要的,是因为杨瑞日看监控的行为。如果以前就有过多次这种类似的行为,不至于等到近日才开始找监控的死角吧?而且,杨瑞日也招供了盗窃这些东西的经过。

偷盗的,另有其人,是杨瑞日的姐姐。这种事情外人做不出来,而且也没有勇气做，杨瑞日没有盗窃的时间，他姐姐有。至于监控的死角和各种行动方式，杨瑞日经过了足够多的了解后，跟他姐姐复述了 N 次，然后才有了今天的行动。

而且，由于这份材料必须是杨瑞日亲自出手交易，所以东西现在还在他姐姐那里放着。

这些都不需要白松考虑，包括抓他姐姐以及抓出售商业机密的人，都有相关部门负责。

但是，话说这么多，白松最关心的就是，假如真的如杨瑞日所说，是第一次盗窃这个东西，那么唐教授以前的发现到底是怎么回事？真的是臆想？

白松和唐教授认识的时间不算短，这个人非常洒脱，并不是一个有点成绩就胡思乱想的人，能让唐教授怀疑此事，那这个事情就简单不了。

想了半天，也没什么收获，最终等到了市里面的人过来。

白松见到了市局的领导，这个人白松还见过，虽然不熟悉，但是总归是自己人。

"自己人"这个名词算是比较相对的，至少对于外单位的人来说是如此的。

外单位也来了两个领导。

这个单位虽然特殊，但是也没有什么三头六臂，如果比起侦查办案的能力，还真的不见得比白松厉害，术业有专攻，外加神秘一些，仅此而已。

交接工作的过程让白松很不适应，没啥法律文书，就是直接把案子要走了。

如果不是市局的人在，白松都觉得这个事有点不能理解……

"谁能把这些事从头到尾说一遍？"这个单位管事的姜队长问道。

市局的人摇了摇头，大家都看了看白松。

都在一个地方工作，市局与这边的合作也是有的，而且很多人生活中也是朋友，所以说话也算客气。

白松把从发现案子到最后的分析很快地讲述了一番，听得几个人频频点头。

"嗯,这位白队长业务能力很扎实。"姜队长笑道,"那就请各位回避一下了,工作需要。"

大家都走出去了几十米,白松眼见着就要走到楼梯口,最终还是停了下来。

"白队怎么了?"市局的领导问道。

"我还想和姜队长单独说几句话。"白松最终做了决定。

"嗯?"市局领导看了看白松,"行,你去吧,我们等你。"

白松点了点头,没有废话,直接过去找了姜队长,单独聊了差不多十分钟。

最终,白松给出了一个结论:"姜队长,这里面,你们一定要特别关注一个人。"

"谁?"姜队长若有所思。

"丁建国。"

第五百九十四章　两人行，则必有我师

没有人知道白松和姜队长单独聊了什么，这个事情也暂时是个秘密。

"感觉你有点不开心？"王亮对白松太了解了，毕竟在一起住过那么久的时间。

"没事，希望是我多虑了。"白松摇了摇头。

"一会儿我请你吃大河蟹，敞开了吃。"王亮哈哈一笑，拍了拍白松的肩膀，很快地，眉毛又拧在了一起，"你有事。到底是啥事？说啊。"

"别为难他了。"柳书元道，"他压力应该比我们都要大。"

王亮是个藏不住话的人，几次欲言又止，最终还是没有问。

这个案子充其量只能算是个插曲，但其他案子也没什么能够突破的地方。白松跟柳书元和王亮讨论了一下案子，便决定下周一再去新港分局提讯张左，这几天大家都休息一下。

处理这几个案子期间大家都没怎么休息，不仅仅是身体上的劳累，更多的是精神上的压力。

河蟹最终也没吃成，白松让王亮把车开回去，自己就先离开了。

"白松到底怎么了？"王亮问道，"和他认识这么久，这么多案子，我也没见白松这种状态。"

"你比我了解他，你不知道，我能知道？"柳书元难得翻了翻白眼，脑子里却也在想各种各样的事情。

"能跟什么有关呢？"王亮陷入了沉思。

"别想了，跟咱们没什么直接的关系。"

"那就是案子的原因,看来我的电脑水平还是不够,没有直接查出来更多的线索。"王亮似乎想到了什么,也变得情绪低沉了起来,"我得回去继续努力了。"

柳书元摸了摸王亮的脑袋:"不是吧?白松犯病了跟你有什么关系?"

"总归是学点东西没错的。"王亮打开车门,"我送你回去。"

"不用了,我自己有地方去。"

"行,那下周一见。"

王亮心情也不好,直接开车离开了。

看着车子的尾烟,柳书元在原地站定未动。

他叹了口气,虽然不知道到底是发生了什么事,但是他知道,王亮可能是猜到了什么事,后面的话,也无非是王亮在麻痹自己。

这让柳书元莫名有些失落。

失落,与之前感觉自己不如人是不同的,而是真切地羡慕白松和王亮这几个人的兄弟情谊。柳书元朋友那么多,但真正出生入死的兄弟有几个呢?

想到这里,柳书元暗暗做了决定。

好哥们儿就该在一个单位工作,整整齐齐,得想办法把这些人全部搞到市局去!

白松在大街上溜达着,这边有好几所高校,他对附近也很熟悉,曾经和王华东来这边听课,每次也都在附近吃饭,现在……

他不是一个自负的人,倒不是说他觉得谁有问题就一定有,但是得到这个推论,也不是凭空的。

不知不觉中,白松已经步行到了一家单车店。

曾经他也是骑单车的,而现在他已经有了自己的……

对了,车忘了。

白松把车扔给了保险公司,一直没去拿。

虽然是辆很破的车子,但是还是能开的,总归是个可以代步的车子,保险公司催了这么多次,也该去取了。

白松坐上了地铁，坐了几站后转乘了去新港区的九号线轻轨，到了目标站点后打车，才到了保险公司修车的地方。

车子在没有"指定专修"的情况下，是不会被送到4S店的，白松的车子就停在了一家普通的汽修厂。

当警察这些年，总归是认识了几个朋友的，所以保险公司也不会坑白松，找的这家修理厂也算是靠谱，白松试了试，车子比之前还好开了一些。

"兄弟，你还是挺有路子的。"维修厂老板这会儿也不忙，跟白松说道。

"怎么了？"白松有些不解。

"啊？"老板有点摸不透白松是做什么的，说话挺客气，"车'开锅'了，保险公司是不管的，最多有个救援，但是不会管你的维修。"

"不管？我可是全……"白松忙糊涂了，听到这个维修厂老板的话，才缓过神来。

车子正常情况下因为本身质量问题或者驾驶开坏了，比如说"开锅"、爆缸，保险公司不管。车损险，说白了就是他人或者自然灾害等原因把车子搞坏了，保险公司负责修。"损"不是"故障"，而是"被损坏"。即便有专门的"发动机特别损失险"，也只负责涉水、车辆冷却水结冰导致发动机冻裂这两种情况，"开锅"也是不修的。

"这维修很费钱吗？"白松不懂就问。

"费啥钱？你这个事简单，就是换个冷却液的事，又不是爆缸。不过，以我对保险公司的了解，别说换个冷却液了，跟他们没关系的事，给你补个胎都不可能。"老板嘿嘿一笑，"所以我说哥们儿你有路子啊。"

白松也明白了是咋回事，他找认识的人上的车险，还是被优待了。

"这也就是小事，大事还不是得自己花钱修？"白松没说什么。

"哥们儿我看你这个车也够老了，回头再有故障，就找我。我比你大几岁，自称一声哥哥，修车包括以后上保险都可以找我，咱这里绝对便宜靠谱。"老板给白松递过来一张名片。

这个车子，再开下去，可真有的修了！

要是一辆新车，或者故障率比较低的车子，老板除了保险的事情不会有太大的兴趣，但白松这辆，这不是长期客户吗！

"行，没问题，老板够专业。"白松随便地收起了名片。

老板看到白松有些心不在焉，知道这单可能要黄了："我可跟你说，你这个车，我看了一下保险的组合，多花钱不说，有的用处还不算大。我跟你说，别的不敢说，这些年来，保险我可是琢磨透了，找我准没错。"

"你说的也只有车险吧？"白松反问道，言外之意也就是不想继续听他吹牛了。

"哈哈，还行吧，兄弟别小瞧我，保险包括车险的条条框框我都明白。"老板拍拍胸脯。

"那正好，我这有个保险问题考考你。"白松知道这个老板肯定有他的电话之类的，看这个样子这老板是个职业的销售员，为了防止以后被不断地打电话，他决定把这个老板问倒，这样就会省很多事。

第五百九十五章　谜题越来越多

白松是学过《保险法》的，虽然在一些细节上，比如说车损险具体包括什么这些不太了解，但是大致的规定还是很熟悉的。

白松随便提了两个比较专业的问题，老板居然都答了上来。

这倒是让白松有点惊奇了，现在修车店的老板都能通过司法考试了？

白松收起了轻视之心，问了一下才知道，老板有保险经纪人的证，对保险尤其是车险比较懂。白松听说 2015 年或者 2016 年就要取消这个考试了，含金量着实是不算高，考试倒也不难，但老板这种非专业人士还去考个证也是很用心了。

在任何位置，多学点知识，都是有用的。任何一个愿意去学习、去努力的人都是有梦想的，这种人都值得尊重。

"我的车险答应在朋友那边继续保下去了，我很快就换车，估计修车也不多。但是，以后我有其他朋友上保险我可以把你介绍一下。"白松指了指西边，"不过我是九河区的，有点远。"

现在给白松上保险的人挺靠谱的，白松今天才知道车子"开锅"，保险公司一般不管，因此对给他上保险的朋友还是很感激。

"九河区啊，没问题！新港区这边的修理厂大部分都是近些年搬过来的，我也是，我以前就是在市区开修车店的，现在竞争越来越大才过来的。"老板道，"九河区我太熟悉了，有啥需要，尽管找我！嗯？九河区……

"对了，说起来，你们九河区去年还发生过一个特别出名的事情，有个哥们儿欠了一屁股债,然后给自己上了保险,接着自杀了。兄弟不知道你懂不懂,关于自杀,保险公司一般不赔的,除非保险上了两年以上。不过他也做梦想屁吃呢,保险公司多油啊,后来定了他和他媳妇保险诈骗,白死了。"

"这你都知道?"白松有点疑惑,这案子没往外大肆宣传啊。

"刚开始这案子还保密呢,后来以保险诈骗罪立案之后,这保险公司就……"老板哈哈笑道,"反正他们面上不会吃亏。"

白松看着老板的眼神,有些心领神会。很显然,这个事情保险公司最后还是传了出去,倒没有大规模地宣传和上热榜,但是还是很多人知道。保险公司意在警告他人,想骗到保险公司是不可能的。

"嗯,是这样。"白松看过很多保险公司的合同,即便是他都看得头疼,很多条款的解释权外行基本上看不懂,"还是老老实实守法吧,保险公司该赔的是会赔的,其他的别想着钻空子了。"

"嘿,你说得对。"老板也是话痨,这会儿也不忙,便靠近了白松说道,"不过啊,这里面啊,还有别的事呢!"

为啥越是八卦和秘密越容易传播出去?还不是想装……哦不对,是"人前显圣"。

"还有别的事?"白松立刻有了兴趣,这案子恰巧是他办的,能有啥别的事?

"你知道为啥当初那个自杀的死了之后他家里人能那么快拿到这笔钱吗?要知道,这种大额的赔付啊,保险公司一般都没那么痛快的,虽然说立了案就能赔,但是一直拖到杀人犯被抓以后才赔钱的也有的是。"老板神秘兮兮地说道。

"那肯定是这个自杀的提前找关系了呗。"白松随口说道。

"小伙子有见地!"老板竖起了大拇指,"不过,他哪有那么大的关系哦?!我听说啊,这个事赔完钱之后,保险公司的钱到现在也追不回来多少,那死人的媳妇把钱全还账了,想赔给保险公司可是难咯!"

"就这个事啊，保险公司还有人被处理了呢！鬼知道走的啥关系，但是总归是有猫儿腻。"

"老板你知道得真多啊！"白松佩服地说道，"看得出来你在保险公司人脉绝对广！"

"嗐，小哥这话就远了远了。"老板对白松的称呼更近了一步，脸上堆满了笑容，不过绝口不提自己和保险公司有哪些关系。

白松自然知道，这家修车厂能成为保险公司日常修车的点，肯定有人脉的，但是这老板何其精明？吹牛是一回事，真正的底儿可是一点不漏。

"嗯，那老板我先走了，以后有机会再联系。"白松上了车。

"好好好。"老板面露笑容，感觉获取这个未来的客户已经稳了。

从修车厂出来，白松对孙某自杀案又多了点兴趣。

这个事已经完结很久了，而且来龙去脉也都很清楚，该处理的也都处理了，孙某的老婆在监狱里，孩子也不咋学好，都是很普通的结局。

要是平日里，白松听到这故事，肯定就从耳朵里过一过就消失了。但是现在开着车，他心情真的有些烦躁。

所里的案子现在忙，而且还有不少东西没查清楚，李所长虽然成绩斐然，但是之前查到了用于制造假币的油墨，至今没有发现任何关联。

新港支队案子办得顺利，却依然少了一环，张左的一些情况让白松越来越琢磨不透。而且郑小武的情况，白松也总觉得有问题，郑小武和张左之间到底是什么关系？除此之外，窦渐离究竟去哪里了？

新遇到的案子也是侦破了一个基础的案子，抽丝剥茧发现了后面还有问题。

这个新案子涉及国家安全，交给了特殊的部门，白松倒也不是不信任兄弟部门的办案能力，但是他不能接触，总归是觉得有些不得劲。

而到了现在，孙某的案子居然也跳了出来，说这个案子可能还有其他问题？

以白松现在的能力，类似于杨瑞日之类的犯罪嫌疑人，他基本上都能通过对心理学、语言学和动作以及相关刑侦方面的知识的把握，看出来这个人有问题。

但是这世间聪明人那么多，他对抗的从来都不只是一些初犯、偶犯，有时候是来自深渊的黑暗。

把这些所有的事情全部想了想，白松做出了最新的侦查计划。

其他案子都有人查，他既然没事做，去查查孙某的事，不然总是心神不宁，办其他案件也是事倍功半。

第五百九十六章　找人

"开你的这个车？有点漏风啊！"王亮有些嫌弃。

"能开就行。"白松无所谓地道，"要不开你的？"

"就这样吧，能烧你的油我心里得劲。"王亮开的车子已经送到了单位，这会儿刚被白松接上，"你说的这事咱俩去查查不就行了？怎么还得找柳书元一起啊？"

"书元这个人，要是有案子不叫他，回头能跟我急。"白松面露微笑。

"啥啊就案子，查个保险公司的事情，也就我闲得没事，他一会儿要是听说这个，估计都该怪你叫他一起了。"王亮按了按车子里的一块塑料，发出了嘎吱嘎吱的声音。

"你不懂他。"白松摇了摇头，"按坏了你赔。"

"喊，我又不是赔不起，这破车砸了我都赔得起。"王亮说着话，把手缩了回来。

柳书元其实真的不是一个对案子多么感兴趣的人，当警察也不是一天两天了，他在天北区手头有一堆正儿八经的案子，盗窃啊、诈骗啊，有的是。但是，只要是和白松相关的案子，柳书元就一定、肯定、非常有兴趣。

"你这啥案子啊？这案子我都没听过，你这是拉苦力！"柳书元上了车，听白松说了一下要去查的事情，有些气愤地把文书放在了一旁。

刚刚白松打电话给他，让他打印几张调取证据通知书。

"你就说你去不去吧？"白松也没回头，直接出发。

"哼。"

孙某当初投保的保险公司，白松是知道的，到了保险公司以后，拿着警官证去哪里都方便，很快便找到了一个经理。

保险公司的经理实在是太多了，白松也搞不懂里面的级别到底是啥意思，反正高低都能叫经理。

保险公司体量大，资金流水多，但是没有实体，和警察的关系还算不错。

"您问的那个人已经被我们开除了。"经理说的话和修车厂老板的话有些接近，"这个人有重大过错，虽然公司没有找到他职务侵占的证据，但是这个重大失误，足够开除了。现在这个人都进保险公司黑名单了。"

"把他的信息给我。"白松说道。

"行，我找人给您找找，你们先喝茶，不急。"经理很客气。

"好。"

过了大约五分钟，一个女业务员拿着一个工牌的复印件走了进来："孙经理，咱们这里就剩下这个了。"

"他的履历呢？"孙经理皱眉道。

"都走了一年了，留他的履历也没用啊。"业务员说道。

孙经理面色不喜地拿过这个复印件，上面只有被开除的人的姓名和一张模糊的黑白照片以及职务，其他的什么都没有。

"警官您也看到了，只有这个，您看行吗？"孙经理把复印件递了过来。

"这人曾经也是个主管，身份证号码都没有吗？"白松反问道。

经理摊了摊手，露出了无奈的表情。

"你们公司的集团账户有发工资的记录吧？去查一下给这个人发工资的记录、银行卡号，哪怕是曾经的卡号给我一个也行。"白松接着道，"或者有没有和他关系不错的，找一个问问，还有没有他的手机号，曾经用过的手机号也行。"

白松的话说得挺平静的，但是心里已经有一些不喜了。

"警官您有所不知，咱们公司挺大的，一年各类流水几百亿是最少的，哪怕是工资，也是商业机密，毕竟公布了工资，基本上也能反推出来提成和营业额。我没办法给您提供这个，如果您一定要，建议您去银行拿着特殊的文书直接调取银行流水。"孙经理满脸含笑，"单位有好几个和他关系不错的，就是这个人被开除了之后，他曾经的手下也受了处分，现在也都不太好联系了。"

"你……"王亮有些生气，柳书元一把拉住了他。

"他之前也是个主管，一点信息都找不到了？"柳书元问道。

"警官，不是我不帮您，要不这样，我这几天再多问问？"

"你把工牌拿过来，我看看你的全名。"柳书元直接不礼貌地用食指指了指孙经理。

柳书元，哪里是个脾气很好的人啊！

孙经理笑容一下子僵了一下，但他也没有被柳书元吓住："鄙人孙小帅。"

"好。"柳书元拿出手机，直接拨通了一个电话。

"没啥事就不能给彭叔叔打电话了吗？"柳书元接起电话，听对面说完，便客气地说道。

"嗯，我们来咱们保险公司天华市九河区分公司这边，想查个东西，找您这不是行个方便吗？

"也不是，咱们这边特别热情，我们带了文书，就是……怎么说呢？查个一年前离职的主管的信息，可能是太难了，所以咱们这边的孙小帅经理也为难呢，我只能麻烦您了。

"行，叔叔，改天您来天华市，要是有啥跑腿的事需要我们小字辈忙活的，您别客气。"

孙小帅的脸色变得有些差，他可不认为对方在他面前装样子，因为这个非常容易被揭穿。

而如果不是装样子的话，那这个姓彭的……

孙小帅在脑海里想了半天，九河区的经理、市内六区的领导、天华市的领导里面没有姓彭的啊！等会儿，北方地区的总负责人好像是姓彭啊……

不到一分钟，立刻有人推门而进："孙经理，李总让您找他一趟。"

孙小帅有点站不太稳，然后紧了紧领带："几位等我一会儿，我去去就来。"

"没事，孙经理，李总让我暂时接待一下几位警官。"进来的人微笑着跟白松三人说道，"你们有啥事尽管和我说。"

这下子，事情变得顺利了很多。

被开除的主管叫寇东河，他的信息在保险公司确实是不多，不太好查，但是仔细查一查还是有发现的。

拿着这个人的信息和住址，白松直接给寇东河打了电话。他现在正在房产那边做中介销售，接到了白松的电话之后，非常配合，几人约好了地方，直接去寇东河的工作单位找他。

第五百九十七章　尘封的历史

"你解决问题都这么直接吗?"路上,王亮向柳书元问道。

在王亮看来,柳书元称得上神通广大。

"我也就这点本事,都快当工具人了。"柳书元自嘲道。

"你要是工具人,那我是啥?"王亮瞪大了眼睛,"我才是工具人好吗!"

"这个都有人争?"

白松这车开起来有点响,所以俩人声音就明显大了一些,听着好像在争。

俩人立刻偃旗息鼓,白松直接道:"这事要是没有书元,最起码还得浪费一两个小时,别的不说,书元这人际网以及人际交往能力,简直是可怕。"

相处下来,白松逐渐发现了柳书元的一个小特点,就是他并不喜欢别人夸他是官二代、家里很厉害,而是更喜欢别人说他厉害。当然,并不是说生活中没人夸他,但柳书元又不笨,他当然知道大部分人夸他也是因为他爸,所以他拼命努力想要证明自己,现在也有了同龄人难以想象的人脉。不是每个官二代、富二代都有这么强的人际交往能力的,但是这种能力有时候又很难被认可,总觉得他只是有个好爹。

白松这句话绝对是真心的,柳书元自然也听了出来,一下子高兴了起来。

寇东河见到三人的时候,显得既热情又抗拒。

表面上热情，因为知道这三位是警察；而实际上有些抗拒，只是藏得比较深，但是白松还是一眼看了出来。

这也难怪，警察来了肯定只是浪费他的时间。

"你和孙小帅关系是不是不好？"白松直接问道。

"孙小帅！"寇东河实话实说，"要不是他当初落井下石，在关键的时候给我写黑信，我就算被开除也不至于被保险公司加入黑名单！我这么多年维护出来的那么多客户，现在我一个也没介绍给他！"

"你旁边这位，帮你出了一口气。"白松指了指柳书元。

寇东河面色一喜，向柳书元拱了拱手："那真的太感谢这位警官了。"

"没事。"柳书元摆了摆手。

寇东河看这个架势，想了想便知道可能发生了什么事。作为卖了这么多年保险的人精，察言观色那是最基础的事情，他完全相信白松说的这个话，肯定是孙小帅得罪了这位警官，然后被收拾了一顿。想到这里，饶是他历经了这么多事，都迫不及待地想打电话问一下到底是怎么回事。

几人身处的是中介洽谈项目的办公室，虽然不大，但是坐四个人还是足够的。寇东河立刻从柜子里拿出来几瓶矿泉水，给三人打开："这水是温的，各位口渴了吧？"

从寇东河这里，白松听到了新版本的故事。

之所以说是故事，是因为这个事完全没有任何其他人证明，但白松感觉是真的。

孙某自杀之后，保险公司立刻对这个保单开始了审核，当时孙某的媳妇提供了立案的材料和孙某的保单、死亡证明等材料，都算是齐全，当天就有属下拿着这些材料找寇东河审批。

本来这种事得多审核一下，但是，那天属下拿来签字的时候，上面已经有了上一级领导的签字。也就是说，寇东河还没签字，分公司的经理已经签了字。

这种情况还等什么？直接签字不就是了？

但是，后来，扛雷的总归是他。

"集团公司也有领导发火，总得有人扛，我这个位置刚刚好，不高不低。"寇东河说完这个，也算是认栽，"不过，孙小帅这个狗东西，落井下石，亏我对他还那么好。"

"那你没有去查查，为什么你们经理会那么痛快地签字吗？"白松喝了一口水。

"呃……"寇东河面露为难之色。

若不是白松刚刚提到柳书元给他出气，他根本就不会说。

人到了中年，有时候会变得越来越平淡，甚至越来越"鸵鸟"，即便自己的利益被侵害了，有时候也不愿意去反抗。

寇东河现在在这边当中介，一年下来也是刚刚有点起色，一些老客户转换为买房客户的情况也存在。

他并不愿意得罪人，哪怕这个人曾经害过他。

人到中年，老婆孩子还等着花钱，去得罪保险公司的大领导有什么好处呢？去和孙小帅死磕有什么用呢？

"警官，这个要往笔录里写吗？"寇东河问道。

白松使了个眼神，接着把手机拿了出来，把外套到裤子每一个口袋都掏了一遍，王亮和柳书元也立刻照做。

三个手机屏幕都打开，给寇东河看了一眼。

"就是想查案子的真相，实不相瞒，今天来找你，你们公司的人肯定会知道，但是，我们肯定永远给你保密。"白松说道，"而且，如果涉及一些领导，一旦被我们找到线索了，那就肯定是能把他抓起来才会行动。"

寇东河摆了摆手："其实也没您说的那么麻烦，我相信你们。我虽然怕麻烦，但是现在不在一个行业里，他们又不是你们这些公职人员，我也不至于真的怕了他们。"

说到这里，寇东河语出惊人："我们的那个经理，绝对是与这个孙某有点不为人知的秘密，而且，我后来还查了一下很老的存根，这个孙某以前就是公司的客户，而且是个大客户。

"他曾经在多年前丢过一批价值100多万的货，当时那批货买了'货物丢失险'，但是，他的货丢了以后，保险公司没赔。"

"这个险种，东西被诈骗了也赔吗？"白松皱眉问道。

"赔，这个险种，全称叫作'整车货物丢失（骗货）责任保险'，被保险人接收了货物，在送到收货地点卸货之前，发生了整车货物丢失，同时通过整车认证的承运车辆和司机也发生了不明原因的失踪，你们公安立案为诈骗案件的，如果按照三方合同书规定，应该由保险公司承担的对托运人货物的经济赔偿责任，保险公司就得负责赔偿。"寇东河业务能力不减。

"所以，为什么没赔？"白松问道。

"他没报警，没有立案。"

第五百九十八章　破案的第一把钥匙

"他疯了吗？上了这个保险，居然不报警？"白松都有些不信了。

孙某的妻子后来也曾经提到过这个事，说孙某当初被骗了之后，为了不想让生意伙伴们觉得他是个笨蛋，所以不愿意报警。当时白松也觉得这个说法有问题，但是他也考虑到，孙某可能是觉得报警了警察也追不回这个钱，所以才没有报警。

现实生活中，有的人被网络诈骗了十几万都不报警，也是觉得报警没用。这种情况确实存在。但是，现在白松才知道，这个孙某提前买了保险，报警立案后，保险公司居然是会赔付的！

那他不报警就不正常了！能百分之百拿回来这笔钱，不报警等着干吗？

保险公司的保单虽然也是联网的，但是前些年的很多都只有纸质保单，如果不是寇东河去认真查，这些在档案室里的东西，还真的没人会知道。

"你确定他不是报出来这笔钱，然后被你们保险公司的人给贪墨了？"柳书元问道。

"确定，这个保单没生效，他确实是没报警。"

白松也没有再问，刚刚寇东河讲的那一段话，白松也不懂，所以足以认可寇东河的专业。

寇东河被开除之前，虽然也知道这个事总得有人承担责任，但是出于正常人的一种"死也要死得明白点"的本能，肯定会去查一下，他毕竟是个主管。

"警官，你们要去查这份保单吗？"寇东河有些为难，"唉，查就查吧，我也不怕得罪人了,既然你们想知道事情真相,我也豁出去,到最后我也想知道到底是怎么回事。"

"不急,没事。"白松摇了摇头,"你跟我说说,你觉得这个事情,你们的那个经理有什么问题?即便是猜测,也可以随便说。"

"应该是收钱了。"寇东河道,"手续都齐全,尤其是你们公安的立案材料在保险业非常重要,一般来说批了也没啥事,毕竟命案这种事,公安一向都很谨慎。真的如这个人这样,能伪造那么完美的一个自杀现场,让警察都立了案,也是很少见的。而且,我至今也没整明白他为啥自杀,活着多好啊。"

"行,谢谢你。"白松找寇东河要了一张名片,在上面写上了自己的电话,"你的号码我有,有什么事可以给我打电话。"

三人上了车,白松启动车开了暖气,迫不及待地讨论了起来。

按照现在的情况,当初的很多事都要推倒重新分析了。

"首先,孙某自杀这个事情是肯定的了,咱们不可能犯这种低级错误。"王亮先说道,"但是,现在我是真的搞不懂他为啥自杀了。"

"我更想知道,他当初那100多万的货款为啥不找保险公司要,哪怕保险公司推脱,也总该试一试。"柳书元对这个事情也完全理解不了。

"按照常规的逻辑,只有一个可能。"白松想了想,"那就是这个孙某的这批货并不是丢了,而是他后来知道送到了哪里,他怕报了警之后,警察真的去查,然后会发现其他问题。"

"你这么说倒是能解释,但是他何苦后来被逼得自杀呢?"柳书元反问道。

"这个我也不知道了,但是如果我上述的说法是正确的,那只能说后来的几年里,孙某身上发生了一些不为人知的事情。"白松也是没辙了。

"那他既然要刻意伪造丢货,把东西送出去,为啥还得上个保险?这保险不花钱吗?而且保险公司还得审核,多麻烦!"柳书元问道。

"有可能他在发货的时候还没有发现问题，被骗了之后，在报保险之前，有了其他变故，让他知道了这批货去了何方，有其他原因阻断了他公开这个事。"白松有点头疼，这理由有些牵强了。

"他的事有哪些？"王亮想了想，"这个案子发生在你们所，我也不是很了解。"

"他的资料不是很多，我后来问他媳妇好几次，也没有什么太有价值的线索。但是他后来欠了一屁股债，这个是肯定的。"白松说道，"就是这批货丢了之后不久，他就借钱补亏空了，对外还是说自己做生意借钱。"

"也就是说，他心甘情愿地把那批货送了出去？"王亮吐槽道，"除非他是傻子。"

"不会，肯定是被骗了，而且估计骗术非常高级，直到后来他逐渐发现的时候，已经晚了。"白松绞尽脑汁，也只是分析出这一个可能。

"有没有可能死的不是你说的这个孙某？"柳书元开了脑洞。

"命案不会不验 DNA 的，你也知道现在验 DNA 的程序。"白松摇了摇头。

"也对，刚开始按照杀人案立案的……"柳书元想了想，"那就得去提讯一下他媳妇了。"

"嗯，可以试试。"白松听到柳书元的话有了些精神，随即又泄了气，"唉……不过别抱太大期望，他媳妇被审问太多次了。"

"那就去问问邻居之类的。"

"当初饱和式走访了。"

"那就找找主办的警察，说不定有一些细节。"柳书元再次道。

"主办……我应该就算……"

柳书元被噎住了："来来来，你告诉我，这个案子的漏洞在哪里……"

"不知道……"

众人陷入了沉默。

柳书元强忍着要捶白松的想法，难得他头脑风暴了一场，白松这边杵着一根避雷针把雷全引到泥里了。

"我想不动了,你再细细想,拼了命地想,尽可能扩大面儿,把这个自杀案,你遇到的所有人、所有事,但凡是和这个案子沾边的,细节都说出来,咱们一起聊。"柳书元揉了揉脑袋。

"嗯,你可以的。"王亮给了白松一点鼓励,"如果孙某的自杀案真的有问题,现场不会没有其他乱七八糟的事情的。"

"乱七八糟的事情?"白松疑惑道。

"就是一切可能有问题的巧合。"柳书元帮王亮解释道。

"那行,我想想。"白松把车停到了一个安静的地方,熄了火。

这是个背阴的地方,关了暖气之后,车里很快地冷了下来,但是王亮和柳书元都一言不发。

人思考问题的时候,有时候真的不能随便打扰,如果现在把白松叫走,再次思考这个案子,可能就需要新的机遇了。

外面寒风凛冽,白松却丝毫感觉不到冷,思考问题有时候消耗的能量堪比剧烈运动。

其他两个人都冻得捂紧了衣服,白松的头上却出汗了,他随手晃了晃方向盘,晃了晃挡把,突然,他的思维一下子凝固了起来。

这熟悉的感觉……

是啊,手动挡……手动挡……

白松一下子想到了一个极为巧合的人物!

在孙某自杀案现场,小区门口,看到的那个人!

那个游手好闲、开着手动挡奥迪的"三哥"——张彻!

第五百九十九章　节点

白松对张彻的印象，每多一次接触，就多一层了解。

第一次见面，张彻表现得像个彻头彻尾的智障，装×水准极低，一度让白松怀疑这个人字都不认识；第二次见面就是孙某自杀的那一次，白松在案发现场附近偶遇了张彻，他开着一辆老旧的手动挡奥迪在白松面前继续装×，然后发现白松是警察，灰溜溜地跑了。

这个人设，没人会多想什么。

第三次见面，是在手机店，白松发现这个人之前的所作所为就是为了碰瓷，而且还成功地讹了两千块钱，这倒是让白松第一次对他的印象发生了改观，觉得这个人有点脑子。

后来白松也曾经想过，张彻第一次应该也是想碰瓷白松，结果白松没有着他的道。再后来，通过"二哥"多了解了一下张彻，白松知道张彻家里有点关系，是个社会边缘人物，算不上真正意义上的社会人，也不值得过多地关注。

但是，问题其实就出现了，第一次遇到的时候，张彻装×如果是为了讹钱，那第二次呢？开着车过来装×，难不成为了碰瓷？碰瓷一般都是走路的碰开车的啊。

所以，其实细细想想，张彻第二次和白松见面，真的有点莫名其妙。

但即便是白松这样心细的人，居然也把这个事忘到了脑后，一点也没有觉得这个人不正常！

不仅仅是白松，几乎每一个人都没有多想过张彻，主要就是他的人设太稳了！

而一旦联想到这里，白松迅速地把一大堆之前不太确定的东西，都连接上了。

孙某自杀用的氰化物，当时白松一直以为是孙某从他以前做衣服的渠道里搞到的，实际上，这个案子中的氰化物到现在也没找到获取途径。

这个漏洞是一直存在的，只是案子破了，孙某死无对证，能大体解释成孙某从不明渠道获得，这个事也就算是过去了。可是，杠一下的话，氰化物这么难获得的东西，就凭孙某一个到处躲债、多年不管工厂的衣服厂老板，真的能轻易地获取吗？而且，还能让警察最后查了半天都没查到？

但是，如果是张彻提供的，一切就可以解释了。这东西，张彻真的能搞到，他本身就有化工厂的关系。

白松突然想到了一句话，叫"大隐隐于市"。如果一切都如白松所想，那么这个张彻，可能表面上是个无所事事、游手好闲的小混混，看到警察低声下气，到处碰瓷玩闹，实际上却是个相当了得的人物。

想了半天，白松也逐渐放松了下来。

"你到底想到了啥？快说说啊！"王亮一直也没打扰白松，他穿的衣服比较少有点冷得受不了，看了看柳书元，把柳书元看得直发毛。

"你别抱我啊。"柳书元满脸都是拒绝。

"我也不知道对不对，我给你们分析一下。"白松把刚刚所想到的关于张彻的所有事情，全部跟两个人说了一遍。

"你说归说，既然也不用头脑风暴了，能不能把暖气打开……"王亮搓搓手，"我一会儿给你加油总行了吧？"

"早说不就好了……"白松看了看油量显示，只剩下四分之一，满意地点了点头。

三人讨论了半天，有两个最关键的问题还需要解释。

第一个问题就是张彻和孙某到底是什么关系？为什么会发生这一系列的

事情？言外之意就是张彻为什么会帮助孙某自杀？

第二个问题是，张彻到底是什么人？

这里面自然而然能引申出一大堆新问题。

"你说张彻被你们治安拘留了，需要去提讯他一下吗？"柳书元问道。

"我有点看不透他了。"白松摇了摇头，"这个人是我目前见过的最深藏不露的一个。当然，也有可能我们分析的全是错的，他就是个脑残。"

"我更倾向于他是个非常聪明的人。"柳书元说道，"我不信天底下有那么多巧合。"

"嗯。"王亮把手放到了暖气口，温度终于上来了一点，"总归是有了线索，查吧，说不定你遇到的所有案子都连着，一个破局了，全都破了。"

"谁都希望如此啊，"白松摆了摆手，"问题是突破口在哪里？"

"无论如何，张彻这条线还是要查，要细细地查。"柳书元说道。

"其实我看过他的一些资料，包括查张左的时候，把他的信息也查了一番，"白松摇了摇头，"一无所获。"

"你是真行，同时遇到五起大案子，五起都卡壳了。"也不知道柳书元是夸白松还是吐槽。

"倒也不是同时发生的案子，只是现在都堵在这里了。"白松细数了一下，好像都不止五个了。

"没事，案子不怕多，"柳书元还是挺有精神，"一个一个解。"

三人正想着，白松的手机突然响了。

马局长。

白松立刻接起了电话。

"你在哪？咱们分局三队的王亮还有天北分局的柳书元，和你在一起吗？"马局长直接问道。

"在一起，我们三个在车上，地点就在九阳路这边。"白松如实说道，"马局长，什么事？"

"电话里没法说，来分局找我一趟，来我办公室，你们三个一起来。"

"收到。"

"你们的马局长？叫我去干吗？"柳书元对马东来还是认识的，听白松一说马局长，立刻就对号入座，知道是九河分局负责刑事案件的副局长。

"不知道，估计和今天在天南大学的案子有关。"白松说道。

"哦哦哦，明白了。"柳书元对这里面的流程还是很熟悉的，"那个案子估计是搞大了。"

"搞大了？"王亮一脸激动，他可是有功劳的。

"去了少说话吧。"白松倒没有多么开心，实际上他不是很愿意和这个部门接触，回头签个大范围的保密协议，一大堆事办不了不说，万一搞个回避，可能还得接受其他的审查。

第六百章　破案的第二把钥匙

到了分局马局长的办公室，白松第一眼就看到了王华东。

王华东怎么会在这里？

除了王华东之外，还有其他几个穿便衣的人，马局长的办公室不大，现在已经坐满了。见白松带着人过来，马局长招呼了一下，大家就一起去了旁边的小会议室。

气氛有点发闷。所有人都面无表情，而王华东一个人的情绪把全场气氛都搞得有些阴沉。

白松看到桌子上摆了一个笔记本。如果没记错的话，这个笔记本是当初王华东在侦探社的义卖摊位上，以5000元高价购买的。

这个本子是丁建国的。这个时候被拿到了这里，白松一下子明白了是怎么一回事。

丁建国，可能有问题。

这个美女学霸，这么多年来一直都是天华大学的女神之一，一直也没有任何绯闻，是绝对的话题人物。

而因为这个姑娘被王华东喜欢，白松对她也有了点关注，但是王华东追了很久，两个人依然不算是正式建立关系。

这个事白松也不懂，他也帮不上忙。

包括唐教授的很多外人，都以为两个人是在谈恋爱，但是白松其实是知道的，王华东和丁建国并没有真正意义上确立恋爱关系，一直是王华东处于追求状态。

王华东算是白松的朋友里最优秀的一个了，几乎没什么缺点，颜值至少7分，身材很棒，一米八左右的个子，刑警，家里还有钱！最关键的是，王华东会画画，画得相当不错，加上前面那些条件，想讨女孩子欢心还不容易吗？

但是，这么优秀的一个男生，白松都想不明白，为啥追个大他几岁的姑娘这么难呢？诚然，"你再优秀我也不见得就会喜欢"，但是以白松察言观色到的情况来看，总觉得这里面还有其他问题。

王华东当局者迷，白松却没有。

虽然这是兄弟喜欢的姑娘，但是如果唐教授那里有什么事，白松第一个怀疑的就是丁建国。当初张伟谈的第一个女朋友偷了他店里烟酒的事情，白松现在还记忆犹新。

这次唐教授这里有事之后，白松一直都在观察丁建国，虽然后来发现有问题的是杨瑞日，但白松不是个发现了问题不继续深究的人。

事实上，如果真的有问题，是经不起细细查验的。尤其是由姜队他们来查。

经过初步查验，这个大美女，是某大公司的商业间谍，这些年想方设法给该公司传递了很多的珍贵资料。

这个结果，王华东难以接受，就连柳书元和王亮都惊呆了。柳书元震惊之余，看了看白松的表情，顿时泄气了，看来白松是知道这个事情的。

今天把这么多人叫过来，是为了签一个保密协议。

大家都是同行，这个案子所有的事情，也就止于这个屋子，除了殷局长可能会知晓一二，其他人都不会知道发生了什么。

签完字之后，姜队等人也不愿意多解释这个事，再次强调了保密，就屏退了除了白松之外的所有人。

"白所，你对这个事还有哪些想法，能和我们聊聊吗？"姜队长不愿意放过任何一个线索。

"姜队，我想知道，如果聊得多了，对我其他的工作开展，会不会有影响?"白松反问道。

"你父亲是二级英模。"姜队长点了点头。

白松沉默了几秒,明白了什么意思。简而言之,白松的所有履历都被查清楚了,家里的情况也清白,属于非常受信任的那一类人,言外之意就是不会对白松有一些不信任的限制。

"好,我知道的,都告诉你们。"白松把自己曾经从唐教授那里获得化学课本的事都跟这些人说了,并且表示,这课本如果想拿走也是可以的。但是姜队长没有继续提这个事,显然是对课本没什么兴趣,当然,这也是表达了对白松的信任。

白松说问题的时候有自己的思路,非常清晰,而且还带上了自己的分析,说完之后,姜队长等几人都表示了认可:"果然是虎父无犬子。"

"过誉了。"白松想了想,"这个事,对我好哥们儿没什么不好的影响吧?这是我最担心的,我这个兄弟虽然父母不是咱们系统的人,但是绝对没有任何问题,我愿意用我的人格替他担保。"

说完这个,白松又强调了一句:"而且我相信,外面的所有人,都愿意做这个担保。"

姜队长沉默了一下:"白所不用担心那么多,咱们都是一个系统的。"

白松点了点头,这句话已经很够意思了。其实,这俩部门虽然不在一个系统,但是最上级的管理机关,确实是在一个院里。

"谢谢姜队了,如果还有什么我能帮忙的事情,义不容辞。"白松肯定地说道。

"客气了白所,都一样的,你有什么需要的,咱们互相帮助。"姜队客气地说道。

"嗯,姜队,那我能问您一个问题吗?"白松立刻跟上一句话。

姜队愣了一下,他客气一下,白松还真接话!他们是保密部门,按理说啥也不能往外说,但是刚刚答应了白松互相帮助,也不好直接拒绝,便说道:"你说说看。"

第六百章 破案的第二把钥匙 | 031

"我想知道,这个丁建国,她是通过什么方式与外面的人保持联络的?她有其他的同谋吗?"白松问道。

"同谋还在查,也不能跟你说。"姜队长看了看几位同事,琢磨了一会儿,还是跟白松说出了一个小秘密,"我们在这个女人的住处发现了一只绿鬣蜥。他们会把一些微型的特殊存储设备,植入这些野生动物体内。然后,你也知道,海关如果抓到这些东西,要么遣返原地放生或者养着,要么动物死了就直接掩埋或者焚烧,不可能有人会解剖的……咦?白所长,你激动什么?"

第六百零一章　下一步安排

曾伴浮云归晚翠，犹陪落日泛秋声。
世间无限丹青手，一片伤心画不成。

王华东手里还拿着一个笔记本。这不是之前的丁建国的那个本子，那个本子已经被拿走了。这个本子的后面，王华东画了十几张素描，都是一个人。

终究还是错付了。

白松也不知道该怎么说，看了看王华东的本子，伸出了手。

王华东看了眼白松，吐出一口气，把本子递给了白松。他和这个人之间的所有事，白松是最了解的。

公安局基本上每个屋子里都有碎纸机，白松打开了一台。

其实这些碎纸机平时也是开着的，都是待机状态，但是白松刻意地关掉了碎纸机，然后重新启动，就是想看看王华东会不会拦他。如果王华东拦他，他也会把本子交给他，如果王华东不拦，这些东西，就不再是回忆了。

大家都有些沉默，都是大老爷们儿，这个事也不知道该怎么劝，看着白松的动作，每个人都有些心疼王华东。

王华东伸手想去拉一下白松，最终还是没有这么做，而是扭过头去，看着墙面，没有人知道他此刻在想什么。

碎纸机的锯齿声不算大，却成了屋子里唯一的声音。

大家都不知道该做什么的时候，柳书元搭上了王华东的肩膀，拍了拍他，拿出手机，对王华东说道："兄弟别难过了，这不还没娶回家吗？要是真的娶回家了，你这辈子就完了。"

柳书元这话让白松都有些无语，这不是在伤口上撒盐吗？柳书元啥时候变得这么不会说话了？

接着，柳书元给王华东看了一张照片："这是我一个朋友的妹妹，天华航空公司的空姐，叫颜墨玉，22岁，你看怎么样？"

王华东本身是挺痛苦的，柳书元前面那句话，他倒也没有不开心，他当然知道柳书元说的是实话，有时候人痛苦的时候，恨不得捶墙，让自己更疼一些，反而能心里舒坦一点。柳书元话糙理不糙，王华东毕竟是警察，如果真的和这个人结了婚……现在，也只是王华东一厢情愿罢了。但是他看了一眼柳书元的手机，眼神还是停顿了半秒。

"谢谢你们开导我，我没什么大碍。"王华东倒也不是说因为柳书元给他看美女照片，而是真的有些感动。虽然喜欢了一个不该喜欢的姑娘，但是身边这些兄弟是真心的！

"张伟当初也是这样，找个对象，还偷他东西呢。"白松也说道，"你再看看他现在的女朋友，比当初的可是好太多了。"

比惨永远是劝人最有用的办法之一，王华东听了张伟这个遭遇，心情还真的平复了一些，再也不看白松的动作，出了屋子。

王亮给了白松一个眼神，白松摇了摇头："他需要点时间，这个事他肯定也得回避一下，我们一起谈谈这个案子吧。"

"一起谈谈？这案子咱们摸得到吗？"柳书元好奇地问道。

"摸得到。"白松面露微笑，"刚刚我和姜队说了，这个案子仅限咱们三个人知道，和他们一起合作。他们还和我共享了一些资料。"

"这都行？你太牛了！"王亮高兴得想喊一声，想到王华东可能还没走远，还是捂住了嘴。

"你是不是掌握了他们没有的证据？"柳书元问道。

"对。"白松点了点头，"这个事，可能会如王亮刚刚在车上说的，把所有的事情都串起来。"

"快快快，讲一讲！"柳书元有些迫不及待。

"好。"白松把刚刚和姜队聊的一些东西，和二人也说了一下，同时也提到了刚刚从姜队那里获得的更多的情报线索。

姜队已经和白松达成了一定程度的信息共享，而且也跟双方的领导汇报了这个事。

一切，还是以能顺利办案为根本。

"真牛，我明白了，别的不说，这个丁建国在国内这么多年，肯定是一直都有问题。她使用野生动物作为传递情报的方式，可以追溯到王千意那个时候，而且，王千意、张左以及大黑，都是合作方。"柳书元分析出了结果。

"嗯，我更倾向于王千意和大黑都是被利用的人。这类商业间谍，肯定都是在国内时间很久的了，人数不会太多，他们需要很多合作的人，但是人多口杂，合作方不见得知道他们到底是干什么的。"白松说道，"这个办法真的是不错。这些野生动物本身就是违法出境或者入境的，被海关抓到了之后，谁会想着解剖啊？而且，这些文件都有专业的加密，不太可能被破解，就算抓了，也很难追查到这些人。"

"如你所说的话，我们现在已经事成大半了，张左这边已经妥妥的了，丁建国肯定多少会招供一些。"柳书元拍了一下掌，"涉及这个事情，大黑这么聪明的人，肯定明哲保身了。"

"对，大黑肯定会招。"白松也信心满满。

大黑是精明人，一旦他知道自己搞的这些野生动物是用来干啥的，招得比谁都快，谁也不愿意牵扯上这种事。

一旦沾了边，那就不仅仅是牢底坐穿的事了。

"我已经看到了胜利的曙光。"王亮总结道。

白松瞅了王亮一眼："我觉得你可以休息几天。"

"滚，我可是加班小王子！"王亮喊道。

"以我对你的了解，你除了姓王，其他的没有一个字和你刚刚的话沾边。"白松面无表情地说道。

"你……你……"

白松懒得理王亮，和柳书元一起商量了一个讯问计划，今天晚上去提讯大黑，明天去提讯张左。

大黑现在羁押在九河区看守所，白松想去提讯非常容易，不过晚上提讯，还是要和领导说一下，白松直接去找马局长聊了会儿天。

马局长虽然不知道白松和姜队说了什么，但是姜队等人走的时候，还是和马局长做了一些交接，需要和这边合作，马局长自然也是答应了。

接下来的一段日子，这三个人的名字就会从很多领导安排工作的名单上消失，直到案子结束。

第六百零二章　破案的第三把钥匙

大黑的提讯比想象的还要顺利。

要不大家都说，和聪明人聊天就是简单，提讯都很简单。

白松没有和大黑明说张左买走的野生动物是做什么用的，大黑就已经知道有问题了。他之前招供，曾卖给张左两次野生动物，白松这次来，怎么还问这个事？从白松的言行举止，大黑知道白松肯定是掌握了什么，估计是查到了张左买那么多野生动物做什么去了。有些东西是可以吃的，但是类似绿鬣蜥这种东西，很少有人吃。而除了这个，类似于陆龟、金刚鹦鹉等等，哪有人吃啊！

大黑能做这个买卖，肯定是认识其他的贩子的，今天还抓来了一个。但是，大黑多少也能感觉到，张左不像是个贩子，因为，每次张左来，都是买特定的几只。这几只，不见得是品相最好的，而张左看了看就挑走了。对于这些动物，大黑多少是了解一些的，有点病殃殃的，张左都挑走，他也觉得有问题。但是，哪有和买家计较那么多的？结钱痛快就一切都好。

当得知白松这次专门为了张左购买走私动物的事情来的时候，再加上白松那个状态，大黑就猜到出事了，赶紧把他和张左的一些交易全说了出来，生怕构成包庇罪或者被认定为同案犯。

张左购买野生动物的次数可真是够多的！王亮敲着笔录，心中都免不了震惊。

一个未来的程序员大佬，现在沦落到成为敲笔录的工具人，王亮却乐此不疲。这事多好啊，不用动脑子，敲键盘就行。

白松也开心，发现了王亮的新妙用，王亮的打字速度堪比速录员，基本上大黑陈述多快就能打多快。当然，平日里审讯的时候，嫌疑人都不怎么说，录再快也没用。

"杨庆富，你是个聪明人，等你出来之后，好好干点正事。"白松最后嘱咐道。

"好。"本名杨庆富的大黑深呼一口气。

从看守所出来，算是大获全胜，三人都有些激动，对明天的工作有了更强的信心。

"咦，我有一个未接来电。"白松看了看手机。

"骚扰电话吗？"王亮凑了过来，"是个座机啊。"

"等会儿再讨论案子，我先打回去看看。"白松说道。

电话拨通，过了几秒钟便有人接了起来。

来电话的是天华市女子监狱，白松聊了几句，有些惊喜地挂了电话。

王若依主动告诉管教，想交代一些问题，写了自述书，需要和今天白天来的民警说一下。

一般监狱里这种事都会通知办案民警，白松今天走的时候，确实也留了电话。但是，正常情况下，监狱也不会这么快就通知白松。王若依有点特殊，是个死缓犯人，被重点关注，所以监狱就迅速通知了白松。

挂了电话，白松满脸喜意："明天先去监狱找王若依。"

"啥事？"两人凑近了问道。

"王若依应该是想开了！"白松握了握拳头，第一个谜题似乎要彻底解开了！

真相啊，多么令人着迷的东西。

接到这个电话，白松有些睡不着觉了。他今天从女子监狱走的时候，虽然也是有所准备，但是他并不奢望这么快有结果。

但想一想，其实也正常。

王若依现在什么事也没有，就是被关押着。

死缓的两年期间，跟正常的徒刑是不太一样的，虽然也进行生产劳动，但是更多的还是思想教育，剩下的就是几个狱友之间大眼瞪小眼。监狱里太过于无聊了，在一起关几年，一个号房里的人，比很多夫妻之间都要熟悉。

王若依今天上午被提讯，回来就成了两个狱友心中难得的新鲜事，频频问王若依到底是什么事。这两位也是绝对的狠角色，亲手杀夫，早就看透了那些臭男人。以这两位的性格，在王若依嘴里第一次提到张左时，她俩立刻就炸了。

之前，王若依从来也没有提过张左，她觉得没必要提。人是她杀的，她也想为了母亲去做这个事，跟人家张左有什么关联？而同一个屋里的两个大姐，本身就对男人有些仇视，王若依不太愿意跟她们说。

今天说了，就好像打开了话匣子，两个妇女立刻就分析出了一大堆事，全是张左的错。

这样也有些极端，但是王若依在几个小时的分析和两个大姐的"狂轰滥炸"中，终于醒悟了。

当初，她下狠手去杀死李某，从头到尾，似乎都有人在推波助澜，而这个人就是张左。

不知道从哪一天起，她偶然地发现了李某和父亲出轨的事情。其实，一个学生而已，她爸王千意那种人物，真的出轨，就那么容易被女儿发现？但是，没有人会怀疑，就连王若依都认为是自己发现了父亲的秘密。

人有时候会迷之自信，这几乎是人的一种本能。很多炒股赚了一些钱的人，会觉得自己是股神；赌博赢了几场的人，会觉得自己是赌圣。一些得到时代红利，在机遇中起飞的企业家，有时候会觉得自己的智商比所有下属都高。

王若依发挥自己的"小侦探"本色，顺藤摸瓜，发现了父亲的所作所为，而且，她还发现这个李某想让父亲离婚的事情。这些发现，都特别特别顺利，王若依觉得是自己聪明。

而这个时候，本来就是朋友、和王千意还有合作的张左，自然而然地进入了王若依的视线，总是不经意间给她"出谋划策"。这在王若依看来，是"很够意思"的一种情况。

张左作为一个商业间谍，可能所有的身份都有问题，以这种人的智商，想把王若依支使得团团转，太简单了。

白松和大家聊了一会儿，知道了明天应该往哪方面问。

而且，还有两个问题急需知道。

第一，张左如果预谋借刀杀人杀死李某，目的是什么？

第二，郑小武到底怎么回事？和张左的关系如何？张左有没有利用郑小武去做什么不法的事情？

第六百零三章　十年的谋划

白松非常想知道，张左的真实身份是什么。

他看着张左父母的信息，有些愣神。

还……真的有点不像。

白松长得就很随父亲。白玉龙身高一米八二，风流潇洒、玉树临风、温文尔雅、气宇轩昂、勇力过人……

嗯嗯，儿子随父亲。

张左和他"父母"，看着也像那么回事，可抱着怀疑的态度去看，就不一样了。

"张左的父母，我们需要查。"白松指了指照片，"连夜去，叫上姜队他们一起。"

"咱们自己去就行了吧？"王亮道，"书元不是天北区的吗？我们自己就能搞定。"

"这不是抢功劳的事情，在某些方面，他们比我们专业得多。"白松顿了顿，"更多的是权限问题。"

"我同意。"柳书元答应道。

天北区某别墅。

七八人一起行动，却依然没有发出任何声响。当然，表面上，只有王华东和柳书元两个人，其他人都没有在明处。

敲门。

"谁啊?"屋里传来了声音。

"派出所民警。"二人穿着制服,柳书元还把自己的警官证递到了猫眼那里。

警官证照片下面,是柳书元的名字和"天华市公安局天北分局"字样,再下面是警号。

房门缓缓打开。

"什么事,警官?"开门的是家中男主人。

"你们小区这一排别墅是串联的暖气管道,现在有几户暖气不够热,有人报警说怀疑有人偷水,我们来查一下。"柳书元说道,"方便吗?"

"方便方便,警官您来得真是时候,我也这么怀疑,我们这边确实是暖气不够热!"男主人有些开心,把一楼的主灯给打开了。

两人也不是为了看暖气,大体看了看,确认这里就只有夫妻二人,然后给外面的人发了信号,大家都进了屋子。

外面足足有六个人,就好像变戏法一样出现在了客厅里,夫妻俩都被带到了客厅。

这个气场,男主人已经有些承受不住了。

姜队这边的信息源,明显比白松要快速得多,白松怀疑有些事情他们直接有权限可以查,连程序都不用走。

男子叫张树勇,看着姜队放在桌上的几页材料,他面色非常阴沉,而他妻子直接就颤抖着蹲坐在了地上。

张左,并不是他们的儿子。

张树勇并不是本地人,十几年前,他在冀北省有一家小工厂。20世纪八九十年代,第一批下海做生意、开工厂的人,赚钱很容易。金融危机之后,不仅仅是国际市场困难了,国内生意也开始饱和,他的工厂也因为经营不善,负债累累。但是,这个时候,张树勇一家搬到了天北区,重新获得了投资，企业经营越来越好，现在已经身价千万。

在那个时代，这种事也不是没有，而且也没人会去细细查明。

但实际上，那个时候，张树勇认识了一个人。这个人说，可以给张树勇提供几项专利技术，给他一些钱渡过难关，同时，还能把张树勇的儿子送到国外生活，上国外的大学。尤其是最后这个条件，在那个年代，这可是非常有吸引力的。而作为交换的条件，是把张左放在张树勇家中长大。

在这个人的嘴里，张左是个大家族的私生子，也有那个大家族的继承权，但是被大家族所不容，所以才出此下策。而且张左成年之后，就会回到那个家族里争权，消失掉。然后，张树勇的儿子可以在国外继续读四年大学和几年研究生再回来，到时候也没人知道。

这个故事听起来过于武侠，如果你是张树勇，你会相信吗？

张树勇当时就不信。

但是，接下来的一段时间里，张树勇家中变故频发。

先是他的合作伙伴出问题，本来还能缓一下还的钱，结果对方突然催了几天债，还直接开走了他的车子抵债。临近崩溃的公司被一根稻草都能压倒，何况这种事？

再之后，岳父生病、孩子在学校被欺负等等闹心事频发，张树勇走投无路，这个人再次出现了，实实在在地带着一大笔现金过来了。

张左被带了过来，张树勇这才知道为啥找他了，张左的年龄和身材，和他儿子一模一样，而且也姓张。

于是，夫妻俩带着张左，来到了天华市天北区，重新开始投资和生活，逐渐地把张左带大。

但后来的事情，还是脱离了掌控。

七八年过去，儿子和这个张左都已经成年了，但是张左始终不离开。

当然，这个名字本来是儿子的，但是已经彻底属于张左了。这些年来，身份证、驾照等材料，都是这个张左的。他们会每个月给张左一些零花钱，但是张左在做什么，他们一直不知道。

随着张树勇家里条件越来越好，他们俩已经准备移民了，但是这还没有走，就被白松等人给堵住了。

现实版的鸠占鹊巢吗？

想最终确定这个事，其实也不算难，拿张左的 DNA 和张树勇夫妻俩的比对一下就知道，张左肯定不是他俩亲生的孩子。

这个事情，在座的所有人都闻到了背后的味道。

这肯定是姜队他们管的范围了。

"这么多年来，你们就没猜猜到底是什么原因吗？"姜队长问道。

"我……"张树勇支支吾吾。

"儿子在国外，担心孩子出事，啥也不会说是吧？"姜队面露微笑，"过会儿，跟我们走一趟吧。"

说完，姜队看了看白松："你那边还有什么事要办吗？"

"有的。"白松拿出手机，给张树勇看了一张照片，"这个人你认识吗？"

张树勇看了照片，情绪出现了一瞬间的波动，然后竭力保持着面无表情，一言不发。

白松面露笑容："姜队，看来咱们需要合作的地方，还真是够多啊。"

说完，白松收起了手机。

第六百零四章　破案的第四把钥匙

这个扣子一旦解开，很多案子的难度直线下降。

隐藏得非常完美的犯罪分子，都有着他们一个完美的人设和身份。而这种人设和身份，其实是需要很多外人来证明的，这就意味着，这种人很难被发现，一旦被发现，可能一串人都会倒霉。

张左是个富二代，丁建国是学霸，另外一个张彻，自然不必多说。

刚刚张树勇的表情已经说明了一切。

想了想张彻和张左的样子，白松已经猜出来了，这两个人，应该是真正的父子。

论起隐藏的深度，张彻绝对有非常高的水准，白松前面和他接触了两次，都没有对他有任何怀疑。

不仅仅是白松，所有见过张彻的人，都觉得这是一个游手好闲、不学无术之人。

张彻曾经被治安拘留过好几次，现在还被治安拘留，被关在拘留所里。

"也就是说，你说的这两个人，现在都已经抓到了？"姜队和白松又聊了几句，听白松说完，感觉无比神奇。

"嗯，一个在新港分局的看守所，还有一个在市里的拘留所。"白松说道。

"你知道这是多么严重的一起案子吗？整个天华市，这种事情已经很久都没有遇到了。"姜队认真地说道，"如果最终一切都查实了，说实话，这么多年来我都不知道谁获得过这么大的功劳。"

"姜队,有一个事情我不太明白。"白松没有被幸福模糊双眼,"像这些人,他们想杀人,是图什么呢?"

"这个倒是正常,这种事情我遇到过几次。"姜队长说道,"他们这种人,洗脑能力特别强,擅长借刀杀人。有的时候,原因很简单,就是被人发现了他们的一些马脚,可能并没有发现,但是仅仅因为怀疑,也会想办法……"

姜队做了一个动作,白松摸了摸脖子,点了点头。

如此来说,李某的死因就很清楚了——肯定是李某发现了张左什么事。

发现了什么事呢?

白松已经不像当初办理李某死亡案时那么青涩了,他迅速地想了想整个李某案的线索。

李某被杀案,历经时间虽然不是很长,但这期间白松还去了一趟南黔省,而且也引出了众多的案子,还抓了庹某等一批搞走私的嫌犯。

和李某有关的线索和案卷,都已经放在了案卷库,永远地封存,几乎所有的证据,最终都派上了用场。

几百页文件、几十个涉案物证,一页一页、一个一个地,在白松的脑海中如电影放映一般纷纷展现出来。幻灯片突然停住了,白松的思维一下子跳到了一张手机大小的纸片上。

10万越南盾。

李某在银行的保险箱里,放了两块翡翠和一张面额10万的越南盾。

当时白松正在南黔省出差,和时任刑侦支队支队长马东来打电话的时候,马支队告诉他,在李某的银行保险柜里发现了两块品相不错的翡翠和一张面额10万的越南盾。

白松之前还问过马支队,得知10万越南盾只能折合人民币三四十元。越南盾价值较低,最大面额是50万,相当于人民币100多元。

最开始的时候,大家分析,这个应该是李某顺手放进去的。

因为这个钱面额不大,加上是外币,大家简单地判断了一下是真币,就直接放入证物袋了。

当时,一般人的理解是猎奇。很多人第一次出国玩,或者说家属出国玩,带回来一些小额的外币,会觉得很有趣,因为没办法消费,也懒得去银行兑换,所以大概率会被当作收藏品放起来。

白松知道这个钱的事之后,就遇到了险境,先是骑马差点掉到悬崖之下,接着是和持刀歹徒搏斗,哪还在意这么一张纸币呢?

而纵观全案,为什么李某会将一张没什么价值的10万越南盾,放在自己在银行单独开设的保险箱里?与这个钱一起摆放的,还是价值很高的翡翠?

如果这里面只有这一张纸币,那么所有人都会觉得这个钱肯定有问题,但是和翡翠放在了一起,任何人对这个钱都没有关注。用一个不恰当的比喻就是"珠玉在前,瓦石难当"。

看着白松脸上的笑容,姜队有点不解。

他们部门的这些人,平日里也都是比较安静的,不像刑警队工作节奏那么快,这会儿大家在房间里查了半天,倒也没人打扰白松。

姜队看了会儿白松,发现白松在思考,这会儿露出了笑容,应该是有所收获。

"白所长,这是有什么发现吗?"姜队带着职业的笑容。

"姜队,我有一点小小的发现,也不知道是不是对的,需要验证一下。一会儿我要去一趟九河分局刑侦支队的档案室,您跟我一起来吗?"白松提出了邀请。

"一起?"姜队有点诧异,"可以倒是可以,还需要带什么人吗?"

"嗯,带一个,最好是对密码学、密字学比较专业的人。"白松道,"仅仅是猜想,不能保证有什么战果。"

"战果什么的并不重要,今天已经足够惊人了!"姜队露出真心的笑容,今天绝对是他职业生涯的高光时刻。

"好，那就请您和同事，两位专家跟我走一趟了。"白松发出了正式的邀请。

白松猜想这个 10 万越南盾的事情，也许与另外一起案子息息相关。

疤脸，也就是陈某死亡的案子。

当时，白松发现了书上有用特殊方式写的文字。这个事当时也就过去了，没有让白松想太多，但是现在想想，这张越南盾上会不会有什么特殊的信息呢？

李某的家乡，正好又是走私穿山甲的重点区域，又靠近国境，李某作为王千意的枕边人，一天到晚也没啥正经事，如果通过巧合获得了张左的一点情报，这也是非常可能的事情。

而这样的东西，李某就算不知道是什么，也一定会放在非常重要的地方。

这不就对得上了吗？

第六百零五章　不明的发现

俗话说，千防万防，家贼难防。

王千意和大黑算是一类人，虽然大黑远比不上王千意那个咖位，但是以白松对大黑的了解，这也绝对是个聪明人了。他们这样的人是有一些底线的，王千意有，大黑也有。当然了，这不是夸他们，而是他们知道有些东西沾了会很倒霉，容易被盯上，也就是知进退罢了。

所以，真正和张左合作的人，白松觉得并不见得是王千意，而应该是诸葛勇那个蠢人。

张左通过诸葛勇购买一些野生动物，这个也是白松之前掌握了的。

在这个事情之中，被李某发现了什么，倒也不是不可能的事情，因为李某虽然是王千意的情妇，但是她还有另外一个身份——她和诸葛勇都是王千意的手下，而且明显她地位更高。诸葛勇做一些事会防着王千意，却不见得会防着李某。

那么，大黑这边，谁又是类似于"诸葛勇"这样的人物呢？

大黑现在直播和生意已经进入了正轨，虽然和张左做了多次交易，但是对于张左来说，也需要一个类似"诸葛勇"这样的人来做一些别的事。比如说，风险更大、收益更高的事情。那这个人如果存在，会是谁呢？

白松觉得，如果没有，那么大黑肯定是知情一部分的，但是刚刚从大黑那里出来，白松想了想，大黑不是这类人啊！

想了想大黑身边的人，其中一个，是和大黑一起合作的女主播江晨，另外一个，是那个开改装车的有东北口音的男人，也就是那个没有改装排气自称改装了的人。

这两个人的信息,在白松的脑海里,属于情报缺失的状态,因为确实是没什么存在感。

一行五人开车前往九河分局的路上,白松和姜队有一搭没一搭地聊着。

这一路上,把剩下的三个人听得这个难受啊!

不聊天吧,显着尴尬,聊吧,又不知道该聊啥。随便聊错一点,都是犯错误的事情,所以,两人毫无逻辑地扯东扯西……

终于,车子到了分局,大家都如释重负。

这张纸币被放入了证物袋,保存在了刑侦支队的档案室,白松在二队值班民警的帮助下,很快找到了这个证物。

姜队给同行的人递了个眼神,有个戴眼镜的小伙子立刻走过去,拿出了一个特殊的灯具,从不同角度看了看这张纸币。

看了不到十秒钟,小伙子点了点头。

姜队难掩喜色,这感觉就好像去地摊捡到了漏一样,他看着白松:"白所,这个我们需要带走。"

"这个是命案的证据,我做不了主。"白松实话实说。

"行,我明白。"姜队心跳有些加速,他们搞的案子和白松的不一样,平日里只要是遇到了能证实的线索,就不是小事。而这个,明显可能有非常重要的东西。

姜队平复了一下心情,给自己的领导打了电话。

过了差不多十分钟,二队的队长给这个值班民警打了电话,告诉他可以把这个东西给姜队,但是要做一个文书上的交接。

姜队也不废话,迅速地拿起笔就签了字。

"白所,此事可能事关重大,你们的车我借用一下,回单位分析一下这个东西,我把我们的同事送回去,我就开车回来,方便吗?"姜队明显客气了许多。

"方便，随便用。"白松把钥匙给了姜队。

这个证物万分关键，所以该走的程序要走，但是借个车这种事，白松就做主了。虽然这个是公家的车，但这也不是私用。工作这么久，很多事的尺度白松把握得还不错。

本来这张越南盾在证物袋里就没什么磨损，到了姜队这里，明显又变金贵了许多，拿着证物袋都怕有晃动，双手捧着就出去了，不知道的还以为捧着国宝呢。

刑侦支队的大院里，夜晚的寒风依旧凛冽。

"能休息会儿吗？"王亮听了白松的话，暗暗叫苦。

这一系列的事情，都是在这一天内发生的。现在已经很晚了，白松居然又要去提讯大黑，王亮心里苦！

"我自己去就行，我就是问问他关于女主播江晨和那个飙车的男子的信息，这种事情他不会瞒着我。这个不用取笔录，就是我记在脑子里作为办案需要。"白松看着王亮有些疲惫，"你们先休息吧，我自己去就行。"

"没事没事，我一点也不累，这个没问题。"王亮一听不用打字，立刻就摇头说自己不累。柳书元自然是耸了耸肩，继续当好"工具人"。

看守所的管教都服了，这个白所虽说是个领导，怎么下了派出所之后，比在刑警队的时候还牛，这大晚上的，还得来第二趟？

一般来说，看守所这些管教都不是什么好惹的，脾气都不太好。之前白松在刑警队的时候，因为刑警和看守所是一个院的，所以互相有几分薄面，以前晚上提讯还是能说一下的。不过，管教还没来得及说什么，很快便接到了看守所所长的电话，配合工作。这大半夜，所长打电话过来就为了说这个事，让管教有点摸不清具体情况，但还是迅速配合了白松。

大黑看到白松的时候，一脸的疑惑。

白松对大黑的这个表情很满意。

疑惑就对了。如果大黑有些害怕,那就说明他肯定还有关键问题没说。

"给我聊聊你身边的这些人,包括朋友。"白松开门见山。

大黑见白松没有要记笔录的状态,便说道:"领导能提示一下吗?"

"你们公司全部的人,包括你常接触的朋友。"白松说道。

"这也太多了吧,您给说说,想听谁?您让我说哪个我就说哪个。"大黑表示自己很配合。

"一个一个说。"白松面无表情。

大黑暗暗叫苦,本来以为和白松有点交情了,结果……唉!

第六百零六章　结束的钟声

大黑也不生气,他刚开始还以为自己和白松有了交情,但是现在冷静下来想一想,那是不可能的。

白松看着年轻,但是不傻,怎么会和他有真的交情?

明白了这个,大黑还是把白松想知道的事情全说了出来。他明白,隐瞒实情,对他没有好处。

他在看守所里刚刚被提讯那一次,回去的时候就有人问他是不是犯了什么大错,他说没有,狱友就说不可能,一般小事没有这么晚了来讯问的。狱友还告诉他,能这么晚来讯问的,要么是真的有紧急线索,要么就是人脉广。

在讯问期间,白松穿插着问了几个问题,几乎每个人白松都问过。

这让大黑根本不知道谁有问题。

问完了这些情况,白松大体有了思路,就让大黑先回去了。

出了看守所,姜队开着车先回来了,而且还带了一辆车过来。把车子还给了白松之后,双方简单地告别,姜队就坐着自己单位的车子直接离开了。

这都后半夜了,也没啥好地方,白松开着车带着王亮、柳书元回了自己的家,离这边还不算远,他给哥儿俩煮了面。

"这一天啊,真够充实的!"柳书元感觉方便面都比平时很香了。

"谁跟他干活谁倒霉,想一出是一出,累死我了。"王亮把盆里面的鸡蛋捞了三个放在自己的碗里。

"要脸吗?"白松不动声色地扒拉出来两个。

"你脸皮那么厚,又不好吃。"王亮偷偷地又扒拉了好几块火腿肠。

今天收获很大,虽然没有一个收获是能看到的,但是这些东西最后的功劳都少不了。

白松现在也学得精明了,那张10万越南盾,为啥一定要姜队往上报?

还不是要那边的局长和这边的局长联系一下吗?这样到最后什么事才说得更清楚。

倒也不是为了自己的功劳,白松现在是领导,他还带着自己的弟兄呢。

一夜无话。

早上,白松起床很早,昨晚也就睡了五个小时。

他在客厅睡,洗漱完穿好衣服,就出去跑步了。

天气有些阴,预报说今天应该有这个冬天的最后一场雪,未来的十几天都是晴天。

2014年的天华市,雾霾还是比较严重的。白松戴了口罩,稍微运动了一下,没有继续,买了点早点就回去了。

今天下完这场雪,雾霾就会暂时消失。

吃完早点,今天第一件事是去提讯王若依。

本来白松对这个提讯是充满了斗志的,但是提前摸透了真相,就感觉很无力。

这种无力……就好像提前看到了《警探长》的结局,然后知道白松已经颜压九天、智统三界,就很无聊了。

"笔录我来取吧。"柳书元自告奋勇。

白松听到这个,很是感动:柳傲娇……哦,柳书元同志是个好同志。

一整天下来,就做了两件事。

第一件事是提讯王若依。对于王若依之前写的坦白书,白松已经在电话里和监狱的女管教聊了几句,现在正式提讯,王若依的思维更清晰了一些。

如果说这些东西后期都能证明,王若依就成了杀害李某的同案犯之一,而不是唯一主犯,这会引发重新判决。估计会减判为无期徒刑,而且很容易减刑到二十年。

白松相信王若依说的都是实话,如此说来,王若依这边的故事算是彻底结束了。

第二件事就是抽空提讯了一下张左,没提什么商业间谍的事,也没提丁建国的事,但是白松已经得到自己想要的东西了。

之所以抽空提讯,是因为新港分局一直也在讯问。

本来白松想告诉他们一些事情真相的,但是和姜队那边相关的案子,确实是没办法公开一点点。

只是,张左肯定会被姜队那些人带走。

即便张左涉及命案,白松这边就算想把他带回九河分局,也依然没戏,张左肯定会被姜队他们带走。

等待的结局,自然就不是白松需要考虑的了,这个案子可以说到了的收尾阶段,反而没白松什么事情了。

结案的钟声,已经快要敲响了。

第六百零七章　我真的不审讯你

"是你？"文身男有些不敢相信。

综合了所有的前置信息，提讯完张左的当天晚上十二点多，白松等人在一家会所堵到了文身男。

在大黑的这些手下以及朋友中，开高尔夫改装车的文身男是嫌疑最大的。

这个人一直也是白松最怀疑的一个人，从一开始就是。

张伟第一天来到天华市那天，在大黑那里和一些主播吃饭，第一次听说有主播失踪，就是从文身男这里听说的。

那天，白松和王华东以及张伟夜探港口的时候文身男还在，而且说自己把车子改装了之类的谎言。

发现了李亚楠的线索之后，大家的精力都在大黑和李亚楠身上，后来发现航海船模和野生动物的事情，也没人关注文身男。

但排查了一番，白松确定了文身男有问题，今天晚上在一家会所发现了他。

这家会所在天东区，几个人去抓人也不需要和辖区警察说，直接就拿证件进去，把人带了出来。

同一个城市不同的区，警察去抓人不算是异地抓人，虽然发案的管辖权是独立的，但是自己的案子自己抓人不用通知。

"有什么问题？"面包车后座上，白松饶有兴趣地看了看文身男，"是不是我进去得有点早？"

"你是警察?"文身男看着三个人,都没穿制服,有些心虚地往后缩了缩。

白松把警官证亮了亮,没有多说话。

文身男又缩了缩:"找我什么事?"

"生活条件不错嘛。"白松看了看不远处的会所,"这事赖我,我要是晚到二十分钟,就不会打扰你今天晚上的美事儿了。"

"就他?"王亮瞥了一眼,"晚去五分钟就够了。"

"放屁!"文身男蜷缩着的身子一下子展开,"你们警察怎么还带人身攻击的?"

"攻击你什么了?"白松一脸疑惑,"你承认你嫖了?"

"没……没有,"文身男连忙摆手,"没有的事情。"

"嗯,跟我走一趟吧。"白松示意王亮开车。

天东区到九河区还有点距离,一路上白松不说话,搞得文身男有点慌。

他刚开始被警察带出来的时候,心里极度紧张,以为是被抓嫖了,但是后来仔细一想,不对啊,我还没嫖我怕啥?然后,看清楚是白松,他就立刻明白了什么。这个人若是警察的话,那就是知道了大黑那边的事情,而现在把自己带走,肯定是自己暴露了。所以,他直接把身体缩了起来,什么也不打算说。

这个时候的文身男,心理防线都已经体现在了动作上,问什么也没用。

而随着他心境的变化,路上又开始有点心虚了,憋着的那股气自然而然地散了。

"警官,咱这是去哪里啊?"文身男忍不住问道。

"九河区看守所。"白松这句话也没错,九河区刑侦支队和看守所在一个院里。

"啊?"文身男自然知道看守所和拘留所的区别,"警官,我犯了啥事啊?"

"你?"白松一脸疑惑,"没啥大事啊。"

说完,车上陷入了沉默。

文身男可不傻,见到白松的时候就明白了七七八八,这大半夜的直接来抓他,怎么可能没有事?要是当地派出所来抓他,他肯定就闹了,反正他又没嫖,怕什么?

白松越这样,他越心虚,想套点话出来:"警官,哪方面的事,麻烦您和我说说啊。"

"和你有关的人都被抓了,你还用问我?"白松说道。

"我是真的不知道啊!"文身男感觉白松要套他的话。

"就你傻,你的两个同伙都把你供出来了,证据也差不多了,先刑拘三十天再说。"

"没有的事!"文身男一下子听出了白松在诈他,他只跟张左偷偷合作过,怎么会有俩同案犯?所以他本来有些紧张的情绪,一下子变得放松下来:"警官,您可不要冤枉好人!"

"不会的,处理你也不是我处理。"白松指了指西边,"张左的事你也知道吧?就是你给他倒腾了几个有商业机密的野生动物那事,他已经被安全部门的人给抓了。这个部门你应该也听过,和我们不一样。除此之外,大黑也把你的一些事说了出来……"白松顿了一下,"其实也没多大的事,走私点野生动物也没有多大的罪,估计你在看守所住不了几天,就会被安全部门的人带走了。"

白松说得很随意,文身男整个人都蒙了。

他这才知道,张左让他帮忙弄的,居然涉及了这个部门的管理!而且,白松说的他的第二个同案犯指的是大黑!诚然,他做的一些事是和大黑沾边,但是他和大黑真的算不上同案犯。大黑这个王八蛋,居然把他招供出来了,这也算人?!

"警官,您……您别听那个大黑瞎说,我和他一点点关系都没有!"文身男喘着粗气，这是想打人的节奏，旋即他想到了什么，"还有，我真的不知道张左做的事是卖国的事情！"

"我没让你解释啊。"白松露出疑惑的表情，"没事，这案子其实我不怎么负责，你回头和安全部门的人多聊聊，他们应该愿意听你说。"

"白警官！"文身男立刻道，"我跟您说得清楚，跟他们说不清楚！是这样的，我和大黑是认识，但是，我从来没有和他合作过，他血口喷人，他自己走私那些野生动物赚的钱，也从来没有分给我一分！

"我只是知道一点额外的渠道，和大黑是一家的渠道，然后张左有时候需要买几只特殊的小动物，我当个中间人，赚一点零花钱花花，至于是做什么的，我不知道！"

白松心里很满意，但是装作不经意地说："你跟我说这些干吗？本来跟张左有关的案子就不归我管。还有，你说的这些也没啥意思，还零花钱，你土豪啊？几万、十几万都是零花钱啊？"

文身男神色一凛，白松连这个都知道，看来是不能隐瞒了，于是什么都说了，生怕自己被误会。

第六百零七章　我真的不审讯你　｜　059

第六百零八章　真相大白

白松没想到这个人这么配合，其实他还在琢磨回去怎么审讯。但可能是真的心虚，也可能是安全部门的名头更神秘一些，文身男发现白松什么都知道，就立刻招了。

一路上，白松越是不愿意听，这个文身男解释得越细致。

白松不问的地方，他主动回答清楚，就怕白松误会。

"警官，我说得很清楚了啊。您看，咱们之前见过，您也知道我，没啥钱，就开辆大众高尔夫，我们这个圈里，人家但凡有钱的都是开什么奥迪TTRS之类的车啊！"文身男说得很急，他熟悉天华市的路，知道马上就到九河区看守所了。

"行，你说的我都记住了，回头我会跟他们说。"白松点了点头，"你不了解我这个人，我啊，喜欢和聪明人打交道。你这些话吧，九真一假，不过我也懒得挑刺了，该说的我会给你转达，其他的，还是你和他们说吧。"

文身男语气一滞："警官，天地良心，我说的全是真的！"

"和窦渐离有关的，你说了？"白松略带嘲讽地笑了笑，也没有继续问下去，似乎并不关心。

白松突然问的这句话，打了文身男一个措手不及，他怎么也没想到，白松连这个都知道，整个人都蒙了。

其实白松啥也不知道，但是文身男知道女主播失踪的事情，又刻意地想问问大黑对这个事的了解，那肯定是多少知情的。

文身男不会随便问大黑的，他这么问，说明他对女主播的失踪也想不明白。

而现在，该查的都查得差不多了，唯独窦渐离杳无音讯，他能去哪里？

白松虽然是诈文身男，但也是做了准备的。

文身男一动不动，车上的暖气并不热，他却出了汗。这个警察，怎么什么都知道？这件事，天底下应该只有三个人……哦，是两个人知道！张左不可能闲得没事把这个事招供出来啊……这不是脑子进水了吗？但是，白松这么一说，他心慌了。白松肯定是知道了，不然不会如此精准！

窦渐离，这个名字曾经多次出现在文身男的梦里！

在连续的怀疑和自我怀疑中，车子停到了看守所大院里，白松不经意地拍了拍文身男的肩膀："到了，下车了。"

"等会儿！"文身男猛地喊道，"我有话要说！"

马上要被带到看守所，高墙电网让文身男非常恐惧，他不想下车，车虽然是警察的车，但是比外面安全感多一些。

人总是对已经习惯了的环境更放心一些。

"警官，窦渐离的死，我知情，但是和我一点关系都没有！"文身男近乎是低吼出这句话的。

命案对他来说，还是压力太大了。

"现在，那个死娘们儿死无对证，就剩下我和张左知道，这个事他可不能栽在我身上，我……我最多算个包庇，人真的不是我杀的！"

说完这些，文身男感觉浑身都轻松了一些。

白松感觉这句话肯定是真话，这情感流露比起白松刚刚"装作不经意"的演技要真实多了，他点了点头："你这句话是实话，不会冤枉你的。只是，尸体没找到，你要是知道尸体的位置，我们查验一番，证明与你没有关联，对你也有好处。"

这话让文身男有些不解，没发现尸体？没发现尸体的话，张左有病啊！招供个屁啊！难不成警察在诈他？

但是，现在已经晚了，他什么都说了。不对，不可能，警察不像是诈

第六百零八章　真相大白 | 061

他，这个警察看着很真诚的样子……

那就是，这个张左自知已经是死罪，多一条人命也不怕了。虱子多了不怕痒，张左在那个传说中的安全部门的审讯下，怕是什么都招了！

什么东西最令人恐惧？自然是未知。

文身男和警察打交道很多次，但是和那个部门没有过。

一定是这样了……

看来，张左招了。而且，张左之所以招了窦渐离被杀的事，却没有说尸体位置，就是想把他拉下水，所谓的"死也要找个垫背的"。

文身男胡思乱想了半天，自己把白松说的话圆了个七七八八。

"警官，我也不敢说一定能找到尸体，但是，我肯定竭尽全力，帮你们把窦渐离的尸体找到！"文身男想明白了，这个尸体要是找不到，他的麻烦就大了！到时候，张左说什么是什么了！

白松给王亮递了个眼神，王亮心领神会，自己下了车。

要不是天黑，白松的震惊都容易被文身男发现。白松其实都没有想到，窦渐离居然死了！而且，看这个样子，居然是被张左和郑小武合伙害死的。

多么熟悉的剧情啊！

大黑＝王千意；

文身男＝诸葛勇；

窦渐离＝李某；

郑小武＝王若依；

……

如今，窦渐离居然也死了，而文身男也知道，那问题就很简单了。窦渐离一定是也发现了什么不该发现的东西，张左必须要灭口。

这样想的话，白松发现，之前他对郑小武案件的分析就存在一个逻辑性的错误。

郑小武噎死，不是因为要去偷钱而紧张得颤抖，而是因为杀了人。而郑小武吸入了一些一氧化碳，又带走了一点乙醚，再回去煮东西吃，伪装成一氧化碳中毒，这样危险的事情，郑小武估计想不到，肯定是张左想的。

这……这怕不是张左教郑小武的吧？

这个办法的危险之处不在于别的，而在于很容易造成火灾。郑小武的住处，本身就是商业建筑，不允许使用明火的。因此，在商业住宅里使用煤气罐，本身就存在着很严重的安全隐患，而锅里煮疙瘩汤，长时间没人管，发生火灾的概率将直线上升。

有的人买下商业建筑供自己长时间居住，会好好装修一下厨房，但是郑小武租的房子可不是如此。锅都烧漏了，厨房里的各种东西都很破，摆放也很乱。可以说，没发生火灾都算是运气好了。

疙瘩汤被烤干之后，烧成炭灰之前，是会着火的！如果点燃了周围的易燃物，再发生煤气罐爆炸，本身就被一氧化碳搞得有点晕的郑小武基本上就凉凉了！

怪不得会有这样的安排！

真够狠的，郑小武怕是成了张左的棋子还不自知。

后来，郑小武却死于因吸入一氧化碳身体控制能力下降而导致的食物堵塞气管，而且，火灾也并没有发生，这案子拖到了后来才被发现，直到引出了别的案子。

后面的那些事情，文身男确实不知道，所以才有了他问大黑的情况。

白松一下子全想明白了。

第六百零八章　真相大白 | 063

第六百零九章 案子的拼图（1）

想杀死窦渐离，容易吗？

对张左来说很难。

对郑小武来说很容易。

男人总是会对身边的美女没有戒心。

之前的李某，怕也是类似的原因：李某发现了张左的秘密之后，想要从张左这里讹诈一点钱过来，这种时候李某对张左肯定是很防备的。但李某对王千意的女儿就没啥戒心了。

至于怎么搞定王若依和郑小武，这个对于张左来说，并不是一件难事。

白松把所有人的情况都一一做了分析，张左和张彻心狠手辣，为达目的不择手段……

丁建国……王千意……

一个个分析过来，最后分析到了文身男。

白松看了看文身男，心道，这位真是"好同志"，这会儿还着急呢。

"警官，咱们什么时候出发？"文身男再次催促道。他既然已经到了这一步，是绝对不愿意沾染上一起命案的。

"地方远吗？"白松随口问道，脑子里还在梳理着刚刚的思绪。

倒不是白松不着急，而是去命案现场这种事，肯定得跟秦支队汇报一下，靠他们三个肯定是不行，刚刚王亮已经去通知了，白松只能在这里等。

白松越是表现得不着急，文身男越是着急。

人家警察不着急是有道理的，这案子要移交给别的部门，警察着啥急？

这个白所长能为他"考虑",也算是个好领导了,只是他自己必须得着急催一催。

"有点远,是一个药厂。"文身男道,"我虽然记不清名字,但是我指路,就能找到,就在天北区。"

白松一听就知道是哪里,然后道:"不就是天北区的欣如制药厂吗?"

文身男说的那个位置,很简单,就是之前郑小武和张左碰面的那家药厂,现在已经被查封了。

"对对对,就是这个地方。"文身男一拍大腿,"警官您这不是知道吗?"

"行,那你一会儿不用去了,我们去就行。"白松一脸"你怎么这么不懂事"的表情。

光线昏暗,文身男却一直紧紧盯着白松的脸,看到白松这表情,直接伸手就甩了自己两个大嘴巴:"警官,哎呀,我真的太傻了。您说说,我这不是着急了吗?唉,我真的是迷糊了!一会儿我带你们去!"

文身男想明白了,这个地方他大概地提一下,人家白警官就知道了具体的名字,显然是知道什么的!

这是给他机会啊!

这叫检举揭发,戴罪立功!

也就是说,这些情况人家警察都已经掌握了,但是看他表现还行,给他一点机会,争取宽大处理。

文身男看白松的表情就像看到了救星。

秦支队带着孙杰、王华东以及刑侦支队的五六个好手从楼上下来,看到白松的这一刻有些不解,指了指文身男,跟白松说道:"这人是你的线人?"

"差不多吧。"白松耸耸肩,"走吧,欣如制药厂。"

欣如制药厂已经被查封,白松怕露馅,让秦支队那辆车先去,把门口的护栏打开,然后拿着药企的钥匙把配电室的闸给拉上。

药厂虽然暂时被查封,但是也只是接受调查停工,该处理的人处理,过

第六百零九章 案子的拼图(1) | 065

一段时间还会继续开工的,所以保安之类的还都在。

等过会,白松的车子到药厂的时候,药厂呈现的就将会是一番下班的状态。

不过其实都没必要,现在以文身男对白松的信任程度,即便门上贴着封条、锁着大锁链,文身男都会觉得是白松刻意为之。

"白所,我跟你们说,这个药厂,我经常过来,每次张左约我,都是在这里,这里他很熟。"文身男在路上已经知道了白松的职务,越发觉得这个年轻的警官不是凡人,"我和郑小武认识,她和张左也算是一伙的,张左私下还给她钱,这个事窦渐离也知道。"

见白松不说话,文身男拉着说道:"张左从来不在平台上给郑小武打赏,但是他和郑小武关系还不错,郑小武听张左的话。这个事窦渐离很不满意,如果张左给郑小武打赏,那窦渐离有分成,但是这样窦渐离一分钱都没有。

"我和窦渐离关系不错,他和我提到过几次这个事。所以,张左一直让窦渐离感觉到有些不爽。

"有一次,我从国外搞过来一个半截的独角鲸的角,半米长左右,是个稀罕物,但是也就值几千块钱。当时张左打电话告诉我,他想花一万块钱购买。

"那天正好窦渐离也在,听说这个事,窦渐离出价1.1万元,我就给了窦渐离。后来张左找我,我说卖了,结果他就去找窦渐离买,加价挺狠的。后来也不知道啥原因,俩人闹翻了。

"白所,今天听您这么一说,我才整明白,那个独角鲸的残角,肯定有什么重要线索。"

"这玩意,说实话,完整的还比较值钱,残破的就看情况了。窦渐离那个年龄吧,看着这玩意觉得好玩,但是他不傻,张左加高价买它,估计是发现了啥问题。"

"那个角现在在哪里?"白松问道。

"我猜测在他妈那里,窦渐离毕竟是个小孩。"文身男和窦渐离关系还不错,他仔细地想了想白松的问题,"再有一个可能,就是被张左拿走了。"

"拿走了就没必要灭口了。"白松摇摇头,"你接着说。"

"嗯,那个事之后不久,张左想找窦渐离单独谈谈,窦渐离不去,后来约了一次谈话的地点,就在大黑的仓库,但是最后还是没谈妥。大黑的仓库里有监控,大黑自己没看,后来我偷偷看监控了。"文身男道,"监控有干扰,听不到他们聊啥,但是从视频里看,估计是谈价格没谈拢。"

"嗯,这就是杀人的动机了。"白松指了指车上的一个刑警,"小王你都给记上,这个算是他戴罪立功的内容。"

文身男一听,立刻挺直了腰,清了清嗓子,准备继续说。

第六百一十章　案子的拼图（2）

当天晚上没谈妥，后来有一天，窦渐离找到了文身男。

张左最终和窦渐离谈妥，出价 10 万元，要求窦渐离拿着独角鲸的角去见他。

窦渐离说必须要来新港区交易，但是张左不同意，理由是大黑这边人多眼杂，张左提供的交易地点是天北区的药厂。

本来白松以为窦渐离是被郑小武骗过去的，而实际上，窦渐离根本就不信任郑小武。他虽然不想去天北区，但是金钱诱人，于是说服文身男陪他一起去，而且，即便如此，他也没有带着残角过去。

窦渐离觉得，钱固然重要，但是带着东西过去，一旦被黑吃黑，他也没办法，所以东西就没带，他单纯地想看看张左到底是怎么一回事。

按照窦渐离的想法，没带东西的话，张左就不可能会害他。

窦渐离研究了很久，也没发现这个独角有什么特殊之处，但是既然张左能出价 10 万元，那它真正的价值就一定不止 10 万元。

这个逻辑非常正确，当他约好了之后，窦渐离就和文身男一起去了药厂，带了一根铁棍，拿布包了起来，一来有点像那个角，二来万一发生紧急情况可以防身。

但是，事情的经过谁也没想到。

二人从药厂的一个小门进去，里面黑咕隆咚的，到了约定的屋子坐了不久，文身男听到一声闷响，接下来他就不大清楚了。

张左是没必要杀掉文身男的。

文身男这个岁数的人，虽然能力可能不会有多大的进步，但是有渠道、知进退。今天在这里，能在这个情况下说这么多，看似傻乎乎的，其实也是他的生存之道。一些小年轻，装哥们儿义气，结局最惨的就是这样的人。

文身男迷迷糊糊醒来的时候，张左脸色铁青，问他窦渐离可能把这个角放到哪里了。

当时，这句话直接把文身男说愣了。

他想了想，刚刚进来，他和窦渐离还聊着天，开着手电，进了仓库里面，然后在屋子里坐了会儿，就有些头晕。在他晕倒之前，好像窦渐离说有些头晕，就先倒了。

现在，他醒来，张左问这个问题，意味着窦渐离拿来的东西不是独角鲸的角，而之所以问他，可能窦渐离已经死了？

张左告诉他，不用担心窦渐离的事情，窦渐离手下的女主播今天晚上都不在公司，公司矛盾挺大，估计也在解散的边缘，即便窦渐离失踪，也不会影响到文身男。

文身男自然是怕的，但是事已至此，人也不是他杀的，再加上张左那么有信心，他也只能接受这个事实，最关键的是，张左还给了他10万块钱。

这10万元拿到手的时候，文身男又有些颤抖。

张左明明有10万元，但是还是直接把窦渐离杀了，而且杀之前都没确定窦渐离带来的是不是独角鲸的角，这是过度自信，还是刚愎自用？再或者，张左觉得窦渐离已经看破了鲸角的秘密，所以只是想灭口？

文身男怕了，拿钱装作不知道是最好的选择了。

张左的原计划是郑小武死于火灾，然后窦渐离失踪，大家都把目光转移到窦渐离是嫌疑人这条路上。

但是后来的事就彻底乱了套了。

"你的意思是，张左自己杀了窦渐离？"白松问道，"那郑小武没参与吗？"

"肯定参与了，她就在张左旁边，当时表情绝对有问题。"文身男道，

"我拿着钱就走了,后来在附近找了个没人的地方,就在那里蹲了很久,看到郑小武打车走了。后来,张左也走了,他也是打车,尸体肯定还在这个药厂呢!"

半小时后,十名警察对文身男提到的所有区域,包括管道,地毯式地排查了一遍,都没有发现尸体。

"你确定就在这里没出去?"白松指了指这附近的建筑。

"白所,我不能确定。这药厂我来过几次,从这个小门进来就是这栋楼,要是从别的地方出去,到处都是监控。以我对张左的了解,他要么把尸体从小门带了出去,要么尸体就在这个楼里。"文身男道,"要说在我有点迷糊的时候他就把尸体给带了出去,就凭他俩的体格,也是费劲。"

"张左打车走的时候,没有带什么东西吗?"白松问道。

"就带了一个背包,但是不可能装人,最多也就装个衣服。"

"他过了多久才走的?"白松反问道,"你为啥在外面等着?"

"我带着窦渐离来的,我至少得确定他到底死没死。而且,白所,您说就这么不明不白的,把我一个包庇者变成了共犯,或者把我冤枉成主犯了怎么办?"文身男道,"我总得知道发生了什么吧?"

"嗯,行,我相信你的话。"

白松和秦支队等人在药厂的实验室里开了一个简单的会。

"这个人的话,倒不是不可以相信,但是他曾陷入昏迷,可能说得有问题。"孙杰道,"他说在这个屋子里,他俩都被迷倒,按照之前郑小武有乙醚来猜测,估计就是乙醚。乙醚致人昏迷的时间是10—30分钟,这样短的时间,确实是不方便把尸体送出去,人再回来。"

"那就只可能是在这里把尸体溶了,这里毕竟是药厂的实验室。"秦支队皱了皱眉。

"化尸水啊?"白松有点吃惊,这个还真没见过。

"化尸水这东西是不存在的，电视剧都瞎演，再强的酸也不能腐蚀掉人体的所有物质，而且这个实验室也没有大量强酸的处理条件。"秦支队指了指旁边的一个器械，"但是这个东西有可能。"

"这是啥？"白松看了看一个不锈钢圆筒状的机器。

"我也没见过，但是学过。"秦支队想了想，"这是做一些生物实验用来处理患病畜禽时可能使用的一种设备，处理方式叫碱化水解法，据说除了一些骨头渣渣，其他的都会变成小分子溶液。"

大家听了秦无双的话，再看这个铁桶的时候，瞬间感觉到了浑身的恶寒。

第六百一十一章　案件结束

秦支队说的这个名词还真的触及了白松知识的盲区。

碱化水解法，在国际上多用于处理罹患传染病的禽畜，可以将动物的组织、脂肪、蛋白质等物质分解为可溶性的多肽链、脂肪酸和液态的甘油等物质，非常干净清洁。

但是说起来可不是那么简单，不仅仅需要相应的化学药品，还需要这样的一个器械，要保持高温高压的状态，持续数小时才有效果。

具体的就不细说了。

最后剩下来的，只有一部分骨骼碎片，其他的全部可以排放掉，病死的禽畜体内的所有病菌都会被杀死，也不产生有害气体。

这样处理的禽畜尸体，别说细胞了，DNA也找不到完整的。

听了秦支队的介绍，白松和他的小伙伴们都惊呆了。

还有这种操作吗？

"那这个能取证吗？"有人问道。

"要是案发当晚还好说，现在太难了。"秦支队说道，"这个实验室每天还要消毒，过了十多天了，现场证据灭失得有点厉害。不过，下水道里还是有可能提取到一些生物痕迹的。"

说完这个，秦无双看了看王亮："你带两个人，去追监控。"

当初只关注了郑小武打车的情况，录像也没有往后调取更多，现在可以通过监控录像查一查张左去了哪里。如果大家没有猜错的话，张左肯定已经把窦渐离的一些衣服扔了，没有溶解掉的骨骼碎片等，被他埋在了可能安全的地方。

王亮向秦支队再次细问了几句，带上俩人就出发了。

白松看着王亮的背影，有些感慨。自从白松从三队离开，王亮已经是三队的一个探长了，虽然最近跟着白松到处跑，但也算是独当一面了。

文身男看所有警察都查了一圈没有发现尸体，他也急，几次想要向白松问问进展，但是人有点多，他始终没机会。

碱化水解法这个办法过于极端，也只有药厂的实验室这类地方才会有。一般来说，正规的实验室，任何器械之类的都有使用记录，但是因为这个药厂本身就存在问题，所以张左基本上可以控制。

今天晚上，几乎半个支队都出动了，单单是警犬就出动了六条。

警犬不是刑警队的，属于九河分局隶属的巡特警支队，今天基本上算是全部派出来了。

不仅仅是这边，就连姜队那边也派人过来帮忙。

独角鲸的角确有其事，就被窦渐离放在家里的大柜背面的缝里，已经被姜队等人拿走。白松看到了这半截角，可是什么东西都没看出来。

当然这很正常，要是那么容易被看出来，窦渐离也不至于发现不了。这个应该也和那个10万越南盾一样，使用了特殊的方法来保存秘密，需要专业的人来处理。

为了找到窦渐离的尸骨，姜队那边也提供了一点技术上的支持。其实公安和姜队他们，该有的设备是相同的，但是各自又有一些特殊的方式。

王亮很快就从视频里追到了这辆车，也发现了张左下车的大体位置，并且通过车牌号码联系上了出租车司机。

衣服被张左扔掉了，这个实在是追不到了，通过核查，早在十天前就被环卫工人捡走，经历了N道手续，想找几件"垃圾"还真的是不现实。

但是，这些骨头没有被扔掉。

王亮用摄像头的视频建立了一个网格状的三维模型，对张左有可能掩埋骨头的地方做了一个 AI 分析。

因为也不是张左去的任何地方都有监控，所以 AI 分析出的结果还是有很大的一个区域，秦支队直接下令地毯式地排查。

经过一晚上的努力，终于，最后一块案件拼图还是被找到了。

发现埋藏骨骸的，正是闻沙发的时候汪汪叫的两条警犬。

在埋藏骨骸的地方，还发现了张左脱落的毛发。

天已经蒙蒙亮了。

"这下，我倒要看看那个赵支队是什么脸色。"王亮顶着两个黑眼圈，得意地说道。

"哪个赵支队？"白松问道。

"新港分局的那个啊。"

"出息！"白松哼了一声，转过身去，脸上也布满了笑容。

现在是重证据轻口供的时代，张左肯定是啥也不说的。这些人从事这个行业，是受过特殊的训练的，但是他们几个不说也没有任何问题。

现在已经有了足够多的证据可以将张左的罪定死，妥妥地送一颗枪子。

丁建国的罪行，完全依靠姜队他们来定，这个事情与白松等人无关，不过这也是好事，不然总是觉得怪怪的。

也许这就是会有回避制度的原因吧。

张左案件的拼图已经一点点地拼齐了，新港分局发生的案子，也已经彻底进入了结尾，唯一的小问题就是张彻的事情。

现在白松怀疑，孙某自杀案里，是张彻去给孙某找的关系，使得后续的赔偿迅速到位。这并不代表着张彻就是好心帮孙某，白松感觉，这个套路有点熟悉。

这种感觉就好像……像是张彻想办法，让孙某不得不自杀。

这个说起来与张彻当年把张左安排在张树勇的家中，有异曲同工之妙。

现在分析这个还不是时候，反正该抓的人都抓了，张彻也被查出了一些其他的事情，与姜队等人有关，肯定是出不来了。

到了该休息的时候了。

九河分局两辆车，姜队那边一辆车，开车前往新港分局押解张左。

除了他们之外，还有一辆车也过来了——天北分局也想把人带走。

昨天晚上查了一夜的命案，其实是在他们辖区内的案子，硬生生地被九河分局给拿走了。

为了这个事，三个分局争了半天，而这里面就数新港分局的呼声最弱。他们虽然抓了人，但是案由不够硬，人家九河分局出手就是命案……

姜队等人也想要人，但是和九河分局站到了一条战线上，把人放哪里都一样，并不影响结局。

张左可能做梦都没想到，他的底细和所做的事情被扒出来以后，会有这么多单位"抢"他。

第六百一十二章　生活（1）

"明天的聚会叫华东吗？"孙杰有些纠结地问道。

孙杰马上要结婚了，婚前想请大家一起吃个饭。

结婚可是正儿八经的大事，在结婚前和结婚当天都会非常忙，孙杰也需要这些兄弟跑前跑后，所以，请关系最近的哥们儿一起聚一聚，虽说算不上习俗，也是应该的。

这次聚会是朋友聚会，没有长辈领导们，就是关系最近的哥几个，带女朋友那种。其他人都好说，赵欣桥也会过来，来的时候还会带着王亮的小女友。但是，王华东最近状态一直很差，每次叫他吃饭都说有事，而明天这个局，就更不适合叫他来了。

这样的结果，是任何一个人都不愿意看到的。

张左最终被羁押在了九河区看守所，对自己着手实施的命案供认不讳。

不仅是窦渐离之死，就连李某的死，他也承认是自己的所作所为，在铁证面前，他所有的抵抗都是徒劳的。

这件事得到了市局领导的高度赞扬，案子办得漂亮是一方面，关键是查到了几个关键性的人物。

虽然没办法上新闻，甚至要严格保密，但是在市委领导那里留下了非常好的印象。

这个印象可不是单纯的对白松的印象，而是给天华市公安局长脸。如果没有九河分局的参与，没有白松等人的努力，这几个商业间谍的案子，根本不会取得这么好的结果。

殷局长近日更是满面春风，专门打电话给白松，了解一下白松最近的工作情况。

如果不是白松对唐教授过于了解，多问了几句，可能天南区公安分局处理完杨瑞日，这个事情也就那样了。但如今就彻底不同了，连带着和白松一起忙活的姜队长等人，都立了大功。

10万越南盾和独角鲸的角具体有什么秘密，白松是不知道的。但是白松知道，姜队的顶头上司，经开会研究，要给白松表彰，可能过一段时间，就要把白松叫过去再领一个一等功。

这是白松听姜队说的，也不知道是真的还是假的。

张彻、张左以及丁建国，都不是简简单单的三个人，他们每个人都有他们买通的很多人际关系网。拿张左为例，他富二代的身份是个很好的隐藏，认识的王千意、诸葛勇、大黑、文身男，这些都只是一部分，经过细查，涉及的人非常多，其中不乏一些"尔俸尔禄"的人。

如果真的如姜队所说，能拿到这个部门的一等功，白松的警察生涯也算是值了！

这个跨越了两年的案子，逐渐收场，休息了一阵子，大家又进入了日常的工作中。

白松回到三木大街派出所的时候，宋阳已经成功地转正，成了三木大街派出所的所长，教导员的工作暂时空缺。

因为后年才会竞聘，这个时候空缺一个正科级的职位，所里的三位副所都没有竞争的资格，因此所里的气氛就特别好。

一把手心情好，伙食都改善了。

回到派出所以后，白松感觉自己的工作开展也更容易了一些，只是宋阳把政工工作暂时交给了白松负责，也就是代理教导员的位置。过一段时间，

第六百一十二章 生活（1） | 077

分局可能会安排一个教导员过来，但是具体还没有确定是谁，在此之前，白松将承担代理教导员的工作。

这个和白玉龙最早的时候的分析是一致的。

因为白松级别也不够，不可能正式转为教导员，所以李云峰和姜健两位副所长对这个事也不争取，但是也有些羡慕。这意味着，分局领导都在给白松铺路，增加白松的管理经验。

让白松最高兴的反而不是这个事，而是任旭的表现挺不错的，白松不在的日子里，任旭已经越来越有警长的样子了。

回所里之后，白松抓紧时间，把之前积压的案子办完，该抓人抓人，该处理处理，四组的战斗力得到了充分的检验。不只是任旭，米飞飞这次回来，状态也一扫之前的颓势，看这个样子，两年后的竞聘，米飞飞肯定要努力尝试一番了。

现在，摆在大家面前最关键的问题还是王华东的状态不佳。

如果丁建国把王华东给甩了，这个事还容易许多。这段时间，大家都在想方设法地帮华东走出这个圈，不过效果都不佳。

要说唯一有点效果的，只有柳书元找的那个名叫墨玉的妹子了。

柳书元也是够有本事的，找的这个空乘妹子，不仅形象气质没的说，最关键的是这姑娘确实是王华东喜欢的类型，虽然没有丁建国的那个御姐范，但是更漂亮。

"必须把他叫来，"白松悄悄说道，"今天有个关键人物要来。"

"谁？"孙杰和王亮露出了好奇的表情。

"柳书元把那个空姐约来了。"白松看了看周围没人，"咱们就是绑，也得把王华东给绑过去。"

"这么劲爆！"王亮精神头一下子起来了。

"咋了，你有想法啊？"白松斜了王亮一眼，"你的小女友也来，你前段日子去会所的事,我还没跟她说呢!"

"白松!你!什么会所,那不是咱们去抓人,抓那个文身男吗?你不也去了吗?"王亮说这个还是有点心虚。

白松去会所抓人这种事,直接跟赵欣桥聊也啥事没有。但是王亮不行,他的小女友太单纯了,本来就是被马志远从小宠到大,到了上京也没吃过什么苦。

要不是王亮先下手为强,再加上小马的妹妹对白松有一种信任,也就顺便信任了白松的朋友,这等好事能轮得到他?

也正因为如此,王亮这些事没办法和女友说,天天就是呵护着,白松听过几次王亮打电话,那家伙腻得啊……

哥儿几个都挺幸福的,所以对王华东的事特别上心,大家做了周密的计划,三人演戏,明天把王华东约过来讨论案子,顺便吃个饭,王华东才勉强答应。

什么?

任旭也没对象?

哦。

第六百一十三章　生活（2）

"这车也不错呀。"赵欣桥绕着车子看了看，"代步也够啦。"

白松开车去高铁站接赵欣桥和王亮的小女友马宁宁，在两位女士上车的时候，临时停车点不知道多少司机都在往这里看。为啥开这么个破车，也能有美女上车？最关键的还是——两位！

相比较欣桥的那种气质，马宁宁更像是个小妹妹，本来也才十九岁，又有着南黔人的娇小可爱，不少男人眼睛都看直了。

赵欣桥坐过这车，但是马宁宁还是第一次来天华市，白松感觉有些不好意思，毕竟这车是真的破。

"也就你不嫌弃。"白松自我感觉还不错，跟坐在副驾驶的女友说，"天凉，把车玻璃摇上。"

工作上的事情，白松操心的，也只剩孙某之前的那一次被诈骗的事情了。

孙某的120万元，是打给了邓文锡。邓文锡是诈骗集团的，按理说是没有衣服原料之类的东西。但是，保单又确实是存在的。这样的保险单，不是随便拿笔去填的，保险公司会审核汽车的情况、司机的情况以及相关货物的情况。虽然说保险公司并不会为了一百多万元的货派人随时盯着，但是最起码也会判断保险的标的是否存在。也就是说，孙某被邓文锡骗了120万元，这个事是真的。

发货了，也是真的。发货时间是孙某打钱过去后的几天，这个也没什么大问题。货没到，嗯……这个现在还真的不能确定了。最关键的就是，邓文锡会发货？

为此，白松还特地查到了这辆大货车，车牌号在保险单上是有的。

车子因为年头久，被卖给了私人当作拉货的汽车，已经查不到当初的司机和知情人了。司机所在的公司，也没有一个人记得此事。谁能记得清几年前别人拉的货呢？这家有资质的运输公司，车子、司机换得很快，这几年还资产重组过一次。

这个事白松有点没整明白，还特地去提讯了一趟邓文锡。邓文锡那些年，各种各样的钱，到手的实在是太多，尤其后期他到了国外之后，卡里的钱一直处于花不完的状态。

最开始的时候，他还用自己的卡作为收钱的账户，后来早就不用了。但这并不影响他记不住那些事，这种"小钱"早就被他抛之脑后。

小钱……

白松那天和王亮一起从监狱里提讯完邓文锡回来之后，王亮还吐槽了一顿白松。

看看人家……

再看看白松，这几年总结下来就是：莫欺少年穷、莫欺青年穷、莫欺警员穷、莫欺探长穷、莫欺白队长穷、莫欺白所长穷……

"王亮哥哥他人呢？"后座上传来一个小姑娘的声音。

白松听着这个腻啊……人家这哥哥叫的！怕是叫马志远都没有这么亲！

"你王亮哥哥在我家掌勺呢，说是要给你们露两手。"白松吐槽道，"希望你们都不饿，王亮这么一个按键盘的手，做饭就别太指望了。"

"没事的，怎么都好的呢。"

"那让他来接我们，你做饭不就好了？"赵欣桥问道。

"他的车今天限号。"白松明白，王亮是觉得开白松这个车太丢人，不愿意开这个破车去接女友……

"哦哦哦，那谢谢白松哥哥。"马宁宁说道。

"没事没事。"白松抖了抖肩膀，感觉鸡皮疙瘩掉了一地。

"白松哥哥你慢点开。"赵欣桥凑到白松耳边，温柔地说了一句。

白松一脸蒙地侧过头，整个人都有些战栗："啥？"

刚刚这发音，若不是耳边尚存温热，白松都以为是马宁宁说的，这……这是欣桥？

"好好开车。"欣桥感觉什么都没发生过，面无表情地说道。

这一来一回，白松差点被吓得急刹车。

过了半分钟，他缓了过来："什么事这么开心？"

"看到你就很开心。"欣桥看了白松一眼，"感觉你又变帅了。"

"真的吗？"白松咧着嘴笑得那叫一个开心。

"你还真信……"欣桥无语了，"也不知道我妈怎么看上你的。"

"阿姨眼光好，所以你眼光也好嘛。"白松脸皮厚，丝毫没有不好意思。

说起来，白松真的是那种比较受中老年妇女喜欢的女婿，在未来岳母心目中，他的地位是稳稳的。

"下个月，我要跟着导师去一趟海牙。"欣桥伸手堵了堵车子漏风的地方，"你要不要一起去？"

"海牙？"白松反应了几秒才想到，"是荷兰的吗？"

"嗯，对，南荷兰省的省会。"

"我去不了啊，虽然我也能出国，但是要提前很久申请，而且必须跟团走，你们一堆人去我倒是也放心。"白松道，"是去学习访问吧？"

荷兰海牙，被称为国际法之都。白松学司法、考试的时候，专门了解过这个城市。虽然这不是首都，却是中央政府所在地，国王住在这里，政府机关和使馆都在这里，而最关键的，国际法庭就在这个城市。

学法律的人，尤其是学习国际法的人，总是绕不开这座城市的。

"嗯，是一次交流学习，估计要一个月。"欣桥吐槽道，"不过也习惯了，我们宿舍人说我这是'丧偶式恋爱'，本来也经常一个月不见的。"

"……对不起啦，我最近不也每周都去吗……"白松也觉得有点亏欠女友，"等咱俩在一个城市就好了。"

"那都没事，你安全第一。"欣桥看了看白松的手，没有继续说话。

带着一大一小两个美女，白松回到了家。

打开房门的那一刻，三个人都止不住地咳嗽了起来。

"抽油烟机怎么不打开？"白松连忙把两位女士请到了楼道口附近，然后深吸一口气，像奔赴战场一般，冲进屋子把窗户都打开了。

初春的风不大，白松把头伸出窗外，换了换气，看着正捂着湿毛巾炒菜的王亮："你在炒火药吗？抽油烟机都抽不动？"

"你们家……咳咳……该换抽油烟机了，这玩意没劲啊……"王亮还有些不服气。

第六百一十四章　　出谋划策

白松紧急救场了半个多小时后，最终还是又外卖叫来了两个菜。

王亮做的菜，有一说一，也不是都不能吃，比如说手撕的烧鸡就是可以吃的……

救过来一道菜，又做了个汤，凑了四菜一汤，晚饭算是成了。

"你们家门口这饭店口味不错的呀。"欣桥夹了个荷兰豆。

"就上次那个饭店。"白松接着聊起了门口这家湘菜馆的事。

白松的车被撞的那次，司机就是在这里吃的饭，平时白松也偶尔在这里吃，这里的酸菜鱼，非常地道。

聊着天，正好就把上次的事情聊了聊，彻底过去了的事，马宁宁倒是第一次听，当她听说周璇差点被车撞死的时候，一阵惊呼。

赵欣桥学业繁忙，周璇自从认识了马宁宁之后，倒是经常找她玩，两个人关系还不错。

"对了，这次来，关键的事情，是王华东的事，欣桥你有没有什么好主意？"白松直接把王华东的事说了一下。

听完白松的讲述，赵欣桥问道："你的意思是，明天直接安排王华东和空姐见面啊？这不太好吧？"

"死马当活马医了。柳书元都约好了，人家空姐也很忙，能过来也是给书元面子，总不能不见。"

"这样的话……也不是不行，但是我劝你们不要骗王华东，咱们学校毕业的，没有这么屄。你就直接跟他说实话，"赵欣桥出了个主意，"你就说是我说的,用同学的名义激他。"

白松眼前一亮,赵欣桥说得对啊!

王华东本来就有抵触心理,如果真的被骗过去了,那就更抵触了,到时候人家姑娘再漂亮,也不见得有什么用。而提前说一下,反而会更好一些。

警官大学毕业的学生,比之全国排名第二的刑警大学的学生在业务能力上并没有太大的领先,但是心中的那份骄傲是实实在在抹不掉的。

如果真的以赵欣桥这样一个女同学的身份来"逼"一下王华东,他还真的必须要直起腰板来,不行也得行。

想到这里,白松也顾不上吃饭了,直接给王华东打了电话,说了实话。当白松提到女友的原话时,王华东停顿了几秒:"人家姑娘看不上我,我可不管啊。"

这就算是答应了。王华东其实是很感动的,男子汉大丈夫,总得面对这些。

"搞定!"挂了电话,白松想过去亲赵欣桥一口,结果赵欣桥瞅了他一眼,他终于还是没敢。

"上次你跟我说的案子,收尾了吗?"赵欣桥给白松夹了一个鸡腿。

"还剩一点,现在没搞清楚。"想了想这个案子也不涉密,就跟欣桥谈了。

目前,最忙的是姜队长等人,正在不断地深挖线索。

类似于张彻这类人,社会关系无比复杂,所有和他相关的人物都要细致排查,工作量之大让人咋舌。

现在最难过的人,莫过于"二哥"。

这个事,要从几天前说起。

前几天,白松去手机城那里充话费,正好又碰到了"二哥"。

看到了白松之后,"二哥"就仿佛看到了亲人。他最近被很多人找过、谈过,甚至还被留置了三次,每次都是 24 小时,被问询关于张彻的事情。

第六百一十四章 出谋划策 | 085

因为在此之前，很多人都听说"三哥"是跟着"二哥"混的。

天地良……唉……

"白所……我心里憋了一大堆话啊！谁也不敢说！我签了一大摞的保密件啊！""二哥"把白松请到自己办公室，那架势，把白松都吓了一跳。

他苦啊！不是说被张彻害了，而是他现在才知道，人家张彻居然是这么牛的一个人！

在道上混的，有时候也比较重视这个，虽然现在是法治社会，但是谁更狠一点、有过更牛的"战绩"，总会在圈子里显得更加有说服力。

像张彻这种小喽啰，只有几次治安拘留的记录，最多算个有点脑子的小混混，之前张彻出去一直用"二哥"的名头，"二哥"都不愿承认自己是"三哥"的大哥。但是，现在彻底反过来了，张彻不是软脚虾，是一条黑龙啊！

现在，外面的人也不知道张彻发生了什么，但是看架势，大家都猜测张彻是躲了多年的流窜杀人犯，然后很多人想到张彻想给"二哥"当小弟，"二哥"居然拒绝这件事，背地里纷纷嘲笑起"二哥"不自量力来。

最关键的是，"二哥"彻底地偃旗息鼓，一句话也不敢多说。姜队等人跟他说得很明白，事情外传了，按照泄露国家机密处理……

白松都忘不掉，那天"二哥"像是一个憋了几年的单身狗，把情感全部投入到了白松身上，那感觉……比王亮都腻。

"感觉你的案子怎么都有联系呢？"赵欣桥听白松说完这个，说，"你之前给我讲过的，也有一些联系。"

"嗯，有点。"白松没法说一些涉密的事情，所以对于赵欣桥来说，分析起来更加费劲了。

"以我对法律的了解，保险公司既然有保单，这个东西肯定是没问题的，除非有内部腐败。"赵欣桥道，"保单没有赔付，腐败也不可能有。我不知道你说的张彻是什么人，是不是你们这里的黑社会老大？如果是的话，就比较好理解。那就是,姓孙的确实是被骗了,当时并没有保险。后来,他觉得报警肯定找不回来,就找到了张彻,想通过张彻把钱搞回来。

"这种情况也算是正常,很多在社会上混的人,遇到事了,不见得会找警察。然后,张彻还真的把这个事搞定了,联系到了对方,对方被发现后无奈,发货了,然后孙某挂了保险。"但是,这一单后来到底去哪里了,发生了什么事,估计还得审问这个张彻。"

听完赵欣桥的分析,白松和王亮对视了一眼。

好像……有道理!

逻辑上可以自洽!

第六百一十五章　夜聊

　　这世界上，确实存在一些无理由的杀人案。有的人性格病态，有反社会人格，无目的性地犯罪，这种案子侦破难度也确实是大。当然了，天下熙熙，皆为利来，当年横跨四省犯案的杨某，也是为了钱。

　　除了上面这种案子之外，任何一个案子，想破案肯定要完成逻辑上的自洽。

　　逻辑上能够自圆其说，并不是说不允许有偶然存在，也不是不允许好几个偶然一起发生，但是一定不能存在偷换概念、自相矛盾的事。

　　孙某这个事，一直没有什么有价值的进展，结果听了赵欣桥这么一聊，侦查方向都可以发生变化。

　　张彻，还真的有这个能力。

　　现在只需要解决一件事，就是孙某怎么知道张彻有能力呢？这是不是说明，孙某可能早就是张彻手底下的人了呢？

　　这个猜想不无道理，因为孙某后来的货发货了，却似乎没有收到，服装厂也接近倒闭，最终把家庭害成那个样子。

　　孙某肯定是想要这批货的，有了这批货，他的生活就能变得不错，没有这批货，他就……逃亡？

　　白松突然想到，孙某在外面躲债这几年，到底去做什么了？是真的去躲债了吗？

　　这不由得让白松有些怀疑，孙某死得够冤枉的，他很可能是一个不得不死的牺牲品。而能做到这一点的，估计也就是张彻了。

最近有机会再去提讯一下孙某的妻子吧。

"你要是出轨，肯定能被抓住。"王亮凑到白松耳边说道。

"怎么着，你对象抓不住你，你就敢去？"白松也凑到王亮耳边说道。

"开玩笑！哪有比宁宁好的女孩？"王亮直接说道。

吃完饭，大家一起收拾了一番，就各自回了屋子。

白松冲了个澡，洗了点水果，从门缝那里看到两位女生的屋子还开着灯，就过去敲了敲门。

"你俩不休息吗？"白松看到次卧里面正亮着灯，大美女正在和小美女交流。

"欣桥姐姐正在给我讲故事。"马宁宁刚刚扎了两个小马尾，显得有些俏皮。

"哦哦哦，吃水果。"白松今天白天买的葡萄还挺甜。

"谢谢，你和王亮有吗？"赵欣桥问道，"我们吃不完。"

"我刚刚刷牙了，不吃了。"白松放下盘子，"王亮估计在打游戏，没手。"

"不会的，王亮哥哥跟我说他在学习。"马宁宁抬头，认真地说道。

"哦哦哦，那不打扰他学习。"白松嘴巴抽动了一番，最终还是一个人扛下了所有。

"你别不信哦。"马宁宁自己点了点头，这动作让白松都没看懂啥意思。

"我信我信。"白松拿起桌子上的一本《罪数初论》，跟赵欣桥说道，"这本书我看过，你马上读博也学这个吗？"

"研究的东西不一样吧。"赵欣桥觉得这么说不太直观，想了想说，"大部分人学习法律，是为了学以致用，但是到了研究法律的时候，就不太一样了。"

"比如说这个？"白松想了想，"这本书讲的是法益的保护，还是结果无价值论的观点对吧？"

"没错。"赵欣桥伸出手来，轻轻地打了一个"bingo（答对了）"的手势,"这是我们的主流思想,也是咱们的刑法条文的制定趋势。"

"我觉得挺好的呀。"白松问道,"其实我不太懂,你天天努力学习,到底在学啥?"

有些学科比较好理解,比如说数学,前文也提到过,不同段位差距非常明显,很多东西就是"我行你不行"。

但是法律这种东西,凭什么你就行?我司法考试过了,我也有律师证,你也有律师证,咱们学的都是一门法律,用的都是同一本法条,你还能说出花来?

对,还真能。

作为成文法国家,同样会遇到很多法律没有规定详细的东西,不然也不会有那么多司法解释存在。

"这本书是不是很正确?"赵欣桥指了指白松手里的书。

"我觉得是。"白松翻了翻。

"现在我们普遍是以结果无价值论(无价值的意思不是没有价值,而是德文 unwert,'负面价值',引申为'恶'。结果无价值论是指:犯罪行为的危害结果,是造成犯罪违法性的原因)作为理论指导,这个理论源自西德,后来被日本学者引入,再被我们借鉴。这理论自然是没问题,但是⋯⋯"赵欣桥捏起一颗葡萄,剥了皮,伸手塞进了白松的嘴里,"一会儿记得再刷牙⋯⋯嗯⋯⋯举个例子吧,家庭暴力,一方动手非常狠,但是被打的人只有轻微伤,会怎么处理?"

"嗯⋯⋯很轻⋯⋯"白松想了想,"家庭纠纷,估计是调解了。"

"嗯,我们以结果作为最根本的依据,所以这种情况对施暴方的行为处罚就有些畸轻。"赵欣桥给自己剥了一颗葡萄,"其实我们有很多对办案很不错的理论。比如说,毒树之果理论(程序错误取得的事实证据之类的。比如说刑讯逼供后,杀人犯供出了自己的刀。笔录不能用,民警要接受处罚,在毒树之果理论里,杀人犯供出的这把刀也不能用)我们是不认可的。一事不再审我们也是不认可的。但是,天底下没有任何理论是完美的,需要不断地优化和进步。前些年,很多应判为正当防卫的案例因为造成的后果比较严重,就难以认定。现在已经越来越好了,并不会因为防卫人把人打死就全部认定为过当。"

"你说得有道理。"白松法律思维也是不错,"不过说起来,法制确实是在进步,我们不同于任何法系,肯定会越来越完美的。"

"嗯,咱们走的路还短。"欣桥说道,"比如你拿的这本书,就非常非常经典,不过现在对集体法益、批判性法益等最新的理论还没有囊括,我们这次出去,也是为了更好地学习。"

"你们做的这些事,功在当代、利在千秋啊。"白松不着痕迹地拍了拍马屁。

第六百一十六章　协助冀悦

与有学问的人聊天，尤其是在能听得懂的前提下，确实是很长见识的。

生而为人，再努力也不过是异于常人，不可能异于人类，和欣桥聊了一个多小时，白松的思维再度开阔了一些。

白松重新温习了一下法益侵害说、法益保护说，对行为无价值论也多了更深的理解。

这就是学习的重要性了——学习不是让你迷信经典，而是让你在不断的思维碰撞中获得进步，学无止境。

第二天中午，算是一个小小的重头戏了。

其实，本来就是吃个饭，最多算是介绍个姑娘给王华东认识一下，但是现在已经成了彻头彻尾的相亲节目。相亲这种事，很多人都是自己不愿意去，对朋友的相亲却乐此不疲。

大家都快要忘了，今天的主要任务是恭喜孙杰。要不是欣桥提醒了一番，白松连红包都忘了拿。

情况比想象中要好一些，大家聊得非常开心，柳书元介绍的这位姑娘，一看就是家境很优越的那种，很有涵养。

这种姑娘真的挺适合王华东的。

什么样的恋爱，最容易步入婚姻殿堂呢？

别的不说，如果你的男/女朋友是你父母喜欢和认可的类型，你又是对方父母喜欢和认可的类型，那相处起来真的会非常舒服，规划未来的时候也没有任何压力。

今天该来的人也都来了，任旭也过来了，一个人来的，不过这对于他也不是啥坏事，没有形象负担，可以敞开了吃。

王亮今天本来是值班，便和其他人换了一天的班，大家工作能力越来越强，换班这种事轻松了很多。以前在派出所的时候，你要是没能力，换班都很难。倒不是你要换的人不同意，而是对方的领导不愿意，因为你能力差，去了人家的组没办法把工作做好。

吃着饭，白松接到了一个电话。

冀悦。

前段时间两个人还聊过天，冀悦说有案子可能会来天华市。今天打电话过来，就是告诉白松，他后天就会过来一趟，要抓一个命案的逃犯，问问白松能不能帮上忙。

冀悦这一说，白松立刻答应了，义不容辞。

警察异地办案，协作函虽然有用，但是私人关系也非常有用，这个是毋庸置疑的。白松没少出差，有的时候找当地人协作，有的时候就是靠自己人。但是总的来说，有兄弟部门的配合，绝对事半功倍。

冀悦这次过来，是抓一个八年前就潜逃的杀人犯。

这个人叫册建文，今年62岁，当年是知青，后来在长河市下面的一个县当农民。八年前，村里遇到了大洪水，把稻田冲毁了，国家给了一些补贴，让损失惨重的农民抓紧时间补种。

但是，洪水将田地之间的界限冲没了，村里面的几个恶霸就趁机多占多抢。册建文因为平日里一直都老实，这次被欺负得最惨，他的田只剩下了一半。对农民来说，失去了土地真的是大事，外人可能根本理解不了。册建文去找村主任协调，村主任不但不主持公道，还袒护了那些人，甚至村主任自己也多占了一些地。

第六百一十六章 协助冀悦 | 093

自觉无处申冤的册建文晚上偷偷地翻到了村主任的家中，一刀就解决了村主任，然后逃之夭夭。这一逃就是八年。

现在，当地公安局的人掌握了线索，这个嫌疑人逃亡到了天华市，在一个辅导机构当教写字的老师，当地警方准备前往天华市实施抓捕。

目前来说，还没有找到这个辅导机构在哪里，这个线索也是从册建文的家属那里偶然得知的，册建文跑了之后，还往家里汇过款，都是现金汇款，而且都不在一个城市。

按照之前掌握的线索，册建文只要是汇款，就一定会离开之前的城市，前往的下一个城市，完全没有规律。

从2011年买火车票实名制之后，册建文的活动轨迹范围明显更小，基本上就在冀北省一带。

他家里是挺难的，汇款回去的一点钱，警察也睁一只眼闭一只眼，并没有没收，但是杀人犯法，该抓还是要抓的。

近日，经过缜密的侦查，和前期的一系列工作，目标被锁定在天华市的市内六区。这范围还是有点广，作为直辖市，天华市市内六区的面积虽然并不大，加起来只有180平方千米，但是常住人口有600万左右，加上流动人口有近一千万。而教孩子写字的辅导机构，就不知道有多少家了。

长河市局打算采取最笨的办法，逐一核查。

六个区近一百个派出所，每个所都要去问，很多辅导机构都无牌无证，也只有派出所的人知道哪里有这些东西。毕竟这类机构最容易产生家长和机构的矛盾，报警少不了。

九河区所有的派出所，白松都能保证卖面子，其他分局就得一个一个找了。

天北分局，不属于市内六区。

"冀悦？这个必须帮！"所有人都纷纷表示了强烈的帮忙意愿。

上次去湘南省，冀悦扑倒为狗狗挡钉枪的那一幕，让当时在现场的人都自愧不如。能为狗狗挡枪，就肯定能为自己的兄弟挡枪，这样的人在公安队伍里是永远不会缺朋友的。

  随着大家意愿的发酵，所有的女士都非常好奇，于是白松让王华东作为代表，把这个事从头到尾讲了一下。

  当听到冀悦后背扎进去三颗钉子的时候，所有的人都感觉到了一种莫名的疼痛，纷纷痛斥起那个手持钉枪的人。

  虽然女孩们都感觉到了这里面的危险，对自己的男友表示了担忧，但是，每个女孩都能看到，聊到这个，几个男人眼里都有光芒。

  也许，这就是男人吧。

第六百一十七章　陪伴

冀悦把需要帮忙的事项发过来，白松才知道，他们为什么后天才来天华市了——他们要开车过来。

从湘南省开车到天华市，有 1500 公里，开车要接近 20 个小时。

不过，白松也能理解，毕竟冀悦不是办案的警察，是训犬师。这次既然冀悦也跟着出来了，意味着是需要警犬帮忙的。警犬并不是说就不能坐飞机，但是这次来不知道要待几天，得给狗狗携带足够多的食物、药品等，还是开车最方便。甚至，车上还要有车载冰箱，有的食物得冻着。

狗狗水土不服的现象，有时候比人还要严重，有的猫狗换一次猫粮、狗粮，直接就上吐下泻。警犬作为工作犬，也是有些金贵的。这些警犬，能面对各种复杂多变的环境，能在各种极端的气候条件下冲锋陷阵。但，这些与娇贵是不冲突的。

白松按照冀悦的要求，先是帮他租了一处平房。

说来也巧，租赁的平房正好是上次白松带着所里的组员去抓小偷的那个地方。

这个平房的暖气是房主自己装的，这个很重要，南方的狗狗，来初春的北国可能会不太适应。已经到了停暖的时间，但是这些平房用的是无烟煤，家里的暖气自己烧，想用到什么时候都可以。只一顿饭的工夫，冀悦还没有出发，所有的接待工作都做好了。

这午饭吃得非常尽兴，饭后大家去唱了会儿歌。

公安系统是有禁令的,严禁去一些非量贩式的娱乐场所,但是普通的按小时收费的量贩式KTV,并没有规定不允许去。

唱完歌,大家就各自分开了。

"白所,"大家都走得差不多,任旭过来跟白松说道,"那我先回家了。"

"嗯,明天值班,早点休息。"白松关心地说道。

"好。"任旭有什么话要说,但是赵欣桥在这里,他也不好意思说,给了白松一个幽怨的眼神。

白松看明白了,那眼神明明就是"你不是说好了给我介绍对象的吗"……

白大所长决定装糊涂,问道:"今天吃饱了吗?"

"嗯,吃饱了。"提到这个,任旭的幽怨一扫而空。

"那行,明天值班,晚上我给食堂说一声,咱们加餐。"白松微笑道。

"好!"任旭眼睛一亮,和白松告了别,一个人溜达着就走了。

派出所的食堂提供三餐,早餐和午餐是大家一起吃,晚饭就只有值班的人吃了。

而四组现在账面上也是蛮好看的。分局有奖励办案的专项基金,只有成绩靠前的单位才有奖励,四组这段时间已经拿了两三千块钱的奖励了。这个钱也不能随便动,白松一般就用来晚上给大家加加餐,改善伙食。

"我怎么感觉你在欺负他。"任旭走了之后,赵欣桥在一旁说道,"你都是这么当领导的呀?"

"他还小,"白松道,"我这是为他好。"

"他还小?"赵欣桥看看白松,"你呢?"

白松不打算接这个话题:"走吧,我陪你逛逛街。"

其实,任旭还比白松大一岁。

任旭今年25岁,工作也稳定了下来,所里给他介绍对象的老民警挺多

第六百一十七章 陪伴 | 097

的。只不过，白松听说，有一次任旭和一个姑娘去相亲，全程只顾着吃，最后人家姑娘直接说上洗手间，然后就走了。

白松听介绍姑娘的老民警说："让他付钱也正常，他和姑娘出去吃饭，根本就不能AA制，他能吃人家姑娘10倍的餐，AA谁也不乐意。"

也因为这个前车之鉴，白松觉得给任旭介绍对象的事还得再缓缓，让任旭再忙活几年，等精力别这么旺盛了再说。

"你这个人，傻乎乎的，"赵欣桥嗔怪道，"就是有点大男子主义。"

刚刚去逛衣服，欣桥看上了一件衣服，已经到了讨价还价的时候，白松偷偷去柜台，直接把账结了，惹得赵欣桥有些气鼓鼓的。

讲价讲了半天，白讲了。

"啊？"白松有些搞不清楚咋回事，这还挨埋怨啊？

"啊什么啊？我看你还缺几件像样的衣服，我给你买，你要是敢结账，我……"赵欣桥想了想，也没啥威胁的，举了举小拳头示威。

"我来吧，毕竟我赚工资的……"

"我也有收入，跟着老师去打官司，收入不见得比你低。"

"那好吧……"白松有些不太情愿地答应了。

他确实是有点大男子主义了，出去做什么都不愿意让赵欣桥花钱。而实际上，赵欣桥的收入真的不见得比他低。很多法学教授，尤其是国内两所超一流大学和人大、法大的博士生导师，一个案子六七位数的律师费都很正常。

一天过得很快，晚上王亮开车，把两位美女送走，白松早早就休息了，明天还要值班，后天冀悦他们过来，都要忙活。

欣桥临近出国，白松也没有这方面的经验，只能抽出时间多联系了。

跟警察谈恋爱，尤其是跟白松这类比较上进、下班时间会没案子找案子的人谈，任何姑娘都挺不容易的。

警嫂并不是一定要做出多大的牺牲才算合格，陪伴本身就是一件很伟大的事情。

第六百一十八章　接待冀悦

自从当了副所长之后，值班的工作和以前确实是完全不同，更何况下面还有一个让人放心的警长。

任旭还是稚嫩，但是和米飞飞的合作越来越好，成长飞速。一个白天下来，几十个110警情，正、副警长二人处理得井井有条，一个都没有找白松请示过。

今天，又受理了两起电信诈骗。

这是最让白松无奈的一种犯罪了。

之前在三队的时候，白松靠团队协作和自身的努力，梳理了很多惯犯的资料，也抓了很多小偷。时至今日，九河区的入室盗窃率在天华市也算比较低的，很多小偷知道来这边更容易被抓，自然会躲。

但是，电信诈骗这种事，真的太难压制了。无论怎么宣传，哪怕每个小区门口都贴着各种各样的告示，就是有人不信，就是有人上当。

今天被骗的两个人，都是在网上买二手东西被骗的。

有个软件叫59同城，这上面有不少二手商品。

其中一个人被骗，是买了苹果手机，对方本来说是全新未拆，收到的却是一个拼装机。另外一个人，买东西的时候，无视平台说的不要线下网络交易，直接用微信把钱给了对方，然后就被对方拉黑了。

派出所民警有时候最累的一个点就在这里，特别容易让人迷失。你根本不知道自己努力的意义是什么，无论你多努力，熬夜加班三天把这俩骗子抓到,这俩骗子也判不了多久。然后等下次值班的时候,还是有一大堆同样的人被骗……抓人很有成就感,但这种时候就很有挫败感。

看这俩可怜兮兮的小姑娘,白松也只能耐下心来。

有时候,被骗了之后,去派出所报警,警察态度不太好,很多人不理解。如果当一个月警察,就什么都理解了。

吐槽归吐槽,案子还是要处理,看到这些人,白松不由得想起了当初跳楼的陈敏。

陈敏那个案子,属于典型的电诈,很多犯罪嫌疑人都是专业的、有组织的,最终确实也是拔出萝卜带出泥,顺着那个案子抓了很多不法分子。

今天遇到的这种,大概率是没什么组织的,一两个人没了底线就能做。这种案子采取的反侦查手段往往非常低端,以为不用自己的身份证在网站注册就万事大吉。

当然,派出所想侦办还是有难度,需要去网站调取证据,必要的话还得麻烦三队帮忙。

诈骗,就是为了钱,每次遇到诈骗案,白松总是不由自主地想起孙某的事情。

如果欣桥说得对,按照她的思路来分析,那么孙某应该是张彻的棋子之一。

棋子当然也有自己的思想和自己的生活,孙某被骗之后找到了张彻,张彻动用自己的人脉,找到了邓文锡。

这种事邓文锡是忘不掉的,之所以邓文锡现在不承认,说明邓文锡和张彻可能有其他的联系,不想和张彻有沾染。

那么问题来了,对于邓文锡这个刑期来说,如果再攥一个小罪,会有什么变化吗?不会。一个小偷,偷了几百次,涉案金额加起来几千万,假如说被判了无期徒刑,判刑后,又发现了他曾经的一起盗窃,偷了5万,法院如果重新给他判决,还是无期,不会有啥改动。

虱子多了,就不怕再多几只虱子,但是肯定怕多一些更厉害的毒虫。

白松因此就怀疑，邓文锡和张彻还不仅仅是一般的关系，要么是在此之前就认识，要么是认识之后有过合作。应该是后者的概率大一些，毕竟相隔甚远，这么巧认识的概率很低。

白松想了想，觉得邓文锡后来彻底出国，然后在国外发展，可能也会和张彻有关系。

四组的警长负责制比一备制度的优越性已经逐渐显现了出来，因为四组现在没有一个累趴下的一备警察。任旭和白松晚上把这两起诈骗案和一起打架的案子分析了一番，查到了其中一个骗子的IP地址，由任旭带人去负责抓捕就是。

白松已经和宋阳所长汇报过了，接下来几天可能要去配合湘南警方工作。

这个属于正常的工作之一，毕竟白松等人出差，人家也会安排人给他帮忙。

晚上又忙了一晚上，第二天，白松安排大家照常休息。

理论上说，查到IP地址的那个，今天就能去抓，但是都忙了一整天，谁也扛不住，白松还是安排了明天。

"白所，今天我还得带人去银行交钱。"任旭问道，"您还有什么事吗？"

"哪个？"白松对案子也没有那么熟悉。

"上次邻居俩因为狗的事打起来，老头受伤的那个，现在双方还是达成了和解，动手的人被批准取保了，我带他交钱去。"任旭解释道。

"行，去吧，忙完就休息。"白松点了点头。

任旭走了之后，白松再次整理了昨天的案子，翻看了所有的报警记录，去枪库核查了早上归还的两支手枪的具体情况，然后在自己的工作日志本上填上了昨天的工作情况。这一切做完后，白松和宋所打了个招呼，就离开了派出所。

白松和冀悦联系了一番，估计对方还需要两个小时才能到，于是白松就

第六百一十八章　接待冀悦　｜　101

先去健身房锻炼了一个多小时，才开车去了租赁的平房那里等冀悦。

舟车劳顿如此之久，冀悦在电话里说下了车直接开展工作，这倒是让白松感觉到自愧弗如。

再次见到冀悦，白松先是拥抱了他一下，接着询问起了他上次受伤的情况。听他说总有些不放心，最终还是让冀悦撩起衣服给看了看，白松才安心下来。

前天，在大家的帮助下，已经获得了六个区差不多一半的派出所提供的信息。

有的派出所比如说九河桥派出所，很偏远，一个这样的辅导机构也没有；有的诸如三木大街所或者市中心的一些区域，一个辖区有十几家这样的机构都有可能。

这个表格上密密麻麻地记着上百个辅导机构的名字，这让冀悦的领导非常感动，说了好几次晚上要请白松喝酒，白松自然是拒绝了。

来天华，必须得白松安排才是嘛。

第六百一十九章 小黑

"给你介绍一下,这个是我师父韩鑫,在咱们国内是这个。"冀悦竖起了大拇指。

"没有的事。"韩鑫摆了摆手,然后就进了屋子看了看,接着又走了出来。

这次一共来了三辆车,长河市公安局把这次出差报到了湘南省公安厅,省厅和天华市局也联系过,这边也有对接的人。

其他的两辆车去了别的地方,和市局的人对接去了。这边只有冀悦一辆大金杯,三个人,另一个人是个普通的刑警,和冀悦一起倒换着开车。

白松找的平房还不错,很符合冀悦和韩鑫的心理预期,最关键的是这里昨天被人用清水彻底打扫了一番。

这事是王华东安排的,他多给了清洁工钱,没使用任何洗涤剂。

"花花很喜欢这里。"冀悦脸上露出了笑容,看到两只狗狗到处闻一闻,摇着尾巴,他对这个有些老旧、散发着泥土气息的平房很是满意。

这时,冀悦回到车后备厢那里,把第三只狗抱了出来,不过看起来有些费力。

这是一只目测有六七十斤重的德牧,身上不再油亮的毛发代表着它已经超过了 10 岁,但从略显臃肿的身材上可以看得出来,这狗伙食非常不错。

这些都不重要,最重要的是,这只狗没有后腿,本应是后腿的地方是一个套在狗狗身上的人造小车。

"这怎么……"白松并不是想问是怎么造成的,他想问的是,狗这个情况怎么还带出来了？"

每次别人看到这条狗，都会问是怎么回事，冀悦直接打断了白松的问题，说道："哦，这个是小黑。2008年地震，我师父带着小黑去救援，当时小黑闻到了一个坍塌区域下面有人，但是我师父他们没有找到，为了确定方位，小黑自己钻了进去。人救出来了之后，小黑想去看看还有没有人了，结果发生了余震，爬出来慢了一步，后腿就这样了。"

"啊？"白松听到这个，肃然起敬。

白松也越发理解，为什么冀悦当初会毫不犹豫地为狗挡可能致命的"子弹"了，有时候，人与狗之间的情感，比起人与人之间更为纯粹。

"小黑。"白松蹲下来，摸了摸这条老德牧脖子上的毛。

小黑身子没动，在白松身边闻了闻，接着就趴在了地上。因为它后肢是轮子，所以直接就侧着躺了起来。

"它喜欢你，"韩鑫蹲下来有些宠溺地摸了摸小黑，然后抬头看了看白松，"你也来摸一摸，它很喜欢。"

白松本来觉得乱摸警犬不太礼貌，但韩师傅这么说了，他就不客气了，也蹲下来，用手挠了挠小黑的下巴。

"行了，不玩了，老伙计起来了。"过了半分钟，韩鑫把手伸到小黑的身下，想把它抬起来，结果小黑太重了，一时间还使不上劲，韩鑫笑道，"这狗太能吃了，要不是我怕它得糖尿病控制了伙食，估计会成为第一只胖死的警犬。"

事情已经过去了六年，韩鑫等人早已经看淡。养犬是一件非常开心又痛苦的事情，尤其是训练基地的这些人。帮别人训练警犬，养出了感情还要送走，很难受；而自己养的狗病死、牺牲、退役等等，无一不是心酸事。

关于小黑，韩鑫已经没了悲伤的情绪，说实话，这只狗现在这么胖，一大半的责任在他身上……

白松倒是没有想那么多，只是觉得这狗狗值得尊重，连忙搭了把手，把小黑扶了起来。

"它都没办法自己站起来了吗?"白松有些担心。

"不是,咱们在,它就懒。"韩鑫哈哈大笑起来,"好久没让它出来了,在车上颠簸这么久,肯定是开心了。这狗啊,太聪明了,知道咱们会给它抬起来,自己就懒得动。"

"哦哦哦。"白松还是不懂为啥把小黑也带来了,但是不方便再问,就先进了屋子,跟冀悦道,"这里能住两个人,但是这地方不是宾馆,没办法开发票报销。"

"那都没事,我们这趟来跟着市局过来,这些不用我们操心。"冀悦看了看这张床,床单和被子都是新换的,"你们真是费心了,我在这里住很好,也不冷。"

"行。"

白松和他们一起把东西包括狗狗的东西都搬出来收拾好,问道:"是先吃饭还是先休息?"

"我得先给市局那边打个电话,"韩鑫道,"看他们怎么安排,不过应该是马上就要开始查了,碰到可疑的地方,小黑还得去。"

韩鑫去院子里打电话向领导请示,白松和冀悦聊了起来,这才知道为啥让小黑来了。

八年前的那起命案,小黑去过现场。和小黑一起去现场的另一条狗狗当时已经5岁,去年就已经死了。小黑还能记得当初的一些气味。

这次去查一些辅导机构,大多数就是去简单地问一问。第一是要问他们辅导机构附近是否还有其他的辅导机构,第二就是问册建文有没有在这里上班。

问第一个问题是为了防止有公安局不知道的辅导机构存在,毕竟不是所有的机构都正规、备案,而且也不是所有的都报过警。但同行是冤家,警察可能不知道的事,这些辅导机构准知道。

第二个问题,如果辅导机构的头头儿被册建文嘱咐过,说了谎,就麻烦了。

第六百一十九章 小黑 | 105

警察去查案的时候，不可能挨个儿去问"你们这里有没有一个老头教写字？是个杀人犯逃犯"，这样会引起恐慌的。而且也不能保证去每个地方的时候都有人上课。大家也不知道册建文是杀人犯，有人包庇一下或者说自己不知道，也是很正常的事情。

带小黑过来的原因就是，当警察对这一家机构有怀疑的时候，派小黑过来闻一闻，确定一下有没有问题。

小黑算是定海神针般的存在，平时还是花花和花花出场，有必要时才会让小黑来。

第六百二十章　暂无收获

"它灵着呢。"冀悦也摸了摸小黑的毛，小黑又准备躺下，冀悦连忙走开，"你再躺下可没人管你。"

小黑摇了摇半截尾巴，没有理冀悦，不过确实是没有再躺下。

"嗯，确实是厉害，八年了，那个味道它还能记住。"白松佩服地说道。

"花花和花花也能，"冀悦道，"册建文家里的衣服被我们拿到过，放在冷冻室里好多年了，后来花花和花花也闻过这个味道，加深过记忆。其实，狗狗对气味的短期记忆力并不算太好，它们到陌生的地点，也记不住那里的味道，必须依靠尿尿来增加记忆。但是经过训练的狗狗，能把一些味道记到它们死去的那天。"

"还真是，"白松道，"上次我给你打电话说的那个，就是这个情况，狗狗能记得两三年前的味道，为我们办案提供了很大的帮助。"

"嗯嗯，它们很棒的。"冀悦对警犬的感情很深，哪怕白松说的不是自己的狗，他也依然如此。

正说话呢，韩鑫打完电话回来，说："市局让咱们先休息，说咱们开车开得太累了。下午三点多，再去配合一下，一直到晚上八点回来，辅导机构基本上都有晚班。"

"那咱们几点出发？"冀悦问道。

"他们先去查，咱们三点钟从这里出发，第一站应该是天南区。"

"好。"冀悦点点头，跟白松道，"我得先补觉了，我在车上吃过东西了，你先去忙你的事吧，不用管我们了。"

"行,有需要叫我。"白松也不多说,收拾好东西就直接离开了。

看了看表,离下午三点还有四个小时,冀悦可以睡会儿。

人在很困的时候,睡觉比吃东西还重要,即便这个车是大家轮换着开,这个点开过来也是够受的。

看了看时间,任旭上午带人去银行交保证金,应该也忙完了,白松给任旭打了电话,请他吃了个自助餐。

吃完饭,让任旭先回家休息,白松在单位休息了一会儿,两点半就到了平房,却恰好看到韩鑫和冀悦已经收拾好在门口,准备出发了。

白松看了看表,有些诧异,随即反应了过来。

韩师傅这是不愿意麻烦白松,故意说成三点钟,结果没想到白松这么早就过来了。

不过,大家都是成年人,谁也不会挑破,白松上前和韩鑫握了握手:"走吧,一起,这边我还是熟悉一点。"

"那就谢谢了。"韩鑫再次感谢了一番,心里道徒弟交的这位朋友真不错。

"那咱们出发吧。哎,对了,另一个哥们儿呢?"

"小黑需要人看着。这狗太聪明了,一般门锁锁不住它,这地方跑出去就麻烦了。"

"行,"白松点点头表示理解,这么胖的狗还有点残疾,真的遇到那种嘴馋的人,想哭都来不及,"那我这车钥匙放这里,我跟你们的车走,要是需要小黑支援,就让这兄弟开我的车带小黑去。"

韩鑫本来想拒绝,看了一眼白松的车,以为白松开了单位的破车来的,就表示了感谢,把车钥匙给了留在这里的人。

天南区白松还算得上熟悉,到了之后,当地还有一个天南分局的人陪着,是刑警队的人,白松不认识。

大家兵分两路，一边是天南分局的刑警带着韩鑫以及一部分人，另一边是白松和冀悦等人，分头进行查找。

有人说，这样不怕打草惊蛇吗？

其实，除了已经确定嫌疑人在某个小区里，需要刻意伪装一下，否则的话，市内六区这么大的一片"草"，想惊都惊不动。

举个最简单的例子，你在写字楼22层上班，今天上午有派出所出警，去你们楼下21层处理了一件事，你会知道？

大城市，人与人之间的距离，比实际距离远得多。

天南区是大家怀疑程度最大的一个区，这个区经济发达，大学也多，与之相应的，各种天华市重点中学、重点小学都在这里。这里的辅导机构自然就多。

一直到晚上八点，两组人才把一个派出所的辖区查完。

按照这个效率，最起码要查一个月。

人扛得住，狗都扛不住。

晚上，白松想安排接风，但是大家都太累了，湘南的领队给大家在住处买好了牛肉面，今天也就早点休息。

白松没去打扰大家。

今天一下午的核查，白松的用处挺小，看样子暂时不需要他参与。

市内六区，最没有存在感的就是九河区了，作为市内六区经济最差的一个区，辅导机构也是最少的。

湘南省的领队也做了决定，并不是每天都需要狗狗参与，没必要。

有的辅导机构非常正规，稍微一查就知道册建文不在，没必要大张旗鼓。

今天一个下午，总结了经验教训，来这边的队伍决定，明天开始，所有人都是两人一组，穿便衣分头行动。即便真的遇到了册建文，这也不是什么

第六百二十章　暂无收获　| 109

穷凶极恶的人，两个小伙子还抓不到一个老头？

这样一来，冀悦倒是清闲了下来，成了后备力量。

韩鑫和冀悦，暂时被安排做与册建文完全无关的事情，从后天开始，二人到天华市特警总队做交流。

这倒也是正常操作，省级、直辖市这个级别的单位，并不会把目光纠结于一个案件上，既然查人并不是急需警犬，完全可以把韩鑫安排到更有意义的岗位上。

这样的交流工作也非常重要。

冀悦那么实诚的人，都那么佩服韩鑫，想来韩鑫是有几把刷子的，估计和白松在经总（经济侦查总队）时教白松搏击的乔启有一拼。

第六百二十一章 特警总队

这种交流的文书需要一定的时间，不可能今晚一安排明天就能过去。

按照正常的流程，明天早上发个交流函，这类小的活动，当天就能给回复，后天就能过去了。

晚上，白松和冀悦一起回了平房。

冀悦和留在平房照顾小黑的警察在平房这边住，韩鑫住酒店。

本来白松打算晚上给小黑带点好吃的，但是警犬就这点麻烦，不能随便吃，也不能随便喂。像花花这类可爱的小小的史宾格犬还好一些，小黑每次被带到大街上，都得戴口具。其实小黑是不可能咬人的，它比很多熊孩子乖多了，但是很多孩子家长说自己孩子怕狗，在这种舆论之下，大型警犬就开始经常使用口具了。当然这样也有好处，避免一些不必要的投喂。狗狗经过训练不会吃，投喂就浪费了。

第二天白松也就没事了，带着四组的人，去把值班那天在59同城网站上诈骗的其中一人给抓了。

这个也就是那个以次充好、用拼装手机冒充好手机来卖的那位。至于另外一个骗钱的，现在还找不到，主要是可以查的线索少，还需要时间。

这一天过得还挺充实，抓这个骗子的时候，顺便还给当地派出所送了一个制造假货的窝点。

说是窝点，其实就是一个小作坊。这些人也没啥技术，都是从深州市一个叫华强南的地方采购一大批半成品，做一些物理焊接和翻新什么的。

这个，白松他们没有管辖权。

当然了，今天那个派出所被几波打架搞得已经忙疯了，到底有没有余力感谢白松他们，白松也不敢确定，于是抓紧把自己要抓的人带回单位……

之所以敢这么自信地把人抓回来，是因为这种骗子不可能只骗了一次，肯定还有别的违法犯罪的情况，仔细查查可以争取多串并一些案子，多几个破案数。

警察处理人也挺麻烦的，现在的法律对程序正义要求越来越严格。这起诈骗案，还必须做手机的鉴定，不然没办法判断这是假货。警察和受害人都认为是假货也不行，得鉴定机构说这是假货，才能作为证据使用，非常严谨。这需要时间，所以白松打算今天先查出来这个人的其他诈骗情况。这倒是也不难找。

有几个社区民警明天还有事，得给社区里的人上户口，所以白松没安排他们加班，剩下的人忙这个案子，如果下班比较晚，明天就休息一天。

大家都在忙，白松还抽空把明天要来办户口的几个人的档案看了看，都没什么问题，就先把字签完了。

他现在负责的所里的事情也比较多，比如说，任旭现在要解决组织问题，就得他负责，而且还有不少会要开。

尤其是开会这种事，宋所也忙，白松的会也挺多。不过他一直在外面忙活别的，之前一直也没安排他开会。

今天抓完人回来后不久，白松就被安排去分局开了个会，是关于配合街道清理、拆除违章建筑的会，开完会之后才回来继续和大家搞案子。

下午下班的时候，内勤王国晨又给白松打了电话，说第二天上午有一个会，下午两个会，问白松有没有空去。

提到开会白松就头大。他年轻啊！他开会必须得从头到尾认真听，不然肯定会有些闲话之类的。

过于年轻的领导，其实压力也真的大。

"我明天要和湘南省那边的人有事,去不了,你问问李所有没有空,没空的话,你去也行。"

内勤,尤其是所里的大内勤,经常是帮领导开会的主儿。

"啊?你明天去那边啊?"王国晨也不爱开会。

"对对,和宋所说完了。"

"行吧,我知道了。"王国晨欲哭无泪。

躲过一劫,白松心情不错。他也不怕王国晨和宋所说,毕竟宋所也算是知道这个事。

湘南那边暂时不需要友军配合这个事,白松还没告诉宋阳。

晚上十二点多,法制才最终批准了刑事拘留,把这个已经查出了有四次诈骗行为的骗子送进了看守所。

忙完已经两点多了,想了想明天的事,白松也没回家,在单位洗漱完就直接住在单位了。

约好的时间是上午九点钟,这个倒不用着急,特警总队在天东区,距离九河区不远。白松八点起床,八点二十洗漱完,穿衣服,吃完了早点出发,不到20分钟就到了。

特警总队这边白松不怎么来,也就认识一个房程房政委。

说起来,房政委之前一直在总队驻河东支队那边,后来被调回了总队,白松就很少和他见面了。

特警总队的院子比较大。

因为经常有一些训练,特警总队的操场是很标准的训练场,比一般高中的操场还大一些。

这里除了400米跑道之外,还有专门的越野跑道和攀登塔、攀岩梯之类的训练场地,让白松看得有些眼馋。

怪不得乔师傅去各地,都是去参加特警培训,人家这场地才适合训练。在这种地方,几十个、上百人一起受训,非常轻松。

第六百二十一章　特警总队　| 113

在经侦总队的时候，虽然也有运动场，但是面积连这边的室内基地都比不上。

看着那些大楼，白松不用想都能猜到，这里面肯定有各种专业的器材和场地，射击、排爆、健身、游泳……要是能在这里办张卡就好了……

"你想啥呢？怎么还流口水了？"冀悦好奇地问道，"早上没吃饭啊？"

"啊，没事。"白松说道，"走啊，进去啊。"

白松下了决心，这次来，不能白来，最好找房政委好好聊聊。他家距离这里也不算太远，如果周六日能过来健身什么的，那就再好不过了。

对，主要是因为这边的设备好。

什么，免费？

咱白大所长，是缺那点办健身卡的钱的人吗？

第六百二十二章　人的名

这次的交流内容主要还是警犬的培训与交流，花花和花花都来了。

据说，早上冀悦还问过小黑想不想来，小黑在吃狗粮没理他。

听冀悦这么说，白松都惊了！连这种交流都能实现的吗？

"当然也有可能是它懒，我让它干吗它都不去。"冀悦耸了耸肩膀。

白松本来觉得冀悦是在开玩笑，但是当他看到花花和花花一脸认真、令行禁止的样子，又有些怀疑。

好的训犬师，真的可以和狗狗有一些"蹲下""躺下"之外的交流。

这两只狗是知道要来参加比赛、展示之类的事情，特别给两位训犬师长脸，不仅动作很标准，而且能力超绝。

这次的交流不会很短，好不容易来一次，怎么也得交流两天。

内行看门道，外行看热闹，对于警犬，白松是绝对的外行，但是他明显可以看出，天华市这边的几位训犬师，对韩鑫很是尊敬。

一个上午很快地结束了，特警总队邀请韩鑫等人在食堂就餐，下午还有一次交流活动。

天华市也算是有所求，天华市的狗狗大多数来自内蒙古和东北的基地，这些年一直都是近亲繁殖，对整个天华市的警犬质量都有影响。

纯种狗确实不能乱杂交，但是近亲繁殖也不见得是好事。而且北方的狗以德牧为主，史宾格犬数量很少。

所以这次韩鑫等人来，也正好是一个机会，可以做一些南北方的交流。

一条纯种德牧,尤其是资质好到可以作为警犬的,售价一般高达六位数,能内部培育自然是最好的。也因为如此,白松也跟着享福,受到了很不错的礼遇,中午食堂专门给他们加了几个硬菜。

一上午啥也没做,中午的时候,白松就不能不说话了。

别看他只是个小小的副所长,既然坐在这里,他的身份就是天华市局的代表。

他是两方沟通的桥梁,这个身份必须要清楚,所以他一上来就给韩鑫和特总的领导倒了水,拉近一下双方的关系。

特总的几位领导听白松自我介绍了一番,还真的认出了他,听说过他的几个事迹。这倒是让白松受宠若惊,自己现在已经这么有名了吗?这么说来,不找房政委,想过来蹭健身房也有戏了?

"白所长我可是听说过,"又有一个特总的领导说道,"这个事,如果我没记错的话,市局网站还有过一次通报,二月份的时候,白所在烟威市一脚将一名歹徒踢死,歹徒当场毙命的那种。"

"啊,就是他啊!"

"果然英雄出少年。"

"我一眼就看出他不是池中之物……"

不光这一桌,周围的几桌都听到了,纷纷围了过来。

特警这边,有点像现役军人,大家天天训练,领导的威严虽然大,但那只在训练场上。在食堂这种地方,没有什么尊卑之分,大家一传十、十传百,很快地就围了很多人过来。

特警虽然是全天候常备化的警察部队,只要出警,就是对付穷凶极恶的歹徒,但是在场的有一个算一个,几乎都没杀过人。

白松觉得这个没什么,他也不想杀人,但是那个时候实在是没办法,不得已而为之。

在别的地方,这事还好。但是在特警里,小伙子们都觉得牛×,纷纷要让白松把全过程讲一下。

韩鑫和冀悦也无比好奇，让白松讲一讲。

作为公安局最大的二手消息集散地，食堂里很快围了一大群精壮汉子。

白松也是没办法，三句并两句地讲了一下。

"白所，讲讲细节啊，还怕我们偷学你的武功啊？"有人调侃道。

"哈哈哈哈哈哈……"周围的特警都乐了。

"好吧……这件事从头说，我们去这个院子之前，以为这里面没什么人……"白松仔仔细细地把那次行动从进大门开始，一直到最后孙杰验尸，全部讲了一遍。

可能是之前和张伟的女友徐纺合作过几次，有了一点写小说的经验，白松把故事讲得很完整，尤其是对飞身一踹的描述，让大家都很有代入感，纷纷感叹太惊险了。

"这件事得有个二等功啊，我怎么看市局的网站上没有这个通报？"有人质疑道。

"是啊是啊，要是这件事发生在特总，我肯定得找局长去。"一个领导发完言，接着跟白松说道，"白所这个是咋回事啊？"

"呃……"白松看大家都盯着他，知道大家在想什么。

如果白松这样做，飞身踹死一个人，不仅没有立功，还会被追责的话，特警的兄弟们都会寒心。因为在座的说是武夫也不为过，以后执行任务，击毙歹徒还没个说法，那谁都会束手束脚的。而且，大家最怕的是，击毙歹徒，却被认为是滥用职权之类的。

"这件事后来牵扯了别的案子，安全部门给了我一个一等功，这些事就合并在一起了……"

"嘬……"这一等功，倒是真的让大家牙都酸了，尤其对于特警来说，这个能改变他们未来换工作时的命运。特警一般工作十几年就会被安排下派出所，或者当刑警，再或者去其他单位，这个职业确实太吃年龄了，人老不以筋骨为能，55岁的特警哪里还能冲锋陷阵？不过，大家也都没有说什么，更没问什么。

怪不得这件事一点信儿没有，涉及了安全部门，公安局网站上当然不会有，而且八成是涉密的，还不是一般的秘密。这里面的门道，大家都清楚。

"如果我没猜错的话，这是你的第二个一等功了吧？"白松顺着声音望去，人群让开了一条路，出现了一个格外伟岸的身躯，不是房程房政委还能是谁？

第六百二十三章　对垒（1）

"房政委！"白松喜出望外，他来了一上午也没出去，就一直没看到房政委。

因为一起并肩作战过，白松看到房程就非常高兴。

"来这边也不跟我说一声，要不是我来食堂吃饭，都看不到你。"

"这不是怕打扰你吗……"白松有些不好意思。

"哈，来，大家别站着了，坐着吃饭，我过来倒杯水，也敬敬远来的同志。"房政委看了一圈，也许是因为冀悦和韩师傅都没有职务，总队对接的是一个副支队长，所以他自然有资格说这个话。

"别啊，政委，您讲讲啊，他还有一个一等功是啥意思？"有人说话已经有了醋味。

"自己去翻政工网通告去。"房程懒得说，问起了白松，"我来得晚，听了个尾巴，你把上次你去烟威市的事再说一遍呗。"

大家都无语了，敢情不让我们听故事，是你想听故事啊！

但是，没有一个人敢说什么。

这个和级别没有关系，很现实的就是，打不过！

白松无奈，只能又从头到尾地讲了一遍。

"你现在可以啊，腿的力量是最难练的，但是也是威力最强的。"房程是绝对的内行，他知道，人这种动物的武器，其实主要是双臂和牙齿。这是最原始的有伤害性的武器。在力量不变的前提下，通过训练，人的拳头可能最多增加一半的力量。但是，大部分人丝毫不会用腿，同样的腿，在不同的发力技巧下，力量可能相差三四倍。

"跟着学了点。"白松挠了挠头。

"跟谁学的？"房程问道。

"师从经侦总队乔启。"白松不假思索地说道。

"老乔！"房程来了精神，"他收徒了？可以啊，我就说你不是简单的人物，老乔我了解，他虽然教过很多人，但是能在外面自称是他徒弟的寥寥无几。他的路数和我们不一样，很有侵略性，他也是宗师级人物。"

乔启来特警总队训练过几次，他的一些东西特警能借鉴，但是确实不是完全一样的东西。

白松有些不好意思，觉得他可能丢师父的脸，但是无论在哪里，他都一定会说乔启是自己师父，自己另外一个师父是孙唐。

"学了师父一点皮毛。"

"什么皮毛，就你这一脚，我敢说，特警支队也没多少人能踢得出来。"房程微笑道。

白松脸色一变，他没得罪房政委啊，怎么给他拉仇恨了啊？

"白松，吃完饭，给大伙露一手啊。"

"是啊是啊，露一手……"

都是看热闹不嫌事大的，白松明白了，房政委想试探一下他。

这下子，白松有些骑虎难下，但是他现在代表了乔启，就不能说不行："有机会多学习，我还是愿意的。"这就算是答应了。

这下，周围的人都满意了，很多人已经吃得差不多了，就不吃了，一会儿训练场见了。

白松也不敢吃太多，都是急性子，估计十分钟之后就能练起来，吃多了影响发挥，吃了几块牛肉，掐了一角饼，就没继续吃。

房程这才和韩鑫、冀悦二人打起招呼敬起水来，不过韩鑫二人倒是也不在意这个细节，反而对这个真性情的政委颇有好感。

吃完饭，白松和房政委并肩而行，一起去训练馆。

白松的实力与两年前去南疆省的时候相比已经不可同日而语，但越是有了点东西，才越能感觉到房政委的那种强大。

搏命尚有一丝赢面，对垒绝无胜算。这是白松的判断。

"房政委，您和我师父交过手吗？"白松小声问道。

这句话声音不大，在路上还是引得几个特警把耳朵偏了过来。

"嗯，切磋过。"房程点了点头，"如果搏命，我胜面小。切磋的话，我毕竟年轻。"

这句话立刻引起了好几个人的强烈反应，这句话虽然没有直说，但是意思很明显了。

两个人切磋过，房程略胜一筹，但是前提是房程比乔启要年轻10岁。

这个评价实在是太高了！大家可都知道房程是什么人物！

而房程也是真正服乔启的，因为乔启各方面都很强。

比如说白松，也就学了点伪装、脱困、反侦察以及搏击技能，真正体现本事的枪法，他就很差劲了。比起普通人肯定是好一点的，但92式手枪，15米移动靶，白松很难打中。

在枪技方面，乔启依然略胜一筹，所以房程是服气的。

说着话，就到了战训馆。

话不多说，直接开干。

说别的大家都不服气，在这里的擂台上，护具戴好，能把对方打倒，大家就觉得你厉害，否则说破天也没用。

当然，获胜也不仅限于打倒，能制伏、控制或者获得一定的分数也算赢。都戴了护具的情况下，一些要害被击中并不会受什么伤，但是这会让击中的人得分。

一切从简，就一个回合。

特警这边一大群小伙子跃跃欲试。谁也不愿意相信，自己会不如一个派出所的副所长。

第一个上来的，是一个和白松一样高大的汉子。

第六百二十三章 对垒（1） | 121

这个人身高有一米八五左右,体重有100公斤以上,体脂率却很低,属于典型的肌肉猛男,白松看了第一个对手就这么强,暗暗叫苦,这也太狠了。

白松体重只有85公斤,和100公斤的对手虽然都能算重量级,但是细分小级别的话,也差了好几个。

不过,如果白松参赛,肯定是参加中量级别,因为所有的选手都会在赛前疯狂减重,除了极个别天才能跨级别,因为下降一个级别会好打很多。

而赛前快速减掉七八公斤的,都大有人在。

但是,这个人一出手,白松就发现了漏洞。

特警的训练还是以规模化、体能化训练为主,这个壮汉对付普通小喽啰,一个挑几个也没问题,但是还是有不少漏洞。

白松也有漏洞,但是比这位好一点。

他明白,最多会有两到三人和他切磋,第一位应该不至于把他如何。

战意盎然!既然要练,那就练一练,正好检验一下自己到底是什么水平了。

他可是一直没有放弃训练!

第六百二十四章　对垒（2）

第一拳是试探。

白松看这个人的路数，是比较标准的散打的姿势。

散打和擒拿，是特警这边最常用也是训练得最多的项目，前者以搏斗为主，后者以控制为主。

在大学的时候，他也学过散打，后来乔师父也讲过散打的一些基本要领，但是他不怎么会，后来一直在学相对速成的马伽术。

但任何拳法，力大、速度快总是没错的。

白松伸出左手，握拳成柱，左小臂向侧方格挡这一拳。

因为大多数人的右手为优势手，所以右拳是绝大部分人的杀招。

对手紧接着就是一招侧打。

为什么腰部是人体的核心力量区呢？因为必须依赖腰部，才能把全身的力量灌注于拳。这一拳，关键在于左脚上前支撑，右腿蹬起，扭动腰部，右拳以迅雷之势向前方偏左的方向猛地打出，拳的棱角要对准对方的要害。

这一拳最好的发力方向是偏下的，但是白松身高更高一些，对于日常要向下打的这个特警来说，多少有点不习惯，速度和力道足，但是下盘就不那么稳了。

白松上次一脚将人踢死，让很多人以为马伽术是很强的进攻术，其实不然。这一门技法，更多的是以防御攻击、保全自己为第一要务。

在真正的战场上，任何个人能力都不如枪来得好使。能够迅速脱困、离开限制范围，然后掏枪击毙对手，比和对方大战三百回合有用得多。

白松知道，接下这一拳，后面肯定是对方的左手冲拳，以对方的力量和重量级，一旦自己被逼入被动防守，赢也会赢得非常艰难。

顺着刚刚拨开对手左臂的力道，白松顺势闪身，没有给对方出直拳的机会。

对方破绽是有的，但是真的不好抓。

第一个小回合，转瞬即逝。

谁知，这个猛男兄丝毫没有停顿，本来就是右腿蹬地，紧接着迈出右腿，身体向前接近一米，右腿落地后顺势为轴，身体向右后倾斜，左腿迅速摆出。不到一秒钟的时间，这个人的攻击距离向前推进了足足两米多。

白松丝毫不怀疑，就这一腿，当初如果踢到了"蛇头"的脑袋上，"蛇头"也一样会死。当初他可是含恨飞身一踢，踢完会出现短暂的滞身，才能达到那个力道，但是这位随便一脚就有那个力道，散打的攻击力真的不是盖的。

就这一腿，白松如果用肘击全力格挡，两个人必然都受伤，还是迅速地后撤，躲开了这个鞭腿的范围。

天下英雄不可小觑啊，这回才算是第一回合正式结束。

对手站稳，又摆出了散打的开局手势。

平日里遇到的嫌疑人没几个真能打的，练武、健身到一定的水平，需要付出大量的汗水。而犯罪的人几乎绝大多数好吃懒做，最多有一身膘，身大力不亏，像上次"蛇头"的那个保镖，都算是其中翘楚了。

说实话，以前白松还没遇到过力量比自己强的，这回算是碰上对手了。

能第一个出场，果然还是厉害，说明这个人在队里也有一定的威信。

这个人体能绝佳，见到白松不愿硬碰硬，立刻上前。

因为安全第一，大家戴的护具都比较多，其实是比平时动作要迟缓的。但是，这个人经常使用这些护具，比白松习惯得多。

还是老套路，左拳。

正规的散打比赛，只有在世界级的比赛中才允许使用肘击和提膝动作，在一般的比赛中这些都是犯规动作。不过因为白松用的就不是散打套路，所以提前也说好了，手段是不做限制的，当然下三烂的招数肯定不能用。

都是自己人，比赛第二，友谊第一，有护具也不能下死手。

一个回合下来，白松大体判断了这些护具带给自己的影响，对自己的速度有了更深的理解，直接抓住了对方的左拳。

马伽术很少有直接抓冲拳的动作，但又百无禁忌，白松这一抓本身就在对手拳力的末端，已经没了多少力气。对方动作很快，势大力沉，左臂胳膊肌肉隆起，右手直接出拳，左手用力，就要把左拳收回。

拳头又硬又滑，这么抓，谁的单手也抓不住。

谁承想，白松看似紧紧抓住，对方一用力，才发现白松压根就没使劲，直接抽了回来，身体一下子有些不稳。

抓住这个机会，白松迅速向前，抬起左肘，直击下巴。

对方看到白松这一肘，知道肘击的厉害，立刻身体向后，同时右拳顺着刚刚救左手的惯性，向白松的头部袭去。白松这个动作，头部可谓是空门大开。

打中了？这位特警心中一喜，却发现白松的肘击根本就是虚招，他这有着七成力的右拳并没有打在白松的脑袋上，而是被白松迅速收回的左肘挡得严严实实。

不好！特警刚刚发现有问题，突然胸腔偏下靠右的位置传来了难以想象的剧痛，似乎肚子被人打穿。

即便有护具，这种疼痛感依然无法忍受，他双手颤抖着护住了自己的肚子，然后缓缓地倒下，被白松直接上前抱住了。

周围立刻跳上来好几个人，和白松一起扶住了他。

"怎么了这是？"好多人不知道怎么回事，主要是被打败的人面色极为痛苦，不知道的以为身受重伤。

"被一拳'爆肝'了。"房政委过来检查了一下特警的护具，然后脱了下来，看了看，"没什么大碍，就是疼，有护具还好，要是没护具能疼晕

第六百二十四章　对垒（2） | 125

过去。"

"爆肝"算是拳击比赛里比较常见的 KO（击倒）了。这个词现在已经成了熬夜玩游戏的专属，其实这个词来自拳击。职业选手的"爆肝"，那一拳下去，如果正中，那几乎没人扛得住。这也是为啥看重量级拳王比赛的时候，胳膊都向下护着，对他们来说，护肝是无比重要的。

"带他去休息。"房政委安排了一下。

安排完，大家立刻把他抬下了场，要说这个老兄身体素质是真好，这会儿已经缓过来一点了。

第六百二十五章　对垒（3）

"这也是咱们的一个短板。"房政委见倒下的人已经缓过来一点，随即在擂台上就摆了一个标准的散打起手姿势。

白松吓了一跳，看这个架势，是房程要和他打，那一个回合他都走不下来。

那架势一摆，就毫无破绽。

当然，破绽肯定有，可是白松看不出来。

房政委自然不是为了和白松打，他是现场教学。

"刚刚白所这一招虽然在出警制服歹徒的时候不怎么常遇到，但是肝脏确实是人体非常脆弱的一个点，这次就是我们的一个教训。以后，要学会把手举起来，把肘往下沉。

"肘子往两侧撇开，是完全没有意义的，两侧没有任何需要被保护的东西。手臂要靠近身体，这样才能挡住拳头，肘部用来保护肝区。我们的腹肌都天天练，下腹部的抗击打都没什么太大的问题，但是胸腔和肝区必须要保护。同时，这个前臂，不仅仅是进攻，依然要用作防守，这里说的防守不仅仅是扛住对方的拳，还要学会用前手拉开距离……"

房程趁着刚刚己方的失利，抓紧时间给大家讲了几个平时也强调过的技战术，所有人都听得非常认真，而且还在尝试纠正自己的动作。

这让房程很满意，白松赢了就赢了，这又不是输不起，但是能让大家学几招可是好事。

平时多流汗，战时少流血。

因为第一局时间很短，大家商议了一下，第二位就上场了。

安排谁上场这件事，都是特警们自己协商的，房程全程都没管。

房程知道，想打败白松，就得有更扎实的基本功，靠蛮力和单纯的技战术很难。马伽术他对垒过，这种技战术是真的难缠，很难对对方造成大的损伤，而对方一有办法就能脱困反制。

第二个上场的，已经选好了，是个擒拿高手。

房程自己摇了摇头，擒拿对付马伽术，除非技术真的足够高明，否则真的困不住。这倒也不是说马伽术真的那么强，实际上，乔启虽然也用这个，但是乔启真正擅长的还是军队的搏杀术，这属于取百家之长的东西，但是不够速成。

当初乔师父之所以让白松学这个，主要还是因为时间不够久，如果白松18岁当兵，在他手下当五年兵，那就不是现在这种情况了。不过，那样的话，估计就直接留部队了。

白松打起十二分精神，这个人如果赢了，第三个无论是谁上，他都要输。

倒不是说特警这边会欺负人，派高手上来，而是白松又不是来砸场子的，第三个人肯定是最强的，肯定要顺水推舟输一局。如果第三局对手真的强，那就放开打，如果和自己旗鼓相当，那就稍微放水。当然，能那么做的前提是第二场赢下来，不然可就不好看了。

这次对方也是个身高一米八的壮汉，体重和白松差距不大，这种身材在特警队伍中比比皆是。

擒拿这种技战术其实是从国术技击演化而来，有点像"分筋错骨手"，主要是袭击人体的关节和穴位等，充分利用人体的杠杆原理。

这是一门非常实用的战术，也非常强，但是问题是没有一个系统的理论和训练体系。即便是特警队，乃至白松的母校华国警官大学的教官，都不敢说这东西成体系。这也是国术很吃亏的一点。

比如说跆拳道，为什么能进奥运会？

就连我们普通人都知道，跆拳道分十级九段三品，就算知道得没这么细，也听过黑带、蓝带之类的，一听就知道你多强。

擒拿呢？出去跟人家说，我会擒拿，人家问你啥水平，你都不知道咋形容。

想把一些国术体系化，还是任重而道远的。

很多无脑吹中国古代武术天下第一的人，接着无脑鄙视那些"大师"，其实武术真的是需要吸取百家之长，即便是李小龙，也不敢说自己真的无敌。任何武术都有缺点，比如说巴西柔术，地面技天下第一，UFC（终极格斗冠军赛）综合格斗必学巴西柔术。但是，1对1很无敌的巴西柔术，1对2或者1对多，就是找死。

一出手，白松就看出了对方的路数是与武警擒拿术一脉相承的。

房程本以为白松对战擒拿会很容易，但是并不是如此。

怎么对战擒拿，师父没教……

社会上的人几乎没人学擒拿，就算有也是以皮毛为主，所以乔启一直也没教白松怎么对付擒拿。白松上大学学得最好的也是擒拿，这个是公安必学的，当然，白松的擒拿跟这位比起来，差得太远。

这两位就有些旗鼓相当，对方的擒拿很老到，总是能抓住白松的空当，想办法控制住白松的胳膊，但好在白松并没有被克制，两个人来来回回，打了有七八个回合，谁也制伏不了谁。

这真的是挺精彩的，有几个人都在下面叫好了。

房程也看得津津有味。特警是天天训练的，白松天天办案还能保持这个水准，也是下了功夫的。

"功夫"二字，本身就代表了时间。

这么打下去不是办法，对方岁数比自己大，白松本以为几个回合下来对方会心急，但是对方耐心比自己还好。甚至，白松故意卖了两个破绽，对方不仅没上当，还差点把白松胳膊扭了。

对方的力量没有白松大，但是卸力和用力打力的技巧相当高明，如果白松的力道跟刚刚那个兄弟一样，可能还会对这个人产生威胁，但现在明显不行。

又走了几回合，白松始终抓不到对方的空门，感觉马伽术的缺点暴露无遗，这让他有些不服气，也想试试擒拿。

虽然知道自己的擒拿水准不高，但是体能比在大学的时候强了不少，白松想试试到底如何，结果一出手就被人家抓了破绽。

双手全部被抓住，白松第一时间没有挣脱开，就知道对方要上膝盖，这还得了？

白松仗着自己有护具，只能冲向前，用腹部硬抗了还未彻底发出力的膝盖，然后顺势带着对方打了个滚，算是脱离了控制。

第六百二十六章　对垒结束

这一招，白松虽然没吃什么亏，但实实在在算是让对方得分了。如果再有几个回合还是游走，很快时间结束，白松就算输了。

白松显得有些急，在双方起身的瞬间，双手向对方维持平衡的一只手抓去。

人身体的平衡不仅仅靠腿，刚刚起身的时候，胳膊也很影响平衡。这个姿势，要是让白松抓瓷实了，击败不敢说，得分还是没问题的。

但是这个人的平衡能力非常强，擒拿的技巧本身就是利用对方的力，白松抓住他反而让他更快地掌握了平衡。他伸出另外一只手，卡着白松的右腕抓住了左腕，然后被抓住的手又伸出手指抓住了白松的右腕。

紧接着，他就开始上抬白松的腕，左脚向前，左后转身，肩膀前靠、拉臂、拱身。

这是想把白松背起悬空，接着一个过肩摔。

不好！这特警突然神色一变，他发现背不动！白松就算是300斤，他都能过肩摔！擒拿用得好的，马步稳得很，力气也足够大，一个女警都能将普通男子过肩摔，何况是他这种高手。但是，白松的双腿居然顺势锁在了他的腿前面。人的力气再大，能把自己拔起来吗？项羽都不行。

他没想到，白松是故意让他反制。这不是破绽，这是只有高手才能反制的办法，白松相信这个人可以做到这一点。

从抓住特警胳膊的那一刻起，白松的目的就不是得分。

不对，应该说，从刚刚白松使用擒拿，让特警得分的时候，就是为了抱着双方一起倒下，然后起身的时候袭击他，接着给特警反制白松的机会，然后白松再利用这个机会来反制特警。

现在再大的力气也使不出来，因为双方的手都互相锁住了。

特警使用的这个锁手的扣，如果把白松过肩摔到地上，白松完成180度大旋转，那自然而然地就打开了。但是白松没有起身，这个锁扣就谁也打不开。

这时候，力量不占优势的特警处于极大的劣势！

白松位于他的侧后方，双腿放在了特警双腿内侧卡住，他只需要破坏对方的马步，就稳了。

白松一劈腿……

对方纹丝不动。

千斤坠！

白松和对方僵持起来。

千斤坠是传统武功，算是梅花桩的一种。说简单也简单，你小时候你妈抱你的时候你使劲往下坠不想被抱起来，大概也能算千斤坠的雏形。

这下盘是真的稳啊！

但是，白松知道，千斤坠只是改变重心和肌肉，让人体的马步更稳，却不可能改变地球的引力。

假如你80公斤，有一个没什么摩擦力的定滑轮，把你用绳子绑在一侧，另一侧挂上81公斤的物体，不管你怎么坠，你都得浮空。

地球上暂时没有人能抗衡牛顿。

白松尽全力将身子下蹲了一点，这让对方感觉到了一点破绽，想扭身脱身，却没想到，白松居然抱着他，跳了一下。

带着两倍的体重和这个坠法，白松猛地爆发，也仅仅是离地几厘米罢了。但是这已经足够。只要一离地，马步不攻自破，白松双腿向后收，身子向前扑，一下子把对方压在了地上。

到了这一步，白松立刻脱手，迅速用肘击对准了特警的后脑勺，然后停在了那里。

赢了！

特警感觉到了脑后面的"拳风"，刚刚被这一下摔得有点蒙，但是知道自己输了，白松起身后，他大大方方地认了输。

"白所长智勇双全，甘拜下风。"这个对传统武术有一定研究的特警说道。

"承让承让。"

台下鼓起了掌，白松脸上也有了笑容，没有给师父丢人啊。

不过，肚子扛那一膝盖真的有点疼，他把手伸进护具里，揉了起来。

"感谢白所长的精彩展示。"房程脸上露出笑容，带头鼓起了掌。

"啊？"白松有点蒙，没有第三场了吗？

"你已经有伤了，再打就是车轮战了，乔老的弟子果然是有两把刷子，确实是智勇双全。"房程给了很高的评价。

从白松想使用擒拿，到最后制胜的短短十几秒内，白松不仅勇力过人，而且很会动脑，这一点非常难得。

搏击本来就是动脑子，而不是扔技能看谁的伤害高。就连顶尖的 UFC 选手都会搞心理战，或者满嘴骂街，都是为了赢。而只要你赢，你永远是最棒的。

见很多人没有看懂刚刚的操作，房程再次趁着这个机会给大家讲解了一番，很多人这才明白怎么回事。

"我都是侥幸。"白松也下了擂台，一件件地脱护具。

"这也是一种天赋。"房程摆摆手，"很显然，你的这些技巧更适合实战，以后要是工作不忙，可以经常过来转转，多学习，多看看。"

房政委有这个自信。

白松之所以能赢两场，根本就不是说这俩人最强，几个队长和高手们自恃身份，有的都是部队转业，练了十五六年，真的和白松动手就有点欺负人了。

第六百二十六章　对垒结束

这两人只能说是年轻人里比较有代表性，也比较强的两位。

"谢谢房政委！"白松差点欢呼雀跃起来，心里已经在想，现在回去如果把健身卡剩下的那半个月退了，能不能退几十块钱……

今天这一趟，真的是没白来，交手的两次也让白松发现了自己的问题。不过，他想继续进步，也不是简单的事情，他的工作不允许他夜以继日地训练，只是来这边多长见识、减少破绽、增加经验。

说起来，白松一辈子也不可能在搏击这个领域达到乔师父或者房政委这个层次，这叫不要拿自己的爱好挑战别人的饭碗。

傍晚，白松被送出特总的大门的时候，特地和门卫混了个脸熟……无他，以后进来蹭场地比较简单……

等三人离开，房政委看了看时间，拿起手机拨打了一个电话。

"柳局……嗯……刚走……对……对……对，柳局，这么说吧，我不知道这个决定对不对，但是，如果要有，这个人，肯定是最合适的人选……对……"

第六百二十七章　我上我也行

天北区，柳书元家。

"不行，他肯定不行，都上好几次新闻了。"柳书元说道，"这不是简简单单的内部嘉奖和功劳，而是新闻媒体，报纸他都上过不止一次。"

"他还上过报纸？"柳父的声音有些低沉。

"嗯。"柳书元道，"爸，不过我倒是有个不错的人选。"

见父亲不说话，柳书元道："我自己。"

"你先问问你妈同意不同意。"柳父哼了一声。

"爸，我真行。我现在各方面的技术、能力，都没问题。"柳书元据理力争。

"你以为，白松他现在有点名气，容易被人认出来，你就低调了？"柳父哼了一声，"你现在认识的朋友，都快比我多了。"

柳书元沉默了。

这句话……他竟然无法反驳！

交际圈太广，居然有这个严重的问题，当不了卧底！

前段时间，李云峰查明的变色油墨的事，到现在也没什么信儿。

这并不代表这件事就过去了。

市局一直在秘密地侦查，发现了不少线索。

假币是祸国殃民的事，平时大街上见到几张没什么，发现一个人身上携带几万元假币也没什么，但是发现了成桶的紫外线光感的变色油墨，就是大问题了！

在白松不知道的背后，市局专门开了一次会，最终将这个案子交给了市公安局的柳副局长负责。

根据目前的这些线索，只查到了一些运输的工具，发现了运输假币的几辆车。

他们用的运输车，都是一个普通的运输公司的，这家运输公司就是日常的搬家公司，偶尔会帮忙捎带假币。当然了，产量没那么大，不可能一车一车地拉，每次也就是几个箱子，但是犯罪团伙几乎不用自己的车拉，都是雇佣货车，拉往目的地。这些都是之前查到的信息，他们现在早就停工了，估计被发现了油墨，他们也知道要避避风头。

而这个运输公司也绝对有问题，查了几个人的身份，基本上都有前科。倒不是歧视前科人员，但是查了几个回合，都没有什么有价值的线索，这件事就很难说了。最关键的是，这个运输公司最近有几个司机不干了，现在大部分也杳无音讯。不干了的司机，很多也是社会闲散人员，找到了一个，还是一问三不知。

这家运输公司的车子，大多数是长度5.9米左右的小型厢式货车，有C1驾照就能开，所以这些司机也不算有什么特殊技能，离开这里之后就不知道跑哪去了。也正因为有司机离开，现在这家公司又开始招聘新司机，但是一直没招上。

倒不是说因为待遇的问题招不到人，市局分析了一下，这家公司招人的时候估计要好好审核一番，保证能信任的人才会用，所以，这个招聘应该是长期有效。

市局打算安插一个卧底。

"那……我有一个推荐。"柳书元纠结了半天，说道，"王华东，九河分局的。"

"讲一讲。"

柳书元暗暗难过起来。

白松多优秀他是知道的，各方面都强，随机应变能力和智商都是顶尖的，而且能打！这个能打不是散打那种，恰恰需要马伽术这种脱困能力。虽然这个运输公司不能算龙潭虎穴，不是那种大的贩毒组织，但是没点本事也是不行。

他不想让白松去，不仅仅是因为他说的那些，其实是想自己去。当卧底当然危险，可是柳"傲娇"有信心能完成这个任务！但是，他爸说得也对，说不定他去运几次货都能遇到熟人！那就太尴尬了，很容易露馅。

柳父听柳书元把王华东的情况说完，眼前一亮："你说他会伪装，是什么水平？"

"专业级。"柳书元这一点是很佩服王华东的。

这门本事乔启本来是要教给白松的，白松也确实学过，但是效果不好。个子太高难以伪装。而王华东，则拥有学好伪装的所有条件。

家境好，这让王华东对很多高端的化妆品有一定的了解，接触一些其他的化妆品时也有理论基础。

见识好，转换身份后能更好地适应新的身份。大部分人因为见识有限，在伪装富豪这件事上难以成功。

画画好，这个更是如有神助，尤其王华东是做人脸素描的，这让他非常容易掌握伪装对象的面部特征，很容易伪装成功。王华东可以仅仅看一个人一眼，就能用一定的时间把自己伪装成对方那样。

懂化学，白松多次带着王华东去天华大学学习化学，给王华东补上了最后一块短板，让他对各种伪装物的调配等等有着更深的理解。

再加上他本身就是中等身高、中等身材，皮肤也不错，心理素质不错，搏斗能力中上……

乔启都说过，如果有机缘，王华东未来可以成为一名宗师级的伪装者。专业=融会贯通，宗师=出神入化。

理论上讲，王华东可以伪装成一名大美女！

这要是让白松来伪装美女，呵呵……

"他搏击水平怎么样？"

"和我差不多，也跟着经侦总队乔师傅学过几个月，对付普通人很轻松，两三个没什么大问题。"柳书元这会儿只能实话实说。

"这个人结婚有孩子了吗？"柳父沉默了一会儿问道。

柳书元如遭雷击。这句话的意思，他如何听不明白？以前打仗的时候，选敢死队的时候，有儿子的先上！牺牲了最起码还有个后代！

柳父这么问，柳书元一下子明白了，肯定有他不知道的事情存在！这趟任务的危险性，可能会高得惊人！

"爸，还是我去吧，我也会一点伪装，伪装成别人的样子，就很难被发现了。"柳书元沉声道。

"哦？"柳父没搭理儿子。

"我上我也行！"柳书元沉默了足足半分钟，"而且，你要是想抱孙子，我争取……一周内搞定这个事！"

平日里面对山崩面不改色的柳局长，听到儿子这句话，差点从椅子上栽下来！

第六百二十八章　备战

卧底的事儿，柳父告诉儿子，还要开会研究。

他虽然牵头这个案子，但是一直没有成立专案组。这个案子现在还处于高度保密的状态，侦办的全是市局大院里的民警。

之所以没有找任何分局乃至其他总队的人，是因为这个案子对保密的要求非常高，可能会安插卧底，稍微走漏一点点风声，对卧底都是毁灭性的伤害。卧底这种安排非常少见，尤其是科技越来越发达的今天，使用一些电子设备就可以替代卧底，没必要什么事都深入虎穴。尤其是，一旦有什么伤亡，安排的领导估计很长时间都寝食难安。

谁也不想让那些愿意用鲜血来展现忠诚的人真的挥洒鲜血。这件事还需要从长计议。

柳父揉了揉眉头，有些头疼。

从长计议……问题是案子真的不等人。

领导这个位置看似好，责任也大。如果办案不力，比如说近期又有几百万乃至几千万的假币不知不觉地流入各地市场……柳父是一个要强的人，他无法容忍这种情况发生。

"让你说的这个人去也不是不行……"柳父沉吟了一会儿，"就是有两个问题需要解决：第一就是他具体什么情况，我们也得考核一下，如果行的话，也需要训练几天；第二就是需要给他足够多的后勤支持，必须是一个团队，而且这个团队要非常有默契，比如说，他开车送货的时候，可以和我们的人进行电子设备之外的交流，手势啊、表情啊之类的。"

"第一个问题简单，明天上午就能搞定，我这个朋友现在刚刚'失恋'，我给他介绍了对象，但是一时半会儿也成不了，他现在闲得很；第二个问题，爸，之前我们讨论过……"

"你还给人家介绍对象了？"柳父饶有兴趣地看了看儿子，没有继续这个话题，而是说道，"局里面对这个探组的试点，也是有争议的，而且需要从多方面进行选拔。"

"只要没黑幕，选拔的话，我这些朋友也一个比一个厉害。"柳书元说道。

"黑幕？"柳父大笑，"你在说你自己？"

柳书元这几天已经被借调到市局刑侦总队了，虽然跟他爸不是一个单位，但是现在每天都去市局大院上班了。

市局的大部分总队都在外面，只有类似于刑侦、禁毒、网安等总队在市局大院里，白松之前待过的经侦总队和现在去的特警总队都在外面。

"有您这么说自己儿子的？"柳书元气不打一处来，但是他从小就有点怕他爸，也不敢真的说什么。

说起来，警察的能力，除了类似于王亮这样一目了然的、可以量化的技能，剩下的必须靠侦办一些大案要案来彰显。比如说你学习好，那你总得考试分数高吧？如果你一直遇不到考试，你说你强别人也不会认可的。

柳书元能借调到市局，跟他爸没关系是不可能的，但是他近日参与的几个案子破得漂亮，也是非常重要的。工作能力强，能让所有人都说不出来闲话。

"把你上次说的人，再说一遍我听听。"柳父想认真听听了，他今天才深入了解了白松和王华东两个人，发现这俩人还真的非池中之物。以前听儿子讲他的朋友多厉害，柳父也就知道白松还行，其他人真的不了解。

"好，我一个一个说。"

柳书元把大家的情况又都说了一遍。

"嗯，有几个我还真的听过。"柳父点了点头，"你说的那个任旭，有什么特长？"

"呃……"柳书元一下子卡壳了。

任旭不是没有优点，他的优点很多，任劳任怨、爱岗敬业、能吃能睡……但是，这些不够，远远达不到白松、孙杰、王华东和王亮这样的"确有显著特长"的标准。

"这个人先不考虑，参加工作时间太短，依你所说还在所里担任警长，而且仅仅一两个月，这种同志需要多观察、多锻炼。不过你说的其他几个人，我会在开会的时候讨论一下的。"柳父盖棺论定。

"好吧……"柳书元知道父亲决定了的事，就肯定不会改变了。

他很了解自己的父亲，父亲肩膀上的压力比他大多了，考虑问题不能像他这么片面。

白松哪知道后面还有这么多事，第二天继续陪着韩鑫和冀悦一起到这里交流。

今天上午是狗狗与狗狗之间的训练交流，下午就是开会探讨和欢送了。

上午的训练交流白松实在是不愿意看了。很多人看到警犬，想上去摸摸、合影，但是你真的让他养几天，他就不愿意了。任何工作成为了职业，都不是那么简单的事情。

上午，白松去了射击馆。

这是白松第一次亲手操作狙击步枪。这种枪支在派出所和刑警队都没有，在学校的时候见过教官演示，也没机会亲自试试。

太帅了，白松去蹭了几发特警训练的子弹，一发也没有打准。

这也就是昨天打出了一点名气，不然肯定没机会去蹭。但是，也就只能试试，实弹管得很严格，他占用的都是别人的份额，白松有些不好意思。

"没事，每年到了清理过期弹的时候，都会打得想吐。"

旱的旱死、涝的涝死啊……

这边的哥们儿人不错，说话又好听，白松决定以后隔三岔五就来……想

第六百二十八章 备战 | 141

了想，他还是抛弃了这个念头，恋恋不舍地放下了枪。

　　白松是知道进退的，他和房政委关系好，才更不能给房政委落下什么口实，要是他一个外人真的天天来蹭枪械训练，那就的是不懂事了。这东西可不是别的，每一发子弹都管得非常严格。

　　但是，周末这边轮休的时候，来体训馆训练或者使用一下户外操场，那就没有任何问题了。毕竟特警总队这么大，很多人互相之间都不认识，穿个便衣也不起眼。

　　想到这里，白松心情又逐渐好了起来，明天周六，就可以过来！

第六百二十九章　阴差阳错

今天是 3 月 14 日，也是白松值班，下午三点钟的时候，特警总队这边临时有事，白松就带着韩鑫、冀悦离开了。

大周五的，不至于下班这么早吧？

白松有些疑惑地问韩鑫和冀悦发生了什么事，二人都不清楚。

这让白松有一些不解，这么大的总队，到底什么事能如此紧张？

想不明白，白松直接把二人送回租的平房那里，顺便探望了一下小黑。看得出来，养尊处优的小黑还算习惯这里的环境，这几天似乎又胖了一圈，看到白松难得打了个哼哼。

今天是周五，来办理各种业务的人也不少。安顿好冀悦等人，回到单位之后，有好几个户口的事需要白松签字，他忙活了一个多小时才彻底弄完。

虽然很信任社区民警，但是该检查的地方必须得检查，马虎不得。

特警总队那边发生了什么事？

这个是白松有些困惑的，他回来以后越想越觉得蹊跷，但是估计别人也不知道，就没有随便问。能让一个总队这么严阵以待，肯定不是小事。

今天也很忙，出警一直到第二天凌晨三四点都没停过。

每个周五、周六的情况都类似，三木大街派出所辖区比较繁华，各类饭馆和 KTV 非常多，随着天气放暖，晚上的事也越来越多。

现在还好，如果是夏季的三四个月，几乎每个凌晨三点，三木大街派出所都必定灯火通明，而且如果只有一两拨打架的警情都算是烧高香了！

前台忙，白松还带着人出了两个警。

副所长出警不是没有，一般都是大案子或者是实在没人了才去，像白松这样看到大家忙就去帮忙的领导非常少，再加上白松从来不摆架子，四组的人对白松还是挺尊重的。

每个组都必然会有领导，有白松这样的领导，很多老民警都是满意的。

第一，签字的时候，该签字就签，有问题直接指出来，从来不说什么让你自己去找之类的话；第二，没架子，乐于助人；第三就是安排合理，而且组里面办案能力上了一个大台阶，在四个组里可以随意吹牛皮，恕我直言，也包括办案队。

周一早上，白松突然接到了孙杰的电话。

"什么，王华东不见了？"白松吓了一跳。

"不是，被市局的叫走了，前天早上就叫走了，现在还没回来，电话也联系不上。"孙杰道，"要不是市局那个人我们领导认识，我都担心是被人绑了。"

"一个穷警……"白松本来想说穷警察有啥可绑架的，但是话说了一半，才想起来人家王华东可是富二代，还真的有可能出现这种事……

只是，既然是市局认识的人叫走了，可能是有什么涉密的案子，白松说道："可能是有什么案子需要他吧。"

"我刚开始也是这么认为的，但是这些天没听说有啥案子这么保密吧？"孙杰接着说道，"而且，白松你得知道一件事，华东虽然现场勘察和人面素描的水平都不错，但是，这不代表他真的是那种会被单独秘密叫走的大神啊。"

"有道理。"白松觉得孙杰说得很对，王华东还不至于有那个咖位，"这个事我问问书元，听说他前几天被借调到市局了。"

"嗯，我就是这个意思。你和柳书元更熟悉一些，我本意就是让你联系一下他。"孙杰道，"而且你说他最近调到市局了，估计是同一件事。"

"行。"

白松挂了孙杰的电话就给柳书元打了过去。不过柳书元好像说话不是很方便，和白松约了中午去一家饭店吃饭。

听柳书元的语气不是很好，白松的情绪就不是很好，于是跟孙杰说了这件事，孙杰表示也要去饭店。

就这样，中午的时候，连王亮也来了。

柳书元看到三人，把三人都叫到了一个单间，拿出一个仪器，把整个屋子都彻底探查了一番，然后跟三人说道："不是不信任你们，我和你们说这些其实是犯错误的，你们把手机都拿出来，关机。"

三人立即照做。

柳书元这才告诉了三人一部分事。

他们三个是预备名单里的人，但是还没有去市局，所以柳书元不该告诉他们这件事，只能大体讲了讲。

王华东周六一大早就被叫到了市局，问起了这件事，王华东立刻表示了同意，而且愿意接受相关的训练。

训练倒是很快，王华东本身的技能都没问题，需要学的无非是伪装的那个角色的一些事情，这件事是需要向王华东家人以及四队的领导保密的。对外就说是去市局参加了一个案子，把王华东编入了市局一起别的大案的专案组里。这也不会让人怀疑，毕竟对于市局来说，大案是不缺的，借调人员也很正常。但是，这里面出现了一个漏洞，按照之前的安排，王华东近日就要被安排去那个运输公司卧底，而团队小组还没有组建。

第六百二十九章　阴差阳错　｜　145

第六百三十章　心慌

　　王华东所伪装的这个角色，是一个刑满释放人员，最关键的是，和这家运输公司现在的一个司机还认识，这也是为什么市局有信心可以让王华东进入这家运输公司的原因。

　　当然，运输公司的司机并没有被策反，要是能轻松策反，那这件事情就容易了。之所以不能随便动这些司机，是因为怕司机啥也不说，然后回去通风报信，那么这个线索就断了。这也是这个案子要有个卧底获取一点内部信息的原因。

　　王华东伪装的对象已经被警方暂时"保护"了起来，给了一定的报酬，直至所有任务完成为止。这类人看在钱的面子上，还是很愿意和警察合作的。

　　这个人和运输公司里的一个司机曾经在一家监狱服刑过，这是市局从监狱的数据库里筛选出来的。他的身材、年龄等和王华东都很相似，也都是天华市人，口音差距不大，和那个运输公司的司机在一个监室里关了半年多，已经好几年没联系了。

　　这种情况，只要王华东能记下来一些细节，就很难露馅。

　　柳书元没有把所有事都告诉三人，只是说王华东要执行一个任务，本来要组建一个小组，但是，王华东的任务会继续，小组可能会延后了。

　　倒不是说王华东就得不到支援，而是支援的人将变成市局的人，这些人能力肯定也是有的。

"卧底是吗?"白松一下子猜出了答案,"华东唯一比较强、能被市局看中的,估计也就是他的伪装技能了。今天杰哥也说了,华东虽然在办案、现勘、肖像等方面有一定的建树,但是达不到专业的水准。说起来,只有伪装才是大师级。"

柳书元没说话。

"卧底?"王亮直接就炸了,"怎么可以让华东去执行这么危险的任务?这哪里行啊?!他那个小胳膊小腿的,连我……呃……连任旭都打不过!要去,也是我去!"

"可能没有我们想的那么危险吧,"孙杰拉了拉王亮,"市局的安排不会出问题的。"

"要是让咱们去市局,咱们能力不敢说多强,但是和华东配合肯定是最有默契的,但是现在没人会管我们的事情。"白松叹气道,"我们得抓紧时间,让市里的领导、专家关注到我们。"

"你那里有可以直达市局的大案吗?"孙杰问道。

"没有……"白松还算冷静,但还是叹了口气,"这件事书元都搞不定,不是那么简单的事,这个节骨眼,谁还有心思再成立一个新的组织,把咱们这些年轻人借调过去啊……"

这个时候,谁都怕被人说自己搞裙带关系啊……

柳书元已经去市局了,柳父现在提组建新探组的事,从九河分局再安插三个人过来,就显得有点……

"我尽力了。"柳书元低下了头,"我本来计划得不错,但是改变不了大势。"

"怎么会怪你?"白松强迫自己冷静下来,"你现在是唯一在市局的,能调动的资源足够多,我们能帮上的很少。我虽然没有卧底经验,但是现在这个形势……王华东一两日之内也不会过去,如果过些日子他准备去了,而我们还帮不上忙,那么就拜托你了。"

"放心!"柳书元有些激动。

第六百三十章 心慌

他最担心的就是和这几个兄弟有裂隙。在很多事的背后，柳书元做的努力非常多，但是他从来也不说，他觉得没必要。柳书元很想融入白松这个小群体，成为"兄弟连"的一员，因此对大家的事都无比上心。之前给王华东介绍的对象，算是他认识的最漂亮、也最知书达理的姑娘了。

"有你在，我们放心。"白松其实是根本放心不下，但是他还是选择了信任书元。

他现在也大小是个领导了，看事情的角度已经比之前全面很多，有些事不可为就是不可为，他要是现在找关系往市局钻只会适得其反。甚至，他得装作不知道这件事，否则就是害柳书元。

"如果华东有一点点问题，我拼掉我这条命，也要把他换出来！"柳书元一拳捶到了墙上，手背很快地流出了鲜血。

"别这样啊！"孙杰立刻上前拉开柳书元，检查了一下他的手，接着从桌上拿起一瓶矿泉水给柳书元清洗伤口。

这顿饭是吃不成了。

这件事是谁都没想到的。

柳书元还得在市局好好待着，只有他在那边，白松才能有些放心。虽然市局的人白松也信任，但是华东毕竟是自己兄弟，交给别人多少是不放心的。

柳书元急匆匆地来，又急匆匆地走了。

三人都没了胃口，白松给老板结了两元钱的账就离开了饭店。

把车停到了一个安静的地方，三人商议起来。

第一，这件事绝对不能告诉任何人，否则对柳书元极为不利，对王华东更是不负责。

第二，不能因为知道了这个事从而去侧面打听、查探，原因同第一条。

第三，尽量把工作做好，最好能做一件让市局领导看得到的事情。

如果是一个月之前，就容易很多，白松获得了安全部门的一等功，肯定有市局领导提到这件事，然后柳局长可以顺着这个话，顺水推舟般地把人借调过来。

但是功劳总归是过去式，不能吃一辈子。除非白松再有什么事，能进入市局这一层次的讨论中，这样顺嘴一提"哎，这个人我听过，和王华东是一起的，能力很强，可以调过来和咱们的卧底配合"，就很不显眼。否则，让柳局主动去提这件事，平时可以，现在不行。

心静不下来，白松开了会儿窗户，让大家都静了静。

足足半个小时过去，大家才真正接受了这个现实。

如果不是王华东被叫过去，而是他们三个中的任何一个，他们肯定都会答应。他们也了解华东，知道华东绝对是自愿的，所以，现在剩下的就是大家努力了。而现在应该讨论的，就是做什么可以达到这个效果。

第六百三十一章　抢功劳

白松拢了拢所有的事，最终得出一个结论。

近期，能够引起市里面关注的案子，只有一个，就是湘南省的那个杀人犯的案子！这个案子，湘南省和天华市打了招呼，虽然没有媒体和外面的人关注，但是市局和湘南省厅还是很关注的。

潜逃八年的嫌疑犯被抓，和当场抓获犯罪嫌疑人概念是不一样的。跨省了，概念又不一样了。

如果白松等人真的能把册建文抓到，那这件事肯定能上新闻，市局会专门通报表扬。这样白松也就达到了目的，到时候以柳书元的智商，肯定明白该怎么做。

兄弟部门啊，对不住了！

"这样会不会不太合适……"王亮有点不自信地说。

"案子结束了之后抢功劳比较为人诟病，现在人还没抓到，谁抓到算谁的。"白松道，"湘南省也没有把握一定能抓到吧？"

"你就有把握？"孙杰若有所思地问道。

"不试试怎么行？"白松道，"你们还有什么更好的办法吗？"

王亮和孙杰对视了一眼："没有。"

"行，那就这么定了。"白松点了点头，"我送你们俩回单位。"

"哎？还没说怎么办呢！"王亮有些着急。

"杰哥这个周末结婚，这事我自己试试吧。"白松说道。

"我的事不打紧，结婚也就是一天的事。"孙杰摇了摇头，"有什么我能帮忙的你不用顾虑。"

孙杰都想说婚礼可以延期，不过白松肯定不会同意，孙杰也就没这么说。

"喂喂喂，我呢？"王亮不服气了，"我也行啊！"

"你那么懒，我能指望你？"白松哼唧了一声。

"放屁！"王亮火了，"别的事我懒也就罢了，这个事我能懒？"

"行。"白松道，"咱们有册建文八年前的照片，需要调大量的录像，来做人像比对。你要知道，这可是大海捞针，整个市内六区的录像，一万个摄像头，你行吗？"

越是王亮这种专业人士，越知道白松说的这种情况根本不可能，但是他这次真的没犹豫。

"我行，怎么不行？我一天休息两个小时就够，我现在就可以开始现码一个自动分类的程序。"王亮梗着脖子说道。

"问题是，"孙杰道，"很多地方人家已经查过了，我们还要继续查吗？而且过几天人家说不定就把人抓住了，咱们岂不是白用功？"

"我今天还跟冀悦聊过，"白松道，"他们分开查，查得很快，从上周四到现在，已经查完了两个辅导班最多的区。照这个进度，再有三四天他们就能全部查完。"

"你的意思是，让我查他们没去过的区？"王亮有些疑惑。

"并不是。"白松摇了摇头，"这个册建文，其实并不是一个坏透了的人，他一直在想方设法给家里汇钱，这说明他需要钱。既然在市内六区，说明他并不是想躲在某个非常偏僻的地方。咱们天华市，收入最高的区是哪个区？"

"就是他们刚刚查完的两个区。"孙杰道，"不过，这两个区房租也高，而且也更容易暴露吧。"

"这个人才不会住什么好地方，肯定是在附近找个那种'老破小'就住下了。即便是这两个区,也有一些破平房,也有一些老楼拆不动。这些老楼都是挂户口的,虽然房价高,但是脏乱差,还有的都是筒子楼,房租非常低。"白松说道,"相比较而言,这两个区的工资水平可就高很多了。"

"那他为什么没有被找到?"王亮反问道。

"如果让我从逻辑上来分析,这就意味着,他并不是在这些辅导学生的机构里教写字啊。"白松说道。

"不教孩子写字,还能教谁?"孙杰疑惑地问道。

"那就真的多了去了!"白松道,"比如说公务员考试,就有教练字的,比如说教师资格考试,有三天、七天速成的练字班。这还不是最大的问题,而是有些家长会在一些地方贴广告,或者发朋友圈找家教单独教自己的孩子。这个册建文,从照片上看文绉绉的,又是个知青,如果真的给人一对一地辅导,我们找破天也找不到。"

"所以怎么办?"王亮想不明白白松的意思,单纯地列举难度有什么意义?

"所以,我们现在就得去统计,这两个区,居住起来最便宜、最脏乱差的地方在哪里,然后搜集附近的监控,来进行人脸识别。"白松道,"我也不能确定,但是,赌一把。"

"我觉得白松说得有道理。"孙杰点了点头,"这个事,得分析这个人。他是个农民、逃犯,出来打工本来就非常困难。他年纪大,没法使用真实身份,很难被信任,所以赚钱非常困难。在这种情况下,他不但能在很多城市活下来,还能定期汇款,我不相信他是商业奇才,只有一个可能——他非常节约。"

"对,他吃得了苦,肯定是住在一个特别破的地方,如果不是他的这个工作需要相对体面一点,需要干净一点,他甚至可能跟郑彦武当初一样住在桥洞里面。"白松说到这里,不由得想到了老郑,最近没怎么联系,也不知道他环游世界怎么样了。

"有道理。"王亮眼前一亮,"就这么办!"

"那行，从现在就开始查。"白松道，"我回去准备文书，王亮你去准备你的吃饭的家伙……你知道我说的吃饭的家伙是啥，对吧……杰哥……呃，杰哥这个事你就不用帮忙了，你该准备婚礼就准备婚礼。"

"我……"孙杰伸出手来，又放下了，"行吧，我一个法医，还是不给你们添乱，有啥事叫我，毕竟这件事咱们也不能和别人说，只能咱们三个人知道。"

"嗯，为了保险起见，这个事咱们不要在电话里说，有了进展，要么说暗语，要么当面聊。"白松嘱咐道。

"懂。"二人用力地点了点头，这件事，丝毫不能马虎。

第六百三十二章 查九河区（1）

白松回去做好了一些文书，和王亮刚刚会合，就接到了冀悦的电话。他们今天要查九河区，冀悦问白松方便不方便。白松一口答应下来，就放了王亮的鸽子。

悲催的王亮接着去找了孙杰，毕竟两个人才能调取证据……未来这几天，他俩估计都得请假去查了，毕竟件个事也不能让任何人知道。孙杰请假倒是非常容易，要结婚了，领导不会不批，王亮找不到请假理由，就跟李队说自己得了痔疮，要去医院做个小手术……

调取录像是体力活，何况这两个区二人都不熟。白松本来想找那两个区认识的刑警问问什么地方脏乱差，想了想，还是把这个任务交给了柳书元。

柳书元本来接到白松的电话就有些慌，他特别担心白松忍不住在电话里问关于王华东的事，但是没想到白松问的是这个问题。问白松是什么用途，白松就说是所里办案需要。

这也就不用多问了，足够了。尤其是白松说一会儿查清楚了直接把结果告诉王亮，柳书元就什么都明白了。

信你个鬼！王亮是三队的，所里办案需要的材料能给王亮？但，这确实又让柳书元有了点期望。看样子，白松还真的是有点子了，具体如何，就看白松的表演吧。

白松的分析，是基于人性。册建文的所作所为，让白松分析出这样的一个结果,但是这并不代表白松就是对的。很可能过会儿冀悦等人就在九河区把册建文薅了出来。甚至于,五分钟后接到电话,册建文在某个外省被当地警方抓了也不是不可能。

有时候办案真的也看运气,派出所所长下班看到一个逃犯顺手抓了的事,也不是没发生过。白松刚刚参加工作时,就和王亮在网吧碰到一个通缉犯,这种事情哪里讲道理?坏人运气差、警察运气好的事屡见不鲜。所以,冀悦这边还是有不小的希望可以找到册建文的。

听到冀悦需要帮忙,白松绝对是义不容辞。

和冀悦碰面才知道,湘南分局开始同时查两个区了。冀悦这一组人少,直接开始查最穷的九河区,但九河区不正规的辅导机构确实是多,还真得一个个派出所仔细地了解。

因为天天训犬,冀悦显得比一般的警察要单纯许多,若是别人想找白松帮忙,最起码会提前几个小时说一声,或者提前半天一天的。

公安的工作一般比较急,提前几天倒是不太现实,而且事一多反而容易忘。不过白松自然了解冀悦是什么人,不会有一点点的不开心。

白松先把三木大街的一些辅导机构告诉了冀悦,剩下的他一会儿可以打电话问。至于九河桥派出所辖区的辅导机构……这个真没有……

整个九河区的派出所,白松都算熟悉,这件事还是很简单。获得了足够多的情报,他先找到了冀悦。

"怎么让你带警犬一起上了?"白松有些好奇。

"查了四五天,概率最大的两个区没有结果,我们带队领导有点急。"冀悦道,"其实,虽然我们得到的情报是在天华市内,从只言片语里他们判断就在那两个区,但是没有。"

"所以尽快查完,那边还打算查第二遍?"白松问道。

"我们昨天开会,还挺麻烦的,有的人觉得应该再找第二遍,有的人觉得那个情报也不算准,还是要先查完剩下的区。"冀悦道,"最终还是后面的这个观点占了上风,毕竟那个情报确实是不准,而且第一遍排查也是挺认真的。"

"那你怎么认为?"白松问道。

"我?我就是个训犬的,听安排就是,他们的情报具体如何我也不知道,原件我也没看到。"冀悦摇了摇头,"不过,说实话……"

冀悦看了看周围没人,靠近白松说道:"你们区跟人家比起来,真的太穷了。"

"没事……"白松无语地点了点头,"大声说出来就行,这个能理解……"

"咱们现在就在九河区,我怕被打……"

"你怕啥?你带了狗啊。"

"这狗……"冀悦看了看花花和花花,"真打起来,也就是跑得比我快点。"

两只史宾格犬可能是听到了"跑"这个字,围在冀悦身边摇起了尾巴,有点疑惑冀悦为啥不松绳子。

和冀悦一起的这位是当初和他一起开车来的那个姓王的刑警。把情报给了冀悦之后,其实白松也没必要跟着来,但他还是对冀悦有点不放心。上次冀悦飞身救狗狗的那一幕实在是太惊险了,如果白松在的话,以他的速度,甚至有时间抱着两条狗来一次滚翻规避动作。

有白松陪着,三人查得很快,到吃晚饭之前,三人就查了三个派出所辖区。

九河区不像天南区,车子虽然也多,但是没什么单行道,停车也方便,一个辖区可能只有三四家机构。

"他们也都查了不少了。"在一家小饭馆里吃着东西,冀悦看了看微信群,"你们九河区的辅导机构估计连天南区的五分之一都不到,这一个下午带上傍晚,我们几个小组就查了一大半了。"

"嗯,诸如九河桥派出所等好几个派出所一家辅导机构都没有。"白松不置可否,"你们这是没查律所,天华市500多家律所,九河区也就二三十家。"

"今天又没有收获,那个区的小组也没有收获,估计再有两天,天华市就能彻底查完了。"冀悦道, "有你们的帮忙,感觉你们市内六区也不算大。"

"你们专查这类给孩子辅导的辅导机构,肯定是有限度的,这么多人,动用这么多人际关系,早晚能查完。"白松说道,"就没考虑会不会有别的情况?"

"考虑也没用。"冀悦道,"那就太多了,现在再去麻烦你们市局重新把其他所有可能辅导写字的机构全部查一遍,估计我们带队领导也没那个面子。除非后期运气爆棚,真的在剩下的区域里抓到人,否则,这趟抓捕就基本上算是失败了。"

第六百三十三章　查九河区（2）

九河区真的不难查，明天白松再陪着冀悦查一上午估计就查完了。

晚上请两人在一家地道的小饭馆吃了晚饭，白松就把二人送到了平房那里。

这几天，冀悦、韩鑫等三人就辛苦一点，都住在这个平房。不过韩鑫倒也不累，他的工作就是每天逗逗小黑，两个年轻人出去查就是了。

第二天大清早，白松就早早地到了这里。

他也想早点陪冀悦查完九河区，这样他就能去和王亮等人一起侦查了。

因为担忧王华东，白松天不亮就起床了。白松出去做了运动，随便吃了一口东西，到平房这里的时候才六点四十。在门口做了会儿俯卧撑，让路过的几个人差点以为这多了一个精神病。

白松知道这会儿太早了，打算七点钟再敲门。

"咦？你在这里。"白松正准备敲门去，突然听到了背后有人叫他。

"郑局长，您也在啊，这是……？"

白松看到这位也是有些惊异，他上次带着四组的人来这边抓小偷，还见过这位退休的总队长。

当时，这边也没办法种地，大冬天的，退了休的郑总队长（局长）还在这边转悠。现在，还有三天就春分了，也到该松土、播种的时候了。

"早上过来看看我那块地，这不快要播种了。"郑总队长掸了掸裤子上的土,"我们这代人,对土地有感情,以前工作忙,现在终于能隔三岔五过来看看。"

说完,郑总队长往回看了看屋子:"今年秋天回头搭个大棚。"

"那怎么今天走这么早啊?"白松有些疑惑,而且郑局长这个裤子也不像是上次那种种地的裤子,反倒是西裤皮鞋。

"最近不是事多吗,"郑局道,"我们这些退了休的,也要一起进行学习。"

"啊?跟您也有关系?"白松有些不能理解。

"也正常,活到老学到老,退休了也是组织里的人,该领会的精神是要领会的。"郑局倒是理解这些事情,他这么多年,见惯了起起伏伏。

要是以前,他怎么会和白松说这么多话?但是,退休了终于有了空闲,看到白松这个样子就很喜欢:"你这大清早的,又过来抓小偷?就自己一个人?"

"不是,郑局,是湘南省的几个兄弟来了。前段时间我去湘南那边办案,人家帮了我很大的忙。他们最近来咱们这里办案,我不也得尽我所能吗。"白松解释道,"他们的狗养在这里,我给找的地方。"

"湘南省?是去年那个大案子吗?主犯姓奉,是个女的。"郑局虽然那个时候已经退休,但是对于一些大的刑事案件还是略有耳闻的。

"如果您说的是奉一泠的话,那就是我们分局办的,人是我带着队伍去抓的。"白松如实说道。

"哦,那你就是白松,对吧?"郑局笑眯眯地说道,"果然一表人才。"

白松刚刚震惊于郑局的记忆力之好,听到后半句立刻下意识地点了点头,紧接着觉得不对劲:"郑局,您别夸我了,我会飘的。"

"好了,你们年轻人好好工作,你忙你的,一会儿有人来接我,我先走了。"郑局聊完,溜达着就出去了。

冀悦等人对这几天的结果倒是没什么太纠结的地方,他们就是来配合办案的。说起来,他们和办案的那个局都不算是同一个机关,只能算技术支持的一种。

谁都想把人抓到,但是警察办案,失败是难免的事情,冀悦能把自己的本职工作做好就足够了。

一路上,冀悦心情尚可,和白松聊着天,他知道下午就要去别的区,再见白松就得等离开那天了。

"这次来这边,也挺麻烦你的。"冀悦道,"等哪天你去长河市,一定给我打电话。公事我也能帮你找朋友帮忙,我们这个行业和刑警熟悉得很。私事就更得告诉我了。"

"哈哈,没问题,该麻烦你的地方,我是不会客气的。"白松问道,"对了,一直也没问,我们那个案子,你后来还跟进过吗?"

"没怎么跟进,我受伤之后,在医院抢救了几个小时,然后住院,接着休养了一个月领导才让我出院。"冀悦道,"其实我没啥事,直升机送得及时。"

"你那还叫没啥事啊?"白松听到"抢救"两个字就觉得揪心。

"这不啥事没有?"冀悦没在乎这个,"对了,我彻底恢复了之后,还去局里做笔录了。当时特别逗,我还遇到另外一个证人,也是去那边做笔录的。据说公安局找了他好几次,他都说拉货没去,那天,直接开着大货车,拉着一车猪就去了。局里面怕他的猪热死,给他取笔录的时候,还安排了两个警察给猪喷水,那场面真的笑死我了。"

"谁啊?这么愣!"白松都笑了,这太有画面感了,"要这么说,那刑警大院不得臭死啊?"

"那谁知道他怎么想的?可能是脑子不大灵光,不过刑警也没办法,要是找证人来取证,人家的猪真的晒死了,刑警也头疼。"冀悦道,"也不知道这个人怎么考到的大车证。"

听到这个,白松一下子猜到了:"该不会是叫郑灿的吧?"

"对对对,就这个名字,郑灿。这事在我们市局都传开了,被人讨论了至少一个月。"冀悦问道,"你认识他?"

"认识,他当初给奉一泠的案子运过钱,不过他不知情。"白松听到这个名字就有点开心,"挺可爱的一个小伙子。"

第六百三十四章　痔疮好了吗？

临近中午，冀悦二人终于查完了最后一个点，结局自然还是没有发现。看样子，最快两三天，最迟四五天，他们就全部查完了。到时候如果抓不到，再总结一下，也就该离开了。

"你们去别的区吧，有事再给我打电话。"白松本来想约他俩吃个午饭，不过冀悦等人又要去开会，白松也就不留他们了。

这个事也真的没办法，很多案子就是这样。

一条鱼进了浑水沟，怎么抓？

把池子抽干……逐一核查；用网一遍遍捞……筛查；用鱼钩钓……诱敌出现；使用高科技进去跟踪……技术侦查；安装定点传感器……监控录像……其实，没有太大的区别。只是有的池子太大，水太浑，不好抓。有的池子太大，抽不干，那么采取这些方式，就不可能百分之百把鱼抓到。

从这边离开，去天南区的路上，白松接到了柳书元的电话。

"你接电话方便吗？"柳书元问道。

白松没开车，正坐地铁呢："不方便，周围全是人。"

"你去酒吧了？这么吵！哦哦哦……地铁。"柳书元听到了电话另一侧报站的声音，接着说道，"你有耳机吗？"

"有，我戴上。"白松从兜里拿出来耳机。

"你下一站下车，找个没人的地方，戴上耳机和我说。"柳书元道。

"地铁站哪里有没人的地方？"白松无语了。

"那行，你不该说的话别说，戴着耳机，听我说，你自己随意表达就行，我能听懂。"柳书元说道。

"行。"白松戴上了耳机。

"你是不是在天华市还有很厉害的人脉？"柳书元问道，"有就直说，这个时候别藏着掖着，我为了把你们弄到市局已经没招了。"

"这个……真没有，我认识的你都知道。"白松道。

"马东来就是你认识的最大的领导了？"

"关系好的，是这样。"

"行，你的话我信你。那我问你，你和上一任的刑侦局郑局长认识吗？"

"认识，他不是退休了吗？"

"退休了也算啊！这个你怎么不提？"

"就见过两次，仅仅是认识。"

"啊？"柳书元有点摸不着头脑了，"今天他在市局座谈的时候，还提到过你的名字。"

"今天早上碰到了，可能是他心情好。"

"嗯，是这样。这些老领导，尤其是厅局级的，最近又被叫回来学习。当然了，人家也没犯错误，都是曾经的专家，桃李满天下，虽然是回来学习，但是学习只是一部分，市局也得顺便慰问一下。"柳书元道，"上午还开了个慰问会，其间闲聊的时候，郑局就聊到了你，把你夸了一顿。"

"啊？"白松也愣了一下，难道自己的一表人才被他发现了？

"他们这个级别，哪怕退休也不会乱说话的。"柳书元给白松说道，"郑局是马东来的师父。"

"嚯！"白松这才知道怎么回事。

怕是马东来去探望郑局的时候，也聊过他的事情。郑局也对一些大案子感兴趣，这是几十年的习惯了，所以，马东来去郑局那里，郑局肯定要问问。而九河区近两年的大案，多多少少都有白松的身影。

怪不得郑局一下子就叫出了白松的名字，敢情是这么回事！

"那对我是好事还是坏事？"白松有点不明白这里面的事。

第六百三十四章 痔疮好了吗？ | 163

"当然是好事。"柳书元道,"老领导夸你一句,比你们所长给你写十篇报告都有用,尤其是在这个节骨眼,这些退休的老领导其实也不怎么乱说话,倒是显出来你了。"

柳书元顿了顿:"剩下的就是靠你拿出点真本事了。"

"行,谢谢,我明白了。"白松挂掉了电话,暗暗佩服起来。

这人际关系网太复杂了,而柳书元连这个都知道,也真的是太牛了!

那么,现在,也是到赌运气的时候了!

大部分侦探小说都是通过推理查出来谁是凶手,然后,凶手就在附近,直接就可以抓。

但是,如果凶手跑了呢?靠推理能推理出凶手在哪吗?

短时间是有可能的,跑了八年了,就不可能了,这就不是侦探小说能解决的了。

有些事只能靠持之以恒的努力和通力协作。

只是,白松也不知道,这个事居然这么难!

这两个区,脏乱差的地方真的不少。

很多人见惯了高大写字楼和灯红酒绿的场所,殊不知任何城市,哪怕是市区,都有着这种地方。天华市自不必说,哪怕是上京、魔都,除了最核心的区域外,其他区域这种地方也一样很多。

而且,这类地方有一个共同的特点——通道多。有的筒子楼小区,一层一个大回廊,一层几十户,出了小区,有几十个通道。现在监控已经越来越完备了,因此这些地方监控数量多得惊人。

这几天,孙杰必须得回去筹备婚礼了,周六就要结婚了。白松和王亮一刻都不曾停歇,一直在到处调录像。

仅凭他们两个人,实在是过于艰难。

几天后的周五晚上,白松和王亮又在一起处理着今天从十几个录像点拷贝到的数百 GB 的录像,然后使用软件进行比对。

白天人忙一天,调取一天的数据。晚上电脑忙一夜,自动比对。

"什么时候有个全自动的人脸比对系统就好了。"白松感叹道。

"技术上还达不到吧?除非每个摄像头都安装光纤到总部,为了更方便,其实最好还是用加密频段的无线传输,但是现在摄像头越来越高清,这种一个小区能装三四十个摄像头的地方,每秒钟的数据量都在 10MB 以上,现在的 4G 网络还难以支撑。而且,视频清晰度还会越来越高,数据也就越来越大。"王亮道,"现在也只能做一定程度的试点,但是涉及公民隐私,也有一些难点。"

"嗯,除非有更快的传输协议了。"白松点了点头,"不过这种大数据的传输,保密性还是第一位的,也不知道以后哪个国家能率先突破啊,用自己的才最放心。"

"还行吧,现在目前还是用无线网短距离传输或者有线传输的比较多,更快的传输协议需要更大的基站密度,就算短期内出现了,资费也便宜不了。"王亮边说着话,边熟练地操作着电脑。

白松也不打扰他,过了一会儿,指了指桌面上王亮的手机:"你的手机响了。"

"帮我接一下。"王亮正在操作电脑。

打开手机,白松听到了一个熟悉的声音:"王亮,你痔疮还没好是吗?"

第六百三十五章　困乏

白松请假相对容易一些，托词就是去给湘南省那边帮忙。

王亮可不行，这个假请的，快一周了，李队都主动把电话打过来了。

白松能怎么说？自然是一句也没说，他现在做的事非常保密，连李队也不能告诉，只能把手机递给王亮，装作自己不在。

"啊，李队……我……喔……嘶……李队啊，久坐生痔啊，咱们三队就我天天坐在电脑旁搞那些电诈的东西，这哪受得了啊？"王亮的声音非常疲惫，"我下周一准上班，您看成吗？您要是现在有事，跟我说，我一会儿趴在床上操作一下……"

这疲惫，真的不是装出来的。

"行吧，周末再养两天，别吃辣。"李队也不好说什么，听起来王亮的情况还真的有点严重，"我给你算病假了啊，下周别忘了拿医院的诊断单来。"

病假，理论上有病就可以请，没有时间限制，会扣工资。而事假是有限制的，不能随便请，请了自然也会扣工资。请一两天假，李队还能忍，王亮这一请就是一周，哪行啊？

挂了电话，白松有些疑惑地看了看王亮身后："这些天，难为你了。"

"滚！"王亮指着大门口说道。

"啊？"白松有些不明白。

"我没事！"王亮欲哭无泪，"快帮我想想怎么办！"

"没事？"白松又往王亮身后看了看，似乎想确定到底是不是真的。

166　｜　警探长6

见王亮用能杀人的红眼睛盯着自己，白松若无其事地移开了目光。

"最好的办法就是实话实说，但是这事也不能全说实话，所以你就得考虑方式方法。"白松想了想，"这两天周末如果还查不到，就放弃吧，最穷最破的地方咱们已经查得差不多了，剩下的实在是没办法了。"

"嗯，希望付出有回报吧。"王亮设定好了程序，电脑开始自动检索，他拿着两桶泡面，"先吃饭。"

白松看了看时间，不知不觉又已经是晚上十点多了，这些天每天都在做这类大量的重复的工作，而且还要早起。

人脸识别其实早就有了，技术上也比较成熟，从21世纪初的时候，南方一些发达城市就开始使用。这么先进的东西王亮是不可能自己研究出来的，尤其是这东西可能还要接驳内部信息库，非常麻烦。

王亮就是把获取的数百GB的视频内部人脸信息，精简、挑选、识别后，变成数百MB的图片，然后再与照片进行比对。有一部分软件是王亮花钱买的，还有一些是开源的数据，剩下的就是王亮自己捣鼓的。算是把一个软件变成了俩，先抠图再比对，听起来简单，但是非常麻烦。最关键的问题是，数量太大，一些自动化的程序非常容易崩溃。王亮写的一些简单程序，漏洞还是很多，面对不同格式的视频文件，刚开始的时候，每天晚上都得崩溃几次。

Bug（漏洞）这东西，有时候五分钟就能搞定，更多的时候根本就不是时间问题。

从周二晚上到现在，王亮已经维护过差不多5次程序了，最多的一次，从3个bug改到11个bug，忙了半夜才搞定。而且用王亮的话说，所谓的搞定也只不过是"姑息疗法"，啥时候出问题谁也不知道。但是好在这么多天也坚持过来了。

"老规矩，你睡觉，我盯着。"白松熟练地打开泡面桶，开始放调料。

白松自己都没注意到，他开泡面桶的动作，其实已经算是肌肉记忆了，根本就不是自己的手在操作。

系统崩溃这种事，白松帮不上一点忙，他能做的，只有隔两个小时就起来看一眼，没问题接着睡，有问题再叫王亮起床。

第一天晚上，系统崩溃了二人不知道，早起折腾了半天才弄好。从第二天开始，每天都是这么过来的，要不是身体素质好，两个人早就累趴下了。

"那行吧，我先睡觉了，泡面不吃了，也不饿。"王亮眼睛都是红的，刚刚又处理了一个小问题之后，整个人都没了一点精神。

"好……"白松也没什么胃口了，这几天都是泡面或者面包，他现在也一样，最想睡觉。

"对了，明天孙杰的婚礼，去不去？"王亮进屋之前，转身问道。

"去看一眼，合个影，喝杯水吧。"白松叹了口气，"找个拷贝录像的时间。"

"哦……"王亮屋子的门，轻飘飘地关上了。

凌晨两点多，白松定好的第二次闹钟把他闹醒。

起床之后，白松看了看被搬到他床边的电脑，发现电脑还在继续运行，心中大定。

他根本不知道这样大海捞针到底有没有意义，但是能做点什么，心里就很充实。四五天过去，加起来白松睡了也不到 20 个小时，但是这样做才能让他的心情稍微稳定一点。

当然，只有一点而已。

按照这几天的经验，如果这个系统连续运作四个小时都不出问题，那一般就不会出什么太大的 bug。

闭上眼，白松很快就要进入睡眠状态，临睡着前最后一秒，白松习惯性地微微睁开一点眼缝，发现电脑已经停了下来。

一丝不知道是什么的激素在白松身体内被激发出来，神经也绷住了一会儿，白松强迫自己睁开了双眼。

Bug 了。

白松起身，看了看，松了一口气。

不是什么大问题，一段 10 分钟的视频，解码失败了。这视频没有任何问题，但是就是解码失败。这里面的原因王亮也不知道，解决的办法很简单，手动操作系统绕过这个视频，然后这 10 分钟视频用肉眼看一遍。

白松调了两倍速度，五分钟看完了这个视频，没有任何收获。

看着软件还在继续运行，白松检查了一下 4 点和 6 点的闹钟，再也扛不住，沉沉睡去。

这是这几天来，他第一次没有听到 4 点的闹钟。

第六百三十六章　你们要不要来？

再强大的生物钟，在身体已达极限的情况下，也会失效。

白松醒来的时候，已经是上午9点多，阳光洒满了整张大床。

今天是3月22日，农历二月二十二，周六，良辰吉日，孙杰大婚之日。

白松强忍着浑身的酸痛，捏了捏自己的太阳穴，知道已经睡过头了。

练武的人，或者如白松这样打熬过身体的人，对自己身体的极限非常清楚，他知道，昨天半夜，他的精神和身体都已经达到了极限。他虽然主动承担了半夜查询的任务，但是王亮有多累他是知道的，王亮必然也是到极限了，现在肯定还在睡觉。

看了一眼电脑，已经平稳运行了很久，现在运行完毕，停了下来，他内心稍定。

几天来，他这是第一次睡了这么久。

但是，睡了三次，最后一次长达七个小时，却还远远不够，如果不是心里有事，白松至少能睡到下午。

他轻轻动了动，知道自己已经恢复六七成了。年轻就是好，要是30多岁，这样拼死拼活地忙四五天，基本上能进ICU。这可不仅仅是体力活，更是脑力活。

他没起床，王亮就肯定没起床，都太乏了。这些天，用时间去堆叠，已经到了事倍功半的时候，既然王亮还在睡，就让他多睡一会儿吧。

白松再次动了一下身体，强忍蒙眬的睡意，在床上翻滚了一圈，然后缓缓坐起，习惯性地用手把手机捞了过来。

有未接来电。

白松看了看，是冀悦的。冀悦给他打了两个电话，他都没听到。

除此之外，还有两条信息，一条是冀悦的，一条是孙杰的。

白松打开冀悦发的信息，看到了内容。

昨天晚上，湘南省彻底排查完毕了所有辅导机构，连夜开了会，准备今天离开天华市。

今天是周六，任务失败，也没必要开什么送别会，湘南省的队伍告别了天华市公安局，昨晚决定让大家好好休息一番，今天早上就出发。他们还要面对将近20个小时的路程。

谁也不愿意看到这个结果，但是没有办法，嫌疑人抓不到，总不能凭空变出来。

冀悦知道麻烦了白松很多，就不想让白松来送自己，所以决定出发了再给他打电话，然后出发，结果早上没有打通，就发了短信，感谢了白松一番。

白松看了短信，心中莫名有些空落落的。这就走了吗？不再查一查了？真的确定找不到了吗？

虽然白松一直视对方为对手，不希望对方在自己之前把人抓到，但是对方真的要离开的时候，白松反倒觉得一阵空虚。这么多人的队伍，忙了这么久，都失败了，自己就能成功？

想到这里，白松还是第一时间担心起王华东的安危来。

这句话白松和自己说过很多遍，也和王亮说过很多遍：并不是不信任市局，只是意难平。也许这是讲究集体、讲究团结的地方，不应该搞小团体、圈子文化，这些都正确，白松也能把这些记得死死的，但是，兄弟就是兄弟，就是那个我甘愿为你挡子弹的人，换别人来，就是不行啊！

白松本来想给冀悦回个电话的，想了想，还是没有打。

本来离别的时候冀悦就是多少有些伤感的，自己这个状态打过去，坏情绪就全部传给冀悦了。是啊，冀悦他们已经开车走了，打电话再说什么话，还有什么用呢？

沉思了一会儿，白松重重地吐出了胸腔里的浊气。对于这事，只剩下他和王亮了。

白松接着看到了孙杰的信息："你们坚持住，明天我就去给你们帮忙。"

看到孙杰这条信息，白松眼泪差点流出来。今天结婚，明天就来帮忙，孙杰都没放弃，自己就能放弃吗？

想到这里，白松打开了电脑，习惯性地操作着电脑，看着后台程序。

又是"空军"的一天……每天几百GB的视频资料都得删掉，因为王亮的硬盘装不下那么多东西。在这个年代，512GB的移动硬盘就算是不错的了。

刚刚要删除，白松突然发现，平日里的"疑似照片"的文件夹里都是空的，今天，文件夹里有照片！

有照片？

白松伸出左手，一个掌刀，劈在了自己的右手上。他睡了不少时间，但是精神还是有点错乱，遇到这个事，手都不听使唤了。移动硬盘里的东西，如果删掉了，就没了！

几百GB的文件，光拷贝进电脑，就得先花费几个小时，这样会造成巨大的时间浪费，所以这几天，王亮一直都是在移动硬盘里直接操作。

白松刚刚点了删除，如果脑子一烧，点了确定，虽然删除需要时间，但是可能真的就彻底没了！

心率从60多一瞬间飙升至160以上，他左手扶着右手，颤巍巍地点了个"取消"。

成功取消了。

这么小的一个事情，对这个时候的白松来说，仿佛是拯救了世界。

白松先拷贝了一份保存进电脑。这个小文件夹只有几MB而已。

王亮的电脑在程序停止运行之后显得格外流畅，没有给白松反应的时间，他连着双击了几次文件夹，就直接打开了里面的照片。

拍到了！

一瞬间，白松的心率再次上升。

房间里很安静，这一刻，他仿佛听得到咚咚咚的心跳声。

这个文件夹里有五六张照片，全都是这个册建文的照片！其他的摄像头都拍不到，唯独这个拍到了，这说明，册建文只走这一条胡同，他就住在这个摄像头所在地点附近！

怕照片丢失，白松连忙用手机把照片又拍了一遍，才放下心来。

"王亮！"白松扔下手机，跑到隔壁，一把推开门，"找到了！"

王亮本来睡得非常死，这一下子……

砰！起猛了的王亮，一脚踢在了床腿上面。

这下齐活了，病假条有得写了……

"真的假的，我……看……看！"王亮嘶嘶地吸着冷气，精神却非常好，仿佛被打了鸡血。

两人激动了半分多钟，白松忍着情绪，给冀悦拨通了电话。

"我知道册建文在哪里了，你们要不要一起来抓？"

第六百三十七章　联合抓捕

冀悦感觉自己要疯掉了，似乎有点想要怀疑整个世界。

他不敢相信，但是当他看到白松从微信上给他发来的照片时，他整个人都颤抖了。

对，就是这个人，册建文，这个大家拼了十天十夜都没有抓到的人！

这种感觉，似乎比追到了朝思暮想的姑娘都要兴奋！

呃，好像不对，他没有朝思暮想的姑娘……冀悦给自己泼了冷水，冷静了一些，把照片发到了办案群里。

天华市，外环南路。

三辆大车正在排队行驶，为首的第一辆车突然有些失控，然后紧急刹车靠边，后面的两辆也跟着刹停在了外环路的路边。

为首的车子还未停稳，带队的领导就从副驾驶位置上跳了下来，然后身形一晃，稳住了身子，不顾形象地跑到了第三辆车那里。

"冀悦，照片……照片怎么回事！"已经中年的带队领导喘着粗气。

"九河区的那个白所长，他们通过特殊的办法，把这个册建文的居住地给找到了，就在天南区的一个小区里！"冀悦快速说道。

"此话当真？！"这种能坐十几人的车子都很高，领导站在车旁向上喊着话，却丝毫不在意什么。

"电话给您，您跟他说。"冀悦也是傻了，这才跳下车，把手机给了领导。

领导一把夺过电话。

"好……好……好……好！我们这就过去，咱们一会儿见！您……您别急。"

白松从几张照片里可以看出来，这个册建文，每天都会把自己收拾得干干净净，然后挎着一个包出门。

虽然这个地方脏乱差，但是并不是每个人都很邋遢，一些在外面打工不得已租赁这种便宜地方的人，也会尽可能地保持自己的体面，所以册建文并不显眼。

从五六张照片里可以判断出来的信息不算多，但是已经可以大体判断出几个问题。比如说他可能是住在这个出口附近，他岁数大，身体不便，而且对自己的隐藏也很放心，没有必要每天绕这么远。当然也可能是上班的地方距离这个出口近，才从这里出去。

但是无论怎么说，在这附近肯定能堵到他。

当务之急是立刻前往这里，将人员化整为零，全部穿便衣，把整个小区都悄悄地围起来，然后把这个摄像头十四天的录像全部调取出来，再着重分析。在此之前，白松只调取了三天的录像，因为数量太大，时间再长一些，不具备拷贝的条件。

白松二人，冀悦那边二十多人，都在迅速向目标地点集结。

小区警卫室，白松、王亮、冀悦、韩鑫以及湘南的带队领导都在这里。

这个小区没有物业，只有一个居委会，居委会旁边就是个警务室。这个警务室平日里是没有警察的，面积只有不到10平方米，里面有一些监控设备和杂物，现在进来五个人、三条狗，显得格外拥挤。

其他所有人都被派了出去，一个人一组，遥相呼应，装作路人，每个人之间的距离都不太远，基本上也保持在视线范围内。目标是个60多岁的老人，危险性非常低。

第六百三十七章　联合抓捕 | 175

说句不该说的话，湘南省的带队领导此刻都觉得，哪怕让自己受点伤都愿意，只要抓住这个人就行！

十天下来，他已经接近绝望了。

抓不到没什么，很正常，但是这次他好不容易才获得带队的资格。在已经有了前期情报、获得了天华市支持的前提下，又带足了兵马，本来他觉得哪怕晚一点抓到也没关系，但是，抓不到……刚刚回去的路上，他装作没有任何事，面色平静，心中的苦只有自己知道。

冀悦他们难受，是有限度的。正如冀悦和白松所说，他算是技术人员，尽其所能即可。但是对于指挥者来说，这就是办案不力。所以，他听说了足够劲爆的情报时，真的就忍不住了。

"白所，你们别急，录像慢慢看，我们能等……"高低也是个处级干部，这会儿颇有一种"达者为师"的感觉，对白松和王亮非常客气。

但是，白松能看出来，这个领导说话的时候有一点点颤抖。

一刻不能抓到册建文，他就一刻不能平复下来。他太感谢白松了！

已经查到了这个程度，都确定住址了，理论上说，来两个人，在这里蹲一天，都有90%的概率能蹲到！可是，人家白所长还是第一时间告诉了他们！这种不抢功劳、无私为公的精神，多么值得肯定！这简直是楷模！

他从冀悦这里打听了一下，这个白所长，有两个部委机关分别颁发的一等功，这位领导简直是对白松惊为天人。

而且，除了白松之外，王亮的专业也让他叹为观止。对于老一辈的领导来说，年轻人懂电脑很正常，但是王亮这种会自己写程序的，他还是第一次遇到。

小小九河区，居然同时藏有"卧龙"和"凤雏"，果然是直辖市，就是不一样！

这也是白松所考虑的。

如果他和王亮自己过来把人抓了，意义反而不是很大。

倒不是怕得罪湘南省，事实上，那样湘南省也会发来感谢函，但是那时候他们的车队估计已经开到冀北省甚至更远，听到这个消息，会不会觉得被打脸？

那样反而不美。

现在这般，让湘南省的人在这个时候把人抓到，难道湘南省真的会独吞功劳不成？

而且，这样也最为稳妥。

这二十多个人，此时都像是打了三针强心剂一般，这可比白松再找人来要好得多。

合作共赢嘛。

"白所，"有外人在的时候，王亮也经常称呼白松的职务，"看了最近这个人的行动轨迹，他中午也会回家，应该是在距离住处不远的地方工作，中午回家吃饭，这样能避免带一些很差的伙食的尴尬，维持体面，也能省钱。"

"回家吃饭？"白松看了看表，"要这么说，那不就快回来了吗？"

白松话音刚落，一直像一头猪一般趴在地板上的小黑猛地惊起，耳朵一瞬间竖了起来！

第六百三十八章　但行好事

册建文看到四面八方围过来的人的那一刻，肩上的公文包依然没有脱落，站得笔挺。

他精神并不紧张，反而是有些放松。

八年了。这不是人受的罪啊！八年来，他用一笔一笔干干净净的钱，供小儿子读完了大学和研究生，给老家的婆娘盖了一栋瓦房。

身体已经越来越不如从前，被抓是难免的。唯一遗憾的是，现在身上还有两千多块钱，不知道警察能不能给他的家人带过去。

最先跑过来的人有四五人，然后，不同角落，二十多人都向这里跑来。

册建文动都没动，伸出手来，轻轻抚摸了一下自己的头发。

白松在警卫室门口看着册建文脸上无悲无喜的样子，突然想到一个很讽刺的事情。如果那些被辅导写字的人，知道教他们书法的老师其实是一个杀人案的逃犯，会是一种什么心态呢？昨天对他尊敬有加，会不会知道他的身份后，立刻弃之如敝屣？

"白所长，这个事……谢谢了！"领导终究是领导，一个手无缚鸡之力的老人，他没有自己上去抓，而是再次感谢了一番白松。

"这边方便交给您吗？我的好哥们之一，今天结婚。"白松看了看表，"现在去，我应该还能赶上。"

"还等什么？快去！这边交给我，白所长你放心就是，别的话我不多说，以后去长河市，给我打电话，就当自己家！"

白松最终还是赶上了孙杰的婚礼。

今天这个婚礼现场,出了一个特别神奇的事情。

今天新郎虽然表现得很高兴,但是明眼人都看得出来,他似乎有一丝丝的忧虑。

事实上,新娘早就发现了,新郎隐藏了心事。这几天,严晓宇问了孙杰好几次到底有什么事,但是孙杰一直没有说,最后实在没办法,就提到是有涉密的案子。这也让严晓宇心中有了一丝阴霾。谁也不愿意婚礼遇到这种事吧?若不是严晓宇知道孙杰是个法医,是危险性很低的警察,她都要担心自己未婚夫的安全了。

但是,今天,当白松来了之后,情况就彻底变了。

白松仅仅对孙杰耳语了十几秒钟,孙杰就像亏电的机器人换了新的大容量电池一般,眼睛都带光芒了!

严晓宇、伴郎、伴娘、身边的亲戚朋友都惊呆了!这是充电了?白松到底在孙杰的耳边说了些什么?

也幸亏严晓宇大体知道孙杰是为案子发愁,不然都以为孙杰是有什么初恋回心转意了……

婚礼的后期,新郎就好像身上叠加了好几个 buff(增益技能,游戏用语),而且酒到杯干,状态点满。

白松和王亮,今天不敢喝酒。

他俩肯定今天还有事!

在这里陪了一个多小时,还合了影,孙杰快要醉了。两个伴郎白松也都认识,是刑警四队的警察,白松嘱咐了二人一声,就带着王亮离开了婚礼现场。

总归是未留遗憾。

白松不喝酒,是为了让孙杰今天更放心地度过这重要的一天。

出了婚礼现场,白松看到了冀悦发来的一些图片。

第六百三十八章　但行好事　| 179

册建文的住处，经册建文指认，已经找到了。如白松所料，就是一个能住下一个人的单间，这屋子甚至没有窗户，只有一个明亮的 LED 灯源，有一张床、一张桌子，上面有几张已经泛黄的照片。除此之外，还有一些锅碗瓢盆等日常之物，一个老旧的保温锅里，一些米粥尚温。

白松看了看这些照片，心中莫名有一丝酸楚。

册建文，入室杀人，情节恶劣，且杀完人之后潜逃很久。以他的条件，也不可能得到被害人家属的谅解。他所面临的结局，基本上已经是必然的了。

白松看着照片里，册建文的被子显得非常破旧，看样子是从垃圾堆捡回来的那种被子，这让他想起了郑彦武。当初，流浪在外的郑彦武就是盖类似的被子。白松没有把郑彦武的被子直接扔掉，对郑彦武保留了一丝尊重，就获得了郑彦武的友情。

这两个人，郑彦武自己没什么问题，有的是钱，却没了家人。

册建文家人都在，大女儿已经嫁人生子美满幸福，小儿子已经研究生毕业几个月了，也算是有前途，他却没机会再陪伴。

这世间的事，谁又能说得清呢？

想到这里，白松给郑彦武发了微信。

每过一段时间，白松总能在朋友圈看到郑彦武在各地拍摄的照片，但是已经很久没有见到郑彦武的样子了。

直到郑彦武离开天华市的时候，身材矮小的他依然有一些流浪多年的后遗症，脸色、肤质、发型等等都非常差。郑彦武彻底回归正常人的生活之后，白松还没见过他什么样呢。

老郑倒是痛快，随手自拍了一张就发了过来。他这会儿在某国自驾游，目之所及依然是冰天雪地。

照片里，郑彦武的老师等人身材显得格外高大，郑彦武也尽退之前的状态，精神十足，白松看了好几眼，心情不觉好了起来。

但行好事，莫问前程。

第六百三十九章　交流会（1）

"你花了多少钱让人家给你写的好话？"市局的一间办公室里，柳书元悄悄问白松。

"我有没有钱你不清楚吗？"白松反问道。

"也是……"柳书元一下子被白松说服了。

3月23日，市局给九河分局发了通知，要求九河分局刑侦支队、三木大街派出所的孙杰、王亮、白松三位同志，下周一（明天）前往市局刑侦总队报到。

现在公务员的婚假只有三天，加上双休日也只有五天，孙杰本来周一也是要上班的。

一下子被调走了三个得力干将，好几个领导都不满意了。

刑侦支队和三木大街派出所，分属于不同的副局长管理。通知下来之后，宋所和秦支队联系了一下才知道，双方的负责局长都对这个事讳莫如深。

简单来说，为什么去、去多久、什么时候回来，都不知道。

唯一知道的就是，3月23日上午，市局在早会上点名表扬了九河分局的三名民警。

孙杰最开始的时候也去调取过证据流水，白松特地给湘南省的带队领导说了一声，如果往天华市局写文件，一定要把孙杰的名字写上去。

这次去市局帮忙，白松很希望孙杰也能去。孙杰是法医，但同样是一个做事冷静、现场勘查能力不错的刑警。

湘南那边自然不在意这个，带队领导承了白松这么大的人情，对这个事立刻应允。

这三个人在市局算是出了名了。

跨省办案的事，对于九河区可能不算多，但是对于市局这么一个省级机关来说，几乎是每天都有。大家互相协作、互相帮忙，实属正常操作。

大部分其实是不用帮忙的，有时候要抓人走，也不用和市局说，和嫌疑人被抓时所在地辖区派出所说一声就行。

但是，这次明显不一样。

这是一起主犯跑了八年的杀人案件，这样的杀人犯在天华市一天，就是一个莫大的隐患。

最关键的是，这次是天华市的警察帮助抓到了犯人。

湘南省以公安厅的名义发来了一封感谢函，这个事引发了媒体的广泛关注。

在公安的内部文件里，多次提到了这三个人的名字。在媒体的文章中，没有提到一个名字，重点突出了两地协作的兄弟情谊。

明眼人自然知道是怎么回事，就这么一件事，三个人最起码能得二等功。这个事，分局还让白松写了个报告，白松就把王亮大书特书了一番。

李队从秦支队那儿得知了这个事之后若有所思，他似乎知道王亮请假这些天是去做什么去了。而且他还知道，肯定和王华东前几天被调走有关。想到这里，李队在考勤表上，把王亮的病假一笔画掉。

"这个程序是你自己写的？"

这次最出风头的是王亮。他把计算机方面能考的证都考了一遍，也没有太大的意义，但是这次他一举成名，似乎此时已经是程序员"大神"了。

就连一直都熟悉王亮的柳书元，都对王亮敬佩万分。

"差远了，我也是刚刚起步，还需要不断学习。"王亮对自己有几斤几两非常了解,"这个东西其实是真的需要逻辑天赋的,而且编写长程序需要大局观。我要是能集齐白松和王华东的优点,估计能成为一流的程序员,现在还任重道远。"

"已经很棒了。"柳书元自知这方面自己更不行,"你不用成为一流程序员,你只需要成为警察里最会写程序的人就足够了。高水平程序员工资收入很高,咱们市局的系统,很多都是花大价钱请外面的公司的人来做的。以后你有了一定的水平,外面的公司出五倍工资挖你,你可能也会心动。"

"那你的意思是,只要我不走,就有可能成为一流程序员呗。"王亮面色一喜。

"对啊,但是……"柳书元没有继续说,他感觉王亮好像有点没听懂他的意思,想了想还是算了。王亮这个人有点一根筋。令人羡慕的属性啊。

"对了,你们知道不知道,市局组建这个警探小组,最初的目的是什么?"柳书元问白松。

九点钟这里有会,现在是八点二十。

参会人员,除了四个人之外,其他的都是刑侦总队和市局的领导。

他们四个都是暂时借调到这里,当然,王华东也是,组织关系还在原单位,并不算这里的人,这次过来,应该是针对王华东这次的卧底工作。但是,此刻听柳书元的意思,还不是这么一件事?

"洗耳恭听。"白松摆出一副认真的样子。

柳书元知道白松在跟他闹,啐了一口:"这事你们自己知道就行,其实,咱们市局想组建一个年轻的办案小队。"

"有什么用?"白松觉得不可理解。

现行的这类制度已经是非常完善的了,老中青结合,战斗力维持得相对不错。

白松从未觉得自己的能力比其他任何人强,所以,市局组建这样的小队,意义何在?

而且,这样的小队并不是为白松而准备的,若不是柳书元从中斡旋,可能来的就不是他了。再或者，他能来，他的组员也不会是现在这些人。

"这事要从差不多十年前说起。"柳书元道，"部里每年都有大量的培训和比赛，咱们市局就很少了，但是也有一些要参加。其中就有一项特别有价值的活动，每年都要去，叫'全国刑侦大队长交流会'，来的都是基层或者中层的领导。在直辖市，大队长基本算是基层领导，在下面的县市，就是中层领导了。当然，这个活动有时候也有一些中队长参加，并不限于职务。"

"是要把我们都提拔成大队长吗？"王亮忍不住问了一句。

柳书元看了一眼王亮，又见白松和孙杰都有一种不想和王亮为伍的样子，最终没有理王亮，接着说道："这个活动逐渐演变，现在已经变了很多。"

第六百四十章　交流会（2）

"全国刑侦大队长交流会"最初就是培训和交流。

这类培训每年都有，类似的培训也很多。其实，最有名的培训反倒不是这个，而是"晋监"。

华国警官大学，主校区位于上京市京西区，这里除了教学之外，还有一个非常重要的任务，就是警监培训。

所有有实际职务的警察，要从两杠三星变成一麦一星，从一级警督变为三级警监，都要来这里培训两周左右，晋升成警监，俗称"晋监"。

这一步，是所有高级警官必须经历的一步。

这一步之后，警服衬衣会从蓝色换成白色，就连春秋执勤服等都不一样。

大队长培训也非常重要。

刑侦的大队长，代表着刑事办案的中坚力量。

无论在什么地方，刑侦大队长给力不给力，对整个地区的治安形势都有影响。有的地方，大队长很有威严，很多地头蛇闻风丧胆，社会治安会格外好。

每年都会有上百名全国各地的优秀大队长参加会议，每个省两到五人。

这个活动，除了教学和培训，还增加了一个交流的平台，以后大家去各地出差也会方便很多，所以这几年，这个活动越来越成功。

但是，有一年，大约是六七年之前，这个活动一下子就变了。

那一年，举行会议的那个地方发生了一起离奇的谋杀案，当地警方束手无策。

最后突然有人想到，市局那里还雪藏着上百猛将呢，拉出来实战一下！

于是，各地大显神通。那一年，是粤省的两位大队长拔得头筹，最先破案，把杀人犯缉拿归案。当年，两位大队长都荣立二等功，而且还获得了粤省"优秀人民警察"的称号！

简直是人人称羡啊！

最关键的是，真的露脸啊！

第二年，上京市的三位参赛警察，在培训之余，居然和当地警方合作，捣毁了一个涉案金额几千万元的制造假烟的团伙，又出名了。

于是从第三年开始，不知不觉中，大家开始各显神通，纷纷尝试。

有一年举行会议的地方有点偏，这些人差点把当地的小混混都抓光了！

现在问题来了，天华市战绩如何？

一言难尽。

作为四个直辖市里人口最少、地区生产总值最低的存在，天华市的警察数量也是最少的。

跟那些人口过亿的省就更比不了了。级别上，大家都是省级，甚至直辖市听着还厉害一些。但是实际上，一个市比人家一个省，肯定是不行。尤其是某些省份的一些副省级市，由于这些年发展迅速，单单一个城市就能站出来和天华市掰掰手腕。

这几年，各省各自为战，偷偷养精蓄锐想一鸣惊人的情况越来越明显。

而主办方也觉得这是个好事情。培训自然是有用的，交流也是必需的。但有个竞争，又何尝不是好事呢？

从去年开始，主办方直接选了一个近期犯罪率有点高的市，在那里举行了为期两周的培训活动。两周后，这个城市市区的犯罪率明显下降。

这件事让领导们非常高兴，一举多得，使得活动有了更深刻的意义。

天华市排名还是靠后。有了上面的领导的看重，天华市局的领导们坐不住了。

从两三年前开始，就有了一个不成文的规矩：派年轻人来。

因为之前有的省份为了获得更好的成绩，直接派了专家组过来，痕迹专家、图像专家、足迹专家……有的专家在自己的领域上，完全可以给上面培训的老师上课。这就本末倒置，失去了培训的意义。所以那个省份虽然那一次成绩不错，但是根本得不到大家的认可。

逐渐地，谁派来的人越年轻，越让人觉得你牛×。世界是年轻人的，后继有人才是最厉害的。

因此，为了这一次的活动，市局要组建自己的团队。本来市局想组建的是35岁左右的大队长队伍，年龄和经验都在巅峰期，也不求别的，每年的成绩能在中游，就非常不错。但是，白松这些人的平均年龄只有26岁！

一开始领导都不同意，但是这几天三人名气太盛，加上柳副局长好像又有点想法，刑侦总队的领导也就顺水推舟了。而且，前几天白松还被上任刑侦总队的郑总队长特地点名，更是两个一等功的获得者……

盛名之下，果无虚士，而且这次是借调，又不是彻底成立团队，所以大家也都想看看，这个小团队到底是什么水平。

不过，就目前来说，王华东的表现还是让很多人满意的。

"哎，对了，我这几天才查明白郑局那个事到底是怎么回事。"柳书元和三人聊了半天，已经八点四十了，柳书元凑到白松的耳边轻轻地说了几句话。

白松瞪大了眼睛。

当初，白松被汽车撞了之后进了医院，马东来给他找来了国内顶级的院士团队治疗，其实就是找到了郑局长的关系。

原来如此……

看来，这位其貌不扬的退休的郑局，居然算是他的救命恩人！

白松莫名有些感激。回想自己成长的过程，有太多的人在他不知道的时候给过他非常多的帮助。每个人的世界观和价值观都会受到他人影响，白松很庆幸自己遇到了这些人。

　　警察，是黑暗与光明之间的一堵墙，却也是肉体凡胎。面对深渊的时候还好，背对的时候，谁敢说自己一定不会被侵蚀呢？

　　想着这些，白松看了看自己身边的几个兄弟，又看了看大门，办公室的门，被人缓缓地打开了……

第六百四十一章　代号"猎豹"

时隔一周,大家再次见到了王华东,华东的这个状态,可以说把白松吓了一跳。

样子还是之前的样子,但是皮肤被晒黑了一圈,整个人的状态变得有些疲惫和苍老。此时的王华东,肚子也多了一丝赘肉,看样子,这是每天都出来晒太阳,晒完了回去躺着睡大觉,疯狂吃才能带来的改变。

白松有过一次身边朋友当卧底的经历,就是当初在南黔省的时候,张伟变身"应聘"人员,进入那个大院待了几个小时,获取了重要的内部情报。但是,那一次其实并不能真正意义上算卧底,最多算是刺探情报。

电视剧和小说里安排卧底,一般就是什么警校生啊这种还未在社会上出现的人,但卧底最考验人性,这些在学校根本学不到。没有在派出所或者刑警队待过一段时间的人,进了贼窝会迅速露馅。

永远不要把犯罪嫌疑人当成傻子,尤其是集团犯罪。

王华东这次进去,难点就在于代入人设以及向外传递情报。

他这次有一个需要模仿的人,在短短的一周内,王华东增重了将近10斤,状态也接近了那个被模仿的人,而且记下了很多这个人和运输公司里认识的人的相处的小事。

这个问题倒不是很大,记不住的就可以说自己记不住了,在一个监狱里关押的人有那么多,谁能记得清几年前一起待过几个月的人的具体情况呢?

白松站起来捏了捏王华东的肚子:"最近怎么样?"

"介（这）阵子还行。"王华东一把抽出椅子，斜拉着就坐在了上面，"嘛（什么）时候安排？我都快别（憋）疯了。"

与王华东一起进来的，有好几位都是刑侦总队的领导，为首的更是白松在新港分局办案时遇到的魏副总队长，但是没有一个人对王华东这个状态表示不满。

看样子，别的东西都不重要，能让王华东在任何时候都可以更快地进入状态才是最重要的。

《论演员的自我修养》……白松看着华东这个样子，不由得想起了那部周导主演的电影。

王华东要是去当演员，也绝对是个称职的演员，为了能够符合人物形象，他做的努力非常多，虽然现在还没有正式伪装上，但是已经有了至少七八分神似。

没有社会经验的人是伪装不到这个层次的。

举个最简单的例子，白松刚参加工作的时候，出警遇到陈敏跳楼，他为了安抚陈敏，自称自己租房被骗的事，连陈敏都知道他在说谎。但要是现在的白松，编出花来陈敏都发现不了问题。

专业伪装，是根本看不出来问题的，只要不是去泡大澡蒸桑拿，就算是被水泼了也没事。

而且，刑侦总队这边定的规则是，绝对不能让任何人对王华东的角色有怀疑。

正常情况下是不会有人怀疑的，一旦有任何人对王华东的身份展现出了一点点的怀疑，王华东就要立刻找机会离开。

会议内容很正常，白松不仅用心听，还做着笔记，就是开会的过程有点别扭。

王华东隔十几分钟就要去吐口痰，嘴里稍微有点东西就要吐痰，虽说是吐在了纸篓里，但是依然让人感觉非常恶心。

在座的领导都见怪不怪了,看样子这也是被伪装的人的一个生活习惯。

之所以让王华东伪装的这个人,除了之前说的那些之外,这个人爱吐痰也是个很重要的因素。

这个特点既很容易伪装,又容易被记住。也正因为这个,这个人在监狱里也不是很受待见,嫌弃他的人多,他接触的人就相对较少。

初步确定的是,两天后就安排华东去进行卧底任务。

这个是经过周密安排的,要确保王华东那天去可以"偶遇"到"认识"的人,这样才能让面试更加顺利,然后被录取。

为了做到这一点,这个运输公司周三那天好几辆车都被以前合作过的正经商家约出去拉货,届时运输公司里的车会很少。与此同时,那天还有交委的人去公司审查,也都是提前就定好了的事情。

按照正常的情况,王华东那天去应聘,有很高的概率能遇到这个"认识"的人。

这些看着很刻意,但又很正常。派出所每天的那些奇葩警情都感觉很刻意,其实忙了一天,也不会觉得有啥不正常的,毕竟这世界的每一天都不一样。

除了上述的事情之外,总队还做了其他安排。

最坏的打算,就是王华东遇不到他"认识"的那个人,这情况王华东就得闹。

反正来这个地方的也都不是啥好人,跑过来一趟如果不招收自己,那就闹,撒泼就行。不要以为这样进不来,这边一水儿的前科劣迹人员,谁不知道谁啊!闹得大一点,把在公司闲着的人都引出来,总归能碰到想碰到的人。

这次行动最难的一个点,就在于信息的传递。

王华东想演好这个角色并不难,这不是什么电影里的黑社会,进去还得

第六百四十一章 代号"猎豺" | 191

先纳个投名状证明一下自己之类的，这是一个专门因为钱才存在的组织。

公司老板的目的非常简单，用钱养人，让养的人好好工作，谁也不许暴露。在都不暴露的情况下，闷声发财，暴露了自己也得进去，何苦呢？

而且，这里并不是不让人辞职，不想干了是可以走的。毕竟每个人都担心公司有一天被端，所以有的人赚些钱就走了，但肯定守口如瓶。说出来了有任何好处吗？

警察能说"你和我合作，我让你无罪，还给你一百万元吗？

警察说了他们也不会信……

这次行动，代号"猎豺"。

队长由刑侦总队一支队二大队大队长刘刚担任，白松担任副队长，柳书元、王亮、王华东、孙杰担任组员。

这次行动由魏局亲自负责指挥，一切组员都可以直接向魏局汇报，遇到紧急事情可以无视级别和职务。

为了防止被发现，王华东会使用正常的手机，但是极少和他们联系，每次尽量在送货的时候进行情报的交流，小队人员保持24小时封闭式状态。

第六百四十二章　成功潜入

其实很多人都不太理解王华东为啥当警察。

大多数人选择工作的时候，目的非常单纯：这是我现在的能力和社会地位所能选择的最好的工作。

但对于王华东这种富二代自然不是这样，他完全可以选择更有趣、更轻松的工作。他当警察，最开始其实就是觉得帅。

不得不承认的一件事，华国警官大学的学生，比毕业了之后要帅！

学校地点不错，在上京市的京西区，作为全国最好的警校，穿上制服，帅得逆天。在学校上学的男生们，很多人都能在外校找个漂亮女友。工作了之后就彻底不一样了，劳累、熬夜后，一个个胡子拉碴，长期的睡眠不规律让人逐渐有了肚腩，并不丰厚的工资使得他们的社会地位也就那么回事。

王华东与很多人都不大一样，他是真的挺喜欢一些事。喜欢画画、喜欢钻研细节，后来喜欢化学，喜欢了一个姑娘。他其实一直也没有彻底走出来。

他在四队，每天也是写写画画，现场勘查里有一项重要的工作就是制作现场笔录和现场图，这些都是要附卷的东西。

哥几个都特别照顾他，那种时隐时现的悲伤，也只能锁在心里了。他不能说出来，不然会显得自己特别矫情。

付斌这个角色，对王华东是个挑战。

这七天，五六位专业的人士对他进行了全方位的包装，这里面不乏心理学的专家，引导着他进入付斌这个角色。

简单地说，这个角色丝毫不用在意任何形象和小节。想抽烟就抽烟，想骂街就骂街，想吐痰就吐痰，想光膀子就光膀子——呃，如果不怕冷的话。

王华东已经把自己的心，彻底释放出来。

这些年，气候也不知道怎么了，冬天之后很快就到了夏天，有的时候，清明节就能有30℃高温，现在距离清明节也只有一周了。

所以，要安排就必须要尽快，否则衣服穿得少的时候，王华东还是容易露馅。他皮肤再怎么晒，也比付斌好很多倍。

周三早上，王华东在多人全方位的陪同下，走进了这个大院。

他先是在门口看了足足五分钟招聘的广告，抽了一根烟，吐了口痰，才进入了大院。

无论从任何角度来说，这家运输公司都和别的运输公司没有太大的区别，这里面也都是年轻司机，干活也没啥问题。

进了大院，门口的保安先过来拦住了他："干吗的？"

"看门口写着招司机，嘛（什么）意思？C本就能开的车，一个月给四千块钱，真的假的？"王华东用目光四处望了望，每个地方都停留了不到半秒。

"招，你等会儿，我打个电话。"保安拿起手机，打了个电话，然后和王华东说道，"就前面那个平房，第四间，你拿着你的驾照去看看。"

"行。"王华东拿出烟准备抽，给保安递了一根，然后也没给保安点烟，自己点上就直接走了。

因为是运输公司，地方可是不小，华东走了三分钟，到了第四间平房门口，里面有人开门出来，向王华东招了招手。

"驾驶证给我看看。"出来的男子留着光头，脖子上还有文身，看样子有点唬人。

王华东拿出驾照，四处看了看："你介（这）是阵（真）的找（招）

人吗？"

"不找（招）人贴那玩意干吗？"男子一把夺过王华东的驾照，看了看上面的照片，看了看王华东，接着把驾照递给了屋里的一个人，然后指了指一辆货车，招呼王华东，"别看咱这车不大，有时候活不少，基本工资一个月四千，没有五险一金，跑多了给加班费。"

"拜拜（伯伯），介（这）拿我找乐啊？"王华东呵呵一笑，"加班费？介（这）几年我也做买卖，光见过扣钱的了。"

"行，这几天来这么些人，就你是明白人。"男子嘿嘿一笑，"兄弟，以前在号（牢）里待过吧？"

王华东一下子表现得有些警惕："嘛（什么）意思？"

"没没，别着急别着急，咱介地方不歧视有前科的，说真的，我以前就在华欣监狱待过两年。"

"华欣？因为嘛（什么）事？哪年啊？"王华东转身就吐了一口痰。

"十来年前了，嘿，把人腿打断了。"男子炫耀了一下自己的战绩。

"华欣那地方不错，伙食也行。"王华东点了点头，"我以前的一个哥，就在镊（那个）地界待了十四五年，别人都叫他'大头'，你认识吗？"

"那个傻×？C（谁）！那是你哥？"光头一下子来了气，"当初他弟弟在号里还找人弄过我！"

"把你弄了？"王华东反问道。

"哼，我蹲号时间短，没人，不过他也没那么容易欺负我。"光头哼了几声，"你以前在哪待过？"

"我7年前在华泰监狱因为打人蹲了四年半，我们那破地方，伙食连个油星都没有。"王华东啐道，"不知道被哪个王八蛋把伙食费给贪了。"

"华泰？那地方哪有四年半的刑期？不都是短刑期吗？"光头想了想，"你等会儿。"

说完，光头喊了一声，过了差不多半分钟，从旁边的屋子里钻出来一个瘦子，光头直接道："小侯，你是在华泰待过吗？"

第六百四十二章　成功潜入

"就待了半年多，怎么了光哥？"小侯这才抬头瞥见王华东，面露疑惑之色。

"小侯？你嘛（什么）时候有介名字了？"王华东一眼就认出了小侯来，这个人以前在号里被人喊作"瘦刘"。

说完，王华东朝着墙角就吐了一口痰。

"想起来了，你是斌哥！"小侯一下子想了起来，"你啥时候出来的啊？"

"早就出来了。前两年做点买卖，赔了十来个，我看介（这）地方招司机，就过来看看。"王华东道，"介（这）地还行吗？"

"太行了啊哥哥！"小侯在这边平时也受点欺负，王华东来了肯定会和他亲近一些，这让他很高兴。

"那行，过来谈谈，差不多就能在这干了，工钱咱介（这）地方不会少。"光头确定了一下，没问题。

第六百四十三　融入公司（1）

道上混的人，特别讲究排面。

最次的标配也是二手貂、大假表，好一点的就得配上一辆保值且有排面的 N 手车，随时可以卖 N+1 手。

除了外表这些，还有经典话术：

"这几年做买卖赚了几十几百个……"

"这几年做买卖赔了几十几百个……"

后面的数字可以随便说，就是要在自己大约的范围内多说一些，显得自己做的买卖不算小。说太多了，显得很假；说太少了，显得没排面。

至于说自己赚了还是赔了，就是看自己现在啥状态。大车一开，就说自己赚了；没开车，就说自己赔了……

心照不宣的东西。

王华东扮演的这个付斌，虽然出来时间不久，并没有所谓的两年赔了十几万，但是也不担心被查。

吹牛？社会人的事，能叫吹牛吗？这不就是好大哥之间盘道、聊天嘛！

王华东很顺利地进入了这里，双方签订了"劳动合同"。所谓合同，就是打印的一式一份的一张 A4 纸，上面除了规定了一个月四千块钱工资之外，也就是几句不知道从哪个网站上复制来的东西。

王华东着重看了看钱，没错，然后就歪歪斜斜地签了"付斌"两个字。合同他都没认真看，反正签的是付斌的名字，与他王华东何干？

勉强能看出来是"付斌"两个字，但是丑得要命。对于一个画画水准不错的人来说，学个字体再容易不过。

"行，签了合同就在这里好好试试。"光头道，"今天是26号，到月底还有五天，这五天一天……一百块钱。下个月开始按照这个工资算，每个月15号发上个月工资，额外的奖金啥的一把一结，没问题吧？"

"到底有啥奖金？"王华东指了指车，"我的驾照你们也看到了，只能开这种小厢货。"

"你现在先不用考虑那些，回头再说。"光头道，"先坐着歇会儿，有活叫你。今天上午他们都跑出去了，一会儿再有事就叫你。"

"行。"王华东啐了口痰，然后用手擦了擦嘴，接着从自己另一个口袋拿出一盒玉溪，给旁边的几个人每人递了一根。

"没事，你抽你的。"几个哥们儿连连摆手。好家伙吐完痰还用手擦，谁敢接啊。

光头看这个情况不大和谐，立刻拿出一盒中华，反过来给王华东递了一根，然后给屋子里的几个人发了一圈。

王华东也不在意，把抽出来的玉溪又一根根塞回了盒子，然后嗅了嗅接过来的烟的侧面，给自己点上。

白松不会抽烟，王华东其实也不咋会抽，为了这个任务不得不抽，对他来说多好的烟也都没啥区别，都是有点咳嗽。

付斌这个人爱抽烟，以前在号里的时候，那个年代一天还是能分到几根烟，付斌总是抢别人的烟抽。付斌还跟别人说过，在外面的时候一天三盒烟。

这倒是能和他爱吐痰的习惯相符，对于王华东来说，这么抽烟是最难学的，但没有办法，只能多抽。

王华东来了这边之后，就算是外人了，和大家扯了扯天南海北的事，老板等人就回来了。

老板他们去接待交委的人，刚刚回来。

老板回来了，这个小公司除了出去跑活的人，其他人基本上就都在这个屋子里了，加起来有 11 个人。

听说招了新人，老板也有些诧异，最近招人越来越难了，新来了几个正儿八经的司机，一看就是好人，不能用啊。他和"付斌"聊了几句，感觉到了大家对付斌普遍有那种反感的情绪，老板很满意，觉得这个人绝对不是好人，能堪大任。

刚刚回来不久，光头那边看了看手机，说道："有个搬家的活。"

"你处理吧。"老板没多说，直接就走了。

这边拉货的事还是挺多的，运输假币是偶尔的事情，正经的运输占 90% 以上，这些司机没有想象的那般有钱，毕竟也不是贩毒。

但是，搬家还是大家最不愿意干的活了，这个工作的主要任务并不是开车，而是搬运。

他们这些人哪愿意搬运啊？

搬一些大件，非常重，而且得会用巧劲，一个大冰箱想一个人背下去，没点技术含量可不行。

"小侯，你带着小斌去，开那辆 332。"光头安排道。

"行……"

小侯不愿意去，但是没办法，他在这的地位确实是不算高。

拿好了单子和钥匙，小侯带着王华东一起出了屋子，上了一辆尾号为 332 的厢货。

启动车子，小侯拿手机拍了张油表的照片，发到了微信群里。

"介（这）破地方油表都盯着？"王华东打开车窗，啐了一口。

"行啊斌哥，眼光一准地毒。"小侯一下子对王华东有了更多的好感，"不过这趟可不是好差事，地址我看了，这趟搬家，从一个老楼的六楼搬出来……嗯……好在搬过去的那家是有电梯的。"

第六百四十三章　融入公司（1）　｜　199

"那就让咱俩来，嘛（什么）意思啊？这咱俩搬得了吗？介（这）地界不是招司机，是招水猫吧！"王华东一听这个，立刻表示了不满。

"嘿，也不是，斌哥你别着急。"小侯被欺负惯了，听付斌这么说还挺高兴，"你听我的，就在这里好好干，这边有时候有一些外活，挣得还行。"

"外活？嘛（什么）意思？"王华东即时表现出了兴趣。

"嘿……"小侯把车子已经开了出来，"以后你就知道了。"

"介（这）有嘛（什么）不能说的?"王华东觉得没意思，往后一靠，"我看介（这）地界也不是长久的事。"

小侯没有多说。

王华东明白了，肯定是车上有监控。

这个倒也正常，公司的车子，没有一个不带 GPS 的，有监控或者录音也是很正常的事。

小侯其实比王华东还着急。

他特别希望付斌可以留下，毕竟付斌这个人挺不受人待见，这样肯定不会和别人一伙，和他还有半年的交情，留下对他只有好处。但是王华东明显觉得这个活不怎么样，已经准备想走了，这可不是好事。一会儿搬家的时候，再说说吧。

（注：水猫，路边等着找临时活儿干的民工，具体包括木工、瓦工、扛楼等，带有歧视性的称呼。）

第六百四十四章　融入公司（2）

憋着不能说，小侯路上和王华东就开始天南地北地扯了起来，聊了半天都是跟在监狱里的事有关系。

谁谁谁又出去又进去了，谁现在是牢头，多么多么牛逼，谁多么脑残什么的……

王华东有一搭没一搭地聊着。

王华东这个架势，小侯听出来了，王华东对这儿的工作不满意，这是准备要走了，不然不会这么冷淡。

在外面混了这么久，这还是能听出来的。

但是，王华东倚靠在座位上，这感觉很爽。卧底，无论如何，都是非常刺激的事情！王华东很喜欢这种刺激的感觉啊！

每个月发工资白松都挺高兴，王华东则从来不看工资条……所以，这种被人监控着当卧底的感觉，真的爽。尤其是，小侯和他聊的这些，对王华东来说，就好像考前背了一个月的书，第二天全考到了一般。反正都会。

总队和行动小组的人一直精神紧绷着，王华东却很放松。

之所以只让他们两个人来，主要就是搬家的这户，是两个租房的人。女儿是艺考生，母亲是陪读的。因为是租房，不需要搬很多大件，但是有大量的画板和画架之类的东西。有很多东西是不能堆叠和挤压的，所以必须得用这种厢货。

这活还是挺累，这母女俩都有点难伺候，支使来支使去的，颇有一种当了领导的感觉。

搬家公司是不负责打包只负责搬的，但是因为有些画架没收拾，就有了争执。

其实哪有那么难收拾？无非是她俩懒。

而且，还说有一幅画刚刚画好不久，还没干，就必须直接放到车厢里，车子还得慢点开之类的。

这谁能保证啊？

但是人家母亲说了，花这么多钱租一辆厢货就是为了这幅画，要不然就租面包车了。

要是外人不懂，还真的能被这个人忽悠了。画了些什么玩意！王华东的眼光还是很毒的，看了看那幅画……

呵，这画造价算上纸和颜料估计要几十块，这张纸本身要十几块，现在想卖两块钱都不一定有人要……

小侯和她俩据理力争，简单地说就是必须满足两个条件。

第一就是弄坏了不赔，必须有人陪在画旁边。

按理说车厢里不能载人，但是母女俩也都同意了，她俩要一起在车厢里待着。其实这个车厢里不能载人，不过就三四公里，交警不查也没啥事。第二就是，这样一点一点地搬，从楼上到楼下也很多趟，得加钱。

这母亲不想加钱，最终还是加了一百元。没办法，之前来的几个搬家的，都不干这个活，谁都怕碰坏了这张"绝世名画"。

开始干活，可把小侯给憋屈的啊！

这母女俩真是好体格！隔三岔五就要看着他俩一起上下楼！

小侯一直想找机会和王华东聊聊，一直找不到机会。而且，他特别怕王华东直接撂挑子就走了，那他就得自己搬了！这才搬了一半啊。

不得已，趁着一个暂时没人的时候，小侯凑到了王华东耳边，说道：

"斌哥,这边不错的,我跟你说,这边老板有一些不错的途径,能赚到不错的外快。"

"小侯,我来介(这)地界是暂时开开车,挣点钱,不是吃糖的啊。"王华东又看到了这家女儿的身影,没有继续说话。

搬了八成的时候,王华东找了机会,说道:"你放心就完了,今儿个的活,我肯定帮你弄完,咱有里有面。"

"够意思!"小侯道,"斌哥,这样,晚上我攒个局,咱一块儿坐坐,你啊,一会儿回去,先别着急说什么,忙完今天,该领一百块钱就领一百块钱,晚上咱吃完饭,你就嘛(什么)事都明白了。"

"也行,"王华东想了想,点了点头,"今天工钱我不要了,一起吃个饭没问题。你说攒局,还有谁啊?就这个公司里面的?"

王华东啐了口痰:"很多人我看着不是很顺眼啊。"

小侯也有些恶心,心道你这么没素质,谁看你也不怎么顺眼。不过还是没有说出来:"就咱们俩。"

"就咱俩?"王华东点了点头,"那哥哥我请客就是。"

"怎么能让你请客?"小侯摇了摇头,"我请客,吃火锅吧。"

"你们俩能不能别聊了,"这家妈妈有点不乐意了,"我可加钱了啊!还有那个男的,你怎么在楼道里吐痰?你恶心不恶心?"

这趟干完,回去就已经中午了,这边食堂管一顿午饭,王华东吃着饭,身旁没有一个人。

没人乐意和有这样的一个习惯的人在一起吃饭,就连小侯也不愿意。在人多的时候,小侯宁可和王华东保持着一定的距离,他本来人缘就不好,和王华东太亲近也不是什么好事。

不过,这也不是什么特立独行的事。这边食堂有七八张桌子,大家也不是一股脑进来吃,同时就餐的也就十个人左右,有好几个人都是自己一张桌子。有个性的人有的是,食堂略显沉闷。

下午，有一个比较大的活，给家具厂送材料。

这就属于正常的工作了，装货、卸货都有叉车，司机只需要开车。小侯和王华东二人出去忙了半天，回来也就到了下班的时间。

但这个活也有不好的地方，就是司机几乎不用下车，到了下车的时候，同时也都在。这趟一共有六辆车负责运输。

王华东不急，外面的同志们都急了，这忙了一天，啥情报都没传出来，到底怎么回事？

到了下班的时间，王华东和小侯步行出来，白松立刻跟踪了上去，保持着高度的警惕。

他远远看到了王华东的一个动作，迅速地给大家安排了下去。

今天大家等了一天，光预案就做了十几个，看到王华东有说有笑地准备去吃饭，白松有些无语，他们紧绷一整天了！

不过，对于王华东要吃饭的预案，也是有的……

第六百四十五章　演（1）

王华东这次卧底行动，做了很多准备，唯独没用太多的高科技设备。

比如说，王华东身上没 GPS 定位和录音监控设备之类的东西，只有一个破手机——这手机也没啥特殊。

现在很多设备都可以反制、干扰，有些小动作万一被发现，对王华东是有危险的。想让小动作不被发现的最好的办法就是减少不必要的小动作。

但是，王华东身上没有一些设备不代表这个屋子里没有。这地方是附近最近的火锅店，王华东建议了一番就来了这里。

这屋子里没有任何设备，但是隔壁的杂物间早已经提前装好了声音收集的设备。

作为一个根本不录像、只录音的有线设备，被发现的可能性基本为零。

王华东是个不胜酒力的人，不过好在付斌在监狱里从来没有和小侯喝过酒，所以少喝点也不算露馅。他现在喝了一点酒，精神很放松，和小侯聊得越来越多，不过大部分还是以乱七八糟的事为主。

"斌哥，今天一直没机会说，咱哥儿俩能凑到一起也是个缘分，这边的……"

小侯和王华东聊了二十分钟，把他知道的都告诉了王华东。

这个地方，经常会接到一些额外的运输任务，具体是啥，小侯也不知道。

用小侯自己的话说，就是不知道就别问。知道多了对自己没好处，反正有额外的钱拿就可以。

白松现在是副科级，工资也就是五千多，这边的司机能有四千的工资着实是不低。

当然，对于正儿八经的拉货的司机，人家更愿意找个三千块钱加五险的工作。

所谓额外的运输任务，有大件有小件，也有混搭件。有时候一次性拉几吨的东西，也有时候，就是一小箱的东西，具体是啥也不让知道不让问。

"小侯，别的都行，"王华东有些醉意，"就是，哥可得跟你说一句啊，这地方，可别是贩毒的啊……就是……嗯……咱们谁也不傻，你也知道，这玩意够一定数量，仅仅是运输，也能枪毙啊。"

"这个，应该没有吧？"小侯端着杯缓缓放下，"斌哥，我听他们说了，就是有些不怎么见得人的化学品和一些假烟叶什么的，还有的就是一些走私的糖啊之类的。"

"就这些？"王华东问道。

"应该就这些，不过，每次去拉这类东西，老板都给五百到两千块钱的封口费，嘿，你别小看了这个，我现在一个月收入加一起快一万块了。"小侯和王华东碰了杯，喝了半杯，然后咂巴咂巴嘴，"他们有人在这里干好几年了，啥事也没有。"

"不过，现在抓得越来越严了。"王华东皱了皱眉，"前段时间新港区那边还有走私的被连窝端了呢。别的都好说，被抓了就被抓了，有钱赚就行……就怕是某些东西，有命赚没命花啊……"

"啊？"小侯也有些害怕，"斌哥你这么一说还真是……不过，这么多年了，应该没啥事吧……"

"不是，你误会我的意思了。"王华东摇了摇头，"我不是怕，就是，要真是给他拉了点粉什么的，就给一两千块，那我们岂不是傻子了啊？他一趟赚几十万，我们也是有掉脑袋的风险……"

"那斌哥你的意思是……？"小侯又提起杯敬起酒来。

"得加钱。"王华东轻声道。

"这恐怕有点难。"小侯想了想,"这事不是没人想过,但是这个老板你不要小瞧了他,你不想干可以走,这么赚钱,有的是人想来。"

"哼,那是之前。"王华东嘲讽地说了一句,"现在你看这个形势,警察抓得越来越严,跑的人还少吗?今天我来了之后,晚上招聘的告示也贴着呢,这说明他缺人。"

"斌哥你说得也对,前几天走了好几个了。"小侯点了点头,"斌哥你有啥好办法吗?"

"嗯……"王华东琢磨了一会儿,"这样,以后再有这种事,还是想办法知道运的是啥。该装作不知道就装作不知道。有时候吧,知道多了对咱们没好处,但是可以留后路。明白我啥意思不?"

"你的意思是,万一被抓了,还能交代出几个人,算立功吗?"小侯若有所思。

"这是一方面。"王华东夹了一筷子肉,"最关键的是,如果知道一些,咱们可以自己想办法干,不挣这点钱!"

小侯一听,一下子来了兴致:"斌哥你想赚大的!"

这会儿,有服务员进来送菜,王华东想到了什么,然后顺势说了声出去上厕所。

上了厕所,他看到了同样做了伪装的柳书元。

仅仅是几个不寻常的动作,王华东猛地惊醒。

刚刚柳书元告诉他的是,这个饭店,整个公司的人,除了王华东,就小侯自己在!

就这一条信息,王华东就明白了很多,酒醒了大半,然后慢悠悠地回到了屋子,接着聊天、喝酒。

本来,王华东以为,肯定会有公司的人今天跟过来看看,确定一下王华东的身份,毕竟王华东今天第一天来。

但是,一个都没有,这就很不正常。

难不成这公司的人都是傻×，不知道确认一下身份？

不，这恰恰说明，小侯是老板最信任的人之一！

王华东后背都有点湿了。

他本来还觉得今天真的很顺利，之前和付斌认识的这个小侯恰好在这里混得不如意，可以拉拢一番，以后也可以利用小侯去做一些事。

但是，人家根本就不是傻子，甚至可能是最聪明的人之一。

来之前，王华东最了解的就是小侯了，这个人的资料是最全的，小侯今年还在郊区买了一套房。本来大家还以为是这里真的那么赚钱，现在看起来，普通的运输工人一个月也就是大几千块，小侯肯定还有其他的收入。

这样的话，王华东今晚和小侯说的话就不太该说了。不过有利也有弊，至少可以让小侯不用去考虑他是个警察。

既然知道了小侯和老板关系不一般，剩下的，就是拼演技了！

第六百四十六章　演（2）

"斌哥，没吐吧？去那么长的时间！"小侯问道。

嗯？听出了小侯考验的意图，不过此时王华东心里已经不慌了。

"还……行，喝得有点多，我介（这）酒量不大行。"王华东有点踉跄，坐在了椅子上之后，找杯子吐了一口痰，"我不可能吐，咱……哥儿俩喝酒，我能吐了吗？"

"你咋还吐自己酒杯里面了……"小侯顿时感觉有些恶心，喊了声，"服务员，再给拿个杯。"

"不行了，喝得有点多了……"王华东用拳头轻轻砸了砸自己的额头，"这怎么还吐在白酒杯里了，真是浪费粮食啊……"

"没事，酒不值钱。"小侯强忍着恶心，从走过来的服务员手里接过一个杯子，倒了一点酒，递给了王华东，"斌哥，要不你就喝点啤的？"

"我尿酸高，啤酒不敢喝。"王华东摆摆手，"没事，白酒少倒一点……嗯，服务员……这个杯子不用拿走，正好留着当痰盂。"

服务员一脸嫌弃地离开了包间，小侯差点被恶心坏了，还有吃饭在桌子上放痰盂的？这真是恶心他爸给恶心开门——恶心到家了。

最恶心的是，推杯换盏两三次之后，他看到王华东有一次和他碰杯，拿错杯子了！虽然他及时提醒，没有看到恶心的一幕，但是，从这会儿开始，每次碰杯，他都得盯着王华东的杯子。

王华东则可以趁这个机会，对小侯多一些观察。

小侯确实是跟老板关系不一般。

王华东和小侯接触得越多，越能发现这个问题。

这个人城府这么深，为什么还非得跟自己表现得这么亲切？

小侯则是有苦说不出。

这个付斌他以前就听说过，挺狠的一个人。

其实，这里倒是不缺狠人，比如说那个光头，当初和别人一起弄死个人，判了十五年。除了光头之外，这边蹲过十几年大狱的人也不少。

但是，大部分混混其实没啥脑子，他们有自己的义气，有为人处世的准则，说起社会上的事情一套一套，对一些人性的分析也可能比绝大部分人都透彻，但是，依然改变不了他们其实并不聪明这件事。

真正的聪明人，哪有去干抢劫、偷窃这类的事情的？这确实是来钱快，但是性价比低得可怜。而打打杀杀那批，智商就更欠费了。真正聪明的，早就当老大或者当头儿了。

小侯想把付斌发展成管事的人。

当管事的人，首先就得聪明而且有点狠，镇得住场子，其次还不能拉帮结伙，付斌这样子肯定没人愿意跟他。

虽然眼前这个付斌想拉出去单干，想赚更多的钱，看似有反骨，但是这反而不是大问题。这些人哪有忠诚可言？有也是装的，只要给付斌足够的利益，付斌会做一个聪明人的。

付斌就一个人，有自己暂时和他虚与委蛇，谅他也不会有啥不好的想法。但是，付斌这个臭毛病，实在是太让人恶心了！

"小侯，我之前说的……可都是心里话，你说，怎么样？"王华东借酒劲有点装醉，端起了杯子。

"也不是不行。"小侯仔细地确认了一下，王华东拿的确实是酒杯，才碰了一下，"斌哥，我也有这个想法，但是你现在刚刚来，肯定是特别受关注，你得先……什么光什么晦来着……"

王华东差点脱口而出，接着无所谓地摆了摆手："屁话，别跟我转词！

有些事，你不懂，我还能不懂？那个，对了，老板都什么作息啊？每次监控严不严？你比我熟，咱俩以后肯定是一起分钱的，你给我多讲讲。"

要是之前，王华东不会这么明显地问，太容易暴露，但是现在就一愣到底比较好。

"老板不怎么来，作息也没啥可以分析的，这边日常管事的就是老板身边的一个人还有那个光头。"小侯想了想，"监控哪都有，我也搞不懂，平时我也不怎么看这个。"

王华东哼了一声，接着咳了咳，朝着那个杯子又吐了一口。

小侯的思绪都被王华东这个动作牵动着，生怕他又吐到了酒杯里。

"你刚刚想说啥？"小侯再次问道。

他思绪已经彻底被王华东这个吐痰给影响了，王华东说没说话他都没注意。

"没啥，你就甭管了，以后有啥事，跟我走就行。现在你一个月挣小一万，这个都不算啥，等着过一个月，我指定让你一个月能拿三万块。"王华东空头支票开得很过瘾。

"斌哥，那些人和老板合作那么久了，真的能轻而易举地被咱们挤进去吗？"小侯算是提醒了一句，"运费这种事，总共能有多少钱，抢单可不是容易事，人家不会那么容易信任我们啊。"

小侯这句话，基本上就是规劝王华东了。

"你甭管了，哥有法子！来，喝酒。"

6小时后，市局。

市局的大楼比九河分局刑侦支队巍峨多了。

市局是前几年新建的，恢宏大气，刑侦总队的大楼虽然只有六层，但是比八九层的民居还要高一些。

王亮看了看外面灰暗的天，揉了揉眼睛。

"加糖吗？"白松端了一杯咖啡过来，另一只手拿了一罐糖，把咖啡放在了王亮的桌子上。

"不加，就这样，谢谢。"王亮端起杯子，轻轻喝了一点，然后差点吐了出来，"你连奶精都没加？"

"你不是想喝原味的吗？"白松转身，往自己的那一杯里加了两勺糖，拿着搅拌棒搅拌了起来。

"我错了，还是加糖吧，喝不惯这个玩意。"王亮站起身来，去拿那一罐糖，结果差点没站稳。

白松一把拉住了王亮："你别熬夜了，该休息了。"

"我没事。"王亮晃了晃脑袋，拿过白松那杯已经调好了的咖啡，直接喝了一口，"你这个连奶精都加了。"

"怕你喝不惯……"白松岔开话题，"快睡觉去。"

"行，明天早上叫我。"王亮说完，端着白松那一杯，就直接走了出去。

白松深呼了一口气，看了看时间，凌晨三点半了。

……

第六百四十七章 对接

王华东在居住的公寓呼呼大睡,身旁就是他刚刚脱下来的衣服,衣服里有一个被小侯偷偷留下的窃听器。

他是知道这个窃听器的,小侯走的时候拍他的肩膀他就知道了。要不是对小侯充满了戒心,他可能感觉不到。但是现在知道了,他也没打算摘,反而是给白松等好几个人打了电话。

当然,聊天的内容都是一些闲聊,吹牛,还找了个小姑娘调戏了半天。只是,电话另一边的"小姑娘",其实是王亮。本来应该是白松来接,但是白松实在是受不了,鸡皮疙瘩掉一地……王华东这喝了酒调戏小姑娘水平可以啊……白松看着王亮那浑身不得劲的样子就想乐。

这卧底工作,仅仅是一天,王华东对之前那个姑娘的执念就没了七八成。

王华东一直到一点多才缓缓睡去,王亮则看监控看到了三点半。

按照今天获得的情报,这个运输公司还不仅仅是运输假币,很多暗中存在的走私品、违禁品都是这个公司运输的。

今天获得的情报,基本上已经超过了之前总队获取的所有。

"白所,你怎么不去休息?"刘刚刷卡打开了办公室的门。

"刘队。"白松打了个招呼,"我刚刚眯了一会儿,现在还不困。"

"你那也叫休息?"刘队摇了摇头,"我刚刚看王亮下去,你也快下去睡觉。"

"我没事啊刘队,我盯到六点,一会儿孙杰替我。"

"你去休息。"刘刚摇了摇头,"我们这个年龄起床早,我四点就已经起床了,替你盯两个小时,去吧。"

"好,谢谢刘队。"

探组六个人,队长是刑总的刘刚,今年40多岁,有二十年的工作经验,这次安排刘刚负责这个探组,主要就是因为他沉稳。

这趟王华东的卧底工作,不求有功,但求无过。

这是魏局亲口说的。

但是,说归说,领导能这么说,下面不能这么领会。怎么能没功劳呢?

看似是六个人的行动,但是加上后面支持的一些人力物力,这个事连市局的副局长们都很关注。

别的不说,想安顿好真正的付斌,就得花不少金钱和精力。

第一天是最难熬的,探组另外的五个人,在王华东没有睡觉之前,谁也没有休息,直到王华东打完电话,大家才开始换班休息。

因为吃饭的时候,有音频传输设备,所以王华东和小侯说的话大家也都听到了,不需要通过王华东打电话来传递额外的情报,所以电话里聊的都是废话。这样无论怎么查,小侯他们也不会从电话里听出来什么东西。

早上九点多,白松起床吃了点东西,从刘队这里拿了钥匙,戴上一顶棒球帽,穿着便服,就开车去找到了柳书元。

"怎么样?"

在一家五金工具店里,白松看到了柳书元,柳书元正穿着破烂的衣服,帮老板弄水管。

"过来,"柳书元拉开了一个小门,进了里面的办公室,"这家店是我朋友开的,安全。"

"你……"白松看了看这个规模也不大,"你交际面也太宽了吧。"

"不宽,这附近这么多地方,也就认识这一个。"柳书元有点灰头土脸,"你一会儿也整得脏一点,别穿这身了,和这边的气氛不搭。"

"你为啥会认识这样的人?"白松有些好奇。

"这家店老板以前是干吗的你知道吗?"

"这我咋会知道?"

"他是给我房子装修的一个装修工人,为人特别朴实,当时我那边的工程队的头儿给我把料换了,这个人不愿意和工头一起贪那点钱,和工头闹了起来。"柳书元没有说其他的过程,"我总觉得,这个世界,好人应该有好报。"

白松看了看这家五金装饰店:"你帮过的人是不是不少?"

"没多少。"柳书元嘿嘿一笑,"这个地方不算很好,从这个屋子里没办法一直观察那个公司的门口,你得从大厅侧面的一个窗户观察。"

"行,你早点去休息吧,"白松看了看表,"我盯到晚上十二点。"

"好,走的时候,记得走后门。"

紧张的工作一天天过去,第一天最紧张,后面几天,王华东一直也没让大家支援过,看起来过得还不错。

这家运输公司也是有休息时间的,每周可以休息一天,一般大家都是商量着,一半人周六休息,一半人周日休息。如果哪天工作多,就尽量另一天休息。

这样的工作方式,也是挺适合正式运营公司的。其实,这家公司仅仅是正经生意的收入,就已经可以赚到钱了。只不过正经收入赚的不够多罢了。

周日这天,王华东休息,去找了个花鸟虫鱼市场溜达了一阵子。

白松和孙杰也做了伪装,在这里混搭着溜达着,确定王华东没有被跟踪,给了王华东一个手势,然后王华东就去了一个卖鱼的市场篷布后面。

等他从篷布的另一侧出来的时候,付斌的形象荡然无存,取而代之的是阳光帅气的小伙子。

接到华东后，孙杰开着车，大家一起往市局赶去。

"还是卧底爽。"王华东看大家一脸担忧，"每天放肆地喝酒、玩，想干啥干啥，想吐……"

"哎，别别别。"白松看到王华东有吐痰的趋势，连忙拦住了他。

华东摆了摆手，拿过车上的纸帕，还是吐了一口："最近抽烟抽得太频繁，嗓子不大好，别介意啊。"

白松没有接王华东的话，而是从副驾驶手扣里拿出一包纸帕："辛苦你了。"他怎么会不知道华东是怕大家担心？但是短短一周，王华东嗓子就搞坏了，还是让白松非常难受。

"都是值得的，这几天，我基本上已经彻底被信任了，周四那天我换衣服，小侯又给我塞了一个小窃听器，但是昨天换衣服，他就没塞。"王华东道，"一会儿回去慢慢说。"

第六百四十八章　集思广益

一路上，王华东好几次想咳嗽都尽力忍住，让大家心情都不是很好。

谁说卧底工作只有受伤和牺牲？

王华东一个几乎不抽烟的人，现在每天两盒各种各样的烟，真的有点顶不住。

可能一些爱抽烟的人不理解这个事有多痛苦，因为日常就是抽两盒。那如果想体验这个感觉，就一天抽五盒，持续一周试一下……

王华东回来之后，魏局还带着几个人过来一起听汇报。

"之前从这里走掉的几个人，除了那一个找到的人，剩下的都找到了吗？"王华东先是问道。

"没有。"刘刚摇了摇头，"最近的精力也不在那边。"

"我现在甚至怀疑，这些人并不是简简单单地离开了。"王华东语出惊人。

包括魏局在内的所有人，都很重视王华东的这句话，刘刚更是直接问道："你的意思是，他们被灭口了吗？"

"这几天我发现，大部分的人根本就不知道平日里在运输啥，这倒也正常，很多人就是觉得，不知道运输啥就不是共犯，如果有一天被警察抓了，就说不知道，就没什么罪过。他们虽然有前科，但是聪明劲没用在正确的地方。"王华东道，"现在我关心的是，这个老板的日常所作所为都很矛盾。一方面，这老板允许大家不想干了就可以直接走；另一方面，他又总是不经意间提到，随便走了不会有好下场。按照这个情况来说，那段时间连着走了四个人,太不正常了。"

"不会是死了,"白松摇了摇头,"联系到的那个司机看样子不是很知情,也不愿意配合,剩下没找到的三个司机,有两个是有家庭的。这两个人的媳妇都不清楚丈夫平日里在哪里,就说不在家待着。

"因为这方面的调查,是大概率找不到额外线索的,就算找到了也肯定和第一个司机那样什么都不说,所以前期工作的时候,精力就没有放在这里。

"但是,他们三个如果死了,第三个人且不说,这两个有家的,他们的媳妇不会是那个样子。如果你觉得不大对劲,那很可能这两个人并不是从这里离开,而是真的得到了足够的信任,去别的地方继续做别的事情了。"

"嗯……有道理。"王华东想了想,"这种可能也是有的。"

"要这么说,这三个人得重点去查。"魏局用笔在本子上做了笔记,"你接着说你的见闻,哪怕一些看似不重要的事情,也可以说说,咱们今天有的是时间。"

说完,魏局看了看表,跟身边的一个人说:"下午的会我先不去了。"

"第一,是这个老板的事情。这个人的性格过于细腻,而且特别专权,也有些自负,他很喜欢当领导的那种感觉,几乎每天都来。

"第二,这个地方最近应该没有运输假币的工作了,自从咱们上次打击了那一次,没收了变色油墨之后,印刷假币的团伙应该是偃旗息鼓了,最近有额外加钱的运输工作,基本上都是大件。

"第三,这些大件我运输过一次,是送往一个食品厂,具体是啥我不知道,都是布袋子装的。这些布袋子非常大,一个布袋子应该能装得下一吨的货,需要叉车来装卸,一趟车能拉七八袋,拉货的地址,就在外环线外面的一个路边。我不清楚是啥,但是闻着有股怪怪的酸味。

"第四,小侯在这里面的地位不低,他应该是暗中的老板之一,很可能真实地位比那个光头要高。光头总是有一种打工的状态,小侯则总是为公司操心，有点主人翁意识。

"第五，小侯对我应该有一定的信任了，没有再监视我……"

王华东说完这些，把自己这几天所有经历的事情，都细细地讲了一遍。

"白松，这几天你一直在一线，你提提你的看法。"魏局指了指白松。

"行，那我抛砖引玉。"白松拿出笔记本，说道，"这个运输公司老板的情况，在心理学上，就是控制欲很强。控制欲强的人，其实并不是真的强大，他们其实内心对一些事有一定的恐惧，很没有安全感，会通过控制一些人和事物，来增加自己的安全感。

"这种人按理说应该天天在公司待着，事无巨细地盯着，但是他没有，这意味着，他一定还有别的重要的产业，我认为有必要对这个老板采取更高权限的侦查措施。

"至于华东提到的这种运输的东西，我怀疑是走私白糖，国内的白糖比国外的贵很多，一吨差价好几千，这一车估计能赚好几万。一般来说，蔗糖的加工，都是亚硫酸法，澄清剂是二氧化硫，所以白糖里必然有二氧化硫。走私入境的白糖这个二氧化硫的含量大概率是超标的，就能闻到酸味。嗯……这个我一会儿可以尝试去实验室做一点这种超标的白糖出来，让华东闻闻是不是一样的味道。

"不过，华东，有个事我一直没时间问你，上次我就看你传递了线索出来，就是你被监听了，怎么回事？什么样的窃听器？而且你还说给你放了两次，是什么样子的窃听器？有多便携？你带过来没有？还是说现在还在你衣服上挂着呢？"

"哦哦哦，是我表达错误，"王华东道，"不是你们想象的那种微小到看不到的窃听器，其实就是车钥匙。这些司机有时候第二天早上大清早有活，办公室都还没开门，经常会自己带着车钥匙。那天喝酒，他就是和我拍肩膀的时候，把车钥匙塞到了我兜里，第二天早起，我问他咋回事，他说喝多了放错了。周四那天是因为周五早上要跑车，他又把钥匙给了我让我拿着。那个车钥匙虽然也能启动汽车，但是重量和正常钥匙不一样，我是学画画的，

第六百四十八章 集思广益 | 219

对重量很敏感。"

"那如你这么说的话,你还是要小心谨慎一些。"魏局长很重视这个事情,"你要知道一个问题,他也怕你知道他是在试探你,所以不可能天天让你带着钥匙,再说也没有那么多早上的活。这个小侯不简单,我们会重点针对他调查,你千万不可掉以轻心。"

第六百四十九章　情报分析

王华东带回来的情报，经过大家不断的分析和研判，价值变得越来越高。

总队这边有实验室，二氧化硫这类气体还是不难弄的。

在食用糖加工过程中，会使用硫黄，产生的二氧化硫用于澄清和脱色。少量的二氧化硫对人体完全无害，进入人体也是成为硫酸盐。过多的二氧化硫留在糖里，由于二氧化硫本身呈臭味，但是与空气中的水、氧气反应可以生成亚硫酸和硫酸，再经过一系列的反应，最终闻到的就是一股酸酸的味道。

"是这个味吗？"白松为了速度快一点，适当进行了加热，从实验室做完了之后，就带到了办公室。

"这个味偏臭，但是很相似。"王华东点了点头。

"那就对了。"白松道，"运往食品厂也算是正常，食品厂对这些白糖进行干燥、通风处理，将二氧化硫的浓度降下来，接着就可以用来生产食品了，达到安全标准还是没问题的。"

"嗯……"王华东好好想了想，"如果是糖，这个味道倒是差不多……但是，我那一车是运往了食品厂，别的车子没有往这里运，我没注意他们运到哪里，你们可以查查录像。"

"轨迹我这里有。"王亮拿出笔记本电脑，"你说一下运输这个的汽车牌照。"

王华东算是博闻强记，口述了几个车牌尾号。

这家公司的所有汽车王亮都有数据，知道尾号就已经足够了。

过了不到三分钟，王亮指了指电脑上的地图："目的地是一家药厂。"

"怎么又是药厂？"白松现在听到"药厂"二字，就有些头疼，"总不能是跟张左有关系的那个药厂吧？"

"不是。"王亮指了指电脑屏幕，"你过来看看。"

跟张左相关的那个药厂已经被查封了，现在也不可能往那里运输了。

大家纷纷看了看，也没发现什么，这应该是个小药厂。

"没印象，"白松摇摇头，"跟张左那边没有关系……"

"药厂需要糖吗？"刘队望向了大家，希望得到解答。

"需要。"白松想了想，"尤其是低品质的工业用糖，这也是走私糖的重灾区。工业白糖，在制药领域也能用得到，最常见的就是水解制造葡萄糖。"

"葡萄糖也是药？"王亮疑问道。

"是啊，你打的葡萄糖注射液不就是药厂生产的？那你以为是食品厂生产的？"孙杰吐槽了一句。

"对，葡萄糖确实是药。蔗糖是双糖，分解为葡萄糖和果糖之后，都可以二次加工合成。除了直接生产葡萄糖之外，工业上用途很广，可以用来生产甘露醇，还可以用来生产酚类或多醇酸合质，"白松锁着的眉头一直没打开，"运到哪里都算正常……现在线索多了，反而不好查了。"

"没事，一个个查。"魏局摆了摆手，表示能用人力解决的事情都不是事情。

"好，"刘刚表示明白，"我这几天安排人。"

"总队，还有……"魏局习惯性地想说什么，突然沉默了一下，接着道，"辛苦你们了。"

这个案子市局不是没人办，主要是涉密等级太高，人越多越麻烦。

目前在这里的这几个人，要么是魏局最信任的人，要么是王华东可以过命的兄弟，如果再加进来十几个人，确实是能把进度拉得很快，但是魏局估计有操不完的心。

这个事，容不得一点马虎。

但与此同时，这几天来，探组又收集到了海量的证据，人力非常受限。

白松、柳书元还有孙杰，在前线默默陪着王华东，一直是备勤状态。王亮这里负责处理海量的数据，刘刚则负责给王亮打下手。

开了足足两个多小时的会，一直就是针对各种线索。

"这些是我们需要近日去查的地方，但是现在没什么人手。"王亮最终统计出了三十多个需要查的地方，"除了这三十多个地方之外，虽然市局这边已经给了我最高的监控权限，我可以看到所有的交警和公安的监控，但是还是不够，要是有几百个人把一些没有并网的监控都能传到我这里，就完美了……"

王亮这句话魏局都没敢接，好家伙，张口就是几百人，市刑侦总队一共才多少人……

没人理会王亮后面的话，但是前面总结出来的这三十多个可能存在违法行为的地方，还是需要查的。

这些，有的是与运输公司有密切来往的公司，具体有没有问题尚不得而知；有的是王华东等人跑活会加钱的地方，这就基本代表有问题；还有的是一些司机不太应该停靠的地方，诸如一些偏远的山区和三四级公路旁。

尤其是后者，因为没什么监控，只能判断一个大体的监控范围。

魏局也觉得有些棘手，他没想到这个六人小组能查到这么多东西。

有的他可以安排其他人去查，但是有的因为保密，如果安排外人去，外人都不知道该查什么。

这个事需要的人手实在是太多了，而且情报还具有时效性，总不可能花几个月慢慢查。

"今天华东休息，我带队去查，"刘刚道，"可以分两个小组，能查一个是一个，这个案子也不用那么麻烦，一旦有了一个足够有效的线索，华东的

第六百四十九章　情报分析 | 223

卧底工作就可以提前结束，我理由离开，然后咱们就可以慢慢查了。"

"还是应该先把这些线索算一下权重，找最应该查的，然后再徐徐图之。"白松道，"给每个怀疑的地方打一下分，从最高的地方开始查。"

中午给大家安排了午餐，魏局事情太多，把自己平日里带的内勤和另一个队长留在了这里帮忙，就暂时离开了。刘队看着这些大数据有些头疼，从头到尾也是配合探组工作。

时代变化太快，刘队感觉自己有点跟不上了。

走的时候，魏局喜忧参半。喜的是王华东现在进展顺利，探组运转比想象中还要好。

忧的是……呃，这个就不用说了，大部分是忧。

第六百五十章　去查案

情报的价值分析，这个东西有专门的学问，需要非常综合的能力。

如果让人工智能算权重，也许效率会更高，但是因为办案的时候要考虑嫌疑人的心理，人工智能也不见得能表现得多好。

"这个地点的权重最高，"白松统计完了所有的地方，揉了揉脑袋，"这个地方，是运输公司不太应该去的一个地方，从录像的时间来看，正好是那几个离职的司机走的那段时间。这个行驶轨迹又是夜间，去的又是郊区的荒山，非常蹊跷。可能这就是那两个有媳妇的离职司机所去的可能存在的秘密基地。"

"这话有点绕……"刘队说道，"不过我能理解你的意思，只是，这地方没监控，范围太大了，理论上说，这条路附近的几十条小路都有可能，这几十平方公里都有了吧。"

"对，从情报的价值分析上，这个地方的价值就变小了。"柳书元也说道，"而且事情已经过去几周了，也就是交通部门的监控时间长，不然都看不到。这个时效性也很低啊。"

"从理论上是这样的，"白松道，"但是，这里一旦查出问题，就是大问题，可能是本案的关键点。"

大家都沉默了一会儿，没有提出异议。

"别让我搞一言堂啊……"白松其实也希望大家能提出什么有价值的线索，尤其是这里除了刘队之外，魏局留下的那个队长职务也比他高，但是俩队长都没有表达异议，这让白松有点慌。

这个地方如果什么也查不到，可能会把本来就薄弱的力量彻底浪费，对案子的进展有着非常负面的影响。

"白所，你别担心。"大家都沉默了许久，刘队还是发话了，"我们遇到的线索，99%可能都无用，办案不是从答案往前逆推，而是大海捞针，必然要过滤掉大量的无用的东西，付出不知道多少无用功。这个案子你办就完了，我才是探组的负责人。"

白松看了刘队一眼，有些感动，这还啥事都没做，刘队就先把责任往自己身上揽……

"刘队，这不是责任的问题，"白松还是拒绝了刘队的好意，"如果我们真的把宝贵的时间都浪费了，对探组和华东都是不负责的。我个人依然认为这个地方必须查，但是如果你们有更好的意见，我绝对尊重。"

继续沉默了一会儿，柳书元说道："我同意把这个地方作为主要侦查的地方，但是华东说的那个药厂，我觉得权重也很高……嗯，就是你排序里第二的那个。"

"那就分出来两个人，去那个药厂，剩下的人，去白所说的这个点。"刘队想了想，说道。

"还是把这个地方也去了吧。"白松指了指排序第三的点，"咱们七个人，我带两个人去查我说的地方，刘队您带一个去查这个药厂，然后这位王队长，您带一个，去查一下排序第三的点，查完以后继续往后查。"

"为什么是七人？"王华东道，"是不是把我漏了？"

"你得休息，明天你还得去那边上班。"白松道。

王华东没说话，摇了摇头。

白松沉默了一会儿："行，你跟我吧。"

白松、孙杰、王华东、内勤岳师傅一组，刘队和王亮一组，王队长和柳书元一组。

下午三点多，三辆地方牌照的车子悄然离开了市局大院。

开会、整合、分析，消耗了数个小时，白松非常疲惫，上了车就闭上了眼睛。

内勤岳师傅开着车，刚刚离开市局大院后不久，他就发现，车上的另外三个人，全部睡了过去。

开了差不多20分钟，白松一下子就醒了过来，把岳师傅吓了一跳。

"啥事啊，白所？"其实岳师傅也是现职副科，论地位、资历都比白松要厉害多了，但这个案子容不得一点马虎，他肯定得听白松的。

"先去一趟九河分局，借条警犬。"

"好，去你们巡警支队是吧。"岳师傅没有多问，接着变了个方向，看白松又睡了过去。

又过了十几分钟，车子快要到九河区了，白松突然又醒了。

"岳师傅，受累，不去九河区的了，接着往东走，去特警总队借狗。"白松道。

"啊？"岳师傅有一点不满了，按理说他哪里是给这几个新兵蛋子当司机的啊……他愿意开车也是看在魏局的面子上，怎么支使起来还没完了……

当然，能当领导的内勤也都是人精，岳师傅满脸含笑："好。"

他故意没有提醒，心道：特警总队能给你面子？那里的狗说借就借？到最后怕不是又要给魏局打电话吧？这个事前期动静越大，后来没结果越是不好看。

白松没想那么多，又睡了过去。

车子是市局的车，即便是地方牌照，特总门卫那边电脑的数据库也是有的，直接放行了，岳师傅直接把车开到了特警总队负责训练警犬的区域。

"白所，到了。"岳师傅以为白松又会如刚刚那般立刻醒来，结果摇了摇他，白松才醒了过来。

"谢谢岳师傅。"白松蒙眬着几秒，然后强行让自己醒了过来。

刚刚醒的两次，是脑子里存了事情，现在……真的是太累了。

他现在和九河区联系过于密切不见得是好事，容易让人有所联想，所以他没有从九河区借狗。而特警这边因为不怎么接触案件，有时候更纯粹一些，也不会有人往王华东那边联想，更有利于案件的保密。

看着白松没拿手机直接下了车，岳师傅伸手想提示一下，最终还是没说话。

操这个心干吗？就这几步道，一会儿让他再回来拿呗……岳师傅直接打开窗户，点上了一支烟。

岳师傅看了看窗外的风景，不到一分钟，白松牵着一条油光锃亮的德牧，从训练馆里走了出来。岳师傅看了看手里的香烟，烟还没有抽完。

第六百五十一章　斗智

作为最帅气的警犬之一,这只四岁的德牧精力非常旺盛,上了车后座之后,到处闻来闻去,王华东和孙杰哪里还能睡觉?

狗狗的名字叫黑山,好久没有出来执行任务的它显得非常兴奋。

"白所,你让它往后点行吗?"岳师傅心里有点颤,倒不是他怕狗,主要是这么大的一颗狗头探来探去,太影响驾驶了。

"黑山乖啊,回去坐着。"白松指了指座位,给黑山下达了休息的指令。

上次和冀悦来交流的第一个上午,白松还是学到了一些东西的,最基础的命令还是可以下达的。

黑山虽然很兴奋,但还是老老实实地趴在了座椅上,因为它的个头有点大,一个人的位置躺不开,大头直接就枕在了王华东的腿上,仔细地嗅了嗅王华东的味道,感觉很舒服,便准备踏踏实实地休息。

王华东挺高兴,狗狗愿意躺在他身上,他就可以随便摸,因为这时候已经不担心他的味道会影响狗狗的分辨了。

哥几个里,王华东的手是最细嫩的,也最灵巧,黑山被摸得舒服得不知道北了。

黑山知道,在训练中心,像它这么可爱的狗狗有几十条。驯犬员平时都很凶,虽然偶尔也会爱抚一下,但是特警们粗糙的大手摸起来,哪有这个舒服?

很快地,黑山彻底熟悉了王华东的味道,看它的那个状态,已经乐不思蜀了。

白松本来还担心借过来的狗狗不那么听话，或者难以指挥，现在看来没什么问题了。

人和动物本身也是可以有语言之外、情感之间的交流的。

动物本身也是靠情感交流的，它们并没有体系化的语言。语言是社会学的产物，是一种文化，人学语言尚且要学几年，动物只能靠情绪。

所以，动物对人的情绪的感知也是很灵敏的。

黑山的鼻子有些湿答答的，他很喜欢王华东身上的味道。

嗅……嗅……嗅……

黑山一下子闻到了不喜欢的味道。

"怎么了？"王华东有些惊异，这不是睡得好好的吗？

"它闻到别的味道了，"白松看了看周围，这里距离目的地还有点距离，想了想，"是不是你们有谁放屁了？"

白松哪里读得懂狗狗的真实意图啊……

"我没有。"岳师傅这岁数对这种事本来都是不关心的，但此时第一时间澄清，他可不想被狗狗探过来再闻一闻。

王华东和孙杰也摇了摇头。

白松是比较信任他俩的，没必要不承认，紧接着，就看到两个人的目光集中在自己身上。

"滚。"白松一句话给撑了回去。

大家都恢复了平静，但是黑山还是有些不平静，这让白松有些皱眉。

"你别抱着它，让它闻。"白松面露思索之色。

"好。"王华东对黑山没有一点警戒之心，然后放开了黑山，黑山便到处嗅了起来。

岳师傅有些好奇，隔几秒钟从中后视镜看看后座。

黑山把王华东的正面彻底闻了一遍，接着开始闻王华东的后面。

当黑山闻到了王华东的后颈时，突然"呜"了一声，没有叫出来，但是已经代表了很多。

"你后脖子有啥？"白松有些紧张，难不成王华东被人安装了窃听器，大家都不知道？

想了想今天聊的这些，如果是真的，那后果……白松正要冒冷汗，一下子反应了过来——窃听也得遵守基本法则啊，哪有这么微型且强大的设备？

王华东伸手在后颈处摸了半天，啥也没发现。

"杰哥你帮我看看，我后面有啥？"王华东有些不确定，把后颈给孙杰看了看。

白松伸了伸脑袋，奈何他个子太高，车子也不大，完全被卡在座位里。

"你这后面，有一个发黄的道道……"孙杰拿出手机，打开手电筒，然后看了看，摸了摸，"从你后面的这个状态来看，是被人用手指抹了一道氧化性的东西，然后导致皮肤发黄，面积有六七平方厘米。"

王华东有些心虚地缩了缩头，被法医这么摸着分析，这感觉可是有点瘆得慌……

"怎么会有这种东西？"孙杰用手搓了搓，"搓不掉，不过应该没什么毒性，过几天随着皮肤新陈代谢会自然而然地消失，你这是从哪里来的？"

王华东陷入了沉思："如果有人摸我的脖子……这个也……哦，我想起来了！"

顿了顿，他说道："昨天，老板跟我说，今天请我们去泡澡，我拒绝了，我说我约了别的朋友去泡，他就没问，拍了拍我后颈这里，说我干得不错。"

"这招真狠……"白松伸手摸了摸黑山，从口袋里拿出一根肉条，奖励给了黑山。

岳师傅眼睛都直了。

敢情白松进去一分钟，不仅仅是借了狗，而且连狗粮都带出来一些。

"到底咋回事？你快说啊！"王华东有点慌，他都担心这个东西有毒。

第六百五十一章 斗智

"你不用担心，要是有毒，皮肤可以吸收毒素，你早就出事了。"白松摇了摇头，"而且你也会正常洗澡，对吧？"

"嗯，我昨天晚上和今天早上都冲了澡。"王华东又摸了摸后颈，"这玩意儿洗不掉吗？"

"洗不掉。"白松摇了摇头，"这个就是皮肤被氧化的状态，比如说：你徒手剥开核桃外面的绿皮，你手会被氧化得发黑；你把手伸进高锰酸钾溶液，也会被氧化发黑，这个几天都不一定洗得掉。你后颈这个，应该也是类似的药水，你没啥感觉，但是被摸到的皮肤会发黄，我们谁也不会注意到。你如果真的是去洗了一天大澡，或者蒸大半天桑拿，肯定就没了，但是单纯地冲澡，根本洗不掉，明白我的意思吗？"

白松的话让王华东心中发凉。

第六百五十二章　眼熟啊

"你已经被怀疑了，"白松道，"你那个老板可能猜到你说的去和朋友们洗大澡是搪塞他，不想和他们泡澡去。我一会儿跟魏局汇报一下，你的卧底工作应该被取消了。"

车里的气氛变得很沉闷。

这一招真的是过于……

白松也不知道怎么形容这一招。

太简单、太明显，但是谁也没发现。

皮肤被氧化的痕迹有的很显眼，直接黑成炭，但是有的就是发黄或者发皱，都是大老爷们，谁平时那么关注哪里有点发黄？更何况是后颈这种镜子都看不到的地方。现在大家也都是长袖衣服，衣服领子也算高，谁能看到这个啊？

但是，如果王华东今天不去洗大澡，明天老板用心看一眼，就明白了，王华东不想和大家去洗大澡，是心里有鬼，在骗他！那样的话，一旦被针对了，王华东就危险了！

"果然，卧底工作是非常危险的，一点都不能掉以轻心。"岳师傅也叹了口气，虽然他是内勤，又如何看不明白啥意思，"我同意白所的说法，这个卧底工作不能去了，太危险了。"

王华东、白松和岳师傅的儿子岁数也差不多，这也是岳师傅一直有些看不起白松的原因。但是，也正因为年龄，岳师傅听到这种事，就越发有些心酸。怎么能让和儿子一样大的孩子，去冒这么大的风险呢？

"我同意岳师傅和白松的说法。"孙杰点了点头,"这个试探非常隐秘,若不是黑山对你的味道熟悉了,能够分辨出一些特殊的气味,你这次真的悬了,先不说以后敢不敢保证没有试探,哪怕是现在,你身上还有没有什么对方的试探,我们都不能保证。"

"不行,我还得去。"王华东摇了摇头,"这个东西既然被发现了,想去除就不算是什么难事。这个老板也是人,我敢保证也只有这一次身体接触,他不可能还有其他后手。而且,后手越多,越容易暴露,他能想出来这个法子,已经是算他运气好。只要这次我把这个搞定,对方对我的疑心反而会更少。这对我,可能还是个机遇和好事。"

"不行,危险程度太高了。"白松摇了摇头。

"白松,你真的以为,我无声无息地撤回、消失,他们就不会怀疑、警觉吗?"王华东叹了口气,"越是对方考验我的时候,我越不能突然消失,不然,所有的同志,做的一切努力,都会付诸流水,甚至这公司会突然解散,到时候我们就被动了。咱们也分析过,对于这个老板来说,这个运输公司可能不是全部,他是个聪明人,你说对吗?"

白松被王华东说得哑口无言。

退?现在哪有那么好退?子弹已经上膛,不是不能退出来,但是,退出来枪还有什么价值呢?

"别想那么多,"王华东接着道,"一会儿忙完这里的工作,回去我做个彻底检查,没问题了,我明天接着若无其事地上班。"

白松终究是没有说话,没有同意,也——没有拒绝。

车子里的气氛更加沉闷了,黑山有些不舒服,呜呜着瞪大眼睛,看了看众人。

白松看着黑山的眼睛,心中一动,他毕竟是负责人,总不能一直这样负能量下去,给大家鼓了鼓气:"华东的事,晚上回去从长计议,现在要做的,就是能不能把一会儿要去的目的地查清楚,如果真的有什么突破性的进展,说不定今晚就把这个运输公司的人全抓了。"

"对!"王华东握了握拳。

虽然这个地方很偏,是在距离市区近100公里的天华市北部,开了这么久还是到了。

到了目的地,也就是监控中的最后一个摄像头的地方,大家下了车。

白松看了看周围的环境,叹了口气:"不出所料,没有一个摄像头存在。"

来之前,大家还希望看看有没有其他摄像头可以作为补充,虽然一般的摄像头不好保存特别久的录像,但总归是有点希冀。

到了这里才知道,这附近很荒凉,没什么人,更没什么店铺,除了国家会在这里修路和安装摄像头,其他的,没人会出力不讨好。

接着往前开,问题就很大了。

因为根本不知道,运输公司的车子,到底是停在了摄像头往前100米,还是几公里。

这里偶尔也会有车经过,白松在这里瞅了一会儿,附近实在是过于广阔了,大海捞针没有任何意义啊。

实际上到了这里,白松才发现,别说带一条狗了,就算是把特警总队的犬队全带过来,也不知道该查什么。

连个大体的方向都没有。

岳师傅这会儿也没了看白松笑话的意思,一言不发,他也没什么好的建议,说话也没啥意义。

王华东和孙杰也在四望,但还是把耳朵主要放在白松这里,想知道白松下什么指令。

黑山也在翘首企盼,它等着白松给它下指令……嗯……王华东的指令也行。

白松看着四通八达的小路和远处的山,长吁了一口气。

就在这时，电话响了。

白松的思绪一下子被打断，接了起来，是王亮的电话。

"我们到这个药厂了，"王亮道，"这个地方，非常非常偏僻，规模也不算大。我们刚刚去工商局查了查，这个药厂之前被查封过，后来被拍卖，现在才继续投产的，药厂的信息我给你发过去了，你看看有没有什么帮助。"

"好。"白松挂了电话，打开了微信。

这家药厂换名字了，但是白松看了看照片，才发现非常眼熟，他一下子想了起来。

这不是曾经和健康医院有合作的一家药厂吗？

当初，健康医院的13楼生产肉毒杆菌毒素等用于整形、美容的药物，然后有几个药厂购买这里的药物进行二次加工，这里，就是曾经的一家！

现在，被拍卖重组，怎么又干上非法买卖了？

第六百五十三章　变坏的白松

那医院……

白松从脑海中调出了当时案件的记录。

健康医院涉及的人和事很多，后续的工作也不是白松具体负责，他当初破了这案子之后，也看过所有的案卷，但还是把精力都放在了奉一泠的身上。

在白松抓过的这些人里，也就只有奉一泠不差钱，应该说不需要钱。

奉一泠有伪装的身份，有替身，也有花不完的钱。

但是，做违法的事情，绝对没有金盆洗手这一说的。

假如说有一天，你通过违法手段有了一辈子花不完的财富，你想金盆洗手、舒舒服服地养老，那基本上就是痴心妄想。觊觎你的财富的小弟、同伙，他们还没赚够钱，怎么办？

有时候，很多人都好奇，那些国外大毒枭为什么赚了几亿美元还要干下去，甚至丧心病狂地和当地政府对着干。事实上，他们只要不当老大了，分分钟会被弄死。

奉一泠其实也是类似的情况，她想退居二线隐居，对钱没什么兴趣的时候，她的结局就已经注定了。即便她狡兔三窟，能买通一些人，最终结局都差不多。

白松去抓奉一泠的时候，她也只是组织了一次袭击，剩下的还是以躲避为主。

当然，不退居二线，时间久了也一样倒霉，犯罪本来就是死路。

奉一泠后来不再管理健康医院之类的事情，不代表别人就不缺钱。

与健康医院合作的这家药厂，被拍卖后，还是被有心人得到，没想到，现在又开始了类似的违规生产。

这就好比银三角地区，无论打击多么厉害，把发展到一定程度的贩毒的人全抓起来，很快又会像韭菜一样再长一茬。

"你们大体查一查吧，这个现在暂时也不动它，目前还不清楚他们具体是什么运作模式。你们先调查一下这个药厂生产什么，有什么产品需要用到蔗糖，然后再看看这些货物是否符合标准，后续的事先不要管。"白松记下了这件事。

"好。"王亮道，"刘队也是这个意思，他让我征求你的意见。"

"嗯，你听刘队的就行。"白松挠了挠头，他刚想起来王亮是和刘刚在一起，人家刘刚才算探组的领导啊……

"白所，"刘刚从王亮手里面接过了电话，"我们这边还好说，只要没什么有毒有害的东西生产出来销往各地，确实是暂时不用惊动。我刚刚和王队、柳书元那里也联系了一下，他们查完了一个点，效果不是很理想，这个和运输公司交易最密切的公司，目前来说确实是正经公司，税务都没什么太大的问题。他们已经前往下一个点了，我们查完也走，你那边如何了？"

"我这边现场感觉不是很好，"白松如实回答，"比想象的要麻烦许多。"说完，白松把现场的情况给刘队说了一下。

"嗯……"刘队沉默了一下，"大海捞针，没有针对性，有点麻烦。"

白松沉默了一会儿，没有说话，他还是不打算放弃。

"那你怎么打算的？"刘队问道。

"我想查。"白松看了看周围的几人，"这个事需要咱们一起忙活一下，而且还不见得有效。"

"你有办法？"刘刚很诧异。

"有，不过是个不见得有效的笨办法。"白松说道，"之前王亮调取过这片区域的录像，这辆车从这里进去，然后经过了两个多小时才出来。在此期间，除了这辆车之外，基本上每两分钟就有一辆车经过，其间至少经过了六七十辆车。现在的车子大多安装行车记录仪。

"一般来说，行车记录仪的卡都是16GB的，现在行车记录仪的清晰度也不算很高，录四五十个小时问题不大。

"这个事过去了几周，常开车的那些货车、大卡车，肯定是已经把前面的录像覆盖了，没必要问。但是私家车平均起来一天开不了两个小时。这边的车一半是私家车，私家车至少一半有行车记录仪，有录像的至少一半是平均每天开不了两个小时的。

"这就意味着，这六七十辆车里，有差不多七八辆车，可能调取到当时的行车记录仪视频，如果我们能获取这七八辆车当时的行车录像，这附近就这么几条路，肯定有车录到了这辆货车停在什么地方。"

刘队明白了白松的意思，这确实是可行的。

从数据库里，可以轻松看到小轿车有哪些，而且也能联系到。因为外面的交警录像比较高清，车子有没有行车记录仪，从录像里就能看到。

这样，需要联络的车子，只不过十几辆而已。

"那这些司机怎么会配合呢？"刘队问道。

"我有办法。"白松直接道，"这个事肯定不能说实话，如果说刑事案件，有人肯定就推托了。咱们不要提这个地方，联系到车主之后，就说当天在车主经过的区域，有小女孩走丢了，希望能看到车主的行车记录仪录像。只要车主有那一天的录像，无论有没有效果，丢孩子的家长都愿意提供一千元的车马费。一旦这个行车记录仪里面有找到孩子的重要线索，家长愿意提供两万元的感谢费。"

刘刚有些无语，这个白所长编瞎话的能力怎么这么强？一套一套的。

"那这个钱谁出？"刘队道。

"车马费，估计要花掉五千到一万元，这个我一会儿找魏局长要办案经费，魏局应该会同意。"白松想了想，"至于感谢费，这里面……不可能发现找到孩子的重要线索，对吧……"

第六百五十三章 变坏的白松 | 239

"对，这个办法不错，还是你们派出所的人会得多。"刘刚默默地把这个事记住了，以后得小心点白松，不然被卖了都不知道。

但是，刘队也知道，现在的人，哪有那么愿意配合警察工作的？谁都怕麻烦，没有钱的刺激，能送录像来的，有一个就不错了。而且，一人一千元车马费，也真的不算少了。

挂了电话，大家开始等王亮那边的查询记录。

第六百五十四章　惊闻！

王亮查这些需要时间，其间，白松联系了魏局，魏局也表示了同意。

办案经费好说，几千块钱的事，若不是这案子是魏局直接管理，都不需要他来签字，总队下面随便一个支队长就签了。

魏局听白松说了这个事很满意，但是他听到白松汇报王华东的事情时，还是有些沉默。

他上午的时候也和王华东在一起坐了一上午，他也没有发现这个问题。

"等你们晚上回来，再说这个事情。"魏局最终没有直接下结论。

他也知道，王华东现在的状态，不是说退出来就万事大吉，他自己直接做主也不是不行，但是作为总负责人，他必须在为王华东考虑和综合全盘之间做一个平衡。

王亮那边操作非常快，而白松的方法确实是奏效。

小车司机听说了这个事之后，都愿意帮忙。这些司机大部分也都有孩子，纷纷去查了自己的行车记录仪录像，最终，有6位司机，因为开车的次数不算很多，内存卡里面的视频还没有覆盖到那一天。

这个让白松非常受鼓舞，为了能够尽快得到线索，王亮先是确认了这6个人有这些线索，然后通过网盘，让这几位上传到网盘。

至于车马费，直接通过微信就可以给，暂时垫付就是。

回去有魏局签字，这个钱去哪里也经得起查，这也是网络支付的好处，有交易记录。

前前后后用了一个多小时，黑山都在车里睡了一觉。

最终，果然是查到了线索！

这里面的路也就那么几条，六辆车在那个时候经过，有两辆都拍摄到了那辆货车！

"走！"白松看了看时间，"这是六千块钱买到的线索啊！"

岳师傅也很激动，他是内勤，管钱的。

办案子就要花钱，这个很正常。除了本来就要支付的工资之外，出差、耗材等等，都是钱。有的案子，上百人参与，出差办案，人吃马嚼的，一个月下来，几十万都不当钱一样就没了。

白松要查的这个线索，在时效性差、获取难度高的前提下，依然能成为公认的排名第一的线索，本身就代表着重要。

而现在，这个线索的寻找进程已经被推进了一大截！

花钱不是问题，能平地抠饼，这真是个大本事！

又过了不到十分钟，根据王亮传过来的几张图片和短视频，白松开着车，就把车停在了之前那辆货车停放的地方。

这地方经过的车子也不多，白松停好了车，下车就看了看周围，这是一条上山的路。旁边的小路，已经被荒废了。

天华市到底是个大城市，即便是这种很郊区的地方，种地的人也已经少之又少了。前些年，在天华市的北部山区，还有人种粮食，现在大多数人都是种柿子、山楂这类水果，可以卖给来这边休假的城里人，已经没人种粮了。

而白松停车的这个地方，因为距离附近的县城也比较远，土地都荒废好多年了，很多路车都不好走。

正是初春，草木刚刚发芽不久，也没什么蚊虫，步行倒是不难走。

黑山也很舒服，这味道，得劲！

这里面的路没有监控，所以货车也没必要再刻意躲避什么，所以99%

的可能，车里的人停下来，就是从这里上山了，至于上山干吗去了，这个就得查了。

看了看周围的路，平日里都没人走过，这不像是有什么不法的基地在山上。

"需要带武器吗？"孙杰问道。

"后备厢打开，吃饭的家伙都带上。"白松点头道。

开车出来办案就这点好处，带什么都方便，市局给这个探组配的人不多，但是物资保障很到位。大家都要上山，这些东西不可能放在车上。

说实话，车子丢了都没事，后备厢这些装备要是丢了，四个人工作就全没了。

时间过去了几周，脚印已经不太可能找到了，但是往前走了也就是一百多米，刚刚到了山脚下，黑山立刻变得有些不一样了，直接到一个地方停了下来。

四人一凛，立刻开始警戒，却发现周围一个人也没有，只有枯藤、老树和零星的灌木丛。

孙杰从口袋里拿出一副手套，上前探查。

过了差不多半分钟，孙杰摇了摇头："什么也没有，时间太久了吧？"

"这大冬天的，这几周也没下过雪，你再往下挖一挖看看？"白松问道。

"行。"孙杰打开自己的箱子，拿出一个小铲子，把这里翻了翻，说道，"没发现什么东西，但是这附近应该是被人动过，这半尺见方的土有人动过，硬度比别的地方低。"

"半尺见方？"白松有些疑惑，"松土种树吗？"

"不知道，不过没发现什么。"孙杰耸了耸肩，"一会儿可以全部采样回去。"

"行，先这样，继续往前走吧。"白松点了点头。

黑山看到大家这情况，有些无奈，心道这几个人真的笨啊，看不懂它的意思。它只不过是在这里闻到有其他动物的尿了啊……被尿过的一小片区域，肯定土质松软啊……幸亏黑山听不懂人话，不然要知道这几位打算把这些全采样带回去，简直是笑死狗了。

黑山没有缘由，就很高兴。

今天这趟出来，人好，事也好，不虚此行！

开始上山，黑山突然感觉到了不正常的味道。

作为优异的警犬，黑山对这个气味非常非常敏感，立刻就开始往气味的源头奔去。

大家迅速地跟了上去。

很快地，三人就到了黑山想要去的地方，是一块很偏僻的空地。虽然这一带荒废了，但是大部分土地还是开垦过的，而这块地压根就没开垦过，平日里不可能有人过来。

岳师傅气喘吁吁，本来他爬山就不行，带着装备就更困难了。

等他费了很大的力气，爬到了三人所在的地方时，闻到了一股非常难闻的气味。

短短的时间里，这三个小伙子已经用装备包里的折叠刀和孙杰的小铲，把土地扒开了几十厘米深。

这……是尸臭啊……

岳师傅大口喘着粗气……

第六百五十五章　争议

冬天的低温，很好地保存了这具尸体，虽然已经有了恶臭，但是没有什么虫子去破坏。经过简单的挖掘，白松很快认出了死者的身份。

这就是之前离开的四个司机里唯一一个没有家庭的。

当初运输公司走了四个人，其中一个已经找到了，那两个有家室的也失联，从他们家属的表现里，大家都怀疑这俩人是去做什么违法活动了。

唯独这个人，一点头绪都没有，没想到被埋在了这里。

"杰哥，还是你厉害。"白松叹了口气，"你就是现实版的柯南，走到哪里哪里就有命案。"

"这跟我有什么关系？"孙杰戴着防护口罩，声音有些小，"去烟威市出差那趟，本来没有死人，你现杀了一个。"

"怎么能这么说？"白松道，"我那是救你命。"

"我知道啊，"孙杰道，"咱们关系好啊……来，戴上手套，帮我搭把手，把人先抬出来。"

岳师傅在市局当了这么多年的内勤，已经好多年没有见过这样的现场了，这会儿苦不堪言，想上去帮忙，但是他怕自己直接吐了，回头把现场给破坏了。

好在白松照顾他，跟他说道："岳师傅，这个味太大，黑山不喜欢，麻烦您把它牵走，往上爬几十米，顺便帮我们望望风。"

岳师傅听到这话，瞬间感觉被解放了，面露感激之色。瞧瞧人家，这小伙子，这话说得多有水平！

温度较低，尸体腐烂程度不算太高。

白松和王华东帮忙把尸体抬出来之后，也脱下了手套，去附近警戒了，专业的事情就是要交给专业的人。

味道就是刚开始那一阵，因为地下憋了不少腐烂的气体，一部分腐烂的味道散出来之后，剩下的就还好。

过了20分钟左右，孙杰站了起来，过来和白松说道："这个人是机械性窒息死亡，死之前非常放松，浑身上下干干净净，虽然有明显的挣扎，但是没有什么体表损伤，这意味着有人捂住他鼻子的时候，至少有两个人甚至更多的人徒手按住了他的身子。"

"那会在什么地方发生这种袭击？"王华东看向白松。

"澡堂。"白松看向了王华东。

市局刑侦总队，副总队长办公室。

"把地点给我，我立刻带人过去。"魏局仔细地听完了白松的陈述，说道，"你通知你们小组别的人，先暂停手里的工作，返回总队。"

白松刚刚答应，魏局突然想到了什么："告诉王华东，先不用考虑卧底的事情了。"

对于孙杰的推论，魏局表示了认可。他这几天也接触过几次孙杰，这个小法医做事很老到、沉稳，值得信任。

如果这个死者死之前就在澡堂里，那么王华东这次周末被邀请去澡堂洗大澡，对方到底是什么目的，大家谁也不敢肯定。虽然从运输公司今天的运作情况来看，王华东并没有暴露，但是现在，魏局心中的天平还是倾斜了。

自己手下的命更重要。

"别多想，不是你能力的问题。"白松看王华东有些闷闷不乐，劝道，"这个老板疑心很重，而且独断专行，作为新人，刚去不到一周，他肯定要考察一下你。我几乎可以肯定，他想带你去洗大澡，其实是认可你。只是，以魏局的身份，他见到这个命案，也必然会做出这样的选择。如果我是局长，我肯定也如此。"

"你觉得我没有被发现吗？"王华东有种挫败感。

"嗯。如果你被发现，哪容易这么就离开？而且今天早上都没人跟踪你。"白松拍了拍华东的肩膀，"人这种动物啊，有羞耻心，全身脱光了之后，就会很没有安全感。大部分人脱光了之后战斗力大减，你给他穿一条内裤，他才能恢复正常。所以这个老板带你去洗大澡，也是想和你拉近关系，更深地了解你。但是大局为重，听安排吧。"

"好。"王华东一琢磨，觉得白松说得也有道理。

"我跟你说，现在发现了这个死人，与你的卧底工作有很大的关系，"白松道，"给你记头功。"

"喊，我要功劳有啥用？"王华东撇撇嘴，以他的性格，还真对这个不感冒，更多的是为了工作的获得感。不过白松还是懂他，这么一说，他心里舒服了很多。

晚上，市刑侦总队的六楼，灯火通明。

尸体在傍晚的时候就被送到了法医实验室，刑总的几位法医专家，在短短的半个小时里，就给出了和孙杰一模一样的推论……死者死亡前长时间泡澡，被多人徒手按住后捂住口鼻，窒息死亡。

这样的结果，让孙杰名声大振。

天华市大大小小的法医，官面上的就有好几百位。二十多个分局，每个分局十位左右，除此之外，法院、检察院、市局、司法局、市局刑科所、大大小小的鉴定中心，都有法医。官面之外的也有很多。

法医想出名，有一个非常关键的事情，就是得到同行尤其是业内专家的认可。

据说，今天有一位专家已经动了收徒的念头，按照辈分来说，要是孙杰拜了这位为师，那和秦无双大概能论个师兄弟。

与此同时，关于运输公司的更多资料，包括他们常去的澡堂之类的情况，都已经调查清楚了。

动手，还是不动手？

不动手的话，命案已经发生了，很多证据只会越来越难收集，如果再发生新的命案又该如何？再者，现在王华东已经不能去当卧底了，危险性很大，而没有卧底，获取情报的能力会大减，拖下去的话，能不能取得好的战果，谁也不能保证。

但是，动手的话，假钞案子怎么办？把这个地方全端了，剩下的怎么办？假币案一日不破，其流毒、对社会的危害就一直存在。

第六百五十六章　我行，让我去

造假币这事，直接是和国家对着干啊！

这个世界上有一些国家，由于政府不够强力，违法犯罪活动非常猖獗，但是他们国家还是能维持一定的稳定。

但是，那些在自己的纸币管理上出问题的国家，麻烦就大了。

有的国家，好几个政府互相抢着印钱，有的国家一年的通货膨胀率能达到百分之十九万三千，印出来的钱比废纸还不值钱，最终只能使用他国货币，哪里还有自由可言？

魏局一直没有表态。

因为出现了命案，探组进行了扩大化，这也是不可避免的事情。

总队三支队的刑警和四支队的法医来了差不多十五人，支队级领导也来了三个，全部签署了保密协议。

扩大化其实也就意味着，王华东的卧底工作真的取消了。

现在的两派，都观点鲜明。

魏局一直也没有发话，他还得向他的领导汇报这个案子的情况，可想而知，今晚肯定是个不眠夜。

材料汇总、情报分析，王亮认真地做着这些工作，白松则讲了半天这个案子的情况。

随着新参与的人对案子熟悉到了一定的程度，终于有副支队长级别的人物发话了。

"我还是建议再查几天,之前的这几位,一周的时间,成果斐然,我们现在这么多人,兵强马壮,可能再有三天的时间,就会有几倍的情报摆在这里。"

"嗯,我也同意这个观点。从目前的情况来说,王华东还是安全的,完全可以再担任几天卧底任务,我们现在人手多,也能提供更多的外围保护。而且,我觉得已经可以让王华东携带一定的电子传输设备了。"另一位副支队长也表态,"从目前这个公司的情况来说,几天内再有第二个命案,也基本上不可能。"

魏局没发话,把目光投向了第三位支队长。这位是四支队的一把手,比三支队的这两位副职官大一些,只是他和秦无双有点像,属于技术型的领导。

"这个命案,现在想获取证据,难度都已经很大了。"这位简单地表了态,没有多说话。

魏局点了点头,又把目光投向了白松。

魏局不能像那两个副支队长说的那样,简简单单地把王华东派去当卧底。万一王华东有个三长两短,那两个副支队长又没责任……但是,他又不能随便说,这个案子查了半截,就先这样。

白松感受到了魏局的目光,他微微挪开,没接茬。

"刘队,这个案子一直是你负责,你来说说话。"魏局望向了刘刚。

白松猛地一皱眉,魏局啥意思?三个支队领导说完话,让刘刚说话?这不是坑刘刚吗?说什么不得罪人?魏局怎么会这么做?

一瞬间,白松想明白了,魏局这是逼他说话啊!他不是刑总的人,刚刚介绍案子也一直在说话,他现在再分析案子,也不存在得罪不得罪,但是一直不发言的刘刚这个时候说话,那就不对了啊!

刘刚是个老实人,看了一眼王华东,深吸一口气,就准备说话。

"魏局,我有话想说。"这个时候,柳书元一下子插话进来。

大家的视线全部转到了柳书元这里,却没有人不高兴,至少表面上是这样。

"我们今天去查的那个单位,也就是白所对情报分析的排序第三的那个地方,我觉得这个线索的价值确实是不小,应该被重视。"

嗯?魏局也来了兴致,他没想到柳书元提到的是这个。

这真是给白松长脸啊!白松提到的第一个线索,发现了命案;第二个线索,发现了和以前关联比较弱的线索;第三个线索,居然也有成绩?

这个白所,情报归纳的能力这么强?

"你说说。"魏局点了点头。

"这个公司是所有的公司里,与这家运输公司交易最密切的一家。"柳书元道,"由于这家运输公司做的是短途城区内厢货运输,所以这家公司有时候也会找运输公司托运一些价值比较高的物品,而每次有这类情况,都是临时安排,而且会派人跟随,从头到尾地跟随。"

魏局没太听明白柳书元想表达什么意思,但是又不好发问,于是他看向了一个副支队长。

那位刚准备问,白松说话了。

"魏局、几位支队长、刘队,"白松看了看大家,说道,"我有个想法,明天,王华东照常进入运输公司上班,继续工作。这个案子,距离真正的获取有价值的线索,可能就是一步之遥,我们必须抓紧现在的时间,拖不得,我请求再给我们探组一天的时间。"

魏局刚要说什么,突然卡壳了。一天的时间?一天的时间能干吗?

"说说你的方案。"魏局等白松说话已经等很久了,虽然白松的话听着很扯,但他还是沉下心来准备听听,这倒是让几个刚刚差点沉不住气要说话的支队长很是吃惊。

"明天王华东继续进去,然后让柳书元做一定的伪装,去他说的这家公司担任跟货员,来这边拉几趟货,做一个内外信息的接应和交流人员。我会做一个伪装,明天进去应聘一天的工作。"

"你要进去?"魏局明白白松为啥同意让王华东回去了,原来白松也要进去，魏局想了想，"你的情况？"

"我也学过伪装，时间久了不行，但是一天，我有信心。至于方式，今晚我能搞定。"白松道，"我只要一天的时间，如果一天内什么都没有发现，那只能动手抓人了。"

白松这样，算是把推迟几天的方案彻底取消了，但所有人都被他大胆的想法镇住了，几个支队长都没说话。

这个白所长，难道不知道这样说要负的责任有多大吗？

第六百五十七章　兵不厌诈（1）

"白探长的意见，就是我的意见。"刘刚特地使用了探长这个称呼。

白松是这个探组的副探长，刘刚这么说，就是要扛责任了。

"书元，你说的那个公司的跟货员，一般是几个人？"魏局问道。

"一到两人。"柳书元道，"视情况而定。"

"那行，公司的事情总队负责联系，明天你和三支队的梁队一起去。"魏局说完，看向白松，"安全第一。"

有白松和王华东互相照应，有梁队和柳书元穿插配合，又有这么多的外围保障，即便这个老板真的丧心病狂，有什么不轨的举动，警方也基本万无一失。

白松的实战能力，是经过柳副局长、魏副总队长、房政委检验的，自保能力绝对一流。而白松打算怎么做，魏局没问，现在人太多了。

"一直到明天晚上行动之前，在座的所有同志，除了出去执行任务的外，全部住在单位，不能离开总队，所有通信工具统一保管。"魏局看向内勤岳师傅，"给所有人统计一下家里的电话，总队负责通知大家的家属，今晚全体加班。"

"收到。"岳师傅点了点头。

从这一刻开始，查案时间只剩明天一个白天。如果严谨一点，还包括今天晚上。

魏局继续讲了讲明天的分工，最后道："包括我在内的所有人，一切以前线为准。梁队、白所、王华东、柳书元，他们四位有任何需要帮助的地方，所有同志都可以在不汇报的前提下，尽其所能地提供帮助。"

"魏局，今晚我有一个事情，需要大家帮忙。"白松看了看周围，"所有人。"

晚上 11 点多，第一个司机被总队派去的四个人秘密地带到了总队的六楼。

当初离开的四个司机，这一位是唯一被找到的。

倒不是说他好找，实际上市局找到他也费了不少工夫，之前也没怎么重视这个人，而现在与他同行的人死掉了一位，那这个司机就很关键了。

除了他之外，另外俩司机的妻子肯定也知道什么，但是现在还不到动的时候，那两位太容易打草惊蛇。不过，从今晚开始，已经开始对这两个人的家进行 24 小时的监控了。

司机被带到这里，显得非常紧张。

"伯伯，嘛（什么）事您说，怎么了这是？"司机看到白松，不由得还在四处张望。

这个足足有七八十平方米的屋子里，就只有他和白松两个人。

他有前科，以前和警察也打过交道。派出所和刑警队他谈不上熟，但是也没什么怕的，只是这次被带到了这里，他真的有点慌。什么样的案子，怎么直接给带到市公安局大院里了？这间大屋子也完全不能给他安全感，他张望了好几圈，就白松一个人。

"伯伯，您……"

"我是在救你。"白松淡淡地说了一句，"但是需要你配合。"

"我配合，我肯定配合啊。"这个司机客气话立刻就吐出了口，"我可是老实巴交的好市民啊，有啥事您言语一声，保证办好，不打折扣。"

"你们当初离开的司机，有四个人，对吧？"白松问道。

"呃……我不知道，我只知道我自己走了，"司机看白松要说话，连忙道，"伯伯，前段时间这个事问了我好几遍了，我知道的都跟您说了。"

"你知不知道，跟你一起离开运输公司的司机，死了？"白松道。

"嗯……"司机唯唯诺诺地说道，眼睛到处看，心思根本就没在白松这里。

"前段时间港口的事，你听过吗？"白松问道。

"什么港口的事情？"司机一愣，港口？走私的事情被查到了？

白松这句话还是引起了他的遐想。他当然知道这个运输公司拉港口的货，来源肯定有问题，但是他真的不明白白松说的港口是什么意思。难不成那个死掉的司机被人扔到了海里？嗯……倒也有可能。

"你就不好奇这三个人是怎么死的吗？"白松想说的死了三个人，是港口案的三个死去的女主播，但是此时司机一听，肯定会以为是另外三个司机。

"三……"司机脱口而出，瞳孔瞬间放大，紧接着觉得自己好像是被套路了，摩挲了自己的手指，缓缓安静了下来，接着道，"谁死了和我也没关系。"

"行，你走吧。"白松点了点头，"我倒是小看了你，本来我担心下一个会轮到你，想给你申请保护，现在看来没这个必要。把这个字签了，你就可以走了。"

说完，白松拿出一份保密协议来。

这份协议的内容非常通俗易懂，简单来说，就是白松在这里和他说的一切话都禁止外泄，上面还写了"注意安全"等字样。保密协议的第二页，标注了司机住所周围六个派出所的值班电话，这页是留给司机的。

"这是……？"司机有些发慌，仔细地看了看，也没发现套路，于是签了字，然后才发现有第二页。

"我该说的都已经跟你说了，我也不能信任你，你自己是什么人你自己也知道。但是，如果你遇到了危险，这是你家附近六个派出所的电话，应该够了。"白松道，"行了，别多问了，你走吧。"

司机浑浑噩噩地下了楼。

第六百五十七章　兵不厌诈（1）

第六百五十八章　兵不厌诈（2）

司机来的时候，想了一万个可能，唯独没想到就这么让他走了。市局大院他还是第一次来，就这么让他走了？

司机脑子还不大灵光呢，电梯却很快，一楼转瞬即至。他出了电梯，发现一楼的大门被打开了，陆陆续续进来了好几个警察。

总队一楼的大厅非常庄重恢宏，司机作为一个有前科的人，现在又心虚，后背还有点汗，在这环境下很难挺直腰板。他看着几个警察进来，下意识地贴着墙边低头往外走。

好几个警察看了他一眼，但是也没有人过来盘问。大机关就是这样，少有人会去过问别人的事情。

司机走出了大门，心中没由来地松了口气，好压抑啊！虽然现在还没出市局大院，但是出了这个建筑，他就舒服很多了。要不说公检法的大楼都那么庄严肃穆，确实是有道理，心虚的人在这种地方，就是会觉得压抑、难受。

眼睛逐渐适应了外面路灯的光亮，司机突然发现，有六七个警察，正在从三辆车里往外抬三个黑袋子，这几个警察把袋子抬出来，车厢里又陆陆续续出来了六七个警察。四个人一个袋子，用担架抬着，行色匆匆地进了大楼。

一种莫名而来的恐惧，在这一瞬填满了司机的脑海。司机不知道自己怎么挪的双腿，等他回过神的时候，已经不知道走到了哪里。

"干吗的？"一个警察拦住了司机的去路。

"啊？警官，我……我没找到出去的路。"司机看了看四周，"市局大院太大了。"

"你来干吗的？"警察看他不像好人，于是盘问道。

解释了一会儿，司机拿出白松给他的那张记录了六个派出所联系方式的A4纸："这是那个领导给我的。"

警察拿过这张纸，掏出手机打开手电功能，然后仔细地看了看，接着用一种很怜悯的眼神看了看司机："那行吧，大门在那边，你过去的时候跟武警说一声，就可以出去了。"

警察说完就走了。

司机这才从刚刚浑浑噩噩的状态里出来。他鼓足勇气，向着大门口方向走了七八分钟，终于见到了大门。

市局门口的武警战士看到司机，听了司机的解释，看了司机手里的A4纸，打开了供人通行的小门，放行。

门外和门内完全是两个世界。

若是平日里，司机一辈子不会想进这个院子，但是，此时看了看外面零星的路灯，司机踌躇了。

迈步出去？

司机自认不是什么好人，但是此时，身边的武警战士却给了他无限的安全感，距离这个小门越近，他越是心虚。

外面，安全吗？

他回想白松说的每一句话，他相信白松没有骗他。

而那三个袋子，百分之百是尸体袋！

还有什么比命更重要吗？

"等啥呢？要出去就快点。"武警催促道。

"解放军战士您好……我突然有点事，我想问您一下，这张A4纸落款的这个刑侦总队的大楼，在哪个方向？"

凌晨一点钟，白松如愿获得了非常重要的线索。

在可能存在的死亡威胁下，司机主动地寻求警察帮助，并且全招了出来。他知道不招也没用，警察肯定会把运输公司的人全抓了，他既然要和警察合作，那不如就彻底一点。

这家运输公司，其实是和大黑杨庆福有关联的，和张左也认识，帮忙运输了不少的东西。

一个多月前，大黑那边倒霉了，张左也被抓了，运输公司为了彻底断掉联系，就把专门跑那边的活的四个司机叫到了一起，好好开了个会。会议的主要内容就是保密，任何一个人供出来，其他人谁也别想好。

老板提出了两个方案：第一个方案是继续在公司工作，但是不在这里当司机，以后也不抛头露面，主要是负责老板别的产业，工资翻五倍。第二个方案是拿十万元封口费就走，永远都闭嘴。

如果遇到警察招供出来，对招供的人也没有好处，十万元就没了，所以老板的方案还是很靠谱的。

但是，人心不足蛇吞象，就有一个人嫌少。

这些人也都不是啥好人，谁都自私，为自己考虑，但老板也不是善茬。老板当时就很不高兴，最关键的是，这个人说出这个"嫌少"的话，是当着另外几个人的面说的。

这个司机想得很简单，人多的话，首先就是安全，其次就是可以形成统一战线，让老板必须提高待遇。

但是，剩下的三个人不傻，没人跟他尿一壶。

如果他私下去聊聊，老板再给他拿几万元封口费也不是不可能，但是这么一说，老板就得给四个人都加钱，不患寡而患不均嘛！

这老板可不是好人，当时就拒绝了。

后来，多要钱的司机的下场，大家也都是知道的。不过，傻子没人会怜惜。

被白松叫过来的这个司机可不傻，乖乖地拿着十万元就走了，然后一直也是守口如瓶，他知道老板没必要杀他，他又不是孤身一人，真的死了，肯定会引警察来查。

但是，今天他得知三个人全死了，他的想法就彻底变了。

这个司机算是老板曾经的心腹了，和白松聊开了之后，讲了很多秘密，这对于白松天亮后的潜入有很大的帮助，而且也让白松对这个公司有了更深的理解。

虽然，这个司机的叙述还不能直接证明老板是杀害另一个司机的凶手，但是案子已经明朗了很多。

那两个拿五倍工资的司机早晚会回家，只要对他们多跟随一下，肯定能发现端倪。

一个晚上，白松没怎么休息，第二天一大早他就先去了理发店，剃了个大光头。

他要伪装成一个输了一夜钱的赌徒！

摸了摸自己的光头，白松感觉心情非常不错。

我变秃了，也变强了！

初春的微风从光可鉴人的脑袋瓜上拂过，白松感觉有点凉，不由得扯了扯衣服，紧了紧身上的防刺服。

第六百五十九章　白松搅局

　　警察除了天然秃顶的之外,是不允许留光头的,这个违反警容风纪。分局法制科有几个领导发际线已经到了后脑勺,也还是保留了一点,也只有极个别的干脆把烦恼丝都清空了。
　　一瞬间,白松就成了九河分局历史上最年轻的光头。
　　他做的伪装还是得到王华东认可的,显得比他现在的样子成熟和沧桑了一些,身上也做了一点伪装,显得有些小肚腩。

　　周一有点阴天,王华东照常去上班,今天老板不在。
　　老板是肯定不在的,今天早上老板要出门的时候,有四五个穿制服的警察在老板家附近转悠了几圈,讨论的好像是什么有小偷藏匿在这个小区里,准备挨家挨户核查。
　　老板有点担心老婆一个人在家搞不定,有些多疑的他打算在家里多待一会儿。就是多待这会儿,昨天晚上被警察成功策反的那个司机到了老板家里,敲了敲门。
　　"你怎么来了?"老板有些狐疑地看了看周围。
　　"王总,有警察堵我,我在你家待一会儿,一会儿千万不要说我在这里啊!"司机说完就钻了进去。
　　类似于这个司机这类人,社会经验很丰富,倒不是说他们智商高,而是经历得多,权衡利弊的能力很强。也正因为如此,这类人反而可以和警察合作。

"你有病吧?!偷东西跑到我们小区偷?"老板气不打一处来,但这个司机都已经进来了,如果在门口争执一顿,肯定会把警察引过来,反而就这般把他放进来躲一会儿,警察大概率能被糊弄过去,老板想了想道,"万一警察非要进来,你就跳窗户出去。"

这个司机也不傻,嘿嘿地笑着,说没问题,躲过这阵子就走。这小区都是一些有钱人住,过来偷东西也没啥稀奇的,老板也懒得骂他了,他之前招的都是些什么人,他自己清楚。

这个老板不可能对司机怎么着,司机身上的手机却一直开着通话模式,与外界保持着联系。

白松这般安排,肯定能拖住这个老板最少一上午,至于这个司机会不会和这个老板合作,那是不需要考虑的事情。

现在和警察合作,肯定是算立功的,在这个节骨眼上,警察还在挨家挨户地查呢,老板还能在自己家里把司机杀了不成?这是不可能的。警察真的要入户查,他家住二楼,司机完全可以跳出去,但是杀了,放哪里啊?

而警方也告诉司机了,中午时分就可以离开,然后老板就会被抓,所以,司机就算是傻子,也不可能和老板合作了。

这种人哪有什么感情可言?利益是第一位的。

白松进入应聘的公司后,还是一样的流程,门卫指了路,然后让白松去那边的平房。

白松很客气,直接就给门卫递了一盒红塔山。

"小伙子一看就没问题,你这个个子,看着就一膀子力气,老板就喜欢你这样的。"门卫挺高兴,鼓励了白松一句。

老板就喜欢壮实的?白松琢磨了一下这句话,然后就往里面走。

好像那两个被委以重任的司机,都是身材比较壮的……是那边的工作岗位有体力工作吗?白松不由得想了起来。

白松进了屋子,看了一圈,目光在每个人身上都没停留,接着望向了打算主动和他说话的人。对方还没有开口，他就先掏出了玉溪："抽烟，抽烟。"

倒也不是特别贵的烟，但是白松给大家递烟，大家多少也给新人一点点面子，纷纷接了过来。

刚刚不经意间，白松从王华东那里得知了一个重要线索，屋里面的人中，有一个是老板的心腹。

这个人其貌不扬，和小侯等一样，都是这里的司机。白松有他的资料，这个人叫"炭头"，黑不溜秋的，看着鬼精鬼精的，在这里混得还算可以。

今天王华东照常过来，这个炭头刻意地观察了一下王华东的后脖颈。如果王华东不知道这个事，肯定也发现不了炭头的眼神。

华东后颈的痕迹早就没了，也没有多在意，和大家随便侃着。

"不聊了，拿着钥匙，干活去。"还是那个接待王华东的文身男，他给几个人派了活，接着就对白松说道，"刚刚联系了老板，他今天上午可能来不了了，让你下午再过来。"

白松一脸疑惑："把我在这里晾了半天，你他妈做不了主在这里和我叨叨啥呢？"

文身男也没想到，刚刚来这里就散烟的这个高个子光头，居然说话这么冲。

本来好几个人都准备出车了，碰到这个热闹，自然是不愿意放过，纷纷停下了脚步，有的直接就和白松废话了几句。

"不想在这里干可以走，"文身男压住了火气，"别在我的地方整事啊。"

"我上个礼拜路过，说招人，今天来也说招人，结果啥事也没安排就让我走，什么破地方。"白松哼了一句，就准备走。

王华东在那里看热闹，他见文身男看了看炭头，然后炭头微微点了点头，文身男便道："要走请便。"

白松已经转过身，倒是没看到这一幕，但是这样就与他的初步计划有些相悖了。本来他觉得这个文身男不会让他走，这里正值用人之际，而且老板还需要身强力壮的人，让他走，文身男不好交代。

但是显然这里还有能够决定事情的人，白松没有看王华东，但是他大概也能猜到是炭头或是小侯。

"我听人说这个地方有快钱，老板也够意思，结果就介（这）……"白松哼唧了一声，转头就走。

放狠话不动手，这帮人立刻就觉得没意思，纷纷嘟囔着一些没营养的话，白松耳尖，一下子转过身来，冲着小侯就吼道："你他妈再多说一句试试?!"

小侯刚刚确实也讥讽了几句，但是声音不算大，可没想到白松听到了他的话，直接就站到了他面前。

他的个头也就到白松的胸口位置，被白松撑完直接愣了，啥也不敢说。

"别在这里闹事啊，让你滚就快滚。"王华东吐了口痰，站到了两个人中间。

第六百六十章　浑水摸鱼

"你他妈算老几?"白松看样子是火了,一巴掌就扇在了王华东脸上。

这一巴掌可是有技巧的,没啥力道,但是声音很响。

打巴掌是有学问的,如果把手使劲伸平整,用手心的地方拍脸,那力道非常足,但是没什么声音。而如果手放松下来,手掌和被袭的脸部完美贴合,那就可以拍出声音清脆的巴掌来。

白松为了打响巴掌,昨天晚上还练了一会儿,差点把自己的脸拍肿。

王华东顺势一个趔趄,直接就火了,上来就朝着白松的肚子全力揍了一拳。

这一拳可真是使了劲的!

一般的人挨这么一拳是肯定受不了的,白松就算绷紧腹肌也会很疼。但是,白松肚子这里垫了好几公斤的硅胶和塑料夹板,其实是不算疼的。

白松装作疼得往后倒退了几步,面露痛苦之色,双手捂住了肚子,然后颤抖着身子就要发作。

这一切都发生在电光石火之间,周围的人这才反应过来,连忙去拦住了准备继续动手的白松。

小侯都蒙了,他也没想到付斌这么帮忙,不由得有些感动,连道:"别打了,都在外面混饭吃,没必要没必要。"

"放你妈的狗屁!"白松颤抖着冲着小侯骂完,接着看向王华东,"行,你们人多,你他妈给我等着,要不今晚咱俩找个地方练练,要不约个地方,你他妈随便喊人,不去的是孙子!"

文身男觉得这个事有些不好收场，他现在也不可能真的把白松赶出去。

白松伪装的这种人其实是不怎么受人喜欢的，喜怒无常，办事有点不经过大脑，容易闯祸。但是这种人又确实是大家都怕的，软的怕硬的，硬的怕愣的。

别看这些人都不是好人，但是谁都怕愣头青，尤其是白松这个身材的愣头青，真跟他干起仗来，谁都含糊。

别的不说，就付斌刚刚那一拳，从速度和拳力上来看，绝对是实打实的一拳，大家都打过架，知道这个演不出来。而这个傻大个，挨了这么一拳，三五秒就能缓过来，抗击打能力这么强，再有点蛮力，三两个人也打不过。

文身男还真的不敢让白松走了。白松要真的走了，和付斌杠上了，真的在门口约一架，对运输公司来说绝对是坏事，还不如先稳住，等老板来处理。

"大个，你先动手打人，人家打你一拳，你也没受伤，这个事算扯平了。打人不打脸，我这么说够给你面子了。"文身男过来打了个圆场，拿出一盒中华，给大家发了发烟，然后用眼神示意王华东快点出去干活。

王华东打了一拳，似乎也知道不是对手，就灰溜溜地跟着小侯出去了。

剩下的人也觉得没意思，一个个都出去了。

"这个事就算过去了，冤家宜解不宜结，下午老板过来，你和老板好好谈谈待遇。你就在这边先休息吧，中午食堂管饭。"文身男道。

"要不是昨天晚上在大肚那个局子输了二十来个，我能来这边干这个？这就是给你们老板面子。"白松丝毫不领情，找了个刚刚一个哥们待过的躺椅，就躺了下去。

文身男听罢，也没有多做表示。他知道这个大个肯定不能留，回头让老板来操心吧。

白松这个造型，实在是太唬人了，他做了伪装之后，看着最起码有200斤，如果再拿把戒刀，说他是鲁智深都有人信。

文身男在屋里陪白松待了一支烟的工夫，觉得没劲，就直接走了，屋子里就剩下了白松一个人。

白松自然知道屋里有监控，也没做什么乱七八糟的举动。过了会儿，他从屋子里出来，找了个厕所撒了尿，接着去院子里溜达了一阵。

刚刚在厕所的时候，白松用自己身上带的笔和纸条写下了一些线索，可以确定炭头是核心人员，需要全力调查。

他身上也没有电子设备，还是最原始的东西比较靠谱。

刚刚王华东打完白松之后，刻意地往炭头那里躲了一步，白松已经能确定炭头的身份不简单了。

运输公司的这个院子，经得起任何人查，所以王华东和白松来的时候，门房就直接放行。白松在院里溜达，也没人管他。

他正溜达着，院子里的车子陆陆续续地开出去一大半，还有的在那里卸车。

运输公司有车库，也能提供一定的仓储服务，如果客户要求拉的东西得先存几天，就可以临时在这里放一段时间，收费倒也不高。

逢年过节，一些卖酒的公司临时仓储一些酒，也可能直接租这个公司去拉货，就在这里放两三周。

在这边，白松看到了文身男，上来就给文身男递烟。文身男想了想还是接了过来，然后反问白松："你咋光发烟，自己不抽？"

"先天性肺炎，抽烟就咳嗽，痰多。"白松说道。

肺炎其实没有真正意义上的先天性，但这么说也没啥错，一般指的是新生儿感染性肺炎。不过文身不想知道那么多，他听到白松说痰多的时候，立刻就点了点头："那不抽也挺好。"

虽然白松不会被留在这里，但是如果白松也是个痰盂守护者，想想都受不了，一个付斌已经够折磨人了。

"你们在这里干吗？"白松指了指一个叉车，有人正在从车上卸货，他在旁边看到了柳书元。

"他们公司有一批陶瓷，得放咱们这里俩礼拜，这玩意太重了，工人挂叉车呢。"文身男走到了车厢后面,认真地看着车厢。

这是大清早就出去拉的货,一会儿入库后,要上封条签字清点的。这批货倒不是名贵陶瓷,但加起来也有几万元,尤其是那一对超大的花瓶,这一对就价值一万八千元。

"紧了吗?"叉车司机喊道。

叉车臂深入了车厢之后,司机看不太清楚里面的情况,有点黑,只能靠语言交流。

"没问题,起。"里面的人确认了一下,说道。

叉车缓缓抬起,这一组陶瓷碟子是用木方格和粗麻绳固定的,差不多有一千个瓷盘子,重量500多斤,叉车还是很容易就抬了起来。

这组货刚刚在那边拉货的时候没什么问题,但是此时,绳子刚刚抬起十几厘米,突然就松了,里面的人立刻大喊道:"停!"

叉车司机已经来不及了,整个木方格一下子坠落下去,上面的两个用来固定的木头直接断掉了。

从十几厘米高摔下去,盘子至少震碎了三分之一。

碎了差不多三百个盘子,一个批发价三块多,1000块钱就这么没了。

"怎么回事!"叉车司机跳下车,上前看了一下,"木头质量问题,不是我的错啊。"

这一下,柳书元和梁队也立刻围了上来,看到这个情况也是很着急:"怎么回事?这绳子怎么绑的?这么直接让两根木头受力,能不断吗?必须绑上所有的四根横杠的木头啊!"

这一吵,附近围着的人就有些乱,纷纷凑了过来,想推卸责任。主要是谁也不知道损失了多少,到底多少钱。要是知道就一千块钱怎么都好说,可是碎了那么多瓷器,谁敢说负责?

趁着乱,白松把获取的情报传递给了柳书元。

第六百六十一章　捣乱

其实之前就绑了两根，上车的时候就没事。

绑绳子的人是柳书元等人，大清早装货的时候，柳书元这边的人负责把东西装上车。而到了运输公司之后卸货和过几天再装货，都是运输公司的人负责，因为这里的叉车是运输公司自己的。

现在问题出来了，话说到底，绑两根木棍是错误操作，按照规定，必须全绑上。有些事，不出事就没有事情，出了事，那就是事情。

"这个事我得跟公司报一下。"柳书元拿出了手机。

"哥们儿不着急。"文身男也不愿意节外生枝，能花点钱解决这个事，其实是最简单的。以后这还得继续合作不是？

运输公司又不都是做一些不法物品的运输，正经活也是要干的，大主顾可不能得罪。

"您看看，这个大约损失了多少钱？"光头看了看身边炭头的脸色，接着凑上来向柳书元问道。

"这个……"柳书元把电话放下，翻身进了车厢，打开手电仔细地看了看，"这碎了最起码有一半的碟子，一个碟子进价是……十三块七，这最起码损失六七千啊。"

这价格正好打在了文身男的七寸上。如果再多一些，那就公事公办，运输公司也有保险，超过一万元肯定就报保险了，但是报保险就得通知柳书元那里的公司。如果再少一些，比如说一两千块钱，那就运输公司吃点亏，把钱赔上就行。

六七千……文身男看了好几眼炭头，被炭头瞪了一眼，示意别这么明显。

"别的先不说，先抬下来，统计一下数字。"文身男道，"抬下来，拆开，数数碎了多少，咱们公司是个负责的公司。"

文身男也不傻，先不提价格是多少，他看了看，碎掉的肯定没有一半，先统计一下数字再说。

"行，"柳书元不置可否，"你们弄好了啊，别再摔了。"

接着柳书元往后退了几步，有点不乐意地跟梁队嘟囔了几句，声音虽然不大，但是隔得近的也能听到，就是说第一次来就这么晦气。

显然，柳书元也不想让这些东西碎，他是第一次跟车，出问题总会让领导的第一印象不好。

"来，这个没办法用叉车了，咱们托着底，抬下来。"文身男指挥了周围的三四个人，打算徒手抬下来。

"这玩意可沉啊！"梁队提醒了一句。

"没事，咱们这方面没问题。"文身男觉得这个东西也就二三百斤，四个人没什么问题，结果包括他在内的四个人上去试了半天，都抬不起来，折腾了一会儿，这些货才从距离车厢口一米的地方，推到了车厢口。

炭头身材比较矮小，也上来帮了点忙，但最终还是没使上劲。

"你过来帮个忙，大个，"文身男也有些脱力，没办法，喊了一声白松，"这破玩意看着不沉，但实际可真沉，最起码500斤。"

"好，"白松站在了车厢口，搭上手直接抬住了木框的边，"你们往外推，快要推出来的时候，下车扶着那边。"

"你自己一个人？"文身男一脸震惊。

"二三百斤没得事。"白松有点愣地说道，"我这边出了事，算我的。"

白松这个姿势，类似于硬拉动作里起身后的动作。

他硬拉能到240公斤左右，如果站住了抬这个东西，500斤他自己也能坚持几秒钟，现在只需要抬一边的重量，也就是250斤左右，一点压力也没有。

文身男听白松说愿意承担责任也没有答应，白松是个欠了几十万的赌棍，拿什么赔？于是，他还是帮白松搭了把手，然后五个人一起把东西抬了出来。

五个人围着，就真的有点挤了，尤其是白松和文身男，还是倒着走，就更难受了。

本来是四人一人一边还挺公平，文身男故意和白松在一个边，这样他比较省力。

另外三个人也不傻，两侧的两个人纷纷往文身男和白松的对面挪动。

本来是四个边各承受 125 斤，现在对面三个人承受 250 斤，白松这边两个人承受 250 斤。

走了没几步，文身男不知道被什么绊了一下，站立不稳，一下子脱了手。他一瞬间就肾上腺素飙升，他知道白松这边如果拿不住，一松手，这一箱东西就全部会砸在他身上，这后果简直是不敢想。

倒地的时候，他看到白松稳稳地抬着一半的重量，莫名地有些感动。这个傻大个还真的挺靠谱啊！

但是他的满意还没持续两秒，他刚刚倒地，白松抬着东西又走了几步，后面两个抬东西的人往前走了两步，就踩到了他，直接绊倒。

白松对面的人以及对面偏向右边的人都摔倒，对面靠左边的那个人完全维持不好平衡，这东西直接就朝着被绊倒的两个人那里倒去。要是白松和他对面偏左的人都直接松手，东西原地坠落，就会砸到文身男。

遇到这种事，白松对面偏左边的人也是下意识地稳稳托住，胳膊直接就受不了了。而白松也托得很稳，这些东西立刻就倒向了另外二人。

一时间，神仙难救，500 斤重的木方格直接就砸在了两个人身上，差点散架，大量的盘子碎片四处飞溅，木方格受到斜方向的力也坚持不住了。

两个人的惨叫声响彻云霄，骨折的声音被方格里掉落出来大量的盘子碎裂的声音所掩盖。

木方格如果直接砸地上肯定会烂，但是砸到了人身上，还是坚持住了，只是大量的碎盘子从空隙里落出。

　　砸在人身上的是木方格的一个角，砸到两个人身上之后，还继续向两个人倒去。

　　这要是倒着砸上去，肯定会产生二次伤害，在所有人都愣住的时候，白松已经跨了过去，一把抬住了要倒下的木方格。他想推开，但是力道还是不够，只能勉强支撑，这时候周围几个人才反应过来帮忙，把东西推开了。

　　白松来这里一个小时，运输公司损失了一整件的盘子，两个司机骨折住院，一个司机双臂韧带拉伤。

第六百六十二章　获取线索

不过,文身男此时倒是很感激白松。

这个事是他没站稳才导致的,如果白松这边没拿住,整件货全部砸在他的腰部附近,命估计就交待了!对于这类自私的人来说,宁可别人死也不愿意自己受伤,而现在别人受伤他却没事,他一点心理压力也没有。

"兄弟,这个事,没你我就完了。"120把人拉走之后,文身男还是心有余悸。

"我说了我能托住,这点破玩意,要不是对面那个笨蛋托不住,也不至于砸到人。"白松骂了几句那个肌肉拉伤的人,然后就没有多说。

"兄弟你别拿自己要求别人,二三百斤我也能托住,但是当时已经挺累的,突然加重量估计我也受不了。"文身男说着就要给白松递烟,想了想还是没递出去。

老板中午时分赶过来,听说了今天的事,倒是没有多么不开心。

两个人受伤,医疗费、补偿费加起来三四万块钱,一件货算一万,用钱可以轻松解决。

一旦死了人,尤其是文身男死了,那就真是麻烦大了。文身男可是公司里明面上的管理人员,很难找得到替代者。而且公司要低调行事,意外死亡再引来警察就不是好事了。

老板是个胆大又有智慧的人,但这两个词与"谨慎"并不矛盾。

"大个,在这里好好干。"老板觉得白松有点愣不是坏事,很喜欢白松,

"今天的事，给你拿两千块钱。跟着我好好干，以后要是干得好，有机会我把你那 27 万的账平了。"

白松无比惊讶："老板你怎么知道？"

这个欠账，就是白松主动留给老板去查的。这种事很好安排，至少今天一天不被人查漏了是很容易的。

"行，"老板捏了捏白松的膀子，"下午跟着干活去。"

中午吃饭的时候，周围的人都有些羡慕起白松来。

本来，包括文身男在内，都以为白松这种能惹事又背负了几十万赌债的人，是非常麻烦的人，但是没想到老板还就真的喜欢。

能让老板喜欢和信任的人不多，但是，在大家看来，这些人普遍有一个特点，就是能帮老板赚更多的钱。都想让老板信任，但没那么容易。

白松没有傻乎乎地以为自己真的被信任，他的假身份经不起几个夜晚的流逝，但是现在，一上午下来，他要做的已经做得足够了。

下午的工作比较多，好几家老主顾公司都安排好了运输任务。

本来就忙，柳书元那边今天还有好几个活，公司的人一下子就捉襟见肘了。

尤其是受伤的这几个人，还都是老板信任的人！这几个人平日里一直都跟着文身男，算是"嫡系"的司机了，这一下子折损了三个。

下午一点多，文身男进了给白松安排的临时休息处，喊道："走，有趟活，咱俩去一趟。"

"好。"白松不紧不慢地穿好鞋子，然后又开始穿外套。

"快点，别磨叽。"

"好。"白松立刻站了起来，小肚腩轻微晃了晃，就把衣服套了上去。

白松来这里才半天，就获得了王华东一周都没有获得的信任，这里面最关键的问题是，出现了信息差。

第六百六十二章　获取线索 | 273

其实，对于老板来说，白松还需要再考验几天。但并不是核心圈的文身男误认为老板已经很信任白松了。

下午的时候，老板出去了一趟，通知文身男出去有事，文身男也就带走了白松。

白松也不露怯，直接就上了车。

他现在就担心一件事，王华东上午出去，就一直没回来。出去了的车，尤其王华东在的车子，是一直有人监控的，在外面反倒是比院里还安全，但是不在自己视线里，他总是有些担心。

"咱们要去哪里？"白松问道。

"嘿，大个，算你运气好，一来就被老板信任，能去参加这样的活，"文身男说完都有些羡慕，"这趟又能给你分两千块钱。"

"这么好？"白松有些警觉，"你们老板这么大方，会不会有问题啊？我怎么担心这是让咱们贩白粉啊？要是这样我可不干啊，关几年大狱没事，要是吃枪子，谁爱吃谁吃，我可不吃。"

"怎么可能？那玩意多贵，能让咱们去运？想啥呢？"文身男骂道，"一会儿少说话就是，把货拉到目的地就是了。"

"好。"白松抽出一根烟，也没有递给文身男，而是直接闻了闻味道，接着又放回了盒子。

这倒把文身男吓了一跳，他就怕白松抽烟，如果这个大个也是抽烟就有痰，那这个体格子得产生多少痰？想想太恶心了！

白松优哉游哉，跟着车就到了一个纺织厂，他没什么特殊的表情，但是心里有些疑惑。

这个地方，他以前查到过，确实是有运输公司的人来过，但是公司的人也都没什么问题。

"你不要下车，一会儿跟着车，把这些半成品的棉花送到市郊，咱们的工作就完成了，简单吧？"文身男心道，这次就算是报白松的救命之恩了！

他带白松来，最关键的就是，他老板都奖励了白松两千元钱，他作为被救命的对象，怎么能不表示表示？于是便慷他人之慨，让白松通过这个方式赚两千元。

这也就是报恩了。

"不用下车就能拿两千元？这不错啊！"白松顿感美滋滋。

不用下车，从后视镜白松就能看得出来，是棉花的产品，包括并不限于棉被、褥子、棉袄等东西。

除此之外，白松还看到了几袋子未加工的棉花，这些棉花看似很普通，但是远远看去，品质非常好，不知道具体会用来做什么。

车子离开这里后，花了一个多小时才开到了郊区。这边早就没了监控，文身男停下车，路边出来几个人，把车上的几袋子棉花给抱了下来。

白松从后视镜里看到这几个人简单地检查了一下棉花。

为什么检查棉花？不应该检查这里面的东西吗？

带着疑问，车子与另外一辆车擦肩而过，白松突然想到了什么。

造人民币用的纸，需要短绒棉！

第六百六十三章　白大胆

刚刚和白松的车子擦肩而过的，是市局的车。

白松出来之后，门口负责盯梢的人就从白松的眼神里看明白了白松的意思。

"这趟车很重要。"

跟梢汽车最忌讳的就是一直跟车，很容易被人发现，不过用三辆车穿插，再利用摄像头追踪，这个问题就非常容易解决了。

白松也没想到，今天真的堵到了可能存在的制造假币的线索——棉。

关于制造假币，全世界最大的假币团伙，基本上都集中在美钞领域。早期的纸张在施胶的时候使用松香胶，是酸性物质，不利于纸张长期保存，后来随着技术的进步，都是碱性施胶，所以现在无酸纸是没有任何技术门槛的。

短绒棉，又叫棉短绒，也叫棉籽绒，工业上用这个东西来提取纤维素。

众所周知，美钞就是使用无酸纸来印刷的。而人民币则不然，看起来是纸质，其实是短绒棉等多种天然材料混合而成的。

为了查这个案子，市局也找了不少以前全国各地发现的假币案，基本上都是使用普通的纸张进行印染的。而最近市面上涌现的一部分假币，却是使用短绒棉印染的，技术十分先进，一些老旧的验钞机都能骗过去。

有的验钞机还不如人眼。用荧光灯照射面额数字的上方，可以用人眼看荧光位置是否完整、线条是否细腻；人眼直接在太阳光下看水印，也能看出来水印的图片是否完美。而一些原始的验钞机，只是自动识别一下荧光。

跟车返回的路上，白松心绪早已经不在这里了。

"想什么呢？"文身男开着车，看白松有些走神，问道。

白松被文身男叫了一声，才发现自己的状态不对劲，索性没有理文身男，立刻开始望梅止渴。

"喂，我叫你呢。"文身男有些狐疑，伸手推了白松一把。

"吸溜……"白松一下子反应了过来，"没事没事。"

文身男看白松刚刚差点落在车上的口水，有些无语："这才下午三点多，你就饿了？"

"嘿，你懂啥？我馋的不是饭……这不是今天能赚四千块钱吗？这够我找俩姑娘了……"白松咽了一口唾沫。

"四千块钱找俩？这么贵？哪啊我×？"文身男也露出了一种"我懂"的表情，"质量很高啊？"

"没有，花两千，留两千，万一被人堵了，还能让人家缓一缓。"白松晃了晃肩膀。

"我说大个，你欠几十万，两千就能缓？"文身男一脸不信，"最起码拿两万出来，这事才有的谈吧？"

"两千，够了。"白松握了握拳头，关节发出噼啪的声响，"反正我说两千缓一缓，一般都能缓一缓。"

文身男羡慕地点了点头："对，要是我找你要账，估计带三四个人都含糊，能拿到两千，剩下的事情下回再说，也不是不可以。"

"那是，"白松得意地说道，"但是一分钱没有也不行，给两千就是个面子问题。不过，话说回来，咱们这里这种活多不多？有没有来钱更快的活啊？"

"这还不够快？你这一天除了老板奖励的之外，这又有两千块钱了，你现在出去打零工，一个月才能赚两千。"

"打工？"白松瞥了文身男一眼，似乎对这个词有些看不起。

"我就做个比方，在这边好好干，还是够吃够喝的。"文身男觉得自己已经老了，他明明是个坏人，怎么在白松面前反倒是劝人为善的好人了？

"我最多的时候，一晚上赢了 19 万。"白松说起这个有点眉飞色舞。

文身男轻轻嗤笑了一下，他也玩钱，但是这几年在运输公司能赚到钱，还是很少去玩那么大。

赌博赢多少钱都不是本事，这东西就去拼概率，赌得越多，输得越多。

初始输赢概率都是 50% 的赌博，因为赢钱有 10% 的抽水，就必须保持胜率在 52%。以上才能不亏。

最关键的是，哪有胜率 50% 的赌博？如果赌场不作弊，胜率一般也都是在 40% 到 48% 之间。有的人通过精算牌面，可以做到 53% 左右的胜率，但是面对抽水，最终输得裤子都没的，也有的是。

久赌还能赢，不亚于连着买彩票都是一等奖。这道理，赌徒都懂，而且赌徒里五十步笑百步的情况过于常见。

文身男这些年玩牌也输过不少，但是他知道白松前几天一晚上输了 27 万元，就觉得白松是个大傻子。能赢 19 万元有啥用？最后还不是不够填坑？

文身男莫名地有了一种优越感，说道："所以你现在有多少钱？"

"不碍事。"白松笑容不减，"中午吃饭的时候有人说大家伙儿也都下过队（进过监狱），但是现在为了这点钱就老老实实，要我说，咱们这个老板不简单，是做大事的人，用不了多久，我肯定就能跟着老板，混得比你强。"

这话文身男不乐意听了，这个新人能在这里待着，跟他有很大的关系，怎么这么愣？不知道自己几斤几两了？

"这行水深着呢，你才能看到哪？"文身男损了白松一句。

"你懂啥？"白松用拳头捶了捶车门，车门咚咚作响，"我以前，在甘宁地区卖过男伢子，你知道那玩意一趟多少钱吗？我都问了不少明白人，反正，被抓了我就下队，只要不至于一次就枪毙，天底下没有我不敢干的！我告诉你吧，我敢挣也敢花，两千块钱去玩一晚上不算啥，我一晚上为了玩，花六七万的时候都有，你见识过吗？"

文身男平日里在运输公司算是很凶的了，欺负小侯甚至王华东这样的都非常轻松，现在遇到白松这个滚刀肉，还真的降不住了。

这就有点尴尬了啊……

文身男看了看自己的花臂，再看了看白松的大光头，他有点恍惚：其实，我是一个好人？

第六百六十四章　钓鱼

文身男带着白松,也是觉得白松能打、虎背熊腰的,带着这样的小弟出去多威风啊!但是,好像白松并没有想成为他小弟的觉悟啊!

"那你还是别在这里混了。"文身男气不过,讥讽道,"咱们这里有你说的那种大活,你敢接吗?"

"有啥不敢的?"白松一秒钟都没想,脱口而出。

文身男一下子被白松撑得卡住了,车里瞬间安静了下来。

就在这时,车载的一个音响发出了两三声刺刺啦啦的声音,接着老板的声音从音响里传了出来:"一会儿回公司,来找我一趟。"

以前哥几个坐在一起聊天的时候,都讨论过大家各自擅长什么东西,哥几个都损白松,说他最擅长吹牛。

事实上,白松这种人要不是体貌特征过于不适合潜入敌后当卧底,肯定是比王华东更能胜任这个工作。

自从当初被陈建伟的闺女陈敏指出他扯的关于租房的事情有漏洞之后,白松就痛定思痛,博闻强记,四处交友。现在各行各业各学科的知识他都大体知道一点,基本上可以做到把吹牛和人设完美结合,让人信服。

文身男一路上再也没说过话。

他虽然也知道这些车上都有监控,但是从来没有被老板这么直接喊话过。他非常后悔,很多话,他都不该说啊!

时间久了谁都会疏忽大意，文身男以前在车上什么乱七八糟的都不会说，后来当了管事的以后，很多事就没有以前那么注意了，结果今天就说了很多不该说的话。

就他今天说的这些，白松就不能走了！

白松不傻，但是狠、愣，这种人为了利益太容易出卖人。如果让白松离开这个地方，回头哪天他为了钱再过来找老板，说"你给我多少钱，不然我把你们干违法的事情捅出去"……这种杀敌一千、自损八百的二愣子行为，他绝对干得出来！

不过，老板也有办法，白松这种人，也有妙用。

运输公司，老板办公室内。

"刚刚说的这个待遇，你看还可以吗？"老板笑眯眯地倒了一杯茶，递给了白松。白松端过来一饮而尽："这个事妥，但是最后要是真的有事，100万太少了。"

"美金。"老板笑容不减。

"哈？"白松的表情瞬间变得很灿烂，嘴巴咧开，笑道，"你在耍我？"

老板的办公室，王华东曾经进来过一次。而王华东来的那天，交委的检查组也来过一次，用的就是老板日常使用的这套接待客人的杯子，这个情报白松是掌握的。

如果刚刚递过来的是别的杯子，白松是不会喝的。

当然，这个不是最关键的原因，最关键的是，老板不可能想通过这个办法置白松于死地，白松这类人，想害死太容易了。

许一个空头承诺，然后让白松去送死都很简单，在这里把白松害死，这200多斤怎么处理？

而事实上，老板提到的这个事，基本上约等于让白松去送死。

简单地说，就是让白松出去把一些东西带回来。现在，显而易见，已经非常缺货了。只需要白松过去，把东西带到边陲的一个小镇，剩下的就不用白松管了。只要白松去，就把白松的账平了，而且再给白松 10 万现金。

平账这种事其实是有折扣的，这种账本来就是虚的，老板有渠道，估计花 10 万就能把傻大个的 27 万的账都平掉。

但对白松也有要求，如果白松被发现，必须连人带货返回原处，不能被截获。一旦白松被发现了，发生了冲突，老板这边依然会履行承诺，然后让白松择机再试，会加钱。而如果白松冲突的时候出了事，老板给白松 100 万美金用来跑路。

这事，白松才不会信！就算是傻大个，也不会信啊！这不明摆着送死吗？如果老板真的能出到这个价，那意味着这趟压根就没有活路。

"你听我说完，"老板笑容不减，"美金，30 万真货，70 万假货，质量有保证的那种。"

"嗯？"白松这才考虑了一下，对这个说法表示了信任。

人对自己要有个最基本的了解，知道自己在什么情况下能值多少钱。比如说，女大学生兼职，如果是当礼仪，一天 200—600 元，甚至形象气质佳的一天 1000 元，都是有可能的。但是一天给你 5000 元，如果你不是网红或者小明星，这个钱能是正经钱吗？

太多人被骗就是对自己没有数，白松所饰演的这个傻大个虽然愣，但不是真傻。

当然，如果真傻，这老板也不会用白松。

30 万美金真钞，也有 200 多万元，在那边可以过得不错了。

"就我自己过去？"白松有些疑惑，"你不怕我把东西卖给别人？"

"相信我，这东西你卖给别人，可能根本值不了这么多钱。"老板一点也不在乎，"而且，那边和这边都是我的人。咱们俩互相制约，我要是把你往死了骗，你这个性格我也知道，肯定会想方设法回来，说不定会找机会弄死我，对吧？为了这点钱，我没必要。而你要是骗我，相信我，咱都是有脾气的人，我两边都有足够的渠道，你有钱拿不一定有命花。"

"你这话虽然难听,但是真他妈有道理。"白松伸手拿过老板的茶壶,自己给自己倒了一杯,又喝了一杯,"那就别废话了,今天出发,行吗?"

"今天?"老板都愣了,这家伙胆子已经肥成这个样子了?要知道,他手下也有几个足够胆大的,但是知道那条线九死一生,谁都含糊啊。

"啊?"白松道,"老板今晚要是有更好的安排,明天也行,不过今晚就得老板安排了,哈哈哈。"

"行,你等我信儿。"老板摆了摆手,让白松先下去。

他可是打听了几个人,知道白松有多混,要是今晚安排白松以他的名义玩一晚上,闯出的祸他都不敢说能轻松摆平。

现在,有了合适的人选,他就得抓紧时间开车出去一趟,找人面谈,把事安排好。

第六百六十五章　套话

"刚刚老板找你说啥了？"文身男关上了厕所门，问道。

白松回了屋子之后，就一直在那里玩手机，可把文身男给憋坏了。他一直想问，但是又不敢问。

直到白松上厕所，他才终于跟了上来。这个厕所是没有监控的，白松可以确定，也没有什么乱七八糟的电子设备，所以刚刚进厕所，白松就打开了手机的录音功能，然后装作若无其事地解手。

"没说啥啊。"白松摇了摇头。

"行了，这里没外人，"文身男大咧咧地说道，"这个厕所没有监控，你有话随便说。"

"这跟有没有监控无关，有些事你不需要知道。"白松一脸的高傲。

"你！"文身男被气得不轻，随即想到了什么，接着道，"你是不是还担心这里有隐藏的摄像头？"

白松这会儿已经上完了厕所，没有理文身男，就要往外走。

"这些摄像头是要走线的，我在这边这么多年，这个还能不知道？"文身男靠近了白松，"无论怎么说，你能留下，也跟我有关系，有好事就这么把我忘了，这可不行。我跟你说，我在这地方待了四年多了，基本上没有人比我待的时间长，你才来一天，我想帮你成事不行，帮你坏事还是一点难度都没有的。"

文身男怕白松听不懂，直接把话说得很直。

也难怪他会这么做，在这里这么长时间，人走走留留，确实也是有一些人得到了老板的信任，去了别的地方，但是那都是循序渐进的，而且这些人去做什么他大体也知道，并不是很想去。在这里这么久，他第一次见到老板这样，所以，这个机遇肯定是非常非常大的！即便轮不到他，他也想从中弄点好处才行。

"这趟活我办完了可能都不一定回来，你能分得什么好处？"白松站定了，看了看门外，"就算这里没监控，咱俩在这里面时间长了，老板也会关注这里吧？"

"和你分开之后，老板就去找别人了，根本就不在公司里，"文身男道，"你别岔开话题，到底是什么活？"

"出去带点东西回来。"白松也不打算瞒，把老板让他运东西的事情具体说了一下。

"你以为我不懂吗？"文身男有些生气，"这活不是咱们的活，以前老板都是找外人做，而且没那么危险，怎么可能有这么多钱？你可耍不了我。"

"耍你干啥？"白松瞪大了眼睛，"我他妈跟你说实话你不信，那我就出去了。"

"别啊。"文身男沉思了一下，觉得有蹊跷。

如果白松不是去做这个事，那么白松是不可能知道这些的。而这种事，何必要安排这个傻大个去呢？真的待遇这么好，他也敢去啊。

最近发生的一些事文身男是不知道内幕的，他不知道前段时间警察抓得严，很多路子都被封住了，也不知道现在白松去做的这个事有多难。

"你确定不是让你去杀人？"文身男又有点患得患失，"你也看得出来，我是为你着想，你可别被老板骗了。"

"就咱们老板那样的，一看就是生意人，也许他会做一些额外的事，但都是为了钱，"白松想了想，"这个人是做大事的人。"

"生意人？"文身男有些急躁，他有点不舒服。这感觉挺奇怪的，就是感觉好像是错过了一个亿。

昨天他还好好的，当着公司名义上的主管，可以吆五喝六地指挥着大家

第六百六十五章 套话 | 285

干活,今天就彻底变了。其实,今天他还赚了一单两千块钱的快钱,吃吃喝喝的,一点问题没有,但是他看着这个一天之内从无到有、从"实习生"转变为老板心腹的傻大个,他就很不爽。尤其是,现在他还不知道到底怎么回事,也不知道怎么能从中搞点利益,就更不爽了。

"是啊,生意人。"白松点了点头,"估计我这趟去会有点危险,而且我能打,所以值这个钱。老板也跟我说了,肯定会把钱给我,毕竟万一惹怒了我,他也怕我哪天在路上堵他。嘿嘿,我跟你说,能打还是有用的!"

"我可跟你说,怕你有命去做这个事,没命花这个钱。"文身男烦躁地说道,"你能打有个屁用,老板那个人想坑死你,就好像你尿尿一样简单。"

"你咋这么嘴碎?"白松有些生气,"你是不是有病?就你刚刚说这些,你就不怕我告诉老板?"

"你说呗,看老板相信谁。"文身男说得很不在乎,他知道这里面的利害,傻大个告诉老板对傻大个一点好处也没有。

在他眼里,傻大个已经是老板很信任的人了,和傻大个聊点内幕并不算是泄密。

"行了,哥儿们,咱们不废话了,我相信老板是个不错的生意人。"白松道,"不过赚大钱总得有风险,这个我扛得起,你扛不起就别在这里想从我身上揩油。"

"你扛个屁。"文身男实在是憋不住了,"你觉得老板是生意人?哼,我也不怕告诉你,老板手底下人命都不知道多少条了,十几年前就弄死过一家人。远的不说,前段时间,老板还把咱们公司的一个司机给埋了。就你这样的,还自以为了解老板,简直可笑。"

"我弄死过二十个人。"白松阴森森地说道。

"你啥意思?"文身男有点慌,他还是第一次看到白松有这个表情。

"别紧张,吹牛皮谁不会啊?"白松摆摆手,"就你这样的,这辈子也睡不到 8000 块钱一晚上的那种,在道上混,呵……再说了,老板要是真的杀过人,他能告诉你?你才是不懂老板,怪不得在这里四五年都只是个多拿点工资的小主管,我看你,连……嗯……连那个小侯都不如!"

小侯是这里差的代表,经常受人欺负的人,文身男知道小侯是老板的心腹之一,但是被这么一比,他还是气炸了。

"你懂个屁!上个月,在你之前的一个司机,也是和你一样,很受老板信任,后来那傻子被老板和三个人一起在澡堂里弄死,直接就埋了!警察都不知道!"文身男是真的火了。

第六百六十六章 自己人

听到这个,白松明显迟疑了。

"你说的话有一定的道理……"白松明显是有些怕了,"今晚上我也没心情去玩了,一会儿咱俩找个地方坐坐,我请客。"

"嘿……"文身男的表情一下子缓和了起来,"我就喜欢和聪明人打交道。"

他这么说着,心里却骂街了,想说通这个傻大个,可是够难的!

不过,晚上,两瓶白酒下肚,他不信没办法从白松这里搞到什么有价值的东西!

文身男能喝两瓶白酒?这倒不可能,但是他换酒、倒酒、劝酒的套路一流,三管齐下,自己实际上喝半斤就能让白松喝两斤。

"那就晚上再说,不在这里待着了。"白松又往外看了一眼。

文身男看到白松一直在往外看,自己伸头看了看,啥也没看到,有些不解,厕所门上的玻璃并不大,有什么好看的?怕有人偷听?

"也不知道你是怕老板还是不怕老板。"文身男觉得白松的脑回路有点问题,愣乎乎的,有时候啥也不怕,但是又好像怕得要死。

"怕啊,怎么不怕?"白松不再看窗户那里,"对了,你刚刚说的,在澡堂把司机弄死之后给埋了的事情,是老板、炭头、小侯,还有谁一起干的?"

白松这句话说完,文身男脸色大变。这个傻大个,怎么可能知道这个?

老板这个人,他是很了解的。别看他知道不少内幕,很多都不是老板信任他才告诉他的,而是他通过喝酒套出来的。他靠这门酒桌上的技巧,成功地套取了不少珍贵的情报。

在他看来,多知道一些事虽然危险,但是也能让他知道做事的界限是什么,而且也能从不同的角度想办法多踅摸点钱出来。

他是明面上的主管,所以他知道炭头也是运输公司的老板之一,和老板的地位相差不大,算是小股东、大股东这种情况。而小侯,是老板的心腹。

这些,是老板告诉他的。

但是,老板无论需要给白松安排任何任务,都没有必要把这些事情告诉白松!

"你还真的知道是他们干的啊!"白松点了点头,"你知道的东西实在是不少啊。难不成第四个人是你?"

"不是我!"文身男没缘由地脱口而出,紧接着就冲上去,紧紧地按住白松的胳膊,把白松推到墙上,"你是什么人?"

白松见文身男情绪激动,稍微一用力,推开了文身男,紧接着拿出手机,把正在开启的录音功能展示给文身男看:"老板早就知道,你对他根本就没有敬意,你心里只有你自己。"

文身男脸色越来越差,像是吃了苍蝇一样难受,他被白松耍了?

"所以,你是老板派来考验我的,对吗?"文身男道,"现在该不会想把我在这里弄死?"

说到这里,文身男慌了,他知道和白松一对一毫无胜算,危急之下,立刻道:"我告诉你,我从来都没有背叛过老板!这四年来我忠心耿耿!要是想让我走,我这就走,我保证不会把任何事情透露出去!这对我并没有好处!但是,如果我死在这里,那老板就死定了!

"我早就留了后手,只要我连续失联三天,就会有人把我这些年知道的所有的情报,全部给警察打包发过去!"

这是文身男最大的依仗所在。跟着这种老板干活,他不得不留点关键时候保命的东西。小鸡不尿尿,各有各的道。

第六百六十六章 自己人 | 289

"拿这个吓唬老板？"白松当着文身男的面关上了录音功能，接着把手机放进了口袋，"我才不傻，我弄死你干吗？杀人犯法啊，一会儿你跟我去见老板吧，看看你到底还知道什么，嘿嘿，老板那里的手段……"

"去就去。"文身男浑然不惧，撕破脸皮了还怕什么，"老板是个聪明人，我有没有骗他，我和他聊上几句他就知道。只要我三天没有回家，而且没有主动和家里人说，这个事就一定会发生。而且，你们针对我的家庭也没用，到时候送情报的人，压根就不是我的家人。"

"你这么自信……"白松满意地点了点头，"我相信你的话。"

紧接着，白松叹气道："早知道你那里有一大堆情报，早知道你失联三天就能获得线索，我们还费这么大力气做啥？直接想办法扣你三天不就是了。"

"啥意思你？"文身男瞬间大脑宕机，"你是警察？"

厕所的门打开了，文身男浑浑噩噩地被白松带了出去，才发现院子里已经有了不下五十个警察。

经过对炭头的监视，市局在半个小时之前获得了线索。

老板这个人很谨慎，他一般很少自己去做一些事，即便是安排这个，也是由暗地里的炭头去做。而通过对炭头的监视，警方一举抓获了四名犯罪嫌疑人。

几乎在同一时间，所有人都被控制住，包括老板。

现在情报已经足够多了，虽然还没有进行审讯，但是从现有的证据已经知道了很多犯罪事实。理论上说，通过进一步的侦查，很容易就能发现后续的线索。虽然那样存在假币基地转移的可能，但是必须动手了，因为已经到了约定的时间。

白松和魏局的约定时间就是 15 分钟之前。

这个时间点，无论白松能获取什么样的情报，都要行动，因为很多前期诸如白松赌博之类的假线索都经不起长时间的考证，如果暴露，那么后果难以预料。

"王华东如何？"白松找到了院里的刘刚，第一时间问道。

"他没事，被派出去干了一整天的活，普通工作。"刘刚问道，"怎么样，一天下来，有线索吗？"

刘刚准备安慰一下白松，毕竟时间太短了，能查到那个短绒棉的线索已经很厉害了，结果白松指了指自己架着的文身男："这个是我们的卧底，潜伏四年多了，有事问他准没错。"

刘刚一脸问号，这个一身花的人，是自己人？

第六百六十七章 二十年

刑事拘留必须要通知家属,而传唤的时间不得超过 24 小时,所以文身男的这个后手,即便被警察抓到,也不会触发。但是这同样也就证明了一件事:他的家属即便不是他这个后手的执行者,也是知情者了。

"还没缓过来呢?"在讯问室里,白松看到了一脸哀怨的文身男。

这时候的白松,已经换上了自己的衣服,伪装也卸掉了,还戴了一个帽子。

文身男看着白松有些发呆,有些不敢肯定,然后看到白松摘下帽子,露出了标志性的大光头,文身男瞪大了眼睛:"你这个是易容术吗?"

"你还有个武侠梦?"白松反问道。

"唉……"

案子比想象的要顺利得多,生产假币的基地被市局的人成功地找到了。

白松在短短的一天时间里,几乎骗过了运输基地的所有人,成功地获取了老板的信任和文身男的真心,获取了大量重要的情报。

那车上的短绒棉,确实是用于造纸的材料。

通过对短绒棉的跟踪,傍晚,这个隐藏在农村大院里的假币窝点被成功查获。查扣假币专用纸张 6 吨、半成品假币 180 箱,面值 4 亿元左右,除此之外,查获大型假币印刷机器 2 台、假币胶片 1 套 24 张。

案件一出,立刻引起了社会各界的广泛关注,刑侦总队连夜上报案件进展。

在基地共抓获了犯罪嫌疑人 9 人，其中包括之前失踪的两个司机。

这个窝点，实行的是半军事化管理，非常封闭，这两个司机已经很长时间没有出去了。除了这些人之外，运输公司的所有人全部落网，目前正在追查利益链里的其他人员。

"这个案子是国内目前单起最大的假币案，对吗？"魏局问道。

"对。"刘刚有些无奈，"魏局，您这都问了我第三遍了。"

"多确认一下总是没错的，一会儿我得跟柳局汇报。"已经晚上八点多了，魏局依然满面红光。

"明白明白，这些数据我一会儿给您再打印一份。"刘刚说道。

"好。"魏局说着就往屋外走去，出门之前，转身跟刘刚问道，"白松他们怎么样了？"

"据说进展神速，司机被杀案的五个嫌疑人都已经确定了，之前文身男说是四个人，后来他们互相咬，应该是五个人。除了老板、炭头和小侯，另外两个是那俩造假币的司机。"刘刚道，"这俩司机都挺壮的，他们这个造假币的基地，为了静音，没什么起重设备，有时候搬东西，没点力气可不行。"

"行，这个事交给你，做好组织领导工作，协调白松他们，争取迅速扩大战果，加快办案的进度。"魏局道。

"明白。"刘刚点了点头，准备拨通白松的电话，想了想，还是亲自去一趟讯问室比较好。

这个老板开运输公司都已经有七八年了，而实际上，他最早制造假币的时间，可以追溯到 20 世纪 90 年代。这是文身男说的，他只知道这些，因为老板提到过自己造这个造了 20 年。文身男知道老板是干吗的，但是他不知道老板的基地在哪里。

刘刚找到白松的时候，推门进了讯问室，感觉整个屋子的温度都很低，连忙把窗户关上，接着问道："这么冷，怎么不打开空调？"

刘刚正准备开空调，却发现真正让他感觉到冷的，是白松，白松的脸色非常不好看。

文身男此时看着白松，感觉浑身冰冷，他早已经想明白了怎么回事，非常配合。按照他提供的线索，绝对是重大立功表现了，他早就有什么说什么了。他留的后手，那是出了事以后才会用的，其实都在他的脑子里。

而文身男也不知道为什么，刚刚他和白松讲了讲老板喝了酒和他聊过的一些话，白松就变成了这个状态。

"他怎么回事？"刘刚跟白松身边的王亮小声问道。

"我也不知道，我只负责打字。"王亮凑到刘刚耳朵旁，"刘队，他可能在思考案子，就先不要打扰他。"

刘刚轻轻点了点头，然后给王亮打了一个手势，把王亮叫了出来。

"案子最新进展是什么？"刘刚问道。

"公司的人的情况基本上都问清楚了，这些司机都有问题，也都知情，全是走私等犯罪的帮助犯，命案也都说得差不多了。不过，刚刚白松问文身男这个老板以前的事情之后不久，他就成了这个样子，也不知道有啥好想的。"王亮吐槽了一句，"这老板的前些年的履历挺简单的，他怎么看都是误入歧途的人，不是真的坏人。"

"这种履历才不正常。"刘刚经验还是很丰富，"这个案子里，他那么多的遍布全国的渠道，简简单单的人可做不到。你还记得你们办案子遇到的那个张彻吗？"

"那个'三哥'？"王亮点了点头，"有道理，这些人都需要一个伪装的身份。"

"是啊，所以这些人反而最容易看破伪装，王华东那么专业的伪装人员，都没有得到这个老板的信任，也不知道白松是怎么做到的。"刘刚感叹道，"这个事估计以后还是会列入保密内容，实在是厉害。"

"我可能大体知道一点。"王亮知道白松多能吹，不过这个时候还是没有揭他老底，接着道，"他有些地方确实是比一般人厉害——计划过于周密。"

刘刚深以为然。

就在这时，白松站在了讯问室的门口，敲了敲门，示意王亮回去。

王亮和刘队立刻走上前去，王亮问道："有什么事，你说。"

"找个信任的人，现在联系一下湘南警方。"白松沉默了一会儿，声音低沉地说道，"我要查一下，大约20年前，湘南发生的一起意外火灾的案件情况。这起案子造成了至少三人死亡，有一个幸存者，叫郑彦武，曾经是个富商。"

第六百六十八章　关联

郑彦武？

王亮知道这个人，听白松说过几次，这是个很悲剧的人物。

郑彦武本身就身体有恙，因为激素分泌有问题，患有侏儒症。侏儒症是缺少生长激素，只会影响身高，并不会影响智力，表现为身材矮小。除了生长激素之外其他激素的水平都是正常的。

十几年前，确切地说是接近 20 年之前，生意如日中天的郑彦武的别墅失火，家中亲人都没有逃出来，悉数死亡。之后，郑彦武痛不欲生，变卖了公司的股份，四海为家，开始了流浪生活。

文身男曾经在一次把他老板喝多了的情况下，听老板吹牛，说自己十几年前就弄死过好几个人。他还具体地问了问，老板说当初自己什么也没有，后来为了入行，年轻胆子大，把一个富商家给点了，因为办事周密，警察最后定为意外事件。而那一次之后，他从中获取了人生的第一桶金，并且认识了很多假币行业的老大，才逐渐发展起来。

文身男就知道这些，他不知道老板说的事情是真是假，也不知道老板这么做的目的何在，更不知道具体的时间、地点等。由此可见，这个老板即便是在醉酒的状态下，也是有分寸的，不会把自己的底交出去。

但是，这个情报，在白松的耳边，犹如炸雷。

老郑的家人，当初是被害死的？

白松和郑彦武从来没有细聊过火灾的事情，这是人家的痛处，他不会主动揭出来。

他当然知道火灾有多恐怖,很多人觉得,我跑还不行?实际上,有时候发现着火了之后,真的已经跑不掉了。他感到蹊跷的点在于郑彦武生意蒸蒸日上,一把火却让他失去了一切,这确实是太巧合了,很容易让人觉得这个事是刻意的。

但是郑彦武说是意外事故,白松就信了。郑彦武可不是普通人,这种事总归是会认真查下去的。

但是,现在,白松突然有了新的推测。

郑彦武是做印染生意的,而这些做印染生意的公司,其实本身就具备制造假币的基础。如果是郑彦武的心腹想搞他,然后找个类似于运输公司老板这类机灵胆大的人,把这个事做了,在后面的查案中再想办法作梗——这种事还真的是可能存在的。

很多案子,都有一个最基础的查案思路,就是查这个案子发生对谁最有利。这个思路虽然不是唯一的思路,但非常有效,因为这符合因果关系。

郑彦武的家人全死了之后,郑彦武的野心就消弭为零,他手里的股份低价卖出,买这些股份的人,就很可能是幕后黑手。而这个幕后黑手,有可能本身就是造假币的。

这个推论让白松自己都有些不相信了。

我国对假币的打击力度实在是太大了,这东西虽然赚钱,但是如果一个老板可以吃得下郑彦武的股份,哪怕是折价的股份,身价也是不菲,这种人不太可能是造假币的。

简单地说,这个运输公司老板千万级身家是有可能的,但是亿万身家绝对不可能。

现在这么瞎想是没有意义的,必须获取更多的线索,最后的谜团还可能要找郑彦武来核实。

白松打开手机,看了看郑彦武前几天给他发的照片。

前几天,白松看到了郑彦武的自拍,还感慨了一番,现在,再看郑彦武的照片,他的感觉就彻底不一样了。

郑彦武流浪了那么多年，学习摄影之后才逐渐走出阴霾。人一辈子还是要活下去，而男人，活着就得支棱着，总不能一辈子浑浑噩噩。看着郑彦武现在有些自信的笑容，白松不知道重新查以前的案子，到底有没有意义。

郑彦武经过了这么长的时间，终于回归正常的生活，走出了长达20年的阴影，而白松查这个案子，会揭开阴影最深处的黑暗，他不确定郑彦武是否扛得住。

"你担心这个？"王亮看了看郑彦武的照片，"他经历了20年的冷漠和白眼，都没有想不开，这种人怎么会没有勇气面对真相呢？"

"嗯，"白松道，"你说得对，无论如何，我都会让正义到来！"

"对，"王亮握紧了拳头，"很多人都说迟来的正义是非正义，但是天底下几乎没有不迟到的正义，有几个杀人犯能在杀人后一瞬间就被警察击毙啊？正义本身是最重要的！"

"对，尽力而为，问心无愧。"白松再次看了看郑彦武的照片，喃喃道，"老郑，虽然这个案子已经时隔二十年，几乎不会有什么线索，但是，我依然会竭尽所能。"

白松看着郑彦武的照片，有些发呆。

王亮非常了解白松，他看到白松这个状态，立刻提示道："怎么回事？你是不是觉得他有些像谁？"

"嗯？"白松猛地看了王亮一眼，"你说得对，我看郑彦武，有点像……有点像郑灿！"

"什么？"王亮眼睛一亮，"郑灿？那个去上京市开卡车送货的小伙子？"

王亮琢磨了五六秒，点点头："你还真别说……不过你说反了吧，应该是郑灿有点像郑彦武啊！他俩还都姓郑！"

"是啊是啊！"白松突然激动了起来，"岁数也对得上，案发时郑灿估计就两三岁，被人救走了也不是不可能，而且，郑灿总是提到他叔叔如何如何，这说明他很可能没有爸爸。"

"对！"王亮也激动起来，"他来上京这边运货，我感觉有可能是他一直在找他父亲的踪迹,他可能听说他父亲在北方流浪之类的情况。他俩身高差异太大,之前一直也没往这方面想。"

"侏儒症是单基因显性遗传,只要遗传到一个致病基因就能患病,因此,只要老婆正常,孩子有一半的概率是正常人……"白松在脑海中想了一会儿,"八九不离十。"

"苍天不负有心人!"王亮差点欢呼,"看来,郑灿的运气又能推动我们破案了!他这个叔叔,很可能手里有重要线索!"

第六百六十九章　支队会议

有一部电影史上绕不开的杰作,主角被诬陷杀死妻子和情夫,关进了肖申克监狱,用了20年挖地道才逃脱,重获新生。

电影里有诸多巧合,比如说最大的巧合就是主角的牢房靠外墙,而不是中间的那一些房间,但这丝毫不影响电影的经典。

"希望,是最美好的东西,也许,是人间至善。"

如果真的能确定郑彦武是郑灿的父亲,白松觉得这个世界就真的太美好了!

刑侦总队,六楼。

"这边的意思我听明白了,我们先回到各分局,继续开展原工作,对吗?"白松吐出一口气,面色还算平静。

"只是暂时。"李支队说道,"白所你的光头还是太明显,等你的头发长一点就好了。支队也是考虑你的安全。"

探组暂时是挂靠在这个支队的。

白松没说话,看了看王亮,示意王亮也不要说话。

支队决定暂时解散探组。

这并不是说过河拆桥,最关键的问题是安全问题。

白松和王华东作为卧底潜入了敌窝,柳书元和梁队也在公司出现,虽然都做了一定的伪装,现在很多情报都已经散开了。尤其是白松这个高个子光头,怎么伪装都挺显眼。

这件事的关键在于，白松是如何搞到"一晚上输了27万"的人设的？

那自然是连夜找了一个赌局，然后把人查完，并没有抓起来，而是由专人跟着这个赌局的老板，等着运输公司的老板来打听。

今天运输公司端掉了，赌局的人自然也都被抓了。但是这些人有治安拘留的，也有判刑也判不了多久的。即便是运输公司的人，也不会所有人都判刑，诸如有重大立功表现的文身男，说不定过不了多久就放了。

现在，假钞基地是端了，但是一些利益链，上游和下游犯罪还有很多没查清楚，相当一部分嫌疑人外逃且身份不明。可以这么说，白松这几个人把这些犯罪嫌疑人害惨了，支队这边担心白松等人被报复。

很多人不理解，警察抓人，不都是如此吗？每次都怕报复还当什么警察？

这次明显不一样，白松他们把老板等人耍得太狠了，据说那个老板被抓的时候直接扬言要找人报复。

由于种种原因，支队觉得案子已经结束，没必要再维持探组存续。下一次全国大队长红蓝对抗比武在明年的年初，到时候再说。

白松等人怎么能开心？

王亮和王华东等人不说话，白松则静静地听着支队领导说话。

以前在分局的时候也遇到过类似的事情，简单地说，想离开派出所去分局，不是什么容易的事情，因为僧多粥少，人际关系错综复杂。

市局这种省厅配置的机关，想来就更难了，白松这些人如果今天离开，嘉奖和立功不会少，但是想转入市局就很难了。

至于明年的大比武，到底是不是这几位来，真不是确定的事情。

白松知道这次是为了他们几人的安全，毕竟这么成功的案子，真的有什么不好的后续发生，是谁也不想看到的。

但这次绝对被针对了。

"今天的行动，九河分局的白松、王华东、王亮、孙杰四位同志做出了巨大的贡献，我代表……"

"李支队，"白松最终决定还是要说话，"这个案子其实没什么问题，假钞案破了，我们分局之前查的那些油墨和走私案也能更加完善，基本上算是成功了大半。对于市局领导的安排，我并没有什么不认可的。"

白松说了两句话。第一句是指明，功劳是九河分局的，而且没有前面的线索，就没有这个案子，所以白松等人的付出和结果并没有想象中的那么简单。第二句就是直接损李支队不是市局领导。

李支队脸色不太好看，但还是不得不说道："你们这个探组是设在支队的，但市局那边并没有给编制。"

简而言之，白松反问他这个决定是不是市局做出的，而李支队这么一说，基本上就说明他说的事并不是市局的决定了。

这个事李支队也做不了主，究竟是谁授意的还不得而知。这情况可能又跟柳书元有关了，柳书元这家庭，有正面的帮助，就会有反面的作用。

魏局等人现在都在局里面开会，如果白松答应了要走，而且真的走了，魏局那边还能上赶着请回来？

"嗯，李支队我明白您的意思，我们服从市局领导的指示。"白松把"市局"两个字咬得有点重，他们当初来，就是市局安排的，现在走，也不应该被支队领导说几句话就送走了。

白松见李支队面色不喜，接着说道："李支队，现在最大的问题，是我们获取的这个线索。我已经向市局提交了线索单，这个案子可能涉嫌20年前的一起放火杀人案，市局已经联系当地警方了。这起案件，我想问一下，如果我们回去，能移交至九河分局处理吗？"

"这需要领导做决定。"李支队面无表情，"一切以大局为重。"

"好，那我等着领导决定。"白松点了点头。

李支队后面的话卡住了，他没办法继续说什么了，但他也没生气。他不傻，如果能帮人把事情做到这个程度，是一回事，让他上台去赶人，是另外一回事。

会议继续进行，过了大约十分钟，魏局回来了，刚刚提到的事情就好像没发生一般，魏局再次表扬了办案的同志，然后对案子进行了进一步的布置和总结。

"你提到的那个案子，线索非常非常少，湘南省那边只有一些简单的报告，现场的证据之类的东西，因为是意外事件，基本上就没有采集，只是有几张照片，清晰度非常差，找专业人士看了看，都说这些照片没有任何价值。"魏局把照片的复印件给白松递了过去。

白松非常感激地接过了照片，立刻感觉到了问题的棘手性。

第六百七十章　休息

这些照片,拍了几张废墟,价值非常低,白松看了半天,几乎一点有价值的信息都没看到。

现场的火灾认定书认定了火灾原因是燃气泄漏,后来追查发现有一定的产品质量问题,相关企业被罚款。

就这些?白松感觉很悲哀,死了好几个人的案子,就只有这些?

"尸检报告也没有吗?"白松问道。

"有,不过现在还没传过来,估计得找。"魏局道,"90年代的案子,不要抱太大期望。这个事,过了诉讼时效了。"

"这个事没有立案吗?"有人问道。

"没有立案。"另一个人说道,"但是,这种公安部门应当立案而没有立案的,不应该计算追诉期吧?"

刑事案件和民事案件都有诉讼时效类似的规定,民法叫诉讼时效,刑法叫追诉期。

民法(以2020年为准)的诉讼时效普遍是三年。例如你把钱借给了对方,到了归还的日期三年以上你不起诉,对方就能提出诉讼时效经过的抗辩权。

这个权利,如果对方不懂法,一直没有提出抗辩,那么法院会正常受理,直到法院快要判决的时候,对方的抗辩权就消失了。或者对方这个时候知道了有这个权利,申请上诉,上诉期间也不可以援引诉讼时效经过的抗辩权。简单地说,作为欠款方要是不懂这个,法院不会主动告诉你你有这个权利。但是，现在往外借钱的人可能不知道这个规定，欠别人钱的没有不知道的。

所以对付不还钱的不要不好意思，抓紧时间要，或者重新补借条，这样三年的诉讼时效会刷新。如果那个人借完钱去躲了一阵子，你可以隔两年去省级报刊花几百元买个小格子发个公告。

刑法的追诉期则很复杂，治安案件是半年，刑事案件是 5 年、10 年、15 年、20 年四个档次。1997 年刑法颁布之后，只要公安局立案，或者公安局应当立案而没有立，那么就是跑了 100 年都能处罚。

但是如果没有任何人发现这个案子，过了追诉期，这个罪行基本上就等于消失了。

郑彦武的这个案子，虽然已经过了 20 年，但是属于公安机关应当立案而没有立案的情形，按理说不受追诉期的影响。

但是，这个案子的案发时间是 1994 年。在 1997 年刑法颁布出来之前，是 1979 年刑法。

"魏局说得对，确实是过了追诉期了。"白松点了点头，"案发时不是 1997 年刑法，根据 1979 年刑法第 77 条之规定，必须是公检法采取了强制措施后逃避侦查审判的，比如说取保候审跑了，这情况才是不受追诉期限制。单独的立案或者应当立案没有立案，还是会计算追诉期。根据刑法从旧兼从轻、不溯及既往的原则，那个案子确实是过了追诉期了。"

"1979 年刑法居然是这么规定的？"几个人窃窃私语起来。

魏局看白松的表情依然没什么变化，他有些好奇。说了这么多，白松为什么并不气馁？

"白所，你有什么想法吗？"有一个副支队长读懂了魏局的表情，直接帮魏局问道。

"1979 年刑法第 76 条第四款同样有规定，如果 20 年以后，认为必须追诉的，可以报请最高检核准。"白松目光灼灼地看着魏局长。

魏局对这个目光丝毫没有额外的感触："好，先查案，如果确定是命案,而且是死了好几个人这种惨案,这个事我会上报给领导的。"

魏局自然知道这个案子的难度。但是,如果这个案子能破,而且是一个过了追诉期的案子被揪出来处理了,那这个事绝对会比假币案影响还要大!

市刑侦总队,还怕事情搞大?魏局恨不得央视来报道。

"对了,白松、王华东,你们几个最近一段时间最好便宜行事,人身安全需要做好保障,有什么事情及时跟我说。"魏局嘱咐了几句,接着开始开会,传达了市局的指示精神。

会后,李支队还和白松握了握手,指出需要他帮助的,就直接说。

"这些人真虚伪。"王亮见没人,连忙骂了一句。他可是憋了半天了。

"行啦,我们又不是小孩子。"孙杰捶了一下王亮的肩膀,"咱们先休息吧,郑彦武的案子,再着急也没用,都拖了 20 多年了。"

"嗯,估计魏局还得往上请示,但是现在所有人都忙着假币案,估计过几天还有记者来采访。这几天我们先休息,等领导开始考虑这个案子了,我们肯定得去湘南出差一趟了。"白松说道。

这几年,白松见过的大案那么多,也不再是以前的毛躁小子了,不至于看到这个案子就得拼命地往湘南赶,他知道在没有其他配套工作的情况下,去了等于 0。

而且大家都太累了。

晚上,白松没有离开市局,而是在这里休息。

这些天,经历的事情真的是太多了,一大堆事需要好好考虑考虑。

时间晚了,白松倒也没组织大家出去聚餐。一是考虑安全,他要尽量少惹麻烦;二是要考虑别人怎么说。现在很多人还在忙案子,他们休息是领导特批的,休息没事,但是招摇着出去吃饭,就难免让人有想法。

这边宿舍还是蛮多的,白松和刘队一间,其他四人一间。

柳书元今天晚上不知道去干吗了,不在这里,白松就和哥儿仨在一个屋休息，本来大家还聊了几句，但是不一会儿纷纷睡了过去。

大家都睡了，白松的心情却起伏不定，不知道想些什么。

这时，手机收到了信息，白松看了一眼，是欣桥发来的。

"明天我就出发去海牙了，你休息了吗？"

"没有。"

"我刚刚看到你的信息，你说你把人都抓到了，现在还忙吗？"

"不忙啦。"

"那行，开视频看看你。"

白松心情莫名好了一些，打开了视频。

"阿姨？"白松先是愣了一下，对面的人是赵欣桥和她妈妈。

看来，欣桥要远行，她妈还是不太放心，今天特地过来帮忙准备出去的行李。

"你的脑袋怎么回事？"赵欣桥凑到了屏幕前，"好刺眼啊，哈哈哈……"

第六百七十一章　户籍所长（1）

人成熟的一个标志，就是会直接扛下很多事，对家里报喜不报忧。

"到底怎么回事啊？"赵欣桥问道。

"昨天去理发，理发师一剃子下去，直接给我剃秃了一片，没办法，直接整个光头，过上一周就能长几毫米了。"白松秒答。

"不用不用，"赵欣桥笑得花枝招展，与平时的风格大相径庭，"就这个'发型'，超级帅，相信我。"

白松摸了摸自己的脑袋："一周就长出来了，保持发型太贵了。"

戴上帽子，白松和欣桥继续聊了一会儿，也是刻意嘱咐了一些出行的事情。

"放心吧，我安全问题不用担心。"赵欣桥嗔怪道，"你倒是自己注意自己的安全。"

"我你不用担心。"白松点了点头，对欣桥那边也放了心。

她不是自己出国，有一个小小的队伍，一切都有安排，所以还是蛮安全的。

白松看得出来，赵欣桥肯定知道他剃光头事出有因，但是因为她妈妈在，并没有多说什么。他和一般的警察还不一样，因为有一定的人脉和挖掘案件的能力，所以遇到了很多大案要案。很多案子别人办就是办一件，白松则擅长挖掘线索，一办就是一串。

再加上他父亲和奉一冷的恩怨，这两年，白松遇到危险的情况都有好几次了。与白松同期来天华市的另外一批人，工作了三年，可能啥危险都没碰到过。

得与失，本身就是辩证的。破一个涉案几千万的案子和涉案几千块的案子，危险系数绝对不一样。

不过，白松也早已不是那么鲁莽的人，这次他剃光头当卧底，还是靠周密的计划和随机应变，而不是靠单打独斗的能力，想来，还是能让欣桥稍微安心一些的。

白松看了一下欣桥乘坐的航班信息，晚上的飞机，伦敦换乘，到阿姆斯特丹是上京时间第二天凌晨，但是因为有六小时时差，那边也是晚上。

继续聊了几句，白松挂掉了视频。

假币案结束，派出所那边之前剩下的一些线索也都对上了。

李所那边对这个案子本来一直耿耿于怀，听闻案子结束，非常激动，心里的大石头也算是落了地。

而谁又能想到，查到了这么多案子，破获了张左、张彻、丁建国商业间谍案，大黑等人走私案，还有今天这个案子等一系列大案要案，源头竟是一个小姑娘吃减肥药死亡呢？

"啥？你这周还回不来？"第二天上午九点多，三木大街派出所的李云峰副所长给白松打了电话。他已经在早上的会议里得知这起假币案破获的事情了。

所里最近又积攒了几个案子，李所也没啥侦查思路，主要是证据都不大够，他有点怀念白松的那种办案方式了。

这也是白松的"余威"了，李所感觉不动脑就能办案，而且还能捡二等功的生活实在是过于惬意，听到白松暂时回不来，李云峰有些泄气。

"还涉及了两起命案，估计一时半会儿回不去。"白松道，"不过今天我打算回去一趟，回组里看看，组里任旭我还是不太放心。"

"行啊，正好赶上你们组值班。"李所道，"不过，命案要紧，你要是有啥组里的事，如果不是很要紧，可以跟我说。"

"呃……"白松道，"特殊原因吧，俩案子其中一个基本上稳了，不用我负责，另外一个还得等一等。"

"那行，你晚上有空吗？咱们好久没坐坐了。"李所听说白松不怎么忙，连忙说道。

"明天行吗？今晚有事啊李所，抱歉啊。"

"明天我值班……"李所有点无语，白松这话忽上忽下的，"那就等你彻底忙完了吧。"

公安工作就是这样，如果不是一起办一个案子，很多老朋友想凑凑都很难，李所也是能理解的。

上午，白松回了派出所，找宋所单独聊了会儿天，联系了一下几个户籍的相关人员中午过来，接着又去了一趟分局，向领导汇报了工作。

这是个程序问题，王华东已经结束了卧底，案子也不需要像以前那么保密，直系领导还是要汇报一番的。

白松不在的时候，积压了不少的户籍卷需要批，有着急的，都是姜所帮忙办理的，剩下的这些都是不很急的。

比如说有的想变更姓名，这个就需要白松签字。根据户口登记条例第17、18条规定，申请变更姓名，需要充分的理由。

之所以有这个规定，一是为了节约社会资源、维护传统文化，防止出现过多的类似于"风雪飘飘"之类的名字（注：确实是有人用此名），二是为了社会公序良俗，毕竟有些人想给自己改的名字都很奇怪。

说到这里，必须提一个人。这个人在我国姓名历史上，是抹不掉的存在。

赵 C 案。

这个哥儿们出生后父亲就给他起名赵 C，档案里一直也用这个名字，一直也没有问题，一家人都很喜欢这个名字。

2006 年的时候，二代身份证改革，新系统没办法录入 C，只能录入汉字，于是乎，老哥和其父起诉了公安局，一审胜诉。

但是，公安局往上报发现，这个如果要修改，那么全国的系统都要改，非常麻烦。公安局选择了上诉，后来在二审中，达成了和解，老哥改名了。

一般来说，母亲改嫁、随母生活、随外祖父生活这几种情况下，孩子需要改名改姓，是有很充分的理由的，未成年人改名相对容易，成年人改名相对困难一些。

第六百七十二章　户籍所长（2）

从分局回来，所里还是忙得不可开交，前台积攒了好几拨打架的，白松看到了直皱眉，怎么没人管？

"这怎么回事？"白松看几个一身酒气的人在前台溜达没人管，看了看时间，才十一点半，这么早就喝酒了？

"喝晨酒的，"前台的社区民警靠近白松说道，"早上还喝酒的，大部分都是酒溺子。这种最麻烦，因为别人碰洒了他们的酒，他们就说自己拿的是好酒，要200块钱。"

白松点了点头表示明白。酒溺子他见过太多，外人完全都理解不了这类人。

常见的操作就是一天到晚拿着一个雪碧瓶子，里面是最便宜的白酒，然后去一些大馆子蹭剩菜桌。见谁还都很客气，但是侵犯他一点点利益都能立刻翻脸，这种人能保持365天每天24小时身上有酒气。

"他们的酒一瓶能值多少钱？碰倒的人倒点霉，调解一下，出个三十四十的不就搞定了？"白松疑惑道。

虽然这个是和稀泥，但是这个人确实是把酒溺子的酒碰洒了，少赔一点省点事还不好？

"怕是不太行，"社区民警小声道，"碰倒酒的是个老太太，最多出5块钱，说不行就物价鉴定去。"

"把老太太的子女喊过来。"白松说道。

"嗯，我一会儿和米飞飞说。"

"任旭呢?"白松疑惑地道。

"有个跳楼的警情,任旭带人去了,姜所也去了。"

派出所忙得要死,哪有空理这种人?但是这个事派出所不管,指定能闹起来,如果说推到法院,也不可能。

假如再等下去,酒溺子一方心理价位会提高,老太太则可能身体不适离开。酒溺子肯定不让老太太走,过会儿就会在派出所闹。

不是什么人都能讲得通道理的,老太太想赔5块钱没有错,因为这雪碧瓶里的半瓶酒,估计2块钱都不值。

但是这玩意怎么估价?

和这几个酒溺子掰扯一天?

只能让老太太的子女来,要么买一大瓶十几块钱的劣酒,要么给这几个人几十块钱,事情就解决了。

在派出所,因为两个没有下限的人较劲,民警自己花钱解决问题的事,在现代已经不新鲜了。

但是,白松还是尽量避免出现这种事,这次是几十块钱,下次是几百几千怎么办?

任旭他们出去忙去了,白松安排了两个辅警,帮着控制一下这里的秩序,尤其是喝酒的这两拨,给他们每个人都端一杯水,这样能推迟双方开闹的时间。

警长制也有弊端,警长不在的时候,大家对案子就不那么上心了,就会出现这个情况。这个事,白松要找机会给大家开个会,得讲一讲。

除了这一拨闹得最凶的,大厅里还有二三十人。其中有两个小贩与小贩之间的矛盾,事情不大,闹到了这里,被白松上去吓唬了一顿,说动手打架有可能双方都拘留,接着还聊了点别的,两方立刻握手言和,离开了派出所。

"这人谁啊，这么跩？"大厅长椅上，有几个人窃窃私语。他们看到这个戴着棒球帽的大高个从进来就开始和警察很熟络，然后轻而易举地把两个小贩吓跑了。

"人家跩怎么了？跩又不犯法。"长椅上另外一个男的说道。

"可别跟这样的人学，那个光头和刚刚说话的，一看就不是什么好人。"一个妇女跟身边的孩子说道。

白松这个棒球帽不算大，戴上去以后，依然能看到帽子以下没有头发，尤其是后面的调节扣上方，那么大一片空白的地方都是如此。

听这个声音有些耳熟，白松定睛一看，这不是上次在饭店的时候，拿他吃饭玩手机做反面典型的那对母女吗？看来对方应该是没认出来他。

"今天接到所里通知，中午来办理户籍业务的，举一下手，排队过来办。"白松见大厅里逐渐安静了下来，跟大家说道。

众人这才反应过来，这位是派出所的人，而且看样子还是个领导。之前窃窃私语的人立刻就不说话了。

白松把他们叫过来，主要是这几个人他需要二次审核。社区民警其实已经让这些人来过一次了，有的肯定没问题，白松就直接签字，有的他就得当面再确认一遍。

之前说话的那个男的第一个过来，拿着办理的东西双手递到了白松的面前："领导，您看一眼。"

"你之前提供的材料我这里都有。"白松推开了男子的袋子，问道，"你给你妻子办理户口登记，我这里要求你带着婚姻存续的证明，为什么带的是去年的？"

"我们俩是夫妻没错的，我也查了，这个东西可以委托办理，我这里有她全部的委托手续。"男子解释道。

"不行，必须开一份近日的。"白松摇了摇头，"现在去民政局，两点钟顶门去，开出来之后，三点钟就能过来。"

男子还想再说什么，后面的人有点不耐烦，他本来想闹一闹，还是没敢。

他今年上半年就离婚了，前妻让他帮忙弄一下户口，结果没糊弄过来。

接下来的几个都很顺利，最后是这个优越感爆棚的老妈，给女儿改名字。

"离异了？"白松问道。

"嗯，离异。"妇女有些惊疑不定，她好像认出了白松。

"前夫的改名许可呢？"白松问道。

"孩子跟了我，改名不需要那个人同意。"妇女说道。

"需要。"白松摇摇头。

"你是不是对我有意见啊？"妇女不乐意了，"我和那个臭男人都离婚了，这个事还需要他同意？"

"他给抚养费吗？"白松问道。

"给……但是，孩子跟了我，跟他一点关系都没有！"

"根据相关规定，父母离异后一方要求变更未成年子女姓名的，必须经双方协商一致并签协议后，方能申请办理变更。"白松面无表情，公事公办。

第六百七十三章　送行（1）

经过半个多小时，白松把前台来的这些人都搞定了，让前台的几个社区民警有些汗颜。

这白所长，才来几天，户籍工作才接手这么短的时间，业务就这么熟稔了？这是啥天赋啊？难不成他从小就有个当户籍警的爸？不是听说他爸是刑警吗？

解决了这些事，白松接着给户籍内勤嘱咐了一番。

有些是有明显问题的，即便白松签了字，到分局户籍大厅报备的时候也会被退回来，但是那样就丢人丢大了。

白松不怕别的，就怕户籍内勤审核不严，他不在的时候姜所帮他签字，把姜所给坑了。

一个多小时的时间，大中午的，前台的几十个人全部散去了。

那个老太太的女儿来了，偷偷给了辅警50块钱，让辅警帮忙去做做工作。辅警把钱给了酒溺子，酒溺子就满意了。老太太又过来给了酒溺子5块钱，事情彻底解决，双方也走了。

大厅从喧闹变得冷清起来，一个个操作看得值班老民警都叹服。

这时候，任旭从外面快速地走了进来。

"人呢？"任旭进了大厅看了一眼，整个人都愣住了，他刚刚出去的时候这里那么多人，现在这是走错派出所了？

四下望了一番，任旭看到了白松，神色激动："白所，您回来了！"

任旭一下子就明白了，这肯定是白所干的。

"暂时还回不来,那边的案子还得忙一阵子,今天回来看看。"白松看了看任旭的身后,"怎么就你自己回来了?姜所呢?"

"跳楼的跳了。"任旭道,"有人怂恿了几句,人就跳了,姜所还在那里,我回来处理其他警情。"

"死了?"白松问道。

"嗯,自己从楼顶跳的,我们和消防都到了楼顶,还没来得及救她,亲眼看到她直接飞下去了。"任旭心情有些不好。

"身份确认了?"

"确认了,身上有身份证和遗书,"任旭直接道,"被她男朋友拍裸照威胁了,想分手死活分不了,持续了一年多了,受不了了。"

"女孩成年了?"

"21岁了。"

"嗯,把那个男朋友先抓了。"白松点了点头,威胁、恐吓造成严重后果也是能判刑的。单纯的恐吓是没有罪名的,但是刑法修正案八之后,把这个内容加入了寻衅滋事罪里。

"白所,对这种事您有什么感触啊?"任旭看白松如此淡定,问道。

"没什么感触。"对于人性的恶,白松见得太多,他想了想,接着道,"怂恿跳楼的那个,带回来批评教育一顿。"

"这个人不构成犯罪吗?"任旭问道,"姜所和您说的一样,那个人过会儿就被带回来了。"

"没法证明死者的死与怂恿者有因果关系,想构成犯罪,必须实施了危害行为。这种情况女子本身已经准备自杀,怂恿者没什么罪,叫回来批评教育一番是应该的。"白松道,"但是得分具体情况,怂恿未成年人和精神病人自杀就有罪,或者怂恿与人的死亡之间有因果关系也有罪。比如说农民工逼急了,站塔吊上求发工资,你去喊'你跳下来老板就给你孩子出医疗费'之类的话,那就可能构成犯罪。你慢慢学,不着急。"

任旭似懂非懂地点了点头,他担任警长之后,已经变得成熟了很多,但还是有很多事情处理不好，想问题不够到位，还有很长的路要走。

"行，那我先撤了，等我回来给你们开个会。咱们组你虽然是警长，但是这个组是四组所有民警的，也不能全靠你。"白松道，"这里面的事看似很复杂，其实也很简单，加油吧。"

"好，谢谢白所。"任旭握了握拳头。

从派出所离开，白松给副警长米飞飞以及老警长王静分别打了一个电话，讲了讲这个事情，但是没有挑明。

以这二位的情商，自然知道白松想说什么。

下午四点钟，首都国际机场。

赵欣桥在国际航班的区域办着行李托运。

因为是学校同学们一起行动，赵欣桥的妈妈并没有来。

"您好，您的行李超重了，您是打算拿出来一部分，还是缴纳费用？"轮到赵欣桥的时候，机场的服务人员有礼貌地说道。

"啊？"赵欣桥看了一下，还真是超重了7公斤，都怪老妈，给她塞了无数的东西，怕她去海牙生活不习惯……

"我用包背着吧。"赵欣桥取下来自己的背包。

有时候学习特别好的姑娘也对重量没啥概念，7公斤的东西，这个包怎么放得下？

"女士您好，我们航班的手提行李重量不得超过7公斤，您这个应该没办法带。"服务员算了算价格，"您这个情况还有一个选择就是升舱，公务舱可以增加10公斤的托运量，头等舱增加20公斤。"

"我东西少，放一点在我箱子里吧。"有同系的女生过来说道。

赵欣桥的人缘不错，好几个人都围过来愿意帮忙，其中有个女生还上去帮忙把箱子从传动带上拿下来，差点一个踉跄，稳住身形后才发现，太重了。

可不是吗？54斤……拖着还行，抬是真的费劲，也就是赵欣桥这类警校毕业的女生应付得了，一般的小姑娘拿起来都困难。

"需要我的帮忙吗？"

赵欣桥听到了一个熟悉的声音，惊喜地转头，看到了戴着兜帽的白松。

"你来干吗？"赵欣桥嗔怪道。

"不放心啊。"白松两根手指伸到箱子的提手那里，轻而易举地把箱子拿了下来，"你都带了些什么？"

接着，白松给了欣桥一个问询的眼神。

"打开吧，没事。"欣桥点了点头，心情还在看到白松的惊喜中没有退出来。

打开箱子，白松惊呆了。

能不沉吗？且不说大量的生活用品和几个不透明的布袋，光是书就有六七本。

"你带这么多书干吗？"白松随手拿起一本大部头的书，这本书1公斤都打不住。

"母上大人觉得我是个学生，第一要务是学习。"欣桥扶额叹息。

第六百七十四章　送行（2）

"所以就像放寒假一样，扛着一箱子书回家，开学再原封不动地扛回来？"白松仔细地看了看这些书，最后留下了一本，剩下的书都拿了出来，"这些先放我这里保管，回来之后我再给你送回去。"

"好，"欣桥点了点头，"那些你都拿走吧，估计我也没时间看。"

这几个姑娘白松差不多都认识，和她们在一起也吃过饭，看到白松不认生，纷纷凑了过来。

"哇，这是啥？"

傅彤和赵欣桥关系最好，她从欣桥箱子里拿出了一个小木盒，打开看了一眼，直接就关上了："闪瞎了啊。"

"什么啊，什么啊？是钻石吗？"几个人立刻围了过来。

"这个是欣桥那个三等功徽章吗？"有人看到了盒子，问道。

"你们看吧。"傅彤面露微笑，把盒子递给了自己的几个同学，接着她看向白松，"你这个都给小桥了，这是啥时候背着我们扯证了？"

"快了快了。"白松脸皮多厚啊，顺着话就敢往下接，丝毫不在意后面赵欣桥掐他。

那些姑娘传着看，白松也不在意，走到赵欣桥面前，从兜里拿出了一个更小的盒子。

"出门在外，送你一件小礼物。"

"礼物？"赵欣桥愣了一下，看着这个小盒子，心里有点紧张，这里面该不会是……

"嗯。"白松很开心,"你自己打开看看。"

看着傅彤饶有兴趣的样子,赵欣桥背过身去,轻轻打开了盒子,看见里面是一件小小的和田玉籽料吊坠,这才呼了一口气,转过身来。

"我还以为钻戒呢,没劲。"傅彤摆摆手,"直男啊你。"

话是这么说,傅彤还是凑近了看看,啧啧称奇:"品质这么好啊。"

赵欣桥把脑袋靠近了傅彤的耳朵:"学姐你别……"

她还没说完,同学们就围了过来……

应付完这些,赵欣桥看着这个小小的玉佛:"你当警察,怎么还信这个啊?"

"我们不能戴,但是你可以啊。"白松嘿嘿一笑,"戴上我看看。"

这块只有矿泉水瓶盖大的籽料,花了白松几个月的工资,还是找柳书元帮忙买的,应该比市场价低很多。

普通人能做到的也只有这些了。

"好啊,你帮我戴啊。"欣桥半举着胳膊,仅仅伸出大半截小臂,捧着盒子。

白松脸皮这么厚的人,这会儿也有点紧张,从盒子里拿出吊坠,手忙脚乱的,差点把线绳打了结。接着,他拿着这个,靠近了赵欣桥的脖子,也不知道怎么戴,倒腾了好几下,才终于戴好。

因为时间有点长,小小的玉都被他焐热了。

玉不大,欣桥看了看,很喜欢,然后轻轻拉开衣领,另一只手提着玉坠,放入了衣服里。

从这里离开,白松抱着六本厚厚的书,坐上了回上京市区的轻轨。

路上,手机响了,白松手里的书差点脱落,他把书放在腿上,接起了电话。

"昨天晚上的事,方便具体跟我说一下吗?"说话的是柳书元,听声音感觉有点疲惫。

"没啥事。"白松知道柳书元要问啥，不就是一支队支队长怂恿白松等人离开的事情嘛。

"行，还好是你在，要是王亮估计会和那个支队长撑起来，要这样就麻烦了，"柳书元道，"估计你啥都明白，不多说了。昨天到今天，我把你们挖出来的命案给搞定了，这事市局又得给你立功。"

"跟我无关，我说了这个尸体能发现，王亮的功劳最大。"白松想了想，"还有很关键的一点，就是从特总借出来的那条德牧，它和它的驯犬员都有功劳，你们别忘了。"

"你连狗狗都想到了？再大的功劳也是有限的，要这么搞，你可能啥都没有了啊。"柳书元提醒道。

"方便的话，按照我说的来吧。"白松道，"对了，案子怎么样了？那几个人招了吗？"

"招了。偷东西的偶尔还能互相包庇一下，杀人案就这几个人，怎么可能互相保护？谁都怕自己的责任重。"柳书元道，"给你打电话主要是一件事，就是我最担心的是你被针对。王华东的伪装很到位，卸了装没人认识。但是你体形和发型都比较特殊，估计这个运输公司老板枪毙的可能性很大，我怕他狗急跳墙，会想辙找你麻烦。"

柳书元的话和昨天一支队的支队长说的其实是一个意思，但柳书元明显是关心。

看守所里一个号房几十人，每天都有人刑事拘留转取保候审，也就是放出来，所以运输公司老板的话很有可能传出来。

"找我麻烦？送移动的三等功吗？"白松笑道。

"这个事持续不了多久，估计对你影响的时间不会超过一个月，过一个月这个老板就被逮捕了，到时候号房都知道他的情况如何，没人会再帮他。"柳书元说道，"我不担心你，你这情况，谁找你谁倒霉，我就担心有人打听到你对象之类的事情，她不是在北京吗？哪怕被骚扰一顿，估计你也受不了啊。"

要是平时，白松还真的有点担心，但是此刻，他看了看机场的方向，笑道："要是有人找麻烦能找到荷兰，我认栽。"

"行，那我就放心了。"柳书元笑道。

"嗯，我爸妈那边也没事，老爹是警察，这些小混混没人敢找麻烦。这老板都是强弩之末了，没人会给他卖命，最多就是拿钱滋扰一番。"白松道。

"嗯，好。"柳书元顿了顿，"一会儿见个面，有个事要当面谈一下。"

第六百七十五章　便于理解

回去的路上，白松又接到了宋所的电话，约白松明天晚上吃饭。

白松是四组带班领导，李云峰在一组，宋所在二组，明天是李所值班，所以四组和二组明天晚上都有时间。

当然，不是单独请白松吃饭，而是请四组全体人员吃饭。

宋所作为所里的一把手，下面一共四个组和一个办案队，这些人的凝聚力强与弱，直接关系到全所的战斗力。

派出所和派出所是不一样的。

九河桥派出所和三木大街派出所的所长看似平级，但是地位还是有差距的。三木大街派出所算是九河区最好的派出所之一，以后可能直接升某个支队的支队长，所以宋所调任一把手之后，干劲十足，很期待能出好成绩。

其他三个组宋所都请完了，现在只剩下四组了。

一般下属约领导，最起码提前三天。

领导约下属，就看心情了。

白松满口答应，然后给任旭打了个电话，让大家明天晚上别安排别的事，去宋所说好的饭店吃饭。就是简简单单吃个炒菜，也花不了多少钱，但是领导的这份心意绝对不能不领。

"对了，我得嘱咐你一句，"白松想了想，"明天晚上去吃饭之前，你找个地方先吃三个汉堡垫一垫。"

"啊？"任旭没听懂白松啥意思。怎么有大餐可以吃，还得先吃汉堡垫一垫？

"啊什么啊？领导请客，又不是咱们几个坐一起吃，领导点 12 个菜，你一口气吃了 8 个，领导还得为你加几个菜，你觉得合适啊？"白松太了解任旭了，"我的话你得记住了啊，细细品一品。"

"我明白你的意思了。"

任旭挂了电话之后心有余悸啊，幸亏白松提醒了！不然明天过后，人家领导虽然不可能为了这个事给他穿小鞋，但也很丢人啊……

派出所跟大机关不一样，任旭这种干活的人，领导都特别喜欢。只是，如果能给领导留个好印象，那以后总归是前途更广阔一点。

回到天华市，已经是晚上七点多，白松第一时间去找了柳书元。

"啥事把我叫来？是我说的郑彦武的命案有线索了吗？"白松忙问道。

"你把我当神仙了吗？"柳书元白了一眼，"不过，有点相关的情况。"

"你说。"白松一下子放低了姿态，洗耳恭听。

"湘南省我没有公安的朋友，不过有一个朋友在政府，我给他传了文书，请他帮我找税务和市场监督管理局的人，把郑彦武以前的印染厂的材料都传了过来。"柳书元拿出来一大摞，"太多了，我看了一会儿，看不懂这些账。"

"行，我看看。"白松拿过柳书元手里的盒子，还挺重。

白松在那里看着这些文书，柳书元有点佩服。

这些公司的东西，外行根本看不懂。内行可以通过一个账本判断很多很多东西，外行则只认识数字。

但白松其实是自学过注册会计师的知识的，他平时也留意这类知识。只不过他现在没时间去准备考试，不然通过其中几门也是有希望的。

看这些材料还是没问题的。

白松在那里看材料，他从上京市拿过来的那几本大部头就暂时放在了桌子上。

"那些账我看不懂，看他的书我总归是没问题了吧？"柳书元暗暗想着，开始翻看白松拿过来的这些书。

翻了一本……又翻了一本……又……

柳书元开始怀疑人生了。

这都是警察能看懂的书吗？确定这不是博士应该看的书吗？什么鬼?! 而且有好几本，是纯英文的！还有一本，这个是德文吗？

白松的法律已经到这个水平了？

柳书元最近一直特别拼，这会儿看着白松的背影，彻底抑郁了。这差距，开车都追不上了啊。

白松看了一个多小时，其间用笔在本子上记下了很多东西，拿手机计算器算了不少，时而皱眉，时而恍然。

"有问题吗？"柳书元看着白松把订好的案卷合上，给白松倒了一杯茶，递了过来。

白松愣了一下，他还真的没怎么见过柳书元倒茶啊。

"不喝茶？"柳书元声音不大，"要不，给你倒杯冰可乐？"

"不用不用，"白松接过茶杯，指了指自己写的东西，"这个公司有问题。"

"刚刚你还没来的时候，我找会计看了看，会计说账面上没什么问题。"

"账面上没问题。"白松道，"但是原材料和产出有问题。"

"什么意思？"柳书元凑近了，看到一大堆不认识的化学方程式，有点头晕。

"他们公司的印染产品比较多，但是大部分产品都是碱性及阳离子染料，因为生产的种类多、很多原料都是交叉使用，根本没办法推算。"白松指了指本子上的一个方程式，"他们前几年开始生产一种活性染料，确切地说，叫作KN型双偶氮活性蓝色染料，也就是乙烯砜型活性染料的一种。而生产这种活性染料，需要一种化学品，叫作对硝基苯胺。"

"所以呢？"柳书元发现他只听得懂"化学品"三个字。

看着柳书元的样子,白松突然想调戏一下他:"生产这种蓝色染料非常简单。把对硝基苯胺和水、浓盐酸混合后加热溶解,溶解后冰淬,接着在低温下加入亚硝酸钠水溶液。在重氮化反应……"

白松大体讲了讲这里面的步骤,讲了差不多十五分钟。

"你想跟我说什么?"柳书元揉了揉太阳穴。

"其实,刚刚说的都没用。我们只需要知道,因为工艺非常稳定,按理说,购买的对硝基苯胺与蓝色染料的比例应该是固定的。"白松道,"考虑到会有原料囤积等情况存在,也没办法给个准确的评估,可是按月来大致估计的话,明显可以看出,近几年,染料生产得过多了,已经超过了原料所能提供的,这就不是工艺提升能解释的了。"

"没用你说个屁啊……"柳书元差点吐槽,但还是把这句话忍住了。

柳书元忍了忍,说道:"所以你就告诉我,这些原料可能有走私原料,不就行了吗?"

"我给你说得细致点,不是便于理解吗?"白松倒没感觉啥,接着道,"这些数据太少了,我们需要更多的数据。"

第六百七十六章 惬意

郑彦武的案子，不是简简单单就能查出来的。

文身男知道的东西全招了出来，指望运输公司的老板说，那是不可能的。

他已经大概率被判枪毙、小概率被判死缓了，再多一个命案，直接撞墙就行了，还能省一颗子弹和几个月的大米饭。

郑灿知道的东西估计是0，现在唯一有用的，就是郑灿的那个叔叔。

郑灿的叔叔是本案的一个灯塔，是最后的希望，肯定要找，但是也不急。

一旦被告知郑灿的叔叔仅仅是捡到了郑灿，就回家养大，知道的东西都没价值，这个希望就彻底破灭了。

白松也不知道咋了，感觉柳书元客气了很多，和以前不大一样了。

从这里离开，白松抱着自己的一摞书，打车回了家。

刚刚和柳书元已经说完了，他们俩都先找找当地的关系，在不惊动郑灿的情况下，收集一些别的线索。估计出差还得等下周，市局对这个案子的重视程度不算太高，难度太大。

主要是案子已经过去21年了，99%的手段都用不了，现在甚至还完全不能追诉，必须得先查到足够的线索才可以。

目前唯一的线索是文身男的交代，但是这玩意不能当证据，也不能证明和案子有任何因果关系。

回到家，白松收拾了一下东西，闲来无事，打开赵欣桥的书。

要说白松的法律水平还是可以的。但是，这并不代表着，他能轻松看得懂这些英文和德文书啊！尤其是德文，他一个单词都不认识！

这谁能看得懂？！白松默默地把书放在了一边，愉快地睡了过去。

第二天早上，白松起床锻炼身体，跑完了步，回家洗澡，然后仔细地看了看自己的脑袋。

头皮已经不亮了，一层薄薄的黑色已经在头上酝酿起来。

白松摸了摸，不错，有点胡子拉碴的感觉了。

收拾好东西，白松今天去找王华东蹭吃蹭喝。

王华东这几天状态非常好，每天都在健身、减肥。

之前的时候，王华东为了能当好卧底，特地增肥了十几斤，有了一层小肚腩。

他和白松不一样，要待的时间比较长。假的东西只能骗人一时，王华东知道，硅胶这种东西没法骗人长久。

这些天，他开始控制饮食，锻炼身体，已经瘦了五六斤了，看着和以前没啥大的区别。

"晚上找他们一起吃饭啊？"王华东道。

"中午吧，晚上有饭局，领导请客。"白松拿出手机，看了看时间。

"可以啊，都领导请你了。"王华东有些惊讶。

"工作餐，我们一把手提职了，请组里人吃饭，没啥。"白松道，"早上就吃了两个包子，中午吃自助去。"

"行，找个海鲜自助吧，我现在减肥。"

"好。"白松道，"吃自助的话，我叫上任旭，正好让他多吃点，垫一垫。"

"没问题。"

第六百七十六章　惬意

中午时分,大家约好了一个地方,六人都到齐了。

"就六个人,怎么还找个单间?"王亮好奇地问道。

"是啊,是啊,单间拿东西不方便啊。"任旭四处看了看,已经瞄准了几个餐台。

"想啥呢?单间是有专人送餐的,"白松道,"咱们现在还是低调点好啊。"

"怕啥?还有人找我们麻烦不成?"王亮秀了秀自己的肌肉,"咱们六个人在这里,有人找麻烦岂不是送死啊?"

"不是,"孙杰明白啥意思,解释道,"市局那边还热火朝天地办案呢,咱们几个被领导安排休息,也得稍微低调点,明白不?万一被人拍下来,说咱们六个出来大鱼大肉,你觉得是好事啊?"

王亮一下子听懂了,他也不傻,前天晚上在市局的事情他自然明白咋回事。

"行了,吃饭。"

上午的时候,白松带着王华东练了一上午。

平日里白松也没时间训练,今天时间充足,就找了个小健身房,跟王华东互相当起了陪练。

现在这个情况,不太适合去特警总队。

今天是周三,上午的时候这个小健身房基本上没人,两个人练得非常累,这时候胃口好得不得了。

这可是苦了服务员,这家自助餐厅还算比较高档的,服务员素质也很高,但是服务员都要哭了,这来了六只猪吗?

王华东是个要面子的人,看不下去了,直接给了服务员100块钱小费。

咱们国家没什么给小费的文化,100块钱简直把服务员高兴坏了,什么新鲜、什么好就往这个屋子里拿,大家吃得不亦乐乎。

"看华东这个样子,是彻底走出来了啊。"大家纷纷感慨。

"人生自是有情痴,此恨不关风与月。"柳书元笑着说道,接着啧啧了起来。

"滚，你才是情痴。"王华东拿出手机，"我这两天和你介绍的那位，聊得不错。"

"真的假的?"孙杰举起了饮料杯，"那我就等你的喜酒了。"

"哈?"王华东丝毫不怵，"你结婚我因为特殊原因没去成，我等着你的满月酒呢，怎么样？一年后有问题吗?"

"有问题的话说出来啊，大家可以帮忙!"王亮起哄。

"滚!"孙杰抡起拳头，一拳砸在王亮的肩膀上。

"夭寿了，法医打人了!"王亮夸张地喊道。

"你要是再叨叨，信不信我为了你加会儿班?"孙杰目光有些幽幽的感觉。

"哥，我错了。"王亮乖乖认错，拿起一个大虾，"我自罚一个。"

白松看着王华东的样子，心中颇为高兴，这真的是彻底走出来了。

大家都在闹，都很开心，就任旭一言不发，努力奋斗，全心全意，攻坚克难……

中午吃得多，下午白松惬意地找了个图书馆看了看书，给欣桥打了个电话。

因为有六个小时的时差，现在才是荷兰时间的上午，听说欣桥在那边感觉不错，没有水土不服，白松就放心了。

长假很少有，有这种休息的日子真的难得。白松看了一下午书，晚上打车去宋所约好的地方，和大家一起共进了晚餐，然后一个人打车回家，一天就这么过去了。

第六百七十七章　日常

白松没想到的是，市局安排的出差去湘南那边的时间，定在了下周一，带队领导是二支队的副支队长。

这位副支队长白松也见过，人和刘刚有点像。

白松问了问柳书元这个安排是什么用意，得知的结果就是没有特殊的用意，而是这个领导和湘南那边的人熟悉。据说，当初白松等人去湘南省办案，抓奉一泠的那一次，市局也提供了支持，当时这位郭支队就帮忙打了电话，联系了一些关系。

听到柳书元说这个，白松倒是有了一丝感激。

上次湘南之行，不仅仅是当地警方以及养犬基地，他们得到了很多地方部门甚至于武装直升机的支援，动静闹得很大，可以说没有这些支援，他们啥也干不了。

所以对于郭支队，还未出发，白松就天然有了好感。

但是，下周一才出发……这是打算过完了周末再走啊……

这个事白松决定不了，看了看出差的名单，一共有七个人。除了白松五人以及郭支队，还有一个内勤，负责所有人的生活起居等安排，当然，也负责联络当地警方。

看到这个配置，既然柳书元说没有用意，白松就明白了案件的难点。

这个公司挺大的，每年缴税都很高，而且这家印染公司有30年历史，几经重组、并购、变卖，企业起起伏伏，现在还能做得不错，在当地算是一家有名望的企业，想彻查没有那么容易。

但仅仅派一个副支队长,又意味着市局没有抱太大的期望,这职务也就是正科,在市局……

这些都不是白松该管的。

他知道,他们现在等于是没人管了,放羊了。除了不能请长假出去玩,这几天想干吗干吗。

如果真的拿本子算算加班时间,白松今年两三个月的加班,都够他连续休息一个月的。但是,一下子休息这么多天,他还是不适应。

要是欣桥在国内,他还能偷偷跑到100多公里外的上京找欣桥玩,现在欣桥不在,就彻底没事了。

周四白松又惬意地过了一整天,读书、健身,晚上还和王亮一起玩了会儿游戏,周五亦然。

周六这天,白松实在是闲不住,主动跑到单位上班去了……

"白所,你怎么来了?"姜所看到白松,有些惊讶。

"姜所,今天怎么又是您替我啊?"白松记得上个班就是姜所替他值的。

派出所现在没有教导员,就四个领导,白松不在,他值班这天就得有其他领导帮忙看着。

周一到周五还好,本来领导们也得上班,顺便盯着点,晚上也好说。周六日这种情况,就彻底算因为他加班了,一般是三个领导轮着帮他。

"今天本来说宋所在,他临时家里有事,我就来了。"

"哦哦哦,没事,姜所您回家吧,我今天没事,我来值班一天。"白松说道。

"大周末的,你好不容易休息,不陪陪女朋友,来上什么班?"姜所问道,"我听宋所说你下周还得出差,你先歇着吧。"

"我闲不住。"白松很是感动。姜健是所里比较元老级的副职了,为人忠厚。

但是也不能小瞧姜所,能在派出所当治安所长,肯定也不是表面那么

第六百七十七章　日常　| 333

简单。

"你们都特别辛苦，前段时间，你和李所他们忙的那个西地那非的案子，我看你们忙了那么久，你也没休息，就去了市局。"姜所道，"不过你这状态看着还不错，年轻就是好。"

"嗯，我没问题。今天我值班，您别和我争了。"白松说完，接着道，"姜所，本来不想说，但是我得指正您一下啊，我们抓的那个，是西布曲明，不是西地那非，西地那非是伟哥……"

"啊？"姜所愣了一下，沉思了几秒，"伟哥……不是西替利嗪吗？"

"西替利嗪是抗过敏的药。"白松只能继续指正。

"抗过敏的药不是叫西咪替丁吗？"

"西咪替丁是抑制胃酸分泌的……"白松一脸黑线，不过他也看出来了什么，"姜所，昨天你们组值班，您是不是熬夜了？"

"昨天有对男女的事情，有点忙……"姜所揉了揉太阳穴，"今天还没弄完。"

"这样，姜所，您看看，你们组昨天没熬夜的，留一个在这里，剩下的交给我就行。"白松道。

"好。"姜所也不矫情，"我也不回家了，先回办公室补觉去。"

"您快去吧。"

姜所走了，白松看他走路姿势没问题，便放心下来。

这就是太累了。

今天，还真的是来对了。

其实一般派出所的副职没这么累，但是姜健这种比较负责，就会很累。上次白松来，看到姜所去处理那个跳楼的警情，而且让任旭先回来，白松就知道姜所很负责了。

今天是周六，周六的上午警情不算多，一般大家都喜欢睡个懒觉。

我们每个人都是独立的个体，有自己的思想，但是一旦人数多了，就会沦为数据，沦为大数据的一部分。

周六、周日上午警情少。

周五、周六晚上警情多。

尤其是周五晚上，三木大街派出所这种繁华的区域，一夜都闲不下来，所以昨天晚上值班的三组，这会儿都跟脱了一层皮一样。

时代不一样了，年轻人玩得越来越嗨。以前，很多人还怕警察，总归是做事收敛一点，现在一部分人就好像缺少大脑这个器官一样，做事完全不考虑后果。

昨天晚上，这是一对情侣……哦，不对，是一对网恋的男女第一次奔现。

在一个气氛还不错的酒吧，男的和女的坐在一起，女生有点保守，和男生刻意保持距离。

然后男生想亲近一点，女生推开。最后男生强行抱住女生，就亲了几口。

女生报警。

现在男的被传唤，还在办案区暂时羁押。

白松进了办案区，看到盯着男生的警察已经累得有点找不到北，便让二人去休息，把姜所说的昨天没值夜班的副警长叫了下来。

倒也不怪这个副警长不熬夜，这位今年也50多岁了，比王静岁数还大，每天吃五六种药，所以组里安排他晚上12点之后不用值班。

在派出所，能晚上12点之后不用管事，已经算是恩赐了。

第六百七十七章　日常

第六百七十八章　再临长河

白松大概明白了咋回事，这个男的，不配合警察取笔录，好不容易才取了一份，还基本上没有价值。

当然了，无笔录照样能办案。

拘留已经报到了分局法制那里，现在还没有批准，正在审核。

"我亲她，怎么就违法了？"男生听到之前离开的两个警察叫白松"白所"，也知道这是领导，主动跟白松说道。

白松没有回答他，反问道："认识字吗？"

"认识。"

"嗯。"白松打开办案区的电脑，把《刑法》第237条强制猥亵妇女罪原文及其解释打印了出来，递给了男生。

男生有些惊疑不定，但还是接了过来，一字一字地看完，然后开始和白松抠字眼，说自己这个不属于这个，那个不属于那个。

白松理都没理他，看起了执法办案系统，看了看这个案子的办案流程，皱了皱眉毛。

这笔录取得有点刻意，而且有几个手续有点问题。

都不是啥大事，白松让这位副警长去把材料拿一下，他就开始整理这个案子，不然一会儿法制也会退查。

这男生的行为重吗？有可能五年起步。

这么严重的吗？

打开《刑法》第237条，里面对于情节严重的说法，就是五年起。而在公共场所进行猥亵，那就是加重情节之一。

当然，最后不会这么判，行为主观恶性不够大，那地方不算很公开的场合，造成的影响也几乎没有。

对于量刑这种事，白松也认定不了，他就是把他的工作做好。

折腾了二十多分钟，给法制的领导打了个电话，麻烦人家帮忙看看，事情就忙完了七八成。

"领导，我的事到底是什么结果啊？"男生之前一直在辩解一大堆没用的东西，听到白松打电话问法制拘留批准的事情，心虚了。

他再傻也知道"拘留"两个字是什么意思。

色厉内荏的人，如果能把别人唬住，就会变本加厉。而如果对方压根不理他，心虚的就是他自己。

"你自己犯的什么，刚刚法条都给你看了，聒噪什么？"白松对这种案子提不起任何兴趣。

"我不懂啊！"男生立刻道。

"你不懂法，是法律的错？"白松反问了一句。

"可是我真的没学，还有就是按照这法条上所说，这个猥亵的意思……"

白松已经越来越擅长和这类人打交道了。

很多人总有一种小聪明，不求甚解，只看表面意思。有的人犯了法还狡辩，比如说诈骗犯，说自己不是以非法占有为目的。你问他为啥不是以非法占有为目的，他说他后来还找人洗了钱，他是以合法占有为目的。

刑法里的结果无价值论，很多人就直接觉得这个观点是结果没有价值。

这么一听，好像有点道理……

但是法官不会听。

这个男生过于偏执，白松见多了，就不愿意浪费那么多时间了。

从刚来到现在，白松变化很大，他已经逐渐明白，这个世界上并不是每个人都能讲得通道理。如果是刚刚过了司法考试的白松，会在这里和这个男生掰扯一大堆法律问题，现在他不会这么做了。

没有任何意义。

这世界上很多人是完全讲不通道理的。有的人你劝他不要被骗，不要转账，他能和你打起来；有的人孩子考上了清华，认为孩子努力不重要，佛祖保佑最重要；更多的人把星座、塔罗牌当成科学，能和别人因为这个绝交。

"你说话啊，我到底哪里是你说的这个罪名啊？我就亲一口怎么就犯法了啊？"男生还在那里重复。

"这个事你等着问法官，我的表达能力太差，够不到你认知的门槛。"白松还是没忍住吐槽了一句，然后再也没说话。

后续，白松派了个辅警，帮着三组的副警长把人送进了看守所。

周六也忙得不行，白松坐镇派出所，任旭非常踏实，工作安排得有条不紊。

派出所忙是一个共识，中午时间大家得不到休息，一个下午一个晚上接一个后半夜，谁也扛不住，任旭也摸清了这些，最近开始安排大家休息。

休息时间不限于中午，主要是不轮着出警的时候，尽量让每个人在 12 点到 17 点之间有一个小时的睡眠。

这算是个创新性的举措了，因为 14 点到 17 点是工作时间，按理说工作时间哪里能睡觉？但是中午忙完下午补一个小时觉，领导也是可以认可的。这个方法现在三四月份还不具有优势，一旦到了六月份之后，效果肯定显著。12 点到 17 点的时候天气炎热，警情少，人困，一旦大家挺过了这段时间，就意味着傍晚睡不着，入夜受不了。所以这个时候休息是最好的。

值班忙，白松也没给大家安排开会，有这个时间还不如让大家休息一下。

周日的事情暂且不表，周一上午 10 点，一行七人准备好了东西，踏上了奔赴湘南的旅程。

下了飞机那一刻,白松第一次感觉湘南的气候还是不错的。

出发前也没有什么专门的动员会,白松睡了一觉,下了飞机就先把外套脱了。

头发已经有了三毫米的一层,在天华市区头皮还感觉有点凉,而在湘南则刚刚好。

下了飞机,拿好了行李,几个人刚刚出机场,就有人过来接车。

两辆大奥迪,都是郭支队的朋友。

"这有点高调啊。"王亮走在后面,小声说道。

"比我当初去所里任职的时候低调多了……"白松吐槽了自己。

"也对,你那都是百万豪车送行。"王亮点了点头,"还是白大所长厉害。"

"你都知道了?"白松一惊。

"你以为你工作干得好,就只有正面言论啊?"王华东吐槽了一句,"你之前不也开奥迪吗?"

"年少轻狂。"白松摆了摆手,"不过等我赔偿金到了,可能就随便买个大一点的车代步了。"

"年底第一款 H9 发布,中大型 SUV,你可以考虑一下。"孙杰道。

"再说再说,上车。"

第六百七十九章　办案难（1）

白松出了这么多次差，第一次感觉到这么舒服。

以前出差要么是急火火地去办事，要么是去抓人，惊险刺激，总归是没有一次能看看出差的城市还有什么特殊的风景。

这趟来，郭支队负责联络人，内勤负责安排，这种出差，白松感觉都像是旅游。

这可是查20年前的命案啊……刚来的第一天，白松感觉很舒服，基本上就是去各个单位送一下文书，就回去等着了，然后就是吃饭、待着。

待遇好一点倒不是最关键的，最关键的是工作的开展比白松想象的还要顺利。

这边的工商、税务等部门，全线绿灯，拿着文书去，第二天就能出结果。就连调取银行对公账户的资金流水，都非常有效率。

但即便如此，这个事依然是不好办。

印染公司的情况白松是有一定的心理准备的，但是当他看股东关系图时还是看得有些头晕。

能被调取出来的电子数据还不算难，但涉及六七年之前的数据，也就是2008年之前的，很多不是电脑数据，而是纸质版，这可是要费大力气了。

工商部门现在正在找人把一些信息录入系统，但还是不够完善，得看原始资料。

这样一个公司的资料，多得惊人。

这些还不算，公司自己还有一个文档库，里面光各类合同就有几万份，这三十年来攒了整整一个仓库。

这根本就不是白松这几个人能穷尽的东西，除非来三五十个人，还得是能看得懂这些的专业人士或者审计人士。

有时候公安办案遇到这种情况，比如说白松在经侦总队的时候遇到的 260 亿涉案财产的案子，可以请会计师事务所对一些数据进行审计，但是这个案子不是经济案件，而是命案，加上在外地办案，请外人审计不合适。

除此之外，经济案件本身就冻结了大量资金在账面上，案子到了查账的时候，早都算破案了，请会计师审计一下，花个几十万也没什么。

这案子破案概率那么低，这笔钱没人会掏。

时间过得很快，转眼就到了周三。

白松负责看一些数据和统计，王亮负责分析一些公司存储的影像资料，王华东负责把一些已经有些模糊的档案进行文字校对，孙杰则给王华东打打下手。

"初步认定，这公司有原材料来历不明的情况。"周三晚上，每天例行的小会上，白松拿出了一个简短的报告。

这份报告他花了三天的时间。

这不算是什么有价值的线索，对于当地来说，这种税务上基本能达标的企业，肯定是很重视的，即便发现了一些原材料的问题，最多处罚几个主管，不会动摇根本。

当然，白松也并不打算动摇这个公司的根本，这没有意义。当初就连郑彦武都说，在那个年代，私下转卖几十吨化学品都不是难事。

住的酒店还不错，因为包了四个房间，加上当地警方与酒店也都比较熟悉，所以用这里的小会议室都是免费的，几张桌子上有着海量的材料，大部分是从公司搬过来的。

"这公司没有 20 多年前的花名册，也没有几个人工作时间这么长。找到了几个老员工，也仅仅是认识郑彦武，对郑彦武的印象还有好有坏，没什么参考价值。公司曾经的几个高管，都没什么太大的发现。"白松总结道，"现在有一个问题，就是分析当初郑彦武卖掉股份的时候，是谁得了利润，现在仔细看看，当时好几个股东都分得了股份，而且从当初的一些手写协议上来看，这次转让虽然价格不算高，但一点问题都没有。"

"不要小看郑彦武这个人。"郭支队不急不躁，"他当初能做到那个地步，怎么也不会是泛泛之辈。如果他变卖股份，有一个人明显得到了巨大好处，他是能知道的。所以，表面上的功夫一定是能做好的。如果能被20年后的旁观者发现，那他这个当初的亲历者也太次了。我们要考虑的是，即便是有人获得了巨大好处，也是背后的利益交换，而不是表面上的。"

"嗯，郭支队说得有道理。"白松点了点头，"有一个侦查方向就是查当初这几个股东在郑彦武外抛股份的时候，是否有他们自己其他公司的股份变动或者相关大宗财产的交易情况。"

"嗯，不着急。"郭支队一点也不急。这案子他根本就没有抱希望，来这里就是做服务保障。

白松终于体会到了此类案件的侦办有多困难。

白玉龙当年作为办案的高手，有幸跟着队伍去南城参与南大杀人案的办理，后来因为证据明显不够，案子就一直悬着。

时至今日，侦查还没有停止。

技术在不断地进步，但距离案发时间真的太久了。如今再看18年前的这起南大杀人案，已经不太可能出现什么新的线索了，对老线索进行更高科技水平的重查，有没有结局谁也不敢说。如果有一天真的破案，也可能是嫌疑人岁数大了，自己承认了。

白松这个案子也是，当初郑彦武那套房子那里已经被规划了小区，几十层的大楼拔地而起，当年这别墅往下20米的土都被挖走，全部筑成了地基。

现场证据早就湮灭到太平洋里面了！

白松也逐渐理解郭支队为什么一直都不急不躁了，因为急根本没用。

这种20年前的案子，几经时代变迁，想找到当初认识郑彦武的人都困难，即便有人认识，或者有人对郑彦武家属的死有过什么怀疑态度，也没用。

如果，大家运气爆棚，现在突然跑出来一个证人，说是知道当初的运输公司的老板的所作所为、被谁授意，都不见得有用。因为，即便跑出来这样的一个证人，还必须得提供相应的证据，否则仅仅靠他的嘴巴，证据力太弱了。

第六百八十章　办案难（2）

郭支队真的是不急，这趟活能带着内勤来，就意味着这是持久战。

对白松来说，有个内勤在也不错，会议室那么多材料有人帮忙盯着了。

今天，白松和郭支队等人与天华市局的领导通过视频连线召开了工作会议。

一般的着急的案子，会第一步就去找郑灿和郑灿的叔叔，或者直接找到郑彦武查案，但是过去了20年的案子，如果不提前了解一下案件背景，笔录该怎么问都不知道。对案子了解到一定程度之后，有时候听到某个细节就能发现问题，而不了解的时候，听到什么都不会有感触。

接下来工作计划分三步：第一步是开始接触当初郑彦武公司的这些股东，一个个询问当年认识郑彦武的人；第二步是接触郑灿和其叔叔；第三步是把郑彦武叫过来。

为什么现在才开始接触人而前期都只是接触各种材料？

因为即便到这一刻，依然没立案。到目前为止，且不说不知道凶手是谁，尚不存在任何可以证实当年这个案子是故意杀人的证据。

案子都立不了，哪能大张旗鼓？

周五下午，长河市公安局刑侦支队。

"郭支队，咱们都是老侦查员了，这个案子你们的工作我们也都看在眼里，但是，立不了案，我们能帮你们的，也只能是友情支援了。"当地的钟大队长直言道，"郭支队，恕我直言，这个事，能做的只有这些了。"

"没事，钟队，这个事我们不着急。"郭支队不急不躁，"现在就是慢慢查，尽可能地查，把能获取的线索穷尽。这个案子虽然没有立案，但是案子涉嫌的行为人可是已经进去了，别的案子早就立案了，目前怀疑是他一人所为，而且有他的同案犯指认，可以把一些手续暂时挂在他别的命案上面。"

钟队有些无语，这个事就大家随便说几句，怎么从郭支队嘴里，就像是有三四条线索似的？

"您来也四五天了，您这边的报告我们基本上也看了，非常专业，您这边应该来了有十几个人，需要我们帮助的也不多，之前我们领导也跟您说了，咱们这边肯定是都开绿灯。"钟队道。

郭支队怎么会听不出话外音？这都是客气话。

这趟来，郭支队找了些私人关系。他当然愿意为了办案去费一些人情，但是这不代表着他就会为了办案付出一切。

这案子现在还是个空中楼阁，郭支队难不成还要呕心沥血，把自己所有的人脉都耗在这里？他现在找人帮的忙，都只是用车、查一些手续这种非常简单的事情，但也已经很到位了。

"钟队，您这边帮的忙已经很多了，我们这个案子也不急，用我们天华市的话说，这事属于平地抠饼，前期把工作做得细致一点，后续工作也好开展一点。"郭支队道，"我不负责具体工作，这次来办案，基本上都是我们这边一个探组的探长负责。"

出门不提正副。

"对了，我还得跟您解释一下，"郭支队说话很客气，"我们这边正式忙案子的，其实就四个人。我们一共七个人，我和一个内勤不负责具体案子，还有一个法医也是不负责具体案子的。我们人少，所以我们出来一点也不耽误我们市局的其他工作开展，基本上是要打持久战的，以后还是少不了和你们打交道。"

"就四个办案民警？"钟队有些惊讶，但随即恢复了正常，"行，我们还是这句话，有需要的话，随时联系。"

郭支队和钟大队长都是正科级,虽然说听起来郭支队的名头好听一些,但实际上完全不一样。郭支队在天华市局,可以说排不到几百号,而钟大队长在当地,可是响当当的人物。

郭支队回去,打算给大家再开一个小会。

这五天,大家都累坏了,白松看的材料已经快有一人高了,柳书元和王华东给他打下手,也是学了很多东西。

很多材料,价值太低、数量太多,已经没有看的必要了,郭支队打算让大家休息两天。

大多数时候出差是不能休息的,但是这次不知道要持续多久,何况工商、税务等部门,人家周末也是不值班的。郭支队也就让白松自行安排,周一再去查。

这么一安排,白松倒是不习惯了。他不是没出过差,这几年天南海北地到处跑,去过的地方也不少,遇到的事情也蛮多,但是出差还能双休,他不知道还能干些啥了。

有时候赵欣桥也说白松有点工作狂,有点不知放松和娱乐,因此双休这个事白松只能请教柳书元了。

与此同时,长河市刑侦支队这里,钟大队长正在办公室静静地看着白松写的进展和报告。

作为整个长河市的刑侦支队重案大队的一把手,钟大队长的眼光可是很毒的。这也是为什么他面对郭支队的时候,言语之中都是客气话,因为他看得出来,郭支队并不是一线办案单位的。

他刚开始接过报告,以为这是十几个人的队伍忙了四天的成果,心里还有些轻视,直辖市就是兵强马壮,为了一个基本上不可为的案子来这么多人,但是听说是四个人所为,他有点不服了。但他不得不服的是,说是四个人所为,认真地看下去,所有的材料居然都是一个人写的,落款是白松。

白松?这名字怎么会有些许耳熟呢?这可是当专案内勤的好料子啊!钟

大队长起了爱才之心。

　　想了想，也没办法，他不可能把人跨省要过来，这要是湘南省内的警察还好说。唉……也不知道这种人在天华市会不会受重视……

　　正想着，有人敲门，进来的是长河市公安局刑侦支队的支队长。

第六百八十一章 鼎力支持

"王支队,坐。"钟大队长拿出茶叶。

"嗯,没事,不用泡茶,我坐会儿就走。"王支队看了看钟队的桌子,接着看向钟队,"天华市那边的人,都走了?"

"嗯,都走了。"钟队拿起材料,轻轻地丢到了桌子上,"材料在这,还可以。"

"哦?"王支队早就习惯了钟队的脾气,"能让你说还可以,那说明挺扎实的,怎么样,他们有线索吗?"

"算有一些,他们材料里没写,但是已经表现得很明白了,这个印染厂,有不法的原材料来源,这是肯定的了,估计能追出来一个走私案来。"钟队想了想,"也不算什么大事,等他们走了,咱们再找海关一起办了。"

"命案呢?"王支队很好奇,"他们这么没有根据的一个线索,就能派这么多人来,是不是有什么线索没有和咱们共享,怕咱们抢了他们的功劳?"

"不会吧,他们就来了七个人,还有三个不干活的。"钟队想了想,"这是他们副支队长说的,这个没必要骗咱们。"

"嗯,行,"王支队点了点头,"能帮忙的地方还是尽量帮,前段时间我带着队伍去天华市抓那个杀人犯,天华那边还是挺够意思的。而且最后要不是他们的那个白所长帮忙,我那一趟可就丢人了。"

"王支队也就是您工作积极性高,上次那个事我说了我带队去,万一没抓到,也不丢什么人啊。"钟队道,"您说的那个,我跟他们那个姓……嗯……姓郭的副支队长说了,能帮的地方会帮的。"

"这不是丢人不丢人的事情，去年湘江里那个案子，就是人家天华市和鲁省来配合抓的，就连省里的领导们都十分关注，部里面也非常重视。这种事发生在咱们这附近，咱们都不知道，多丢人！所以陈年命案，我肯定得去。"王支队道。

"嗯，也对。"钟队理解王支队的意思。这种事不是抢功劳，而是要让领导知道，长河市公安局刑侦支队是有战斗力的，对犯罪重视程度非常高，多年前的命案也不会放过，争取命案必破，算是树立形象。

天底下没有如果，上次王支队把嫌疑人带了回来，还上了新闻，对王支队来说，功劳是谁的根本不重要，重要的是他的前途稳了。

"对了，我跟你上次提了一次，没有细谈。"王支队道，"你可能有所不知，湘江里那个案子，天华市负责的领导，和天华市帮我抓命案逃犯的是一个人，就是我跟你提到的白所。这个年轻人真的厉害，不是吹的。我在整个湘南公安厅，都没发现第二个这么年轻还这么有能力的人。"

"这有点过了吧？厅里人才济济啊。"钟大队突然想到了什么，"您说的这个人，是不是叫白松？"

"对，"王支队疑惑了一瞬，"你认识？"

"这趟来的，负责办案的，就是这个人。"钟队轻轻拿起这一摞文档，"您上次和我说这个人多大来着？"

"和警犬培训中心的小冀差不多岁数，二十四五吧。"王支队主动从钟队手里面把文档拿了过来，随意翻看了两三分钟，接着道，"你现在手底下还有啥案子吗？"

"一个强奸案，还有那个长北区决水的案子，两个炸大坝的还有一个没抓到。"钟大队道。

"让你们队李队接着你手里这些，"王支队想了想，"一会儿开个会，你带三个人，然后从下面分局抽调四五个好手，白松他们这案子，全力查。"

"啊？"钟队下巴差点惊掉了，"刚刚他们那个郭支队还说，这是平地抠饼，怎么咱们也……"

"没有饼去抠是傻子，但是如果知道有，还不去抠，那就是我们的问题了。"王支队道，"既然是这个白松带队，而且还这么用心在查，这里面肯定有咱们不知道的东西。你先去组织人吧，一会儿开会。从现在开始，咱们全力支持天华市办案，这个事咱们必须插一腿！"

"明白。"钟大队立刻点头，拿起这摞材料，就开始了复印。

晚上，白松五人在湘江边上，叫了一桌烤鱼，吃得不亦乐乎。

"领导怎么说我不管，咱们几个都禁酒啊，其他的，随意。"白松来之前就嘱咐好了。

"喝什么酒，这么辣，就得喝凉茶。"王亮嗦啰了几下舌头，又喝了一大口凉茶。

"这边的菜确实是有点辣，"柳书元也是头上冒汗，"除了任旭可以为了吃无视一切，我感觉咱们都差点。"

"嗯，上次来，是咱们六个，没想到这么快就故地重游了。"孙杰往米饭里扒拉了一大勺剁椒鸡蛋。

"希望这次也能顺利把案子破了。"白松道，"很多案子的线索，我感觉都集合在这里。"

"怎么感觉你有点愁？"王华东有些敏感，"这可不是你的风格。"

"咱们想查的东西太多，但是当地警方不可能放下自己的工作不做帮咱们查那么多事情，这个事已经不是私人关系能解决的了。"白松顿了顿，"他们还要忙自己的案子。将心比心，要是湘南的人来到天华市，告诉我咱们这里几十年前的案子可能是命案，而理由仅仅是一个老运动员（进过几次监狱的人）随口一说，我最多就是顺便帮忙，不可能付出太多。"

"放心吧，"王亮辣得一句话都说不利索，"你吉人自有天相……"

"不会说话就闭嘴啊，你才遇到大凶了呢！"白松啐了一句。

"我倒是想……"王亮呲了一声，"大凶不挺好的吗……"

"别想那么多了，"孙杰拍了拍白松的肩膀，"我们按照计划行事，一定没问题的。"

"放心，我不会灰心的，我们把工作做在前面，希望就在后面，现在怎么可能丧气。"白松举起杯，"来，以水代酒，这个案子要是破了，回去我把酒席铺上。"

"干杯。"大家举起了杯子。

大家都一饮而尽，一阵微风吹过，清明前后的湘江在不远处城市灯光的辉映下，江面都泛着欢愉的气息。

这时，白松的手机响了起来。

"是白所长吗？嗯，对，我是长河刑侦一大队的，我姓钟，你们现在有空吗？有空的话，来我们支队这边，咱们一起聊聊案件。"

第六百八十二章　肝[1]

"这边饮食还习惯吗？"钟队打量了白松一圈，先唠起了家常。

"还不错。"白松四望了一下，"我们郭支队呢？刚刚接到电话我就过来了。"

"联系完了，他说办案细节的事情由你负责。"钟队说道。

"好，"白松点了点头，"我先出去打电话说一下。"

白松来之前以为郭支队也在，来了才知道郭支队没来。既然如此，无论钟队这里是否联系了郭支队，他都得打电话说一下，这是规矩。

联系了一下，郭支队说案子的事情由白松去处理。

简单地寒暄了几句，大家都坐定，钟队那边坐了整整十个人，全拿着自己的本子。除此之外，钟队这里还有几十摞案卷，有的一看就有了历史气息，看样子这案卷就算没有白松的岁数大，也差不多了。白松和案卷打交道多，以前在三队的档案室看了很多的老案卷，对这个还是比较敏感的。

"白所，我们王支队已经给我们安排了任务，下午的时候我们就开始全力侦查这个案子了。把你们叫过来，主要是想成立一个临时的专案组，互相交流，情报上互通有无，技术上相互支持。"钟队说得比较诚恳。

白松有些皱眉，钟队给他的感觉可不是那种儒雅的人，而是很阳刚、脾气大的人，这么一聊，倒是让白松先搞不懂了。嗯？因为啥要全力支持？

---

[1] 网络流行语，因熬夜伤肝得名。原指花大量时间及精力玩游戏，后指代在短时间内耗费巨大精力做某事。

"钟队，我首先代表我们探组表示感谢，但是这样的话，会不会耽误您其他的工作？"白松打算把话说在前面，这总比忙了几天后院失火好。

"你放心就好，我们王支队跟我提过你，我也知道你是个办案的人，不会和你绕圈子。"

"王支队？"白松似乎明白了什么。这肯定是上次去天华市抓杀人犯的那个王支队了。上次王支队确实是要承白松的情，但是私人感情也不是这么用的啊，白松还是有些不解。

钟队也不解释，把面前的这些案卷指给白松看："距你们去年来湘南，办理湘江水底的案子已经过去了大半年，从那之后，长河市局开展了为期一年的命案、重案大起底行动。截至目前，包括上次去天华市抓的那个逃犯，已经抓到了两起命案的犯罪嫌疑人，还破获了一起11年前的抢劫案。你们这次来办理的案子，也可以作为大起底行动的一部分，而且，如果你们那边的案子是真的，这样的情况存在却没有被发现，我就有理由相信，这些没有破的命案、重案里，可能就有和你们的案子串并的案件。"

白松大概明白了是什么意思。

这种大起底行动，为什么不多搞？

因为并不是每一次都有成果，其实命案本身不会停止侦查，无法破案并不是缺人力物力。按照每年百万分之七的命案率（公安部2017年前后公开的数据），湘南全省近7000万人口，即便有99%的破案率，依然会有一些陈案、积案。

越是陈案、积案越难破，这是共识，但这不是放弃的理由。

这一年的行动，耗费了大量的人力物力，算上天华市那个，也仅仅是破了两个，难度可想而知。

而且，不怪王支队对白松有些重视，这个案子在当地的定性是意外火灾，如果天华市查清楚了是故意杀人，别说王支队了，湘南省的面子往哪里搁？

这是典型的不敢再吃亏了。

第六百八十二章　肝　　| 353

想到这里，白松还挺高兴："钟队，别的我不敢说，我们探组绝对是长河公安最好的战友。"

"好。"钟队看白松这么快就明白了这里面的弯弯绕绕，还挺高兴，"这些案卷年头有些长，不要带离这个屋子，也不能使用复印机复印，如果需要文印，直接拿数码相机拍照后再打印。当然，我也建议我们都在这个屋子里看。支队把这个屋子批给了我们，一会儿你们五位也去找我们的内勤小赵把指纹录入一下，在案件结束之前，这个屋子只有我们在座的15位能进来。"

"我们郭支队怎么办？"白松不由得问了一句。

"领导等报告就行了，王支队也不会过来。"钟队道，"时间不早了，明天开始，会有更多的案卷抬过来，咱们这边也可以安排对印染公司的老股东们进行更深层次的调查。"

"好，"白松道，"钟队，我就不联系王支队了，回头您替我带好，我相信，最终的结果一定是好的。"

"好，那先休息。"钟队看了看时间，确实是不早了。

"我们是长期战，我也不推崇熬夜办案。"白松看了看表，"嗯……十点半，我先看会儿案卷。"

有的案子一看就是孤案，比如说上次去天华市抓的那个逃犯，死者和凶手之间是有特定关系。但是也有的案子不知是何人所为，死者的家属都不知道死者有啥仇家，这类案子需要格外关注。除此之外，一些有点蹊跷的意外事件也得多关注一下。

接下来的三天时间，钟队算是服了。

白松这五个人，每天晚上十一点半准时离开，早上八点半准时来。

都说996辛苦，白松这……

第三天开始，钟队可不伺候了，这几个小伙子都20多岁，出差办案没有家里面的压力，每天睡七个小时一点问题都没有，他可不行，溜了溜了。

不光是钟队，就连其他的办案民警也不伺候了。

这都是什么人？怎么那个法医也这么能肝？

但是，这类似的案件，法医还真的重要，因为这次全是命案和重案，很多照片和鉴定书只有内行才能看出来门道，如果没有孙杰，白松等人基本上看了也白看。

这种情况一直持续了四天，白松等人看完了这个会议室所有的案卷，王亮那里做的表格和可能的串并案件的图表，已经有了上百页。

而这些天，当地警方对一些其他外围情况的查证工作，也有了很大的进展。

第六百八十三章　串案

截至目前，除了郑灿、郑灿的叔叔以及郑彦武之外，其他的能够核查的线索全部核查完毕了。

当初和郑彦武一起合作的股东，分别是刘卫国、孙耀武、李永红、翟兴华、王振华五个人，全是男的。郑彦武卖掉股份后，五个人都用自己的钱购买了一部分，从账面上看没有任何问题。

现在，刘卫国已经逝世，他本来是新任最大的股东，但是他死了之后，股份拆分给了几个儿子和侄辈，而这些人又不是做生意的料，很多都败得差不多了。

其他四个人虽然还在世，但是有三个人已经移民了，股份保留了一部分，也卖掉了一部分。

唯一在国内的，只有王振华，他还不在本地，股份也卖了很多。

目前公司拥有1%以上股份的人多达17个，还有零零散散几十个小股东，现在这个公司已经没有再把大家凝聚成一股绳子的能力的人了。

警方也联系到了王振华，他对郑彦武当初的事了解得并不深。

目前对这案子了解最深的，就是当初去过现场调查的七八个警察。那个年代，消防类型的审批都在公安局，所以也没有现在这种火灾责任认定书，现场的材料都是办案警察负责的。

对现场还有印象的警察表示，现场确实是燃气泄漏了。那个时候的燃气还是稀罕物，说是燃气，其实就类似于现在的液化气钢瓶，只是郑彦武家里有好几个罐。

以甲烷为例，1千克甲烷的热值相当于13千克TNT（炸药）的当量。虽然甲烷的燃烧热不可能按照这个比例爆发，但是几罐液化气，威力可是很恐怖的。

现场基本上啥也看不到了。

现场发生过不止一轮爆炸，第一波谁也没赶上，去了之后就看到熊熊大火，然后当时大家就想办法灭火。

事发地是个山庄，也没有消防栓，当年的消防车也不够先进，根本就压不住火。后来，可能是过高的温度把几个罐给烤炸了，发生了第二轮爆炸，本来就不太结实的房子彻底坍塌。

在这种情况下，以当时的技术条件勘查现场有点困难，省里面还专门派人做过调查，最终确定是一个罐发生了泄漏，然后爆炸着火。

现场能够确定的死者有两个人，还有一些零零散散的……据事后给郑彦武取的笔录，当时郑彦武的家人都在家，一次性全没了。

看完这个，白松对郑灿可能是郑彦武的孩子这个假设更信了几分。但是同时他也明白了，郑灿的叔叔有极高的概率知道一些事情。因为这次是燃气问题，不是普通的木材着火引发的火灾，所以基本上不存在着火后把人救出这样的事情。

白松分析，案件有两种情况。一种是郑灿的叔叔是郑彦武家里的管家，案发时正在屋子外陪着小少爷玩，结果逃过一劫。但这种情况不好解释，因为管家事后不可能不找郑彦武。

第二种情况是，郑灿的叔叔提前就知道会有这样的惨案发生，但是已经阻止不了或者不敢阻止，出于其他目的把郑灿救了出来。

至于有没有其他的不良目的倒是不好推测。

现在城市对管道煤气有着严格的应急管理和报警机制，已经非常安全了，很多地方已经禁止私自运输、买卖液化石油气罐，但是在那个年代，情况完全不同。

通过对命案的梳理，白松他们目前发现了足足八起可能有关联的案件。

其中有三起和印染公司的人有关。1997 年，印染公司一名普通的员工在回家的路上遭遇车祸，当场死亡，在那个车子不是很多的年代，这种案子肯定是需要额外关注的。

1999 年，印染公司发生操作事故，造成几十公斤高毒化合物泄漏，一名工人死亡，四名工人留下了永久的后遗症。

2001 年，其中一个移民的股东孙耀武，他的儿子在长河市的一家酒吧与人发生口角，被人捅死，凶手下落不明。

这三起案子，第一个司机已经处理，第二个已经处罚了相关责任人，第三个则不可知。

除此之外，还有五起案子尚未破获。

第一起和第二起发生在 1995 年，当时长河市下面乡镇的两个人，在间隔一天的时间里被以相同的方式杀害。而经过调查，这两个人都没什么仇人，也没什么共通之处，都是普通的小老板，这两个人也没有得罪过相同的人。

第三起发生在 2008 年，是距今最近的一起，作案手段和上面两个有些类似，依然不掌握嫌疑人的情况。

第四起是 2006 年的案子，发生在张家市，死者死因是氰化物中毒，嫌疑人是他的朋友，外逃已经八年。

第五起是 1999 年的车祸案件，肇事车主逃逸，至今不知道是谁干的。这个案子之所以可能存在关联，是因为死者是印染公司的合作方之一，当时也有很多人关注这个案子，最终也没找到嫌疑人。

白松等人把每一起案子做了各种关联性的核查，目前也就是这些情况。

除了这些之外，大家还发现了一起竖阳市的命案，与长河市另外一起已经破了的命案可能有关联。

这两个案件的作案手法不同，也不在一个城市，但是死者之间可能是认识的，通过大数据的串并，其中一个死者的前妻是另外一个死者的小姨子。

这个发现引发了钟队的高度重视，因为当初的嫌疑人已经被执行死刑，没办法提讯，但是这俩案子可以互相参考。

　　从这里也能看得出来，长河市这边非常费心了，除了本市的案子之外，还从省数据库里调出了很多外市区的与本案可能有关联的案子。

　　这些案子也都是经过第一轮筛查的，不然仅仅靠白松几个人，永远也不可能查得完。

　　所有的数据都分析得差不多了，白松等人已经做好了准备，明天，也就是周三这天，正式去找郑灿的叔叔谈一谈。

第六百八十四章　郑灿的叔叔

"你这个办案的方式我还是第一次遇到。"钟队在车上和白松聊道。

"我也是没有办法。"白松揉了揉自己的太阳穴,"我们也都知道,郑彦武和郑灿大概率是啥有价值的线索都提供不了。郑彦武但凡有一点这方面的怀疑,都不会是这样子,郑灿您这边也接触过,是什么人您也知道。郑灿的叔叔是唯一的希望。"

"对。"钟队点了点头。他早就想去找一趟郑灿的叔叔了,但是出于对白松的尊重一直没去找。

郑灿的叔叔是本案最大的希望。一旦这个希望破灭,所有人都将失去办案的信念。

来湘南这十天左右的时间,所有人都保持着高昂的斗志,现如今,是揭晓谜底的时候:郑灿的叔叔,到底知道什么?

大家之前已经掌握了这个人的信息,但是一直没有接触他。

这个人叫孙红旗,今年48岁,是个不折不扣的普通人,小汽修厂老板。

白松很早就知道了孙红旗的身份,对于警察来说,这根本就不需要刻意去查。这个普通人的身份,给了白松很大的困扰,这才是他最担心的地方。

白松很担心什么线索也获取不到。

"老孙?出去了。"穿着红衣服的修车工直接回答道。

白松等人第一次来,就直接扑了个空,孙红旗去市里面买配件了。

"多长时间能回来?"钟队手下的一个刑警出示了警官证,"找他了解一点情况。"

"一般都是中午能回来,警官要是不着急可以在这里等一会儿。"修车工说道,"你们要是着急,我给他打个电话。"

"我们不着急,在这里等他。"

修车工点了点头,接着修自己的车子,丝毫没有在意警察的到来,似乎对他口中的老孙丝毫不担心。

没让白松等多久,差不多过了半个小时,孙红旗就回来了。

"警察找我?"孙红旗一脸疑惑,"找我干什么?"

"是我找你。"白松看了看修车店门口的孙红旗,微微皱了皱眉。

之前白松看过孙红旗的信息和照片,感觉这个人从面相上看很老实本分,没想到看到真人更是如此。身高一米七左右,其貌不扬,头发很短,胡子拉碴,双手粗壮,因常年做汽修工作,手上沾染的机油痕迹明显。

面相这种东西,还是有一定用处的,因为人的生活习惯等会影响相貌,那些混社会好勇斗狠多年的人,从面相上就能看出来不像好人。当然,这东西一点也不绝对。

白松并不希望孙红旗是普通人。

如果之前知道孙红旗是那些股东之一,或者是个黑道大佬,白松早就找了,因为可以确定这个人知道些什么。

但是,仅仅是看了对方一眼,白松的心就凉了一半。

"你是有一个叫郑灿的侄子吗?"钟队走向前来,开门见山地问道。

"侄子?"修车工立刻站了起来,"那是老孙的儿子。"

"不不不,是我侄子。"孙红旗摆了摆手,跟修车工强调了一遍,"去哪这也是我侄子。"

"要我说老孙你就是一根筋,这孩子咱们养了十七年,虽然都叫咱们叔叔,但是只有对你才是真感情。"修车工怒斥老孙,"你要是不认可这是你儿子,这孩子就一直没爹!"

第六百八十四章　郑灿的叔叔

"啥也别提，这个是原则性问题。"孙红旗摇了摇头，没有说话。

停顿了差不多十秒钟，孙红旗这才抬起头跟白松说道："警官，我虽然不是他父亲，但是我和他是养父养子关系，有正式的领养手续。他要是有什么事，找我就行。"

"他没犯事。"白松摇了摇头，"你这里有方便说话的地方吗？"

"他没犯事？"孙红旗一下子有些慌，"都是我的事，有啥事都找我。郑灿开车技术没有一点问题，他驾照的事，是我自己的事。"

"驾照什么事？"钟队有些疑惑地看向孙红旗。

"不是这个事。"白松指了指王亮和孙杰，"你们陪着这个修车的。"说完，白松拍了一下孙红旗的肩膀，"你跟我们走。"

白松和孙红旗近距离接触的时候，才发现孙红旗一点也不紧张了，似乎他做的违法违纪的事情，只有给郑灿办驾照这一件了。

警车上，孙红旗说出了事情的原委。

他捡到郑灿的时候，这个孩子已经4岁多了。孙红旗是个司机出身，给领导开车，90年代后期会开车也是一门手艺。1997年的一个夏天，因为第二天要早起去接领导，所以晚上他就暂时把车开回了家。

那个时候有车的领导都挺厉害，司机也有点特权，公家车可以开回家。而孙红旗之所以可以给领导开车，也是因为他父亲那边的关系。

那是个人情社会。

晚上回家的路上，孙红旗在家附近看到了郑灿，当时4岁多的郑灿一个人在街上游荡。

本来4岁的孩子满街跑，在当地没什么特别的，但是4岁的孩子一个人晚上十一点多在大街上就不正常了。好心的孙红旗就下车拉住了郑灿，问了问郑灿什么情况，郑灿傻傻的，只知道自己的名字，家根本记不住。于是，孙红旗就带上了郑灿，去了警察局。

警察查了半天，也没查到是谁的孩子丢了，就想把孩子先送到孤儿院。

大晚上的送不进去，警察还要忙别的事，就让孙红旗把人接回去先带一晚上。那时候人际关系很简单，小小的县城，警察都知道孙红旗是领导司机，对孙红旗也放心。

这个事孙红旗可是上了心，带回家后，却发现郑灿一点也不怕他，什么都能吃，而且很快就睡着了。

孙红旗让父亲帮忙带带孩子，第二天一大早，自己还是去送领导开会。

本来他想早点回来，但是司机得听领导的，只能陪着，直到领导开完会，他才跟领导说了这个事。领导就让他先回去，自己可以开车。

当天，他带着郑灿去孤儿院，却发现孤儿院条件特别差，孩子一个个面黄肌瘦。孙红旗就非常不愿意，这孩子又特别好养，他就有了恻隐之心，跟警察说，在找到郑灿家人之前，他愿意领养这个孩子。

警察就给了这个面子，毕竟这也是某个领导的司机，再说当时的领养手续也不难办。

领导没了司机，照样吃了午饭，喝了酒。

于是乎，当天发生了一起严重的车祸，这个领导开车撞死一个人。

而且，这个人还是当地著名企业的一个员工。

第六百八十五章　头疼

酒驾撞死人总归是大事，这领导被免职、开除、赔钱，还判了缓刑。

人总是不会找自己的问题，在这个事之后的一次酒局上，有人提到这个事就怪孙红旗，要是孙红旗当天尽职尽责，不早离开，这个事根本不会发生。

被人这么一撺掇，责任全成孙红旗的了。孙红旗工作一下子就保不住了，直接被找了理由就开除了。

于是，31岁的大龄男青年孙红旗被开除了，只剩下了一门开车的手艺，却没人敢用了。

这一下子，媳妇都不好找了，尤其是他家多了一个4岁的孩子。

本来以孙红旗在县城的地位，找人去查查这个孩子，他自认为还是有很大的希望能查到的，但是现在没人愿意帮他。

孙红旗这个人，太实诚了，以前家里给介绍对象，他跟谁都说自己家里母亲去世，父亲有病，而且自己不怎么会说话，所以一直也没成功。后来有了这份不错的工作，却出了这种事。现在，就更没可能找到对象了。

干脆，就找几个哥们儿，一起开了个修车店。

步入2000年以后，私家车越来越多，会修车又成了一门手艺，最多的时候，修车店一共有五六个人，后来走了几个人，现在还有三个人。除了今天遇到的两个之外，还有一个在外面忙别的没回来。

这17年来，孙红旗逐渐把孩子带大，而店里面的这三个员工，都成了郑灿的叔叔，但是只有孙红旗一直没有结婚。

按理说，孙红旗已经算是郑灿的父亲了，但是既然最初让郑灿叫自己叔叔，也就一直如此了。

当初遇到郑灿的时候，他问郑灿的家在哪，郑灿指了指北边。郑灿长大了之后，他们还是一直在找郑灿的父亲，但是无论怎么扩大范围，都找不到。

白松听完有些沉默，这个孙红旗还真的是个一诺千金的汉子？

"你图什么？"钟队一脸的不信。

"谈不上图什么吧。"孙红旗道，"我和这个孩子有缘，你们信吗？"

"碰到了就是有缘？"白松问道。

"这孩子，刚开始一直也没上学，后来我爸觉得就算是暂时领养，也得让他去上学。于是来我家两个月之后，就送去幼儿园了。过了两年他要上小学，当时修车的生意也不好，没人知道我这个店，所以家里压力很大，他还要交学费。那时候我爸就想让我把他送到福利机构，然后想办法给我找个媳妇，因为那时候我爸身体真的越来越不好了。

"我爸还有点人脉，之前的事过去两年了，他想让我找个正经工作。因为印染厂那边根本不在乎我那个已经下了台的老领导，于是就让我去印染车间上班，把我名字报了上去。让我去招工那里复试的那天，正好赶上郑灿第一天开学。

"当时因为打算把郑灿送去福利院，我就想无论如何也要送郑灿第一天去上学，印染公司的复试就错过了。我爸说了半天好话，让我下一批去印染公司复试。结果，就是和我一批去的，操作失误，把有毒的东西放了出来，死了六个人……"

"等会儿，"白松打断了孙红旗，"是1999年的那次印染公司高毒化合物泄漏吗？不是死了一个人吗？"

"六个，我认识的就死了两个。"孙红旗一脸认真。

白松点了点头，没有追问这个问题，他知道孙红旗说的数字很可能是真的:"你接着说。"

"要不是那天郑灿上学,我肯定就去了,要是我去了,估计也会死在那里。"孙红旗道,"那个事之后,印染厂费了很大的力气,才抑制住了辞职的大潮。我爸也不再催我去上班,也不急着把郑灿送走了。后来,直到我爸去世那天,我爸都想让我带着郑灿去改个姓,也姓孙。那个时候,他老人家也认可了这个孩子。毕竟他都带了郑灿七八年了。

"我没同意,这孩子挺不容易的,和我遇到是我们爷儿俩的缘分,我觉得还是有一天能找到他爸,他自己也这么认为,现在车子开得特别好。"

白松和钟队相视无言。

孙红旗的事情,其实也算不上什么巧合,如果有,最大的巧合就是碰到郑灿而且还去帮忙找父母这件事。

而其他的,从时间上也都能对上,尤其是孙红旗领导车祸这个事情,钟队临时安排人去求证当初肇事司机的身份,很快也得到了证实。当年的交警对这个案子也算熟悉。

目前来说,孙红旗说的都是真的。

但是,这么一来的话,郑灿的情况到底是什么?

"先带回支队,"钟队给下面的人安排了一下,"接着把修车工也带回去,在外面忙的那个,也快点带回去。"

"白所,你怎么看?"钟队见大家都跑了出去,"我一会儿回去安排对这个孙红旗的审讯工作。"

"好。"白松本来想说让咱们的刑警休息休息吧,因为他知道,不可能问出任何有意义的事情。

孙红旗如果说的是假话,很多东西都是能查出来的,完全可以等有了确切的证据再去审讯。如果说的是真话,审讯就更没有价值。

白松知道,他知道的事情,钟队长也知道。但钟队还要安排审讯,肯定是要把手续做足，累点也得去审讯。

"我个人倾向于这条线索断了。"白松有话直说，"一会儿给这三个人取样，包括找到郑灿，取样，做 DNA 吧。郑彦武那边，安排人接触他一下，从他那里偷偷找点脱落的毛发，暂时不要告诉他，我感觉他现在回来，不见得对办案有好的帮助。"

"也只能这样了。"钟队叹了口气，显然对这个结局还是很头疼。

白松没有叹气，揉了揉自己的太阳穴。

第六百八十六章　回归（1）

"感谢天华市公安局来我市查案的队伍，在两地协作下，通力合作，发挥不怕苦不怕累的精神，攻坚克难，为长河市的长治久安做出了巨大的贡献。

"为贯彻落实湘南省公安厅工作部署，2013年8月以来，长河市公安局在湘南省公安厅、长河市政府的领导下，开展为期一年的重案、命案大起底、大排查行动，取得了显著的成效……

"需要强调的是，经过此次行动，天华市、竖阳市、长河市三地协作，发现并最终破获了竖阳市'307故意杀人案'，得到了省厅的嘉奖……"

白松听着这个报告会，也不知道在想什么，思绪已经飘到了北极。

天华市的这一次出征，以失败告终。

当然，也不是没有成绩，在后续长达十几天的侦查过程中，最终还是查到了竖阳市那一起和长河市有关联的案子的真相，经过最终的审查，确定了凶手就是那个已经被枪毙了的人。

这类案子很难认定，尤其是嫌疑人已经死亡，但是最终还是做到了证据链吻合，检察院认可，获得了省厅的嘉奖。

从这个角度上来说，这一次出差也是长脸，天华市局的领导也很满意。

但是对于白松等人来说，等于啥都没有完成。

这起破获的古老命案并没有抓获新的嫌疑人，对白松来说也没啥意思，他的精力基本上都在孙红旗这里，但是经过了很多查证，孙红旗说的东西，居然全是真的。

本来，白松觉得，孙红旗遇到的巧合，确实是太过于蹊跷，但是后来查了查，也确实是没办法刻意安排。

首先，孙红旗的档案很全，之前当司机的时候也是尽职尽责，他的领导出事那天，各方查证也都是意外事故。总不可能刻意把他们领导毁了，再撞死一个人，就为了把孩子塞到孙红旗这里吧？

至于那起印染厂的安全事故，误操作的人也死了，如果说仅仅为了让孙红旗留下这个孩子，这扯得彻底没边儿。图什么啊？再说了，这就能保证孙红旗不把孩子送出去？

其次，如果是有人操纵这一切，把孩子给孙红旗是什么意思？这个事虽然有诸多巧合，但是相比巧合，人为安排更是不可能。

最后，如果郑灿是被人带走抚养，为何要如此秘密？郑彦武并不是立刻就卖掉股份离开的，带走郑灿的人，完全可以带着郑灿去找郑彦武，按照当时郑彦武的情况，给个几十万感谢费都有可能。1994年的几十万元，可以在魔都浦冬地区换好几套房子。

郑灿出于不明原因出现在大街上，可能是被抛弃，也可能是自己跑了出来，4岁小男孩已经有一定的脚力了。

用孙红旗的话说，郑灿的幼儿教育还可以，虽然不善言语，也有点傻愣，但是这应该是遗传的原因或者头脑的原因。孙红旗和两个合伙的修车工都说郑灿来的时候会说话，知道自己的名字。本来孙红旗还以为是这孩子没有受过教育，但后来他把郑灿送到学校，老师怎么教也教不会，才让他感觉当初教会郑灿说话的人是多么不容易。

白松接触过郑灿，对这个事表示了认可。看到一个人什么样，基本上就能判断这个人生长环境如何，郑灿有些傻傻的，但是心地很善良，这也说明孙红旗大概率是个善良的人。

找了郑灿的幼儿园、小学、初中、高中的所有老师等，都觉得郑灿虽然学习不好，但是三观很正，学习也算是认真。当然老师们也都普遍认为，郑灿有点低智，智商应该不到70。

这种情况，能在 4 岁前完成通识教育，真的不是简单的事情。

但是，经过了非常仔细的核查，附近几个区的幼儿园和曾经的幼儿老师都找了一圈，毫无收获，没有任何幼儿老师曾经教过 4 岁之前的郑灿，他仿佛就是凭空出现的。

查漏洞百出的案子，比圆润合理的案子容易多了，因为每个漏洞都可以看到里面的光，孙红旗和郑灿的事情，漏洞就非常多。但是每个漏洞看上去，都没有结局。

经过多方核查，白松等人和钟队等人成功地把所有的漏洞都堵上了——一无所获。

孙红旗养郑灿，已经养出了感情。六七年前他曾经找过一个女人，最后也没有修成正果，现在基本上就是把郑灿当成儿子了。尤其是郑灿会开车，还懂导航，也有自己的爱好——汽车，让孙红旗非常满意，如果以后能给郑灿再找个媳妇，就更不错了。

郑彦武和郑灿的亲子鉴定结果出来了，确实是父子关系。

此时此刻的郑彦武已经和自己的朋友们踏上了去北极的旅途，一时半会儿回不来，经过白松的坚持，还是没有把郑灿的事情告诉郑彦武。

白松和钟队约定了，再查三个月，没有任何线索的话，就公开此事，让父子二人相认。

这个事也没有告诉孙红旗。

总结会也是欢送会，在这边将近一个月的时间，最终还是到了回去的时候。

"白所，希望你们早日能再回来。"钟队找了个机会，单独把白松叫到了办公室，"说实话，从看到了郑彦武和郑灿的亲子鉴定结果的时候，我已经完全相信了你的推论，那起火灾，不是偶然的意外事故。只是依然不能立案，当然，该查的都查了，立案也就是在那里挂着。"

"嗯，说实话，我也是。"白松点了点头，"但是谁也想不到，最终居然把所有的线头都系住了，没有找到任何的路。"

"20年以上的案子，尤其是在当初警察没怎么查的情况下，现在真的是太难了，我们能做到这一步，已经很完美了。"钟队拍了拍白松的肩膀，"你可不要放不下。"

忙了这么久，最后什么也没有证明，白松怎么可能放得下？

但是，尽人事、听天命，改变不了的东西，没必要太过于难过，只是他不会放弃罢了。

第六百八十七章　回归（2）

失败了，是谁也不想看到的。

但是白松早就预料到了，从得知孙红旗是个普通人的时候，他就有了这种预料。

"一定要振作起来。"钟队给白松鼓励道。

"放心吧，钟队，你看我的样子，并没有多灰心丧气，不是吗？这个案子我昨天想了很久，还有一个可以查的点，就是既然郑灿知道自己叫郑灿，这名字肯定是4岁之前养他的人给他起的，说明把郑灿养到4岁的人，对郑灿的身份是了解的。当然，也不排除领养者也姓郑，但是这个姓的人数并不多，巧合的概率很小。"

"你的意思是，这个人不想让郑彦武找到这个孩子，却把孩子辛苦地带到4岁就不顾了……"钟队皱了皱眉，没有推理出其他问题。

"还有一个问题，咱们一直也没有查清楚。郑灿的接生医生说，郑灿出生的时候很健康，各类反射也是合格的，但是4岁的郑灿就明显有些低智，这个情况与事实并不吻合。郑彦武是侏儒症，不是呆小症，郑灿也并不矮小，从基因上说郑灿也不应该傻。"白松道，"钟队，我们离开之后，这也是一个侦查的方向。"

"嗯，这个咱们都查过，回头我们还得核查。"钟队道，"不过也得知道，这个郑灿的接生医生早都对郑灿的事情记不清楚了，说的情况也都是按照当年的档案说的。而这种富人家的孩子，医院刻意写得好一点也很正常。"

"嗯，可惜了，郑灿出事的时候太小，不然找到郑彦武也能问出点什么来。"白松看了看忙活了许久的办公室，"钟队，我们回去之后，这三个月就拜托了。三个月后，如果没有任何结果，我就会通知郑彦武这个事，然后我再过来一次，带他们父子相认。"

"那我们就等你好消息了，期待你早点过来。"钟队长道，"合作这么久，你们的这种工作态度还是值得我们学习的。"

"不不不，应该我们向您学习……"

现在不光是白松，就连白松的几个小兄弟，也都对嘉奖没什么激动了，这趟回去，大家多少有些蔫。当然，郭支队状态还不错。

破了一个命案，收到了感谢函，这就是实打实的政绩。

时光流逝，一转眼就到了六月份。

所里聚众斗殴的案子发生了两起，都特别巧合地发生在四组值班的那天。

白松在执法办案系统上批准并呈报了一个犯罪嫌疑人的延长取保候审时间，望着窗外，还是有些发呆。

"白所，"在白松办公室坐着的任旭拿着案卷，跟白松说道，"您还在想那个案子？"

"嗯？"白松把思绪收回，缓缓道，"郑彦武还在北极地区呢，马上就到夏至了，正是北极拍摄的好时候啊。"

"那他也早晚会回来，不是吗？"任旭也看了看北方，"白所，您总是教育我别对一些案子纠结，这段时间咱们也有一些盗窃案和诈骗案一直没有侦办条件，只能暂时搁置，您这个案子都20年了，谁也没有办法啊。"

"我知道。"白松拿起杯子，"说说这个案子吧……"

此时此刻，天华市局。

柳书元一个人在窗边发呆。

第六百八十七章　回归（2）　|　373

两个月之前，一行七人回到市局，之前的假币案仍在办理之中，简单的欢迎之后，探组还是解散了。

参与破获假币案，白松、王华东荣立二等功，王亮等人一人一个三等功，可以说领导非常认可了，但是这也改变不了大家借调的身份。如果白松等人能把湘南的这个火灾案破获，估计情况会不一样，但是这案子没了结果，市局的重视程度自然直线下降。

魏副总队长半公开地表示过，明年的全国大队长红蓝对抗比武会再次邀请白松等人过来，如果获得了好成绩，就可以留在市局。

这对于魏局来说，已经算是很够意思了。

但是这对于白松的吸引力没有那么大，因为他现在最希望的就是能让郑彦武和郑灿相逢，而且是查明真相的相逢。

不然，这样的相逢总有缺憾。如果郑彦武再控制不住，以后人生中一直在想办法复仇或者寻找凶手，那他们也不会过得幸福。并不是白松瞧不起郑彦武，只是白松很明白，如果白松和钟队等人都无法破获这个案子，郑彦武更不可能，他只会浪费掉后半生。

柳书元因为工作突出，被留在了市局，并且在上次的假币案中荣立三等功，现在已经是刑侦总队政治处的一员，正式有了市局的编制。

柳书元看了看表，三个月已经过去了两个多月，约定的时间基本上已经到了。

这两个月以来，柳书元没有接触任何一个案子。

"小柳，下午总队会，你材料写好了吗？"

"好了好了，主任我这就给您拿过去。"

"嗯嗯，行，你写的材料我放心。"主任主动多说了几句，看着柳书元去拿来材料，然后仔细地看了看，"嗯，写好这个是很有用的，年底竞聘的时候，就你写文章的这个能力，肯定能被总队领导看重。"

"谢谢主任。"柳书元非常认真地感谢道。

九河区刑侦支队。

王亮、王华东也一直没精打采。今天王亮来四队拿东西,和王华东、孙杰凑到了一起。

"你们说……"王亮的话堵在嗓子眼里,最终还是没有说出来。

沉默。

"这么下去也不是办法。"王华东打破了僵局,"我已经休息太久了,要不咱们想办法再去一趟湘南省吧?哪怕是请个人的公休假,一起去。"

"好!"王亮居然第一个答应,"太憋屈了,钟队他们这两个月也不知道在干吗,怎么一点信也没有?"

"别埋怨了,"孙杰知道王亮根本不是埋怨钟队,但还是说道,"钟队很不容易的。"

"我知道。"王亮低下了头。

"要不,问问白松?"王华东问道。

"嗯。"孙杰想了想,拿起了手机,拨通了白松的电话,电话接通后,孙杰沉默了几秒钟,"雷朝阳是不是要判决了?你那边应该有钱买车了吧?咱们一起去看车子去?"

第六百八十八章　远方来客

白松何尝不知道孙杰是想说别的？

之所以聊车子的事情，也是怕给白松压力，大家谁不憋屈啊……

两个多月以来，为了这个案子，大家开了几次会，联系了几次钟队长，到了现在，越来越不敢再聚首开会了——没有任何新的进展。

现在，白松不敢主动给钟队长打电话，而是期待着钟队给他打。

孙杰、王华东、王亮、柳书元也不敢主动给白松打电话，也是在等着白松给他们打电话。

"买车？"白松看了看桌上的日历牌，"开庭就在这几天了，估计能拿到三十万左右的民事赔偿吧，不过现在……"

白松穷惯了，几千块钱的破车开得很满足，好车也开过，对新车也没有特别的想法。

如果是以前，白父还得催着白松买一辆安全耐用的车，现在早就没人管白松了。自从奉一泠被抓，白松就是天天骑三轮，白父都不见得会管。

"这周末也没事，一起去看看车呗。"孙杰再次邀请道。

"行，周六吧，中午顺便吃个饭。"白松答应道。

挂了电话，孙杰叹了口气："咱们是不是逼他逼得太狠了？他能有什么办法呢？"

"再聊最后一次吧。"王华东道。

"你有新的想法吗？"王亮问道。

"唉，"王华东叹了口气，"到时候再看吧，实在不行，周末我就不去了。"

"即便周末不去，周四白松那个案子开庭，去了也能碰到。"孙杰看了王华东一眼。

"白松必须去，他是当事人，周璇也得去，我去干吗？我又不是必要人物。"王华东摇了摇头，"就算是开庭，这案子短时间内也没有结果，等宣判那天再去吧。"

"白所，你们要是准备请假再去一次湘南就去吧，组里面的案子，我们没问题。"任旭骄傲地抬着头。

"我当然相信你们，两起聚众斗殴案件而已。"白松面露微笑，"别说两个案子，就是二十个，你也没问题。"

"白所，"任旭表情瞬间凝结，"今天咱们组值班，这话……"

"没事。"

"白所……上个班您就说没事，结果两起聚众斗殴。"任旭不得不吐槽了一句。

"那种情况毕竟是偶……"

白松话音未落，手机响了。

值班室电话。

任旭看了一眼白松手机上的来电备注，脸都白了，一般前台值班室直接给值班所长打电话，都不是小事。

"白所，前台有人找你。"前台的值班警察打来了电话。

"好，我这就过去。"白松挂掉了电话。

"啥事？"任旭有些慌。

"没事，有人找我。"白松微微一笑，很轻松地走出了办公室。背对任旭之后，白松自己也松了一口气。

第六百八十八章 远方来客 | 377

下了楼，白松到了值班室，然后顺着前台民警的目光，看到了一个熟悉的身影。

"郑灿？你怎么来了？"白松颇为惊喜。

他怎么也没想到，今天居然在这里看到了郑灿。

"我有事要和你说。"郑灿露出了笑容。

"快过来。"白松也顾不得去办公室，直接拉开调解室的门，把郑灿叫了进去。他迫不及待地想知道，郑灿千里迢迢赶过来是做什么。

透过调解室的窗户，白松能看到外面停了一辆湘南省的货车——郑灿居然是开车来的。

"你先跟我说你是怎么来的。"白松两个多月前在湘南省接触过郑灿，当时的郑灿看到白松非常开心，还以为是碰巧看到白松，很激动，对于别的事情丝毫不知情。白松知道，问郑灿事情，得从头慢慢问。

"我开车来的，找到了公安局，提到了你的名字，有人告诉我你在这里。"郑灿挺高兴，"没想到这么多人认识你。"

"你叔叔知道你来这里吗？"白松不免有些担忧，"用不用给他打个电话？"

"不用，叔叔昨天跟我说，有些事需要我自己做决定。"郑灿认真地说道。

"昨天？什么时候？"白松皱了皱眉。

"中午啊。"郑灿不明白白松为什么要问这个。

"你昨天中午开车，现在就到了天华市？"白松看了看表，"你不休息的吗？"

"没事的。"

"那行吧，我先听听你来找我想说什么。"白松说道。

"就是上次在我们家碰到你，你问我的问题，我想起来了。"郑灿认真地说道。

"真的？"白松瞪大了眼睛，"你想起来 4 岁之前的情况了？"

白松对这个是不抱丝毫希望的，他自己四岁之前的事情都记不清，何况本就有些不聪明的郑灿。

　　"不是这个。你说，让我发现了不一样的地方就过来告诉你。"郑灿头微微上扬，"就是自从你们走了之后，叔叔就一直不太高兴。"

　　"就这？"白松下巴都要掉了，郑灿跑两千公里过来，就为了告诉他孙红旗最近不开心。

　　"嗯！"郑灿点了点头，"你知道原因吗？"

　　白松直接就无语了。孙红旗不开心自然是很正常的事情，毕竟谁养了近20年的孩子，要被人带走都会很难接受。

　　如果是别人这样，白松直接就骂街了，但是面对郑灿他也只能无奈地点了点头："那应该是你最近惹你叔叔不开心了。"

　　"是吗？"郑灿认真地想了想，"可能是，因为最近我拉货的次数少了，都不怎么赚钱了。"

　　"你回家的话，有钱吗？这么远，油费、过路费都不少吧？"白松有些心疼郑灿。

　　"有的，我有钱。"郑灿点了点头，"那我走了。"

　　"这怎么行？这不得累坏了？你先休息一天，明天再回去。"白松想了想，准备在辖区里给郑灿安排一个住处。

　　"那也行。"郑灿点了点头。

　　"我要给你叔叔打个电话说一声，省得他担心。"白松说着就拿出手机，突然想到了什么，问道，"你为啥有事跟我说，不打电话给我？"

　　"我手机里你的电话不知道去哪里了。"郑灿摇了摇头。

　　"我记得在上京的时候存……"白松没说完，接着道，"你手机给我看看。"

第六百八十八章　远方来客　｜　379

第六百八十九章　散开的迷雾海

郑灿的手机没有密码，白松轻易地打开，然后看了看通讯录。

果然，没有他的联系方式。

白松记得很清楚，当初在上京市，和郑灿分开的时候，双方是互相留了联系方式的，现在没有了，但是手机里其他的联系人还都在。

有三种可能，第一是郑灿自己不小心删了，第二是手机故障，第三是别人删了。

理论上说，三种情况的可能性分别是0%、0%、100%。

"你是什么时候发现手机里没有我的电话的?"白松问道。

"我不记得了，咱们也没有打过电话，我只知道，昨天想给你打电话，但是你手机号没了，我找我叔叔要，叔叔说他没有存。我问他为什么不开心，他说没有的事情。然后跟我说，以后有什么事情，我自己可以解决。"郑灿道。

"那你的手机，平时都有谁可以碰到?"

"谁都可以碰到啊。"郑灿指了指白松，"你也可以碰的。"

"呃，我的意思是，平时除了你自己之外，还有谁能用你的手机?"白松仔细地解释了一番。

"那就是我叔叔们。"郑灿想了想，说道。

叔叔们……白松有些激动。还是出现了问题!

这几个叔叔，无论是孙红旗，还是另外两个人，都是不简单的。

会是谁呢?

是孙红旗？还是那个淡定无比的红衣修车工？抑或是那个当天不在的修车工？

"你的三个叔叔，除了孙红旗叔叔之外，其他两个人，最近有没有什么不一样的地方？"

"什么意思？"郑灿问道。

"就是平日里没见过的事情。"白松解释道。

"王叔叔前几天从仓库里拿出来一套 Fox 避震，我之前从来都没有见过呢。"郑灿想了想，说道。

"Fox 避震是什么？"白松有些疑惑。

"国外的一款很厉害的避震器，王叔叔拿出来的那一套，是越野车用的。"郑灿有些向往，"那个很贵的，我赚很长时间的钱，都买不起一根。"

"你们店里平时会有这种东西的需求吗？"白松问道。

"我们是修车店。"郑灿道。

白松点点头，出了调解室，然后让值班室的辅警进去陪陪郑灿，接着打通了孙杰的电话。

聊了两分钟，白松明白了，这个品牌的避震器相当昂贵，一般都只有在牧马人、猛禽之类的昂贵的汽车改装时才用得到，孙杰根本玩不起。

而修车店是基本上不可能会有这种东西的。按理说，车子避震器坏了，换一个很正常，但是同时换一套，那肯定不是修车，而是改装了。孙红旗的修车店，没有改装车业务，姓王的这位，这个行为就非常可疑了。

白松接着给钟队长打了电话。

"你那里有进展吗？"钟队长先发制人。他怕白松先问他，所以先问，不过他也知道，问了也没用。

"有进展。"白松回答道。

"没进展也算正……"钟队突然愣了一下，血压飙升，"你有什么进展？"

"我问一下，钟队，咱们那边对孙红旗那里的监视，还有人吗？"白松

第六百八十九章 散开的迷雾海 | 381

问道。

"没什么有价值的东西,也就是半个月不到,我就把人撤了。"钟队疑惑道,"怎么,出事情了?"

"嗯,姓王的那个,在前一段时间,从仓库里带走了一套 Fox 的避震,价值不菲,也不是他那个修车店应该有的东西。而且,郑灿手机里我的联系方式被删了,我怀疑是咱们当天去店里的时候遇到的那个人所为。"白松直接说道。

这个姓王的,和那个红衣修车工是同一个人。

"还有这种事?"钟队皱眉,他想了想,当初这里的仓库也都看过,一大堆汽车零件,没别的东西,大家也都没怎么关注。

"嗯,消息应该可靠。"白松道。

钟队听完白松这句话,才反应了过来。

对啊!白松的消息来源是啥?难不成白松对这个地方一直进行着监控?

"我是这么想的,"白松道,"这个姓王的有问题。他以前一直也有类似的行为,可能是走私,也可能是非法改装,还可能是别的更重要的事情,但总归他是有问题的。他把这个东西一直都放在仓库里没人注意的地方,这也很正常,毕竟这里面那么多汽车零件,有新有旧,一套避震虽然大,但是仓库那么大,还是好藏的。咱们找到他是一件很偶然的行为,他肯定也害怕,担心这个被发现,一直不敢转移。直至过去了两三个月,他确定没人监控他了,才想办法转移了出去。"

"如果这么说的话,姓王的心理素质也太好了,那这个人真的不是一般人了。"钟队道,"具体是哪天?我立刻安排人排查监控。"

"就是最近一段时间,具体哪天我不知道。"白松道。

"好,我逐一排查。"钟队有些不解,白松这个消息渠道到底是啥?这也不像是安排专人监控了啊……

挂掉电话,白松心情有些复杂,并不是多么激动。这种小线索遇到的其实不少,但是没有一个有助于多年前的案子的侦破。

如果这个姓王的只是走私、私自改装一下车子，也没什么值得白松去思考的。但是，如果是姓王的把郑灿手机里白松的联系方式删了……

白松猛地惊醒，为什么要删他的联系方式？欺负郑灿傻，只是一方面。白松立刻拿出自己的手机，给郑灿打了电话，发现已经被拉黑。

从旁边的辅警那里借来一部手机，再打，还是被拉黑。

郑灿的手机，被设置接不到陌生来电了。

这是怕郑灿联系白松？

对，就是怕白松。

白松的脑海中一下子点亮了一大片灯光。

如果是怕郑灿联系白松，那一定是因为这个删掉白松联系方式的人了解和认识白松！

了解和认识白松的话，就意味着，此事和白松其他的案子有关联。

和白松其他的案子有关联的话，湘南省的事情，似乎只有奉一泠的案子。

而这里又涉及了改装车……

这个案子，跟奉一泠有关！

第六百九十章 尘封的真相

郑灿,一直都没有离开过奉一泠的视野。

今天是白松值班,明天奉一泠的案子就开庭。

倒不是说明天就能判决,即便判决也不是一个月内就会执行死刑,但是此时此刻,白松一刻钟也等不了。

找人安排郑灿去休息,白松跟宋所说了一下,直接就去了分局,找到了马局长。

他脑子里已经有了一个大概的推论。

奉一泠二十年前……

白松尝试在脑海中复盘整件事,但最终还是没有成功。这案子缺少好几个关键线索,推不动了,还是得见面谈。

"明天就要上庭了,这种情况原则上是不可以提讯的。"马局长听到白松的请求,心思有些活络,他感觉白松似乎又要破什么大案子了。

"马局,如果是嫌疑人可能涉及其他案子呢?"白松感觉马局长似乎知道了什么,但还是认真地问道。

"其他案子?材料在哪?"马东来伸出手。

"在这里。"白松指了指自己的脑袋。

"你知道,这样说服不了我。"马东来看向白松,想听听白松怎么说。

"奉一泠的两亿多现金运输的时候,是找了郑灿作为运输车司机。"白松回答道。

"好,你等会儿。"马局长点了点头,拨通了二中院刑一庭庭长的电话。

天华市第一看守所。这里比起九河区看守所，戒备更为森严，这个看守所里自带的医院，24 小时都有武警巡逻。

"你来了。"奉一泠戴着手铐，轻轻地拢了拢自己的头发。

"我想要一个答案，关于郑灿。"白松把郑灿的照片摆在了奉一泠的面前。

"你能安排他见我一面吗？"奉一泠微微一笑。

"见他？见他干吗？"白松一脸疑惑。

"见他一面，你想知道的，我都会说。"奉一泠道，"这件事，无关对错。"

"好，我答应你。"白松看了看时间，"两个小时后。"

"哦？他在天华市？"奉一泠有些许惊喜。

"你在这里等着。"白松想了想，"只能你见到他，他见不到你。而且你们之间没办法交流。你现在的身份不是已决犯，你应该明白这是我最大的能力了。"

"谢谢。"

郑灿，是整个奉一泠案件里的钥匙。现在，郑灿成了奉一泠案件里唯一的漏环。他与奉一泠接触过，却安然无恙，而且也没什么心机，和白松什么都直说，对办案提供了很大的帮助。

因为奉一泠尚未判决，正常情况下是不能会见家属的，但是白松还是得想办法帮奉一泠这个忙。

对于奉一泠这种基本上只有死刑一条路的人，任何审讯技巧都没用。

为了安排这个会见，白松直接联系了魏局。

市第一看守所隶属市局预审监管总队，找马局长也不是不行，但是白松更愿意消耗自己的人情。

魏局可能正在开会，没有接电话，他给白松发了条短信，问什么事。

这个事短信说不清楚，白松只回了一句没什么急事，然后就找了柳

第六百九十章　尘封的真相　｜　385

书元。

"没问题。"柳书元听完了白松的要求,直接答道。

"你不问问我是因为什么吗?"

柳书元没回答白松的话,直接挂掉了电话。

柳书元深深呼出去堵了很久的浊气,看了眼手机,期待着白松几个小时后再打过来。

"后悔?"奉一泠透过单向的玻璃窗看到了郑灿。

郑灿刚刚已经休息了,被白松叫了过来,此时正打着哈欠,好奇地四处看着,大约过了十分钟,又被人带离了这里。

其间,郑灿和外面的人也没有聊天,就是非常好奇。他总是这样,对什么都有着一定的好奇心,而不考虑那么多。

奉一泠看着郑灿从屋子里出去,目光停留在门上,再看了十几秒,缓缓回头:"现如今,我承认,我后悔。到了最后,还是没有赢过那个男人。"

"愿闻其详。"白松没有审讯的意思。

"你们……白松,说实话,我很欣赏你。如果不是你已经有了一个才貌出众的女朋友,我都想把我的小外甥女——小雨介绍给你。你不要小看小雨这个姑娘,她继承了我姐姐的聪慧,而且她在国外也有着非常大的一笔财富。"

"你不是一直想除掉她吗?"白松说完,愣了一下,"你知道我女朋友的事情?"

想到这里,白松一下子浑身有些冷。

"你到现在都不知道到底是怎么一回事。我给你讲一个故事吧。"奉一泠缓缓在椅子上坐下,慢条斯理地聊了起来。

仅仅听了几句,白松就发现自己犯了一个很大的错误。

当初,抓住奉一泠之后,白松从奉一泠那里得到了一定的"真相",然后去找小雨,小雨接着又说出了她的"真相",就是小雨在国外做了 DNA,

发现了自己和奉一泠的 RNA、蛋白表达图谱有区别的时候，白松居然漏掉了一个最关键的问题。

而且，那一次是白松和小雨私人会面，不是官方会面！所以也没有人提醒过白松！奉一泠生没生过孩子，她自己会不知道吗？！

奉一泠能把小雨当成自己的孩子那么多年，如果她自己没生过，怎么会认错？

男人有可能养了一个孩子十几年不知道是自己的，女人怎么会不知道？

白松这个直男，居然把这个给忘了！

如果奉一泠认错了孩子，那么只有一个可能，那就是，她和姐姐一起生了孩子，然后把姐姐的孩子当成了自己的！

一起生孩子意味着大概率是一起怀的孕，一起怀孕意味着很可能是一个父亲……

另外一个孩子……

就是郑灿。

郑灿，是奉一泠的孩子。这也是为什么后来郑灿成了奉一泠案件的漏洞时，却迟迟没有被奉一泠"处理"。

而这两个孩子的父亲，就是郑彦武。

得出了这个推论之后，白松也是蒙了。

而这里面的故事，就要从 20 多年之前说起了。

第六百九十一章　故事的开始

白松不了解女人，正如有时候一些女人也不了解男人。

奉一泠姐妹俩曾经做的，就是骗一些商界大佬发生关系，然后留下证据来威胁对方给钱，或者干脆获得对方公司的一些控制权来牟取利益。

在姐妹花团伙流窜至烟威市作案之前，第一桶金其实是来自老家湘南省。

而她们瞄准的目标，就是郑彦武。

郑彦武虽说个子不高，其貌不扬，但是颇有家财，追求者甚众。

老郑和自己的妻子感情还不错，也有了女儿，但是发妻自然是没有外面的野花香，发迹了的郑彦武，也难以抵挡外面的诱惑。

在一个夜晚，姐妹花得手了。

令她们失策的是，郑彦武是真的太有钱了，家庭地位非常稳固，以至于完全不在乎这个事情，直接就给了两个人一笔钱，然后说孩子生下来，他要养。

当时姐妹花二人还不是什么老油条，也没想着叱咤风云、到处组织诈骗，而是觉得既然有钱，就生吧。于是，奉一泠生下了郑灿，她姐姐生下了小雨。

当时，郑彦武留了一手，他其实也是自私的，而且家中发妻最多也只能允许他往家里带回一个儿子。

发妻没生儿子，在那个时代，发妻对于丈夫的私生子，居然是可以接受的。

在这种情况下，郑彦武就想了办法。

当时，姐妹俩姐姐闹得凶，非得要名分。妹妹奉一泠则更自私一些，只要钱就行。但是，妹妹生的是儿子，于是郑彦武偷梁换柱，把奉一泠生的郑灿说成是姐姐的孩子，带回了家中，从而稳住了姐姐。

儿子是自己的，郑彦武很喜欢，但是女人他并不想带回家。

奉一泠只认钱，养着小雨过得还行。

姐姐则开始和郑彦武形成了拉锯，非得要个名分不可。最终，姐姐变得有些疯魔。

郑彦武的企业之所以厉害，是因为有几项很牛的专利技术和商业机密，这些是企业的根本。所以在很早的时候，他就被"三哥"张彻等人盯上了。那个时代，还没有丁建国和张左这类小字辈，张彻也很年轻，当时张彻就找到了几乎众人皆知的小三奉一泠合作。张彻用大把的钱开道，奉一泠立刻答应了。

但是，郑彦武很快地就发现了此事。他可不是傻子，他还想着从这个事里彻底地把奉一泠这个麻烦甩掉。而且他是个正经的商人，让他去杀人也不可能。

奉一泠最终还是被发现了，于是郑彦武找到她，给了她一个方案——带着她姐姐永远离开他的视野，小雨可以带走也可以留下，留下他会养。

那个时候的奉一泠，已经展现出了"枭雄"本质，她暂时答应了郑彦武之后，就和张彻一起筹划了一件事，那就是让郑彦武后院起火，无暇自顾。

杀掉郑彦武没有任何用处，因为郑彦武还有妻子，公司也还有其他的董事和股东，所以，最好的办法就是让郑彦武对追究奉一泠这种事没有任何想法。

郑彦武那个时候，因为很有钱，社会地位也很高，所以郑彦武死了影响太大了。

两人合计了一下，张彻找了人，奉一泠执行了计划，最终在某个奉一泠和姐姐都不在场的情况下，引发了那起火灾事故。

　　当然，在此之前，郑灿肯定是被奉一泠的姐姐给抱出来了。郑灿的"灿"字，就是火、山。姐姐觉得，这个孩子是自己上了火山被救出来的重生的孩子。

　　姐姐以为，这个事之后，郑彦武会把她娶回家。妹妹以为，出了这个事，郑彦武就不会想别的了。

　　实际上，奉一泠算是想对了，郑彦武失去了所有的家人之后，对妻子的亏欠感达到了顶峰。他放弃了一切，变卖了股份等离开了长河市。但是，姐妹俩除了最早得到的那一笔钱，什么也没有得到。

　　姐姐尽心尽力地养着郑灿，后来姐妹俩也没有收入，在本地又臭了名声，成了扫把星，两个人开始到处骗钱，流窜各地，直至姐姐被白玉龙击毙。

　　刚开始，郑灿还有人教育，奉一泠的姐姐尽心尽力抚养他。但是郑灿虽然没有死于火灾，也被呛出了毛病，智力出现了些许问题。奉一泠的姐姐死了之后，奉一泠就对郑灿不上心了，后来，干脆直接就把郑灿扔给了自己的小弟们看着。

　　小雨，奉一泠愿意费很大的心力培养，郑灿她并不愿意。

　　奉一泠其实也算是害死姐姐的凶手，她为了保命连自己的姐姐都能害，怎么会在意外甥的命？

　　说起来，郑灿的呆傻算是救了自己一命，如果郑灿很聪明，奉一泠说不定会想办法除掉他。

　　她打算把郑灿交给自己的小弟王安泰、眼镜男等人。

　　这几个人也坏，哪里愿意养个孩子？于是他们盯上了自己的朋友，孙红旗。

　　孙红旗说，刚开始开修车铺的时候，是有好几个别的朋友来的，后来只剩下了三个人。而实际上，这刚开始的几个修车的朋友，就是王安泰等人。

孩子恰巧遇到了孙红旗，被带了回去。本来他们想的是，让孙红旗这个老实人领着孩子，然后通过孙红旗将郑灿送到孤儿院，但是后来有一些巧合，孙红旗工作没了，居然自己养起了孩子。

几年后，王安泰等人知道这个孩子放在孙红旗这里彻底没事了，便离开了这里，只有王安泰的族弟——穿红衣服的姓王的修车工还在这里。王安泰等人在长河市区开了一家大修车店，后来王安泰又把店开到了南溪村，总归是没离开修车。

郑灿就这样被养大了。

小雨留学回来，告诉了奉一泠自己的母亲是奉一泠的姐姐之后，奉一泠才知道，原来郑灿才是她儿子，于是开始接触郑灿。

当小雨举报了一个地下基地，奉一泠被迫转移财产的时候，她找到了郑灿来运输，然后曾经亲自看了郑灿一眼。

这就是这段故事的开始。

第六百九十二章　故事的插曲

自从十年前开始，奉一泠就已经什么都不缺了。后来搞了一段时间整容和相关产品，钱赚到手软，她觉得这个东西可能查到她，就退了出来。再后来，无聊之余搞了点"投资项目"，非法吸收公众存款，随随便便一组织，涉案金额就260亿了。

但在这世间，她这类人物实在是太少了，有几个人能那么轻易地把亲姐姐推出去送死？

白松之前对奉一泠的很多猜测都是错的。

奉一泠根本就不想为姐姐报仇，所以那么多年过去，都没有对白玉龙采取任何行动。

她对白松，其实也没什么仇恨，之所以对白松动手，只是因为白松居然接触到了郑灿。

那个时候，奉一泠的关注点已经放在了郑灿这里，而郑灿居然遇到了白松，这可能是宿命的安排。奉一泠查了一下，就知道白松比他父亲还要优秀。当然，如果仅仅是优秀，奉一泠不会有什么举动，但白松认识了郑灿，并获得了郑灿的友谊，就成了彻头彻尾的大隐患。

奉一泠那个时候已经在准备安排郑灿的下一步了。如果郑灿是个很聪明的孩子，面对奉一泠这样的母亲，自然知道白松这种朋友没有意义。但是郑灿不是，郑灿如果知道母亲的情况，就很可能在以后和白松的交流中说漏嘴。

这才引发了袭击，奉一泠必须除掉白松，才能安排好自己的儿子。

这也是奉一泠没有针对白玉龙，也没有针对赵欣桥的原因。

因为没有必要节外生枝。

奉一泠对钱没了太多的需求，而这世间绝大部分的人都不是如此。她手底下的人或是忠诚，或是聪慧，或是可靠，但是，这些人都需要钱，更多的钱。

贪欲是最难填满的东西，而这种贪欲往往会伴随着背叛，解决这个问题最好的办法莫过于投名状。

在很多电影中，想加入黑道大佬的组织，都要经过考验，获得投名状。比如说，让新来的去杀个人什么的。有了这种投名状，就没了后路，只能跟着大哥走到黑。

这种手段，奉一泠自然也有，而且玩得更好。

在张彻曾经合作过的人里，很多都因为张彻的手段，不得不被其挟制。张彻手里掌握了很多人的犯罪情报，而张彻自己则可以跑到国外一走了之，从而形成一个闭合的威慑链。很多人从张彻这里拿到了钱，就再也没了自由。

但是，张彻也控制不了奉一泠这个自私的"女疯子"，两人只能是纯粹的合作关系。到了后来，张彻都找不到奉一泠，而奉一泠可以随时找到他，从这个角度来说，奉一泠的段位比张彻高。

包括白松等人的情报，奉一泠就是通过张彻获取的。

不是每个人段位都这么高，被奉一泠或者张彻控制的人，总有一些人破罐子破摔，想打破这个威慑链。

这类人成了隐患，因而需要被清理。

清理的方式多种多样，有的是制造意外害死，有的是让新来的人以投名状的方式直接杀掉老成员，还有的是把人逼死。

总之，死人是最安全的。

孙某就是其中的一员，也是最早吃下恶魔果实的人之一。

他很早就和张彻合作，然后获取了一定的资金，想脱离掌控，这个是张彻所不能接受的。很多人通过阴暗的方式获得了第一桶金，之后想洗白，别人不见得会同意。

于是，张彻设下了一个局，找到了邓文锡，设局骗了孙某120万。孙某被骗后慌了，找到张彻，张彻则告诉孙某不要急，他能想办法解决这个事。

帮孙某解决了问题之后，张彻就抛给了孙某一个很大的诱惑："这120万，用来从湘南走私印染的原料，再运输到湘南省的工厂，利润可能翻倍，如何？"

孙某欣然应允，并且长了心眼，要求买保险。

张彻很轻松地搞定了保险的事情，但是这批货还是出了事，被"海关"查扣了。

孙某自以为的小聪明，在张彻面前不值一提。

当然，这些都是张彻的自导自演，孙某彻底傻眼了，他不敢报警！而且，他还必须和张彻一条心，把走私这个事情的"尾巴"给抹掉。

"尾巴"抹掉了，孙某欠了很多钱，只能吃哑巴亏。

后来被张彻活活逼死的孙某，怎么也不知道，自己的经历，只是源于张彻对奉一泠的一次试探。

张彻还想利用奉一泠的一些资源，但是这个时候的奉一泠，早就不在意那点蝇头小利了，想合作也不是那么简单的事情。

让张彻直接拿出来几百万、几千万现金去谈合作，也是不可能的，他没那么容易动用那么多现金。于是孙某的120万就成了张彻的敲门砖。或者说，孙某这个人，也不过是一块砖罢了。

这块砖，没敲响。

奉一泠对这120万，连搭理都没搭理，张彻和奉一泠的地位，从这一刻起，发生了转变。

昔日的合作伙伴面对百万现金都没有任何的感觉，张彻其实是很难过的。

也就是从那个时候开始,张彻明白,奉一泠和已经在国外的邓文锡这类人,已经不是以前他可以拿捏的小角色了,他开始逐渐更换合作伙伴。

从王千意到大黑等人,都是张彻后来才不得不使用的新角色。

最早和奉一泠合作的时候,张彻非常安心,再后来和王千意合作,也很顺利,走私的渠道非常稳定。

但是,这世间的事,就仿佛是一个又一个的环。

第六百九十三章　故事的结束

奉一泠、邓文锡、张彻、王千意这些人，他们各有各的不同。

张彻的儿子张左，走了父亲的老路，所以没什么大问题。

奉一泠的儿子郑灿因为机缘巧合成了现在的样子，"女儿"小雨成了一个看透了社会冷暖的"过来人"。

邓文锡把孩子留在国内，享受着很好的待遇和教育，但随着他进了监狱，一切成了一场空。

王千意把自己的女儿保护得很好，结果女儿根本面对不了父亲的变坏，因为父亲出轨而走了极端，被张左利用，杀掉了掌握了张彻等人把柄的李某。

这些坏人，他们或许非常非常聪明，聪明到他们可以靠各种手段避开侦查，但是他们终究避不开合作伙伴的漏环。

即便避开了合作伙伴，也避不开自己的亲人，除非，每个人都能和张彻、张左一样，但是这不可能。

坏人，也想让孩子过得好一些。

只是，通过做这类事来获取的后代的幸福，实在是错得离谱。

奉一泠很聪明了，她在和郑灿的接触中，一直避免出现什么问题。

比如说，当初找郑灿的车子运输钱的时候，因为在修车店还有眼线，她知道车上有GPS，所以特地带了干扰GPS的仪器，但最终还是有漏环，她对郑灿也不够了解，不知道郑灿居然那么懂车子。

总之，郑灿的存在就是问题，但是奉一泠不得不让他存在着。

这就是人性，奉一泠怎么会杀掉郑灿呢？

奉一泠被抓之后，没有被抓的人就乱套了。

比如说姓王的这个，没了奉一泠手下的命令，也没了一些额外的钱，开始做起了走私改装件的生意。再后来，他发现郑灿和白松走得近，就欺负郑灿傻，把白松的手机号删掉，设置了拉黑模式，也使得郑灿的拉货生意都变少了。

正常人早就能发现手机有问题，也就是郑灿这样的才不会发现。

当然，凡走过，必留痕，姓王的做了这些，总归是会暴露。

还是那句话，不是每个人都能成为奉一泠这类人物。

"所以，事情就是这样。"奉一泠晃了晃脑袋，头发稍微披散开一点，散发着40岁女子少有的韵味，"晚上没事的时候，我可以帮你个忙，写一写这些年参与的一些案子，估计对你有用。"

"谈一谈你的要求吧。"白松明白，对于奉一泠来说，现在和白松讲这些，不是良心发现，而是有所求。

"把郑灿留给孙红旗。"奉一泠看着白松的眼睛，"虽然我一直瞧不起很多所谓的好人，但是，我希望郑灿能遇到的都是好人，你这类的好人。"

"会的。"白松点了点头，"郑彦武虽然没有大错，但是因为他的出轨，引发了后续的事情，更引发了他妻女和管家的死亡，他也不配有郑灿这样的一个儿子。最关键的是，即便郑灿一直叫孙红旗叔叔，即便我告诉了他们真相，郑灿依然不会离开孙红旗的。"

"对，他会这么选择。"奉一泠点了点头，"不过，你的说法让我很诧异，因为本来在我看来，你和郑彦武是好朋友。"

"是，现在也是。"

"哦？"奉一泠有些惊讶，"我原以为，你知道了这遭遇，会觉得郑彦武是个坏人，和你对立的那种人。"

第六百九十三章　故事的结束　| 397

"他是个坏人,他对不起他的妻子和女儿,他现在的遭遇,都是罪有应得。"白松点了点头,"但是,真正的坏人,还是你。郑彦武现在的情况,让我想起了一部电影——《肖申克的救赎》。"

电影里,安迪其实一直不承认妻子的死和自己有关,但是到了最后,他也意识到,他只顾着工作,几乎不给妻子陪伴,才是妻子出轨的诱因之一。婚姻没了爱,是惨剧的开端。

郑彦武因为对妻子没了那么多的爱,他出轨,导致了妻女被小三害死,罪不可恕。富甲一方的他,待妻女死后才悔悟,化身乞丐,四处漂泊二十年,何尝不是一种救赎?

也许,不会有人原谅郑彦武,白松也不会原谅,但是,白松也并不恨郑彦武。

"嗯,"奉一泠颇为欣赏白松,"因为你也是个好心的人,所以和郑灿成了好朋友,也因为如此,被我视作眼中钉。到了最后,却靠此破了案,算是有趣。"

"我以为你会说这世间,还是要当好人呢。"白松吐槽道。

"好人?"奉一泠看了看天花板,又看向白松,"你一定听过'勇士打败了恶龙,最终成为恶龙'的故事吧?"奉一泠脸上还是带着笑容,"我再提一个要求。郑灿的事,郑彦武他能处理好。郑彦武不是个普通人,接触过郑灿之后,自然是知道该怎么做。但是,小雨不会。小雨还是有点像我姐姐,没我这么自私,有点傻乎乎的,她早晚会知道郑灿是她在这世间仅有的两个亲人之一。

"小雨不会去找郑彦武,但是她看到郑灿那个可爱又可怜的样子,肯定会想办法给郑灿钱,帮助郑灿。但是,这实际上会害了郑灿。郑灿需要的,从来都不是钱。"

听了这个话,白松有些感慨,郑灿如果没有出问题,以他父母的基因,他估计也能成为一个大"坏"人。

世间的一切,真的是奇妙。

"好，这个事我会和小雨说。"白松答应道。

"那好，一言为定。"奉一泠挺高兴，"我会把你想知道的好几起命案，都写出来交给你，算是报酬。"

"没想到，咱们也有'合作'的一天。"白松叹了口气。

"当然。"奉一泠再次拢了拢头发，"毕竟，这世间，没有绝对的对与错。"

第六百九十四章　后续（1）

市局，刑侦总队。

"这次出差，我觉得应该由我们一支队带队。"一支队的领导说道，"毕竟，办理这个案子的探组，是在一支队。"

"郭支队对湘南省那边更为熟悉，理应由郭支队带队，"二支队政委据理力争，"而且，二支队现在还有人在湘南那边忙活。"

"这个事……"

这是白松参加工作以来，收获最大的一次。

和奉一泠的"合作"，使得类似于运输公司老板这类人的犯罪行为无可遁形。这些人的犯罪行为，奉一泠都曾经掌握着一些把柄，很多物证材料被她存放在只有她知道的地方。

跟着奉一泠这么自私的头儿混，是没有好下场的。本来奉一泠也懒得检举揭发，但是既然和白松有了交易，她就不介意多来几个自己的小弟陪着一起死。

类似很多小说里主角遇到机遇疯狂突破，白松这一次，同时侦破了湘南省五起尘封多年的命案，并且侦破了郑彦武家中被放火案。

奉一泠丝毫不怕被报复，她只有一个软肋就是郑灿，但是郑灿与之前没有任何变化，没有人会知道郑灿是谁。即便是孙红旗修车铺里姓王的那个人，实际上也只知道郑灿是奉一泠的弃子，他在狱中或是以后出狱，也没必要去宣扬郑灿如何。

奉一泠得罪的人太多，如果让人知道了郑灿是她的儿子，麻烦就大了。小雨不好欺负也不好找，想报复郑灿实在是太简单了。

郑彦武如果去认郑灿，那会引发很多人的关注，到时候难免有知道一些详情的人会联想到奉一泠。可想而知，郑彦武得知了真相后，也只能扼腕叹息，像奉一泠一样，看看自己的儿子，然后离开。

这次的事情，白松提讯了多人，还找了姜队专门提讯了张彻。

奉一泠因为涉及郑彦武家人被杀案，属于刑事诉讼法的"发现其他犯罪线索"，这种情况，原定的开庭时间只能推迟。

虽然无论有没有这个案子，奉一泠都是死刑，但是程序就是如此。

发现新的犯罪线索，侦查时间也是重新计算的。

这么一来，奉一泠案的最终判决，又不知道要等到啥时候了……

一般来说，除了主犯逃跑一年以上抓不回来的那种情况，正常案子从犯都要跟主犯一起判决。

刑事案件不判决，刑事附带民事案件也不知道要到啥时候才会判。白所长心心念念的三十万补偿款，估计一时半会儿是拿不到了……唉……

从这个角度上来说，奉一泠因为主动招供了新的案子，可以多活几个月了。

人生像一个不知道终点的旅途，无论你现在如何，都可以轻而易举地畅想未来。而死刑犯已经知道了终点，这就好像坐高铁去另一个城市，其间即便因为线路调度要停半小时，终点还是不会变。

但是这些，除了钱拿不到，其他的和白松也没多大关系，他最近的精力全部放在了这几个案子里。

什么样的人，可以一次侦破四五起陈年命案？

白松做到了。

什么样的人，能把案件最终搞到最高检核准？

第六百九十四章　后续（1）　|　401

白松也做到了。

根据最高检《关于办理核准追诉案件若干问题的规定》，想要核准案件不受追诉期限制，需要四个条件：

一、有足够证据证明犯罪行为是犯罪嫌疑人作为。

二、嫌犯所涉犯罪刑罚为无期徒刑起步。

三、情节特别严重，虽然过了 20 年以上，但是社会危害性和影响依然存在，不追溯会产生严重影响。

四、能抓到嫌疑人。

其他都简单，关于第三条，还是有点麻烦，因为案子的影响已经逐渐过去，但是这个案子导致的后果遗祸至今，最关键的是，因为火灾，郑灿智力受损，会影响他一辈子。

手续已经递上去了，案子受到了广泛关注。

在核准之前，并不影响公安办案，不影响拘留和逮捕。

无论是奉一泠、张彻还是运输公司老板，结局都是一样的，有没有这个案子摆着，最终都是死刑，但是，无论如何，正义还是要到来。

很多法律人说：迟来的正义是非正义。

而实际上，除非警察当场击毙嫌疑人，否则正义多多少少都是迟到的。

正义就是正义，正因为有时候难获得，所以弥足珍贵。

这几周，白松带领着总队一支队和二支队办案，十多个人供他调遣，更是有一个小组已经率先前往湘南省开始查纠奉一泠说的命案。

办案的时候怎么都好说，白松对这些案子很熟悉，所以即便是几个正科级的干部，也都听他安排。

但是，当案子查得差不多，需要和湘南那边对接时，情况就变得不一样了。

大家都想去。

白松心情非常好。

因为这个案子，探组再次组建起来。这一次组建，不仅仅柳局知道，领导们基本上都知道了，很可能会借这个东风，把编制的事情搞定。

白松高兴倒也不是因为编制，更不是因为要去湘南那边对接，开表彰会，而仅仅是因为念头通达。办理的案子有了结果，身边的人有了好的安排，这就很幸福。

"这件事，我带队过去。"魏局看了看手机，然后环视了大家一圈，"刚刚领导开会研究了一下，把这个任务交给了我。"

所有人都不说话了，暗暗咋舌，看来，领导们对这个事情还真是重视啊。

"具体负责人是白所。"魏局再次安排道。

这下很多人就不乐意了，互相看了看周围的人，看看有没有人先说话表达不满，但是大家互相看了好几眼，也没有人第一个说话。

"白所负责具体案件的交接。"魏局第三次张口。

一大堆人立刻松了一口气，心道：魏局你说话就说话，怎么这么大喘气？

白松负责具体案件的事情，不用说也知道啊。因为只有白松了解每一起案子啊。要这么安排就没什么了。

咦？不对啊……刚刚魏局说第二句话的时候，自己为什么没有反对？

第六百九十五章　后续（2）

湘南的安排非常到位，案子也很顺利，因为白松的参与，整个湘南省的大起底、大排查行动都取得了巨大的成功，连着破了六个命案，抓获了四名新的犯罪嫌疑人。

王支队的嘴巴都要笑歪了。

管他是谁办的案子，算大起底数字的时候算在长河市刑侦支队就是了。

魏局带队，和魏局对接的也就不是王支队这些人了，而是省里的人，这一趟算是彻头彻尾的美差，比起上次，判若云泥。

表彰会什么的，不值一提，略过不谈。

长河市一家酒店房间内。

"目之所及，皆是回忆，心之所想，皆是过往，眼之所看，皆是遗憾。"郑彦武站在落地窗前，叹息道。

"你把我叫过来，就是为了和我说这些吗？"白松反问道。

"当然不是。"郑彦武摇了摇头，"我是专程来跟你道谢的。"

"道谢？"白松看了看窗外，"你和郑灿见面了吗？"

"没有相见，只是我见到了他。"郑彦武道，"他过得比我幸福。我昨天想了一夜，最终还是觉得现在这样挺好。我安排了一个专业的赛车教练，去店里应聘修车工，你也知道的，他们店里现在缺人。"

"所以，你觉得郑灿是个赛车手吗？"

"嗯。他是个天生的赛车手，虽然看着有些木讷呆闷，但是对车子有着很好的天赋。如果他喜欢，我会满足他，也让他能成为一个著名车手，反过来让孙红旗也能过上好日子。"郑彦武道，"当然这有些难度，可能投入一千万，连一百万的产出都没有。"

"倒也可以。"白松知道赛车这东西，没个几千万家底，试都别试。只是郑灿到底有没有那个反应速度，白松也不清楚，但总归可以让郑灿做自己喜欢的事情："老郑，这也算是你救赎的一部分。"

"嗯，救赎的，是我自己。"郑彦武点了点头，转过身来，从口袋里拿出一支笔和一个小夹子，然后缓缓打开，举着递给了白松，"但是，我必须感谢你。我知道你的身份不适合收钱，但是你可以试试写个数字，我会把感谢的钱以合法的方式赠予你。"

"什么意思?!"白松吓了一大跳。

"意思就是随便填。"郑彦武道，"我对生活也没有太多的追求，此番事了，我打算前往一些真正意义上的无人区，尝试去记录一些东西。钱对我有用，但我花不完。如果不能感谢你一番，我念头不通达。"

白松看了看支票，整个人都傻眼了。

这就是资本的力量吗？简简单单的一张纸，就能让人轻而易举地口干舌燥。

如果这个支票是王亮递给白松的，那白松啥感觉没有。但凡填上五位数，保证提不出钱来。

但是郑彦武可就不一样了，白松丝毫不怀疑，自己即便此刻填999万，郑彦武都会履行承诺！

心脏怦怦跳，白松最终还是把支票放到了桌子上。

"我不需要这个，办案本身就是我应该做的。"白松说出去这句话的第一瞬间是后悔，接着又安心起来。也不知道是因为什么，可能就是从小的教育，让他感觉拿这钱不踏实。

"不，你和郑灿不一样。"郑彦武摇了摇头，"如果我现在给郑灿几百万或者更多的钱，匹夫无罪，怀璧其罪，他未来就惨了。但是，你已经不能算是匹夫了，多一些钱对你是助力，你总得养家糊口。"

白松明白郑彦武的意思，就是这钱给了白松对白松只有好处，白松几乎一瞬间就被说服了，但还是接受不了这种行为。

白松虽然没有多少钱，但是还是过得很幸福的。

"我也不和你说这些。"郑彦武抬头看着白松，"你是什么人我知道。但是，天底下送钱送不出去的，只有一种情况，那就是并不真心想送。你不要我也能理解，但是我的感谢必须通过某个方式表达，最终还是会回馈你。"

白松听得云里雾里，恍恍惚惚地离开了酒店。

这世界……真的有些奇妙啊……

回住处的路上，白松开始回想自己遇到的这些人和事。

七月份下旬的湘南，天气又恢复了往日的炎热。

太热了，已经是傍晚，白松感觉整个人都快蒸熟了，四月份的那种感觉，此时完全不复存在，有的就是从内而外的燥热。

他自己都不知道，走在路上，心率一直也没有低过100……老郑的话，实在是……

今天晚上，是天华市队伍离别前的送别餐，又是个周六，很多人都会来，包括冀悦都会到，估计会很热闹，白松必须得早点去。

今天在此一别，再见面就不知道是什么时候了。当然，如果可能的话，明年年初的全国大队长红蓝对抗比武时，还是有机会再见面的。

吃饭的时候，聊到这个事情，魏局告诉了白松一个好消息。

市局那边终于通过了刑侦总队的申请，一支队新增加一个五大队，负责疑难案件的侦探。

大队长，由刘刚担任，副大队长，由白松担任！

这个任命意味着，待命令生效，白松的组织关系就会调到市局！

除了白松之外，王华东、王亮、孙杰也一样！

今天是7月19日，星期六，命令将于下周一生效。

这可真是喜事,当浮一大白!

当然,喜事没有维持太久。

转天,大家乘坐飞机回天华。

飞机稳稳停靠在张贵庄机场,大家纷纷把手机开机,魏局看到手机信息,脸色变得非常严肃。

一个个手机都收到了信息,包括市局的领导们似乎也收到了信息,唯独白松被蒙在鼓里。

"什么事?"白松偷偷问身边的柳书元。

"你自己看,别说。"柳书元把手机递给了白松。

白松疑惑地接过手机,看到信息,眼睛都瞪大了。

居然发生了这样的事情?

如此说来,白松等人的调令,岂不是要暂时搁置了?一切行政命令,肯定都先冻结啊……

唉……时运不济啊。

第六百九十六章　分别

所有行政命令都暂时冻结……

这可真不是白松能预料到的。

下了飞机之后，市局的领导们立刻找车回了市局，白松等人也跟着去了那边。

既然冻结，那就意味着白松还是白副所长。

当然，无论发生什么，案子得继续办，人抓完了，并不意味着案子就没了后续的手续和工作。

"别担心。"

到了市局之后，其他人都走了，白松等人回到了之前办案的会议室，柳书元跟白松说道。

"我倒不是担心。"白松放下了行李，"经历了这么多事，没什么看不开的，案子彻底完结，大不了休息一阵子。"

"休息？"王亮激动了，拿出手机就开始查明天去上京的车票。

"急毛线啊！"白松无语了，恨不得敲王亮一个脑瓜崩，不过他转念一想，靠近王亮小声说道，"要去一起去……"

王亮哼哼了一声，没理白松。

之前办案加这次出差一个多月，他可是想自己的小女友了。

柳书元一脸黑线，本来他还担心白松等人忧心忡忡，但是这哥几个还以为能休息不成？

"哎，对了，"孙杰问道，"这回你爸是不是有机会？"

柳书元摇了摇头:"差远了。估计会来新的。"

"咱们的级别太低,这种事跟咱们能有啥关系?不慌。"王华东倒是不大在意,"说不定是好事。"

柳书元看了王华东一眼,轻轻颔首:"其实,华东说得对。"

白松哪里懂那么多弯弯绕绕,他已经做好了决定,就是这几天他要一直忙工作,别的啥也不做。

当天晚上,某大排档。

"不是说今晚加班的吗?"柳书元垂着手,黑着脸,"结果你们出来吃饭,像话吗?"

"白大所长说要劳逸结合。"王亮拿起三串羊肉串,"你也休息一下。"

柳书元哼了一声,没伸手去接:"最关键的是,晚上五点多才告诉我,你们还是人吗?"

"我们也是晚上五点多才准备出来吃饭的。今天想去提讯,都没有领导签字。"白松耸耸肩,"华东今天不是说了吗?跟咱们也没什么关系。"

"白松,不是我说你,这种关键的时候,你居然能有心思出来吃饭。"柳书元继续批评道,"你比我想的厉害。"

"这个时候,咱们工作也忙完了,正常休息时间。"白松抬头道,"再说了,大领导现在谁还顾得上咱们啊?"

"也对。"柳书元点了点头,把手里的东西提了上来,放在了桌子上,"最危险的时候就是最安全的时候,休息时间,也没有禁令,不喝酒你们吃什么呢?"

白松这才看到柳书元手里是提着酒的,敢情这位根本就不是来兴师问罪的……

"来来来,快坐下。"王亮立刻站了起来,把柳书元请到了上座,伸手就把柳书元带来的其中一瓶酒打开了,"就两瓶,咱们六个人,省着点喝。"

任旭看了看白松。

白松点了点头:"喝一点没事。别的事咱不管,破了这么大的案子,总

第六百九十六章 分别 | 409

归得庆祝庆祝。"

"好。"任旭点了点头，主动打开另一瓶，先给白松倒满了一杯，"白所，你们这一走，以后见面机会可就少了。"

"走什么啊？今天的事你又不是不知道，我估计还得在所里接着忙。"白松说道。

"虽然是如此，但是这也是早晚的事，你们几位都是人才，新领导又不傻。"任旭随口说道，"过不了几天你们都得离开。"

任旭无心之语，本来的欢聚气氛立刻变得有些伤感。

有人当警察会混日子，而有的是真的拼命在工作。而后者这情况，一起办案、一起工作的同事，真的会有类似于军人般的友谊。

铁骨铮铮的士兵们，和战友离别会挥洒热泪。男人之间的情谊，有时候真的比海还深。

"任旭，你是我见过的最稳的一个。"白松评价了一句，"咱们岁数差不多，我参加工作比你早，再加上我是科班出身，公安经验可能比你多一些，但是我也有地方不如你。比如说，你比我踏实。警校毕业生都有很多人参加工作后一直埋怨，但是你没有，这短短半年就把业务搞得如此扎实，很厉害。"

"白所……"任旭眼泪汪汪，"您从来没有这么夸过我……"

"他说的是实话。"孙杰点了点头，"五月份的时候我去你们所采集那个跳楼者的相关情况，咱们共事过一天，要之前不认识，我都以为你工作十年了。"

"哪有那么夸张……"任旭有些不好意思，还没喝酒，脸就红红的。

"我跟你说一个人。"白松看向任旭，"你还记得咱们一起去抓小偷的那个平房吗？"

"记得。"任旭点了点头，这个事他印象很深。

"那个里面有个在翻地准备春天种菜的大爷，是上一任刑侦总队的总队长，这位当年可是传奇人物，侦破的大案不计其数。"白松道，"你得学着厚着脸皮，多去跟老领导学学刑侦的东西，他经验那么丰富，说不定能给你指一条路。"

说完，白松接着道："你可以说是我让你去的。"

白松跟人家老领导其实是没有什么交情的。他这么说，可能会让人家觉得白松有些托大，对白松有些不好的印象。但老总队长不会对任旭有啥不好的观感，如果任旭这么说，基本上白松就是把自己的交情送给了任旭。

"不用，我自己没问题。我可以去帮忙，放低姿态，多学多看。"任旭在派出所这么久，人情世故已经是很通达了，并没有打算提白松的关系。

"也好，说不定两年之后，你竞聘个副科级，也可能直接来市局，最起码也是刑警的副大队长。"白松看大家都倒上了酒，举起了杯子，"来。"

"不说几句啊？"王亮斜坐着，一只手举杯，另一只手伸了个懒腰。

"咱们喝咱们的，王亮少喝点，过一段时间你还得参加比赛呢。"白松懒得搭理王亮，举着杯子，"来，喝一杯。"

第六百九十七章　捐赠

本来白松一直忙案子，还没有什么分别的感觉。

参加工作三年了，他去过的单位也不少了，总是匆匆，每次都是接到命令直接就调走，招呼都打不了。

这次命令被冻结了几天，倒是让他多了点思考人生的机会。

这几天，白松等人就算是彻底被遗忘了。案子有人办，一支队、二支队的人办这个案子名正言顺。白松想去办办案子，领导也没空搭理他，现在天天开会。

时间一天天过去，每一天都似乎是很普通的一天。

人生就是这样，无论这一天是你结婚大喜的日子，还是你最难挨的一天，都是一样的24小时。

7月23日，星期三，也是看似很普通的一天。

太阳照常升起。

对白松来说，出乎意料的是，一切都好像向着好的方向发展。

天华市公安局的这件事与所有人预料的都不同，所有的工作都在短短几天内迅速地恢复了运转。

新来的局长来自湘北，雷厉风行，迅速地审批了之前的行政命令，白松等人也如约进入了市局。

湘南湘北隔得很近，白松都没有想过，湘南省的大起底、大排查对一江之隔的湘北也有影响，他去湘南办的案子，新领导居然听过。

总而言之，探组如约成立！白松任职刑总一支队五大队副大队长。

因为之前侦办的案子大多数是湘南省的案子，跟天华市关联不是很大，所以这几天工作已经做得差不多了，白松来了以后，这段时间也是迅速地跟上了学习的进度。

一周时间很快地就过去了。

7月28日，上午十一点多，白松正在屋子里和大家聊着天，突然接到了政治处打来的电话，让白松去一趟。

"啥事？"大家纷纷问道。

"政治处的电话。"

白松一句话，大家的兴致立刻没了。

这地方打来的电话，总不可能是有案子。

来这里四五天，大家都快闲坏了，都想快点有个大案子搞一搞。

"找你啥事？"柳书元问道，"是你这次办案又给二等功了？"

"要我说，再给一个一等功也不算啥。"王亮心心念念，"这样我们就可能有二等功了。"

"你以为那是大白菜啊？"白松吐槽了一句，"应该不是这个事，总队政治处那边的语气，感觉还要和我商量一下事情之类的……搞不懂。"

"那我们方便去吗？"王亮看了看时间，"这马上到饭点了，闲着也是闲着。"

"来呗，也没说保密。"白松点了点头。

刘刚不在，一行五人一起到了政治处，才发现这里人不少。

不光是政治处的人，后保处和其他好几个总队的人都在，白松大部分都不认识。也就经侦总队的一个领导他见过几次，但是也不算熟，好像也是后保部门的。

后保，俗称后勤保障部门，在单位可是实打实的牛×部门，管钱啊！

"白队，"后保处的李主任看到白松，立刻过来找白松握了握手，"白队辛苦了啊。"

白松一脸蒙，李主任虽然是副处职，但是在总队的地位不亚于很多正处领导,啥时候也没见这么客气啊。

"李主任,有事……您直说啊……"

不光白松蒙了,柳书元等人也都蒙了。

李主任看了眼柳书元,接着目光就盯住了白松:"白队,你们现在五大队的装备和车辆都完善了吗?"

"领导重视我们,一切都好。"白松本来想说就只配了一辆车,有点少,但是这情况哪能那么说?

"哎,我看你们的车子还是不太够,这次的车子,一定要给你们队安排一辆,"李主任嘘寒问暖,"不能让外人觉得咱们总队不会办事。"

"主任,啥事啊……"白松心虚地看了看自己的队员们,这是闯什么祸了?

"嗐……"

白松听了几句,才知道到底发生了什么事。

原知名企业家郑彦武先生,为感激天华市公安局白松探长带队侦破20多年前的命案,沉冤昭雪,以个人名义向天华市公安局捐赠25辆大众迈腾汽车。

白松听了这个有些眼晕,他数学还行,0.1秒内得出答案:这可能是他一辈子都赚不到的钱。

个人向警局捐赠车辆,在历史上并不少见。有的富豪孩子被绑架,警察解救之后,富豪捐几辆车,这事情很正常。

据说在迪拜,有的居民觉得警车太土,直接给警队捐阿斯顿·马丁One-77,也是基本操作。

但是,在国内,一次性捐这么多辆的情况,白松都没听过!

"上面领导的意思是,原则上由你来安排这些,而且郑先生还特地嘱咐了一些话。"李主任道,"虽说名义上是给公安局,但是你可以开走一辆。"

白松此时已经不激动了,坚定地摇了摇头:"我不要,给局里就是给局里。"

这个已经如此公开了，白松肯定不能要，如果要钱的话，当初的支票他就写了。

"你确定？"李主任十分惊讶，他见过白松的车，破得都快散架了，居然能拒绝这个？

"非常确定。"白松表情严肃。

李主任歪了一下头，想追问，但是周围这么多人，他没有追问，而是说道："怎么分配，这个事交给你了。"

"九河区公安分局4辆。"白松一张口，李主任就心颤了一下。

这一个分局就砍掉了近六分之一啊……这白松还真的是……

但是他不能说什么，含着笑继续问道："剩下的呢？"

"九河区的派出所不分，这个车派出所用不到，到时候让分局多给派出所匀几辆好开的车就行。"白松接着道，"剩下的，就真的得麻烦李主任帮忙分一下了。"

李主任听到这个，看了看其他几个总队的同僚，有些喜不自禁，看着白松越发有些顺眼："白队长客气啥，咱们是一家人。"

第六百九十八章　新的工作

白松最近成了话题人物。

这一次，他是真的彻底火了。

警察们聊天，有时候会聊各种各样的案子，但是都工作几十年了，啥事都见过，案子很难传到各个角落。毕竟，二三十年前的奇案多了去了，老民警们对很多新的案子最多也就是听个热闹，不会继续往下传。

但是，有人给白松捐了500万，白松没要，都给了市局，这个事可是传开了。

不到一天的时间，传遍了20多个区及下辖派出所的每一个食堂。

很多事传三耳就变了，逐渐地出现了几十个不同的版本。

有人说白松家是富二代，参加工作的时候都是一排豪车送过来，这次就是小意思。

还有人说白松自己捐了500万就为了买个正科职位，更有甚者说白松当初副科就是买的……

这种谣言不比社会上的，来得快，去得也快。

在社会上，造谣动动嘴，辟谣跑断腿，在公安内部的谣言因为信息的流通，很快就能消散。

不到三天，20多个分县局都听说了现在刑侦总队的这位传奇人物。

这位年轻的副职，确实是开着一辆破车、家境普通的人，父亲还是个二级英模，自己曾经两次荣获一等功，而且是来自两个部门的表彰。

像白松这种人，不见得所有人都会佩服，甚至也会有人不理解，但终究是大多数人会佩服。

当然，也一定有人觉得他傻。

人和人确实是不一样的。

而对于白松自己，最近听到最多的传言就是今年年底竞聘的时候，他可能直接担任五大队大队长了。

这自然也是谣言，可根本刹不住。

没办法，白松只能忙于工作，距离这些谣言远一点。

五大队的定位，是案件。

这个定位与其他的警队是冲突的，因为大家各司其职，各有各的职责。

如果说，五大队的存在就是为了参加明年年初的红蓝对抗，那价值就很低了。天华市局还没有这么奢侈，如果专门留一个队伍只为了比赛，那这个队伍存在的意义也就没了。

而如果整个大队就是给别人帮忙，倒也不是不行，终归是显得价值太低。

刘刚和白松聊过几次，因为五大队人数太少，也不可能找人要任务，所以现在主要还是帮助重案部门查案。

逐渐在办案中发现自己的价值，从而脱颖而出，最好的结果就是拥有一定的名气，让领导听说有疑难复杂案件就能想到一支队五大队。

市局的工作非常规律，五大队一共六个人，不单独值班，跟着一支队整体排班，差不多半个月才值班一次，周六日还基本上都能有保障，这倒是让白松有些不适应。

作为上级单位，大部分工作都是指导，需要的是更强的领导协调能力，具体案子的侦办基本上都是分局在做。

这样的日子持续了大概两周，每天的工作就好像普通公务员，虽然是搞案子，但是基本上还是以坐办公室为主。

这段时间,白松和整个支队的人都熟悉了,其他支队的也认识了几个领导。

白松太年轻,很容易被人戴着有色眼镜看,所以他表现得格外规矩和小心。市局的工作倒没有多少辛苦,一天天夹着尾巴谨小慎微是够累的……

值得一提的是,王亮近日参与了天华市公安局组织的CTF比赛。

CTF,是网络安全技术的比赛,又叫夺旗赛。

可能是内部没什么高手,再加上王亮前段时间准备了很久,还是比较轻松地获得了第一名,将于年底代表天华市公安局参加全国的比赛。

这是世界级的比赛,如果让王亮和专业的人比,那肯定输得很惨,但是在公安局内部,他还是很厉害的,也算是公安未来工作中一个必须关注的点。

这个事让领导对王亮颇为重视,最近有外区的一起案子,直接点名把王亮要走了,估计得去忙活一阵子。

当然,所谓的忙活,比起在分局的时候,已经轻松多了。

白松则被安排到西川分局办案了。

西川分局前段时间有一个工地频频发生聚众斗殴案件,每次警察快要到了,打架的人就跑掉,经过了几次侦查,大体掌握了首要参与者和积极参与者的情况,前段时间完成了抓捕。

因为涉及的其他问题也比较多,而且为了防止案子里还有其他的问题存在,市局派专人来监督这个案子的情况。

除了白松之外,市局督察那里还派了两个人下来。

白松负责看看案子本身的情况,那两位负责查其他问题。

"白队,这晚上你要是不来,就是不给我面子了啊。"

"李队,实在对不起,我女朋友来了,我得陪啊。"白松婉言谢绝。

"你看,你昨天就这么说,今天怎么也得听我安排。"

"真的没骗你。"白松看了看时间,在会议室指了指一个监控视频,"你看,在门口等我呢。"

"那明天……"

"李队你们忙你们的,我明天肚子疼……"

白松到了门口,看到欣桥,立刻上前拥抱了一下:"幸亏今天你真来了,不然这人情世故还真的麻烦。"

"你以后要是还往上走,这事少不了。"赵欣桥推开白松,摸了摸白松的肚子。

"干吗?"白松有些疑惑,撩开自己的衣服,看了看自己的腹肌,"我肚子怎么了?"

"去机关这么久,还能保持身材,给你点赞。"赵欣桥指了指东面,"走吧,我查了一家自助不错,晚上我请你。"

"好啊。"白松嘿嘿一笑,"最近新电影上映,一直没看,一起看电影去啊。"

"好。"

第六百九十九章　白探长

酒足饭饱，两人一起去了电影院。

"吃爆米花吗？"白松问道。

"不吃。"

"喝奶茶吗？"

"不喝。"赵欣桥揉了揉自己平坦的小腹，"我都胖了。"

"那行，走吧，进去看电影。"白松扬了扬手。

欣桥愣了一秒，接着自己去前台买了两瓶矿泉水，心道白松这种人居然能找到女朋友，这是做了多少好事才有了这么好的运气。

白松看到这一幕，反应倒是神速，一下子拦在了欣桥的前面，把售货员吓了一大跳。

"只要一瓶，我不喝。"白松义正词严地说道。

"啊？先生，这位美女已经扫码付了两瓶的钱了。"售货员有些不解。

"退一瓶的现金。"白松把其中一瓶递了回去。

"好吧……"售货员腹诽了几句，还是给白松退了钱。白松接过钱，直接塞到了欣桥的包里。

白松动作这么快，就是为了退一瓶水，让很多人都觉得这个人太抠了，而且还让女朋友付钱，倒是引起了不少人窃窃私语。

白大队长哪有工夫理这些不谙世事的人，带着欣桥很快进入了影院。

"你不喝水吗？"白松打开了瓶盖，递给了欣桥，附在欣桥的耳朵旁问道。

欣桥摇了摇头。

五分钟后，白松又递给了欣桥，欣桥再次摇了摇头。

半小时后，赵欣桥都无奈了，只能接过瓶来喝了一口。

白松没有拧上盖，自言自语道："我也渴了，喝你一口啊。"

说完，直接对着嘴喝了一口。

赵欣桥瞪大眼睛看了看白松，轻声啐了一口："德行……"

2011年5月的时候，临近毕业，当时白松所在的区队大家一起去看电影，算是毕业前的最后一次聚会。

警校就一个好处，工作好找。很多人在大四下学期的二三月份就签了三方协议，找到了工作，还有的四五月份通过某个地方的招录考试有了工作。

因为大四没课，学校关心的点都在学生就业率这里，而学生考试的地方可能是全国各个省市自治区，所以学生请假变得非常容易。

也有的五月底就提前离开了学校，毕业典礼都不参加了。

因此，这次聚会可能是最后一次凑齐所有人，每个人都去了。

吃完饭，看的电影是《速度与激情5》，那个时候，主演保罗还没有出车祸，那一部也是这个系列中最经典的了。

那个时候，白松其实就很喜欢欣桥。

有的男生喜欢笨笨的女生，觉得这样的女孩好哄，但也有的男生喜欢很聪明的女生，比如白松喜欢欣桥，就是觉得相处起来非常轻松，一点也不累，真心付出即可。

赵欣桥到了大三大四的时候，因为想考华清或者上京大学的研究生，一天到晚泡图书馆，多少人想尝试追，都无功而返。

那个时候的白松，比现在还要呆萌，哪懂那么多，满脑子都是正义、公正，情商非常低，觉得不应该去打扰欣桥，这样反倒是给她帮了不少忙，赶走了好多人。

回想着这些，白松悄悄地伸手，握住了欣桥的手，心里很踏实。

第六百九十九章　白探长

现如今，之前工作的隐患彻底消除，他在单位也算是小有成绩，逐渐地也越来越自信。

男人的魅力就是来自这些地方，或是能力，或是资本，或是颜值，无论是什么，只要能给男人带来由内而外的自信和稳重，就会显得格外有魅力。

这一刻，白松无比安心，这就是成长吧。

钟表日复一日地回归着原点，日子一天一天地向前推进着。

2014年10月17日。

白松轻轻拂过红色聘书的外皮，内心越发沉稳。

在分局算是个正儿八经的领导岗位的正科职，在这里可以说只是个小组长。

市局有史以来最年轻的小组长。

柳书元和王华东看得还是透彻，新领导来了，还确实是个好事。

这三个月的时间里，市局发生了很多变动，柳父也是百尺竿头，已经开会研究，成了常务副局长。

刘刚则任了三支队的副支队长，都是正科职，但是实打实算是升了。刘刚这个性格，在技术队也是很不错的，因为他足够稳，资历也够足。

白松升任了五大队的大队长，成为市局第一位24岁的正科级干部。

柳书元、王亮被原地提拔为副大队长。

柳书元这个白松能理解，王亮这就真的是被领导看好了。

五大队现在没有教导员，这倒不是大问题，很多大队因为人数少，成立三四年都没有教导员。现在五大队只有五个人，这种情况在市局也算是比比皆是。三个人的科室，一个正科、两个副科都算是正常。

本来白松还以为，就算是领导再重视，最多也就给他安排一个教导员的岗位，但是没想到直接就是一把手了，让他深感压力山大。

大领导也专门找他谈了话，基本上是以鼓励为主。

过去的三个月里，白松等人一直也都没有松懈办案，把探组的名气打出去一点。现在很多人都不称呼白松为白队,而是直接称呼白松为白探长。

五大队也有了正式的名号"指定案件侦探队"。

相比聘书而言,白松更满意这个探组的名字,他看了看自己的办公桌旁的电子钟。

三年前的今天,大家一起结束了三个月的培训,到九河区公安局报到,可能并不会想到三年后会走到这一步。

从这一刻起,白探长将带着小组,成为一把办案的尖刀,向着职业警察的方向努力,去面对未来的故事。